청소년을 위한 셰익스피어

청소년을 위한 셰익스피어

2014년 4월 10일 초판 4쇄 발행

지은이 권오숙 ㅣ **펴낸이** 최용철 ㅣ **펴낸곳** 도서출판 두리미디어
등록번호 제10-1718호 ㅣ **등록일자** 1989년 2월 10일 ㅣ **주소** 서울시 마포구 성지3길 74 ㅣ **전화** (02)338-7733
팩스 (02)335-7849 ㅣ **Homepage** www.durimedia.co.kr ㅣ **E-mail** duribooks@hanmail.net
ISBN 978-89-7715-247-2 (43840) ㅣ ⓒ권오숙 2011, Printed in Korea

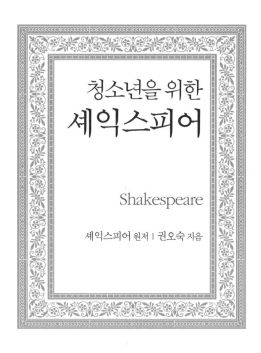

청소년을 위한
셰익스피어

Shakespeare

셰익스피어 원저 | 권오숙 지음

두리미디어 DURIMEDIA

고전은 청소년의 미래입니다

고전의 가치는 누구나 인정합니다. 오랜 세월을 거치며 수많은 이들에게 검증되고 영향력을 끼친 지식과 교양의 원천이 고전이기 때문입니다. 고전이야말로 세상 모든 책들의 중심이라 해도 좋을 것입니다.

그런 만큼 동서양의 고전에는 많은 책들이 있습니다. 하지만 쉽게 읽히고 온전히 이해되는 고전이 얼마나 될까요? 책을 읽으면서 무슨 내용인지 모르고 책장을 덮은 다음에도 옛 가르침의 여운이 남지 않는다면 고전이라 한들 어떤 의미가 있을까요? 많은 책들 위에 또 한 권의 고전을 얹어야 하는 이유가 여기 있습니다.

더욱이 고전 읽기는 삶을 살찌울 사상의 체계를 내 안에 만들고 삶의 가르침을 얻는 일입니다. 청소년기에 고전을 두루 읽어야 하는 것은 바로 이 때문입니다. 그런 이유로 동서양의 고전을 청소년들에게 가장 도움이 되는 책으로 내놓는 것이 이 시리즈 기획의 취지입니다. 그 밖에도 방대한 지식과 정보, 사유의 틀을 책 속에 효과적으로 담기 위해 이 시리즈는 기존의 고전과는 차별화된 구성과 편집을 거쳤습니다.

첫째, 고전의 완전한 이해를 위해 충분한 설명을 곁들였습니다. 완역에 욕심을 내어 고전을 이해하기 어렵게 하기보다는, 중요 부분을 발췌하여 번역하고 충분한 설명과 재해석을 곁들임으로써 고전의 완전한 이해와 창조적 사유가 가능하도록 구성했습니다.

둘째, 책 읽는 즐거움을 더하고 내용의 이해를 돕는 '비주얼 클래식'을 지향합니다. 청소년이 쉽고 재미있게 고전에 다가갈 수 있도록 시각적 다양성을 고려했습니다.

셋째, 동서양에 대한 균형 잡힌 시각을 바탕으로 역사와의 관계 안에서 고전을 파악할 수 있도록 시리즈를 구성함으로써 통합적 사고력과 논술 능력 향상에 많은 도움을 얻게 됩니다.

고전은 무한한 가능성과 상상력의 보고입니다. 정통에 대한 이해, 새롭고 다양한 해석, 역사 속에 살아 숨 쉬는 고전의 향기! 청소년을 위한 동서양 고전 시리즈는 청소년들을 지식과 상상력의 도서관으로 초대합니다. 세상을 움직인 동서양의 명고전 안에서 새로운 미래로 나아갈 수 있을 것입니다.

덧붙여, 동서양 고전 시리즈 출간을 위해 험난한 여정을 마다하지 않는 두리미디어에 깊은 감사를 전합니다.

✱ 동서양 고전 시리즈 기획위원

강승호 │ 과천외고 역사교사	심경호 │ 고려대 한문학과 교수
고춘식 │ 전 한성여중 교장	양성준 │ 서울외고 한문교사
김봉주 │ 영동일고 국어교사	우수근 │ 상하이 동화대 교수
류대곤 │ 진성고 국어교사	장석주 │ 시인·문학평론가
반철진 │ 청솔학원 역사강사	장 운 │ EBS 논술강사
서용순 │ 한국외대 외래교수	황광욱 │ 홍익대부속여고 윤리교사

셰익스피어 극 세계로 여행을 시작하며

이 세상 어느 작가보다도 다양한 인간의 삶과 내면을 그려 낸 작가가 있습니다. 바로 셰익스피어입니다. 셰익스피어는 인간에 대한 깊이 있는 탐구를 바탕으로 세계 문학사상 유명한 많은 극중 인물들을 창조해 냈습니다. 셰익스피어는 남다른 상상력을 통해 우리 눈에 보이지 않는 요정, 유령, 마녀, 마법 등을 형상화하고 아주 섬세하게 그려 냈습니다. 그리고 그 초자연적 요소들이 인간들의 삶에 어떤 영향을 끼치는지 극을 통해 보여 줍니다. 우리는 이러한 셰익스피어의 작품들을 읽으면서, 올바른 인간상과 인생관을 정립할 수 있으며, 풍부한 상상력과 문학적 감수성을 기를 수 있습니다.

게다가 셰익스피어의 언어는 참으로 시적이고 아름답습니다. '반짝이는 것이 모두 금은 아니다', '사느냐 죽느냐, 그것이 문제로다', '인간은 만물의 영장' 등 누구나 알 법한 명언들이 모두 셰익스피어의 극 속에 들어 있습니다. 이처럼 셰익스피어의 작품들은 삶을 통찰하게 하는 명언들로 가득하며, 극 자체가 지혜의 보고寶庫입니다.

400년 전에 쓰인 셰익스피어 작품들을 21세기의 청소년들이 반드시 읽어야 하는 이유는, 그의 극 속에 오늘날 우리가 고민하는 문제들이 담겨져 있기 때문입니다. 엄청난 시대의 간극과 언어적, 문화적 이질성이 있음에도 그의 극들은 우리에게 호소력을 지닙니다.

이 책은 여러분이 셰익스피어와 즐겁게 만날 수 있도록 만들어진 다리입니다. 셰익스피어의 이름은 누구나 익히 들어 알고 있지만, 그의 작품을 온전히 읽고 경험해 본 사람은 의외로 많지 않습니다. 필자는 셰익스피어의 문학을 전공한 학자로서 그 점이 늘 안타까웠습니다. 많은 원전을 빌려 재구성한 극작 스타일 때문에 셰익스피어 작품의 정수는 극의 줄거리보다 그의 마법 같은 언어들이라 할 수 있습니다. 따라서 이 책에서는 셰익스피어의 주요 작품들을 해설하면서 가능한 그의 대사들을 많이 인용하려 애썼습니다. 이곳에 인용된 대사들만으로도 셰익스피어의 언어 구사력을 감상하는 데 부족함이 없을 것입니다.

그리고 청소년들이 셰익스피어 작품을 이해하는 데 꼭 필요한 배경 지식과 셰익스피어 극 중 한 번은 꼭 읽어야 할 작품들을 선별하여 소개했습니다. 물론 이 한 권의 책으로 셰익스피어를 다 설명할 수도, 여러분이 이해할 수도 없습니다. 또한 필자가 시도한 해석이 셰익스피어의 복잡한 작품 세계를 바라보는 유일한 시각도 아닙니다. 다만 셰익스피어와의 만남을 위한 워밍업 정도로 생각하시면 좋겠습니다.

자, 그럼 이제부터 셰익스피어 여행을 위한 첫 발을 내디뎌 볼까요?

왜 셰익스피어인가

작가, 셰익스피어

셰익스피어는 여러분들이 잘 알고 있는 《햄릿》, 《맥베스》, 《리어 왕》, 《오셀로》라는 4대 비극을 비롯하여 총 38편의 희곡과 2편의 장편 설화시, 그리고 한 편의 소네트 시집을 남긴 세계 문학사상 가장 유명한 작가입니다. 그가 남긴 작품들은 400여 년이 지난 오늘날에도 많은 독자들의 필독서이자 애독서입니다. 또한 연극과 영화는 물론이고 뮤지컬, 오페라 등으로 시대와 국경을 뛰어넘어 끊임없이 재창조되고 있습니다. 독일의 대문호 괴테나 프랑스의 대문호 빅토르 위고 같은 후대의 많은 작가들이 셰익스피어에게서 영감을 받아 작품을 썼고, 정신분석학의 대가 프로이트를 비롯한 세계의 많은 지성인들이 그들의 분야에서 탁월한 이론을 정립하는 데 있어서도 셰익스피어에 의존한 바가 큽니다.

셰익스피어의 희곡이 이처럼 오랫동안 폭넓은 사랑을 받아 온 데는 여러 가지 이유가 있습니다. 그중 첫 번째는 인간의 본성을 잘 이해하고 인간 심리에 대해 탁월하게 통찰해 내는 작가의 능력 때문이라고 할 수 있습니다. 셰익스피어는 주로 개인의 욕망 혹은 욕구와 사회의 요구 사이에서 발생하는 갈등을 그렸습니다. 그 과정에서 각종 탐욕과 욕망에 휘둘리며 어리석은 판단과 분별력으로 비극적 상황에 빠져들고 마는 인간들의 여러 모습을 드러내 보여 줍니다.

그렇지만 인간들의 어리석음이나 악의 속성을 바라보는 그의 시선은 냉소적이고 비판적인 것이 아니라 너그럽고 관용적이며 연민에 가득찬 것으로서, 따뜻한 휴머니즘이 느껴집니다.

셰익스피어는 《햄릿》에서 연극의 목적이 '자연(세상)에 거울을 들이대는 것'이라고 주장합니다. 이처럼 그는 이 세상의 양상과 우리 인간들의 모습을 가식이나 꾸밈이 없이 있는 그대로 보여 주고자 했습니다.

셰익스피어의 시대적 배경

셰익스피어는 작품 속에 자신이 살던 시대의 모습을 담아냈습니다. 셰익스피어 극 공연장은 당대의 사회상과 사회적 문제들을 다양한 계층의 관객들 앞에서 공공연히 재현하는 장소였습니다.

셰익스피어가 살던 시대는 자본주의와 개인주의의 발달로 기존 봉건 질서가 크게 위협을 받던 때입니다. 그래서 중세의 질서관이나 계급 체계가 흔들렸으며, 그로 인해 사회에 대립과 갈등이 만연해서 대단히 혼돈스런 상황이었습니다. 셰익스피어는 갈등, 모순, 회의, 의심, 불확실성, 상대주의 등의 어휘들로 대변될 수 있는, 당대의 혼돈스런 시대상을 탁월하게 재현해 냈습니다.

셰익스피어의 작품 속에 모호성과 양면성이 만연한 것도 이러한 시대상 탓이라고 볼 수 있습니다.

셰익스피어는 이처럼 특정한 시대를 그린 작가이지만, 그 시대를 뛰어넘어 현대의 감성에도 호소력을 지닌 작가입니다. 그가 그려 낸 인간 존재와 사회의 모습이 어떤 시대나 어떤 사회에서도 발견할 수 있는 양상이라는 점에서 놀라운 보편성을 엿볼 수 있습니다. 지금도 많은 사람들이 맥베스와 같은 야망에 사로잡혀 사악한 길을 걷다가 파멸됩니다. 리어 왕의 탐욕스럽고 배은망덕한 딸들은 지금도 세상 도처에서 볼 수 있습니다. 그래서 우리는 셰익스피어의 극작품을 읽거나 공연을 볼 때 조금도 시공의 간격을 느끼지 않고 공감할 수 있습니다. 필자는 종종 제자들과 셰익스피어 극들을 보러 갑니다. 그 극이 수업시간에 배우지 않은 작품일 경우, 학생들은 "우리 시대에 맞게 각색한 건가요?"라고 묻습니다. 각색하지 않고 셰익스피어 원작 그대로 연출한 경우에도 그런 질문이 나옵니다. 대사도 내용도 셰익스피어 작품 그대로라고 하면 모두들 깜짝 놀랍니다. 그만큼 셰익스피어 극들은 마치 우리 시대의 문제점들을 극화시켜 놓은 것처럼 친근한 주제들을 다루고 있습니다.

고전 규범을 뛰어넘은 다양한 시도

많은 문학작품들이 등장인물들을 이분법에 따라 선과 악으로 나누고 권선징악의 '시적 정의poetic justice'를 구현하고자 합니다. 하지만 셰익스피어의 작품 속에는 완전한 선인도, 철저한 악인도 없습니다. 그는 인간 내면의 모습을 깊이 탐구하고 통찰하여 그 누구도 선과 악이라는 단순 논리로 바라보지 않았으며, '착한 사람은 복을 받고 악한 사람은 벌을 받는 다'라는 식의 가식적 도덕률에 빠져 있지 않았습니다. 또한 이 세계가 권선징악과 같은 합리적인 원리에 의해 운영되거나 그런 질서가 존재하는 곳이라고도 생각하지 않았습니다. 그리하여 대부분의 인물들이 우리네처럼 양면적인 속성을 지니고 있고, 시간과 환경의 변화에 따라 성격이 변하기도 합니다. 그의 이런 미묘하고 섬세한 인간성에 대한 이해는, 공감을 자아내고 호소력을 지닌 인물들을 탄생시켰습니다.

《셰익스피어 작품 전집》(제1이 절판) 표지

셰익스피어는 형식에서도 다양한 실험을 시도했습니다. 당시 유럽의 문학은 아리스토텔레스의 《시학》 등을 바탕으로 한 고전 규범들에 얽매여 대단히 형식적이고 단조로웠으며, 자유로운 사유나 사상을 펼치기 어려웠습니다. 대표적으로 프랑스의 극작가인 코르네유, 몰리에르, 라신 등은 아리스토텔레스가 주장한 비극의 본질적 요건을 변용하여 다음 세 가지 원칙을 지켜야만 내용에 개연성이 생긴다고 주장했습니다. 첫째로 하루를 넘지 않아야 한다는 시간의 통일, 둘째로 한 장소에서 이루어져야 한다는 장소의 통일, 그리고 셋째로 일정한 길이의 한 사건이어야 한다는 행위의 통일입니다. 하지만 셰익스피어는 이러한 고전 규범에서 자유롭게 일탈하여 극 속에 생기와 활기, 에너지를 불어넣고자 했습니다.

● 아리스토텔레스의 《시학詩學》
원제는 《시작詩作에 관하여》. 현존하는 원본은 26장으로 대부분 비극에 대한 이론이다. 희극을 논한 제2부가 있었다고는 하나 남아 있지 않다. 비극(또는 연극)을 문학의 최고 형식으로 여기고, 카타르시스, 비극의 구성요소 등 이후 문학을 지배한 고전 규범의 개념을 총망라하였다.

셰익스피어는 아리스토텔레스가 주창한 삼일치 원칙에서 크게 벗어났습니다. 《안토니와 클레오파트라》에서는 로마제국과 이집트를 오고가며 사건이 전개되어 장소의 일치 원칙을 깨고, 《리어 왕》에서는 리어 왕과 세 딸을 중심으로 한 주플롯과 글로스터 백작과 아들들의 이야기인 부플롯으로 구성되어 하나의 행위(액션)만을 가져야 한다는 원칙에서 벗어납니다. 그리고 《겨울 이야기》에는 16년이라는 엄청난 시간의 공백이 있습니다.

또한 셰익스피어는 한 장르가 지니고 있는 속성이나 제한에서도 과감히 일탈했습니다. 그는 비극에 희극적 요소를, 희극에는 비극적 요소를, 또 사극에 비극적, 희극적 요소를 모두 담아 온갖 이질적 속성을 함께 지닌 작품들을 만들었습니다. 그러다 보니 이질적인 장르의 혼용으로 인해 희극이라 하기도 곤란하고 비극이라 하기도 곤란한, 뭔가 경계를 지을 수 없는 작품 세계들도 있습니다. 이 또한 한 작품 속 어조가 통일되어야 한다는 고전 규범을 무시하고 일탈한 것입니다.

그리고 한 작품 속에서 전개되는 다양한 분위기의 변화도 자주 볼 수 있는 현상입니다. 예를 들어 《로미오와 줄리엣》에서는 두 주인공의 아름다운 사랑의 대사가 두 집안의 하인들의 저속한 농담에 이어 나옵니다. 이렇듯 셰익스피어의 극 세계에는 상류층의 고급문화와 서민들의 놀이문화가, 고상한 언어와 저속한 언어가, 높은 신분의 인물과 낮은 신분의 인물이 뒤섞여 있습니다.

셰익스피어가 낭만주의 시대에 영웅처럼 숭배된 까닭이, 바로 이처럼 독특한 그의 극작 스타일 때문이었습니다. 고전 규범에 묶여 있던, 독일의 대문호인 괴테의 다음 글에 셰익스피어의 작품을 만났을 때의 감회가 잘 담겨져 있습니다.

그의 작품의 첫 장을 읽었을 때 그 첫 장은 날 평생 동안 사로잡았고, 그의 첫 작품을 모두 끝까지 읽었을 때 나는 마치 태어날 때부터 장님인 사람이 그 어떤 기적의 손에 의해 단 한 순간에 눈을 뜨게 되는 것과 같은 것을 경험했습니다. 나는 나의 존재가 엄청난 생명력으로 끝도 없이 확장되는 것을 인식했고 느꼈습니다. …나는 자유로운 대기로 뛰어올랐으며 비로소 내가 손과 발을 가진 존재라는 것을 느꼈습니다. 그리고 지금, 규칙을 주장하는 양반들이 나를 얼마나 그들의 좁은 감옥으로 가두어 놓고 나쁜 짓을 해왔는지, 얼마나 많은 자유로운 영혼들이 그 안에서 뒤틀리며 왜곡되었는지를 보았습니다.(김은애, 《비교문학》, 16-18쪽)

세상에 대한 통찰력과 철학이 담긴 대사

셰익스피어는 번뜩이는 통찰력으로 인간의 삶 도처에서 역설적 순간들을 포착한 작가입니다. 예를 들어 《리어 왕》은 온통 역설로 가득 찬 세상을 묘사하고 있습니다. 이 극에서는 세상 사람들이 모두 바보라고 말하는 광대가 왕보다 현명합니다. 그리고 제정신인 사람들보다 미친 사람들이 인생과 세상에 대해 더 지혜로운 눈으로 바라봅니다.

또한 《맥베스》에 등장하는 세 마녀들이 "아름다운 것이 추한 것이요, 추한 것이 아름다운 것이다."라고 하는 대사에도 역설적인 세상사에 대한 셰익스피어의 통찰력이 잘 응축되어 있습니다. 얼핏 보기에 이 대사는 말도 안 되는 소리 같습니다. 그러나 이 대사에는 모든 사물에 상대적 가치가 있다는, 셰익스피어의 철학이 담겨 있습니다. 덧붙여 한 사물에 담겨진 양면적 속성을 가리키는 표현으로도 볼 수 있습니다. 즉 이 대사는 어떤 입장 혹은 어떤 시각에서 바

존 해밀턴 머티머의 〈셰익스
피어(일명 시인)〉

라보느냐에 따라, 그리고 시간의 흐름에 따라 사물
에 대한 평가가 달라질 수 있음을 말합니다.

이처럼 셰익스피어의 세계에서는 모든 것이 유
동적이고 상대적이며 변화무쌍합니다. 이러한 셰
익스피어의 세상 읽기를 통해 우리는 그의 통찰력
을 엿볼 수 있습니다.

셰익스피어가 지닌 또 다른 매력은 그의 심오한
철학들을 고스란히 담아내는 아름다운 표현들입
니다. 셰익스피어 극의 대사는 대부분 운문으로 쓰여 있습니다. 그래서 대사
하나하나가 아름다운 시이며, 인생의 지혜를 담은 경구들입니다. 사람들은 그
대사들의 시적인 아름다움과 그 안에 담긴 철학에 매료되어 암송하고 낭송합
니다. 또한 많은 유명 인사들이 그들의 연설에서 셰익스피어의 대사들을 자주
인용하곤 합니다.

무대 장치나 효과가 발달하지 못한 당시 극장의 한계를 극복하기 위해 관객
들의 마음속에 생생한 그림이 떠오르도록 사용한, 온갖 수사법과 뛰어난 이미
지로도 셰익스피어 작품이 사랑받는 또 다른 이유입니다. 특히 그의 재치 있
는 비유와 풍부한 고전 인유引喩들은 우리들의 지적 호기심을 자극하여 고전
의 세계에 관심을 갖게 해줍니다.

현대에 들어와서도 셰익스피어는 끊임없이 쏟아지는 온갖 새로운 비평들의
시험대가 되었습니다. 또한 현대 대중문화에서 셰익스피어에 대한 러브콜이
끊이지 않고 있습니다. 여러분이 어렸을 때 즐겨 보았을 디즈니 만화영화 〈라
이온 킹〉도 《햄릿》에서 그 이야기의 뼈대를 빌려 온 것이며, 우리나라의 연극

무대에도 쉼 없이 오르고 있습니다. 이렇듯 셰익스피어는 현대의 문화 속에 깊이 녹아 있습니다. 따라서 셰익스피어를 모르면 우리 시대의 문화를 100퍼센트 향유할 수가 없습니다.

셰익스피어를 둘러싼 오해

한편 셰익스피어에 대한 오해도 많습니다. 그중 가장 큰 오해는 셰익스피어를 아주 고전적이고 어려운 작가라고 생각하는 것입니다. 그의 작품 속에서 펼쳐지는 사상과 폭넓은 지식에만 관심을 둔 나머지 그가 대중들을 즐겁게 하기 위한 연극 대본을 쓴 작가라는 사실을 잊을 때가 많습니다. 하지만 그것은 대단한 착각입니다. 셰익스피어는 세상에 길이 남을 명작을 남기겠다는 의지로 글을 쓴 작가가 아닙니다. 그는 당시 큰 유흥거리 중 하나이던 연극을 보기 위해 극장으로 몰려든 다양한 계층의 사람들을 골고루 즐겁게 해주고자 극을 쓴 대중작가였습니다. 그래서 셰익스피어 극 속에는 학식이 부족하여 극의 어려운 주제나 내용을 잘 이해하지 못하는 관객들에게도 웃음과 즐거움을 주기 위해 삽입한 우스꽝스러운 희극 장면이나 다소 저속한 장면들, 또 웃음을 유발하는 말장난들이 많이 들어 있습니다.

셰익스피어에 대한 또 다른 오해는 그를 단순한 표절 작가로 보는 시각입니다. 물론 셰익스피어는 고전 신화나 성서 등에서 관객들에게 친숙한 이야기를 빌려다 쓴 것으로 유명합니다. 하지만 셰익스피어는 그 이야기들을 원전 그대로 사용하는 경우가 거의 없었습니다. 오히려 그 이야기들에 담겨 있는 관습과 고정관념을 깨뜨리는 방식으로 원전을 새롭게 재창조했습니다. 다시 말해 그는 익숙한 소재를 낯설게 만들어서 새로운 인식과 사고를 유도했습니다. 변화하는 당대의 시대 상황과 사회 현실에 맞게 말입니다.

예를 들어 셰익스피어의 장편 설화시인 《비너스와 아도니스》는 오비디우스의 《변신 이야기》를 비롯한 고전 신화에 등장하는 이야기에서 소재를 빌려 온 것입니다. 그 신화들 속에서는 중년의 여신 비너스와 아름다운 청년 아도니스가 서로 사랑을 나누며 함께 사냥을 다닙니다. 하지만 셰익스피어는 그 이야기를 비틀어 중년 여성인 비너스가 미소년 아도니스에게 사랑을 구걸하고 아도니스는 그녀의 사랑을 강력히 거부하는 것으로 바꾸어 놓았습니다. 이러한 변형을 통해 셰익스피어는, 흔히 여성을 사랑에 있어 수동적인 역할만 하는 것으로 그리던 당대의 문학적 편견을 뒤집었습니다. 그리고 사랑과 욕망에 있어 적극적인 여성상을 새롭게 제시했습니다.

한마디로 셰익스피어는 텍스트와 텍스트를 혼합하고, 장르와 장르를 혼합하고, 구사상과 신사상을 혼합하여 또 다른 새로운 텍스트와 장르, 그리고 사상을 만들어 낸 작가라고 할 수 있습니다. 그러므로 그를 단순한 표절 작가로 보는 것은 옳은 시각이 아닙니다.

이 책의 구성

이 책에서는 지금까지 논의한 셰익스피어 작품의 문학성과 예술성을 여러분들이 체감할 수 있도록 주요 작품들을 중심으로 자세한 해설을 펼쳐 놓았습니다. 원래 셰익스피어 극들은 보통 〈비극편〉, 〈희극편〉, 〈사극편〉, 〈로맨스〉로 나누거나, 〈로맨스〉를 〈희극편〉에 포함시키기도 합니다. 앞으로 이 책에서는 〈비극편〉, 〈희극편〉, 〈사극편〉으로 나누어 논할 것입니다. 〈비극편〉에서는 《햄릿》, 《맥베스》, 《리어 왕》, 《오셀로》, 《로미오와 줄리엣》을 다룰 것입니다. 〈희극편〉에서는 《한여름밤의 꿈》, 《베니스의 상인》, 《말괄량이 길들이기》, 《태풍》을 다룰 것입니다. 마지막으로 〈사극편〉에서는 영국 역사를 다룬 《헨리 4세》 1, 2부와 《리처드 3세》를, 그리고 로마사를 다룬 《줄리어스 시저》를 소개할 것입니다.

　그리고 작품 분석에 들어가기에 앞서 이러한 작품들을 낳은 셰익스피어 시대의 사회상이나 무대 여건 등에 대해 간략하게 소개할 것입니다.

2부 셰익스피어 비극의 세계

● 인간 심리의 집요한 관찰

3부 셰익스피어 희극의 세계

● 해학과 풍자의 향연

4부 셰익스피어 사극의 세계

● 역사의 격동을 재구성하다

셰익스피어 작품의 가장 큰 특징은 열린 텍스트라는 것이다. 그는 대체로 적대적인 관계에 있는 두 세력의 목소리를 객관적으로 동시에 담아내며, 자신의 입장은 유보하는 경우가 많았다. 셰익스피어는 실로 소외되고 멸시당하며 핍박받는 계층들의 목소리까지 담고 있다. 이러한 점들을 고려해 볼 때 셰익스피어는 당대 사람들의 보편적인 사고를 작품에 담아내되, 보편적 사고와 비판적 거리를 유지하며 그려 내고 있다고 보아야 옳을 것이다.

1부

셰익스피어와
그의 시대

영국 르네상스 시대를 담아낸
셰익스피어의 작품들

어떤 문학 작품이든 작품 세계를 이해하려면 그 작가의 생애뿐만 아니라 당시의 세계관 및 사회적 배경 등도 함께 알아야 합니다. 따라서 셰익스피어의 작품을 분석하기 전에 셰익스피어의 생애와 그가 주로 활동한 엘리자베스 1세(1533~1603) 시대와 제임스 1세(1566~1625) 시대의 영국의 정치적 상황과 시대사상, 종교적 혼란상 등을 소개하려고 합니다. 더불어 당대의 극장 여건을 아는 것도 셰익스피어를 이해하는 데 꼭 필요한 요소이므로 셰익스피어 극들을 공연한 극장과 당시 무대 안팎의 사정, 그리고 관객의 구성 등에 대해서도 간략히 설명하고자 합니다.

셰익스피어는 세상에서 가장 유명하고 인기 있는 작가임에도 불구하고, 남겨진 기록이 아주 단편적이고 불확실해서 그의 삶에 대해서 알려진 바가 거의 없습니다. 그리고 그가 누린 명성에 비해 그의 개인사는 온통 베일에 싸여 있어 셰익스피어라는 존재의 진위 여부에 대한 논란이 계속되고 있는 형편입니다. 사실 방대한 지식이 담겨 있고 인간과 삶에 대해 심오하게 탐구해 낸 걸작들을, 문법학교에서 기초 교육만 받은 시골뜨기 작가가 썼다는 것이 아무래도 수긍이 가지 않기 때문이겠지요. 따라서 이 책에서는 지금까지 공식적으로 밝혀진 것만으로 그의 삶을 구성하여 설명하고자 합니다.

셰익스피어의 극들은 대체로 '지구 극장The Globe'이라는 공공 극장에서 상연되었습니다. 그래서 셰익스피어 극을 좀 더 잘 이해하기 위해 이 극장의 구조나 규모,

성격 등에 대해서도 알 필요가 있습니다.

또한 당시에는 오늘날 우리가 즐기는 것과 같은 텔레비전 프로그램, 영화, 컴퓨터 게임 같은 오락거리가 거의 없었습니다. 그래서 연극은 당시 사람들에게 대단히 인기 있는 놀이거리 중 하나였습니다. 당시 극장에는 고관대작(지위가 높거나 훌륭한 위치에 있는 사람)부터 배우지 못하고 가난한 사람들까지 다양한 계층의 관객들이 모여들었습니다. 덕분에 정치적으로 중립적이면서 귀족들의 고급문화와 서민들의 민중문화가 뒤섞인, 셰익스피어만의 독특한 극이 탄생했습니다.

그렇다면 당시 배우나 극단에 소속된 작가의 신분은 어땠을까요? 그들은 흔히 부랑아로 분류될 만큼 대단히 불안정한 신분이었습니다. 그래서 배우들은 고관대작을 후원자로 삼아 신분을 보장받아야만 자유로이 공연을 다닐 수 있었습니다. 그뿐만 아니라 연극 대본에 대한 검열도 심했습니다. 그래서 셰익스피어는 겉으로는 지배 이데올로기에 영합하면서, 비유적이고 우회적인 방식으로 사회를 풍자해야 했습니다. 이러한 점은 셰익스피어가 정치적으로 어느 정도 보수성을 띠는 데 영향을 주었을 것입니다.

또한 당시에 여자들은 무대에 설 수 없었습니다. 그래서 아직 변성기가 되지 않은 미소년들이 여장을 하고 여자 역을 연기해야 했습니다. 이러한 무대 여건은 셰익스피어 극의 독특한 특징 중 하나인 남장여자 인물들을 낳았습니다.

이처럼 셰익스피어 작품에 많은 영향을 끼친 당시의 극장 여건들에 대해 사전 지식이 없으면 셰익스피어 극의 내용을 잘 이해하지 못하거나 오해를 할 수 있습니다.

그러므로 1부에서는 셰익스피어 작품을 이해하는 데 꼭 필요한 여러 배경 지식들을 꼼꼼히 살펴볼 것입니다.

01 셰익스피어의 생애

● ● ● 셰익스피어의 생애에 관한 정보를 알려 줄 만한 기록들은 거의 남아 있지 않습니다. 겨우 그의 세례 기록이나 자녀들의 세례 기록과 사망 신고서, 그리고 동료 극작가의 비방글 등이 남아 있을 뿐입니다. 그동안 학자들은 이러한 단편적인 기록들을 퍼즐 맞추듯 짜 넣어 그의 생애를 구성해 보고자 노력해 왔습니다. 그런 탓에 셰익스피어에 관한 전기들도, 전집들에 짤막하게 수록되거나 여러 사람들의 생애를 한 권에 소개한 책들에 함께 수록되어 있는 정도입니다. 아니면 《사랑에 빠진 셰익스피어 Shakespeare in Love》와 같이 상상력을 동원하여 허구적으로 구성한 것들이 있을 뿐입니다.

〈셰익스피어 상상 초상화〉
영국의 낭만주의 시대의 시인이자 화가인 윌리엄 블레이크가 그린 셰익스피어의 초상화. 1800~1803, 맨체스터 시립미술관 소장.

셰익스피어는 엘리자베스 1세 때인 1564년 4월 23일, 영국 중부 지방 워릭셔의 작은 마을인 스트랫퍼드어폰에이번Straford-upon-Avon에서 태어났습니다. 그는 부유한 상인이던 존 셰익스피어의 8남매 중 셋째이자 장남으로 태어나 어린 시절을 행복하게 보냈습니다. 장갑 장사와 양모 장사 등을 한 것으로 알려진 그의 아버지 존은 한때 사업이 번창하여 스트랫퍼드의 시장까지 역임했습니다.

셰익스피어는 마을의 라틴어 문법학교Stratford Grammar School를 다녔는데, 13세 되던 해에 가세가 기울어 더는 교육을 받지 못했습니다. 그러나 당시 스트랫퍼드의 문법학교가 라틴어 문학과 고전문헌에 관해 훌륭한 교육을 제공하였는지, 비록 대학 진학의 기회를 갖지는 못했지만, 셰익스피어의 작품을 보면 학식과 교양이 크게 뒤떨어지지 않아 보입니다. 그곳에서 셰익스피어는 오비디우스,˙ 베르길리우스,˙ 호라티우스,˙ 테렌티우스,˙ 세네카˙ 등 그의 작품에 지대한 영향을 미친 고전들을 배웠을 것으로 추정됩니다. 셰익스피어는 작품 속에서 130여 차례나 라틴어 문장을 쓰고 있습니다.

셰익스피어는 18세(1582)의 어린 나이에 자기보다 여덟 살이나 나이가 많은 앤 해서웨이라는 여성과 결혼했습니다. 그리고 그 사이에서 첫째딸 수잔나, 쌍둥이 남매인 햄닛과 주디스 3남매를 두었습니다. 그중 아들 햄닛은 열한 살의 어린 나이로 병사했는데(1596), 일부 비평가들은 이 아들의 죽음이 《햄릿》을 비롯한 일련의 비극에 영향을 미쳤다고 주장합니다.

그리고 셰익스피어 부부의 나이 차이가 엄청난 데다가 결혼한 지 6개월도 안 되어 첫째딸 수잔나를 출산했기 때문에 두 사람의 결혼

● 오비디우스Ovidius
고대 로마의 시인(기원전 43~기원후 17). 사랑의 즐거움을 노래한 연애시로 유명하다. 작품으로는 서사시 《사랑의 기술》, 《변신 이야기》, 《애가哀歌》 등이 있다.

● 베르길리우스Virgilius
고대 로마의 시인(기원전 70~기원전 19). 로마의 건국과 사명을 노래한 민족 서사시 《아이네이스》를 썼다.

● 호라티우스Horatius
고대 로마의 시인(기원전 65~기원전 8). 그의 서간시집에 후세 사람들이 제목을 붙인 《시론Ars poetica》은 아리스토텔레스의 《시학》과 함께 후세에 큰 영향을 주었다.

● 테렌티우스Terentius
고대 로마의 희극 작가(기원전 185~기원전 159). 《안드로스에서 온 처녀》 이외에 5편의 희극 작품이 있다.

에도 온갖 추측이 난무합니다. 어쩌면 셰익스피어 극에 자주 등장하는 주제 가운데 하나인 '맹목적인 사랑' 또한 그들의 사랑에 영향을 받은 건지도 모릅니다.

셰익스피어는 1580년대 후반부터 런던의 어느 극장에 수습배우로 고용되어 활동했을 것으로 추정됩니다. 이때부터 1592년까지 그에 대한 기록은 전혀 남아 있지 않습니다. 그리하여 이 시기를 '잃어버린 시기The lost years'라고 합니다. 셰익스피어의 런던 생활과 관련된 최초의 언급은 1592년에 대학 출신 극작가인 로버트 그린°이 그를 두고 비방한 것으로 보이는 글귀에서입니다.

> 그렇소. 그자들을 믿지 마시오. 왜냐하면 우리의 깃털로 꾸민 벼락출세한 까마귀가 배우의 탈을 쓴 호랑이의 심장으로 그대들의 최상의 것만큼 훌륭하게 무운시°로 뽐낼 수 있다고 생각하고 있으니. 그리고 그는 자신을 만능의 천재라 생각하여 자신만이 이 나라의 무대를 흔들 수 있다는 망상에 빠져 있소.(이경식, 《셰익스피어 4대 비극》, 26쪽)

여기에서 '배우의 탈을 쓴 호랑이의 심장'이라는 표현은 셰익스피어의 작품 중 《헨리 6세》 3부에 나오는 '여자의 가죽을 쓴 호랑이의 심장'(1.4.137)이라는 대사를 패러디한 것이고, '나라의 무대를 흔든다Shake-scene in a country'라는 표현은 '셰익스피어Shakespeare'라는 이름을 이용한 말장난입니다. 이것으로 그린이 말하는 벼락출세한 까마귀가 셰익스피어임을 알 수 있습니다. 또한 이때 이미 셰익스피어가 대학 출신 작가들의 시샘을 살 만큼 인기 있는 극작가가 되

● 세네카Seneca
에스파냐 태생의 고대 로마 철학자이자 극작가(기원전 4~기원후 65). 스토아학파의 철학자로 네로의 스승이 되었지만, 후에 반역 혐의를 받고 자결하였다. 저서에 《메데이아》, 《아가멤논》 등이 있다.

● 로버트 그린(1558?~1592)
문필로 생활을 영위한 최초의 직업작가이다. 대학 출신 극작가로서, 역사소설 《팬도스토 Pandosto》와 《알폰서스Alphonsus》, 희극 《수도사 베이컨과 수도사 번게이Frier Bacon and Frier Bongay》 등의 작품을 남겼다. 《엄청난 후회로 사들인 서푼 짜리 지혜》라는 자전적 소논문에서는 극단의 신진작가로 명성을 떨치고 있는 셰익스피어에 관해 조롱하는 글을 썼다. 사진은 이 소논문의 표지이다.

● 무운시無韻詩
셰익스피어가 자신의 작품에서 사용한, 각운脚韻이 없는 운문 형식.

었음을 짐작할 수 있습니다.

당시 영국에서 연극 대본을 쓴 사람들은 크게 두 부류가 있었습니다. 한 부류는 대학에서 고전 교육을 받고 연극을 쓴 '대학재사'이고, 다른 한 부류는 극장에서 배우로 활동하면서 극작을 한 사람들입니다. 이들은 각각 문학적 전통에 통달한 작가라는 이점과 실전을 통해 무대를 잘 알고 있다는 이점을 내세우며 경쟁 관계를 이루었습니다. 여기에서 로버트 그린은 전자에 속하는 작가였고, 셰익스피어는 후자의 부류에 속하는 작가였습니다.

• 대학재사University Wits
영국 엘리자베스 1세 시대에 활동한 케임브리지와 옥스퍼드 두 대학 출신의 극작가와 소논문 집필자들을 부르던 이름.

셰익스피어는 '궁내부대신 극단Lord Chamberlain's Men'에 소속되어 전속 극작가 겸 극단 공동경영자이자 배우로 활동하면서 약 20년 동안 38편의 극을 썼습니다(공저 포함). 제임스 1세가 등극한 뒤에는 이 극단이 '왕의 극단King's Men'으로 명칭이 바뀝니다.

1592년부터 3년 동안 페스트(흑사병) 때문에 극장이 폐쇄되자 그 동안에 두 편의 설화시, 즉 사랑의 여신 비너스가 미소년 아도니스를 사랑한 이야기를 다룬 《비너스와 아도니스Venus and Adonis》와 로마의 왕자에게 정조를 빼앗기자 자결한 로마의 여인 루크리스의 이야기를 다룬 《루크리스의 겁탈The Rape of Lucrece》을 썼습니다. 이 두 작품은 당시 독자들에게 인기가 많아서 여러 번 인쇄되었습니다. 셰익스피어는 이 두 시집을 자신의 후원자이던 사우샘프턴 백작에게 바쳤습니다. 그 밖에 셰익스피어가 쓴 것으로 알려진 154편의 소네트가 실려 있는 《소네트집》이 1608년에 출간되었습니다.

1597년에 셰익스피어는 고향에 뉴플레이스라는 대저택을 구입했는데, 당시 그 마을에서 가장 좋은 주택이었다고 합니다. 그리고

• 소네트
16세기 말 영국 귀족들 사이에서 소네트를 쓰는 것이 유행했다. 소네트는 14행으로 이루어진 정형시로, 원래 이탈리아의 시 형식이었다. 영국에는 16세기 초에 궁정시인 토머스 와이어트에 의해 도입된 뒤 써리 백작이 발달시켰다. 일명 셰익스피어 소네트라 불리는 영국 소네트의 형식은, 4행으로 된 3연과 2행으로 된 1연이 추가되는 각운 체계로 이루어져 있다.

〈셰익스피어의 생가〉
스트랫퍼드어폰에이번 소재.

그는 말년에 고향으로 돌아가 평온한 여생을 보내다가 1616년 4월 23일에 53세의 나이로 생을 마감했습니다(놀랍게도 그의 탄생일과 같습니다). 스트랫퍼드에 있는 그의 무덤에는 누가 쓴 것인지 분명하지 않으나, 다음과 같은 글귀가 새겨져 있습니다.

친구여, 주님의 이름으로 부탁하노니
여기 묻힌 유해를 파지 말아다오.
이 돌들을 그냥 두는 자에게는 복이,
나의 유골을 옮기는 자에겐 저주가 있으라.

셰익스피어가 죽은 지 7년 뒤인 1623년에 그의 극단 동료였던 존 헤밍과 헨리 콘델이 그의 희곡 전집을 발간했습니다. 이 전집을 제1이절판(종이를 한 번만 접어 인쇄하는 방식)이라고 하며, 가죽 장정을 한 큰 판형인 이 판본은 앞서 나온 사절판(종이를 두 번 접어 인쇄하는 방식)과 무대본을 종합하여 만든 양질의 판본입니다. 여기에는 36편의 극작품과 《비너스와 아도니스》, 《루크리스의 겁탈》, 《소네트집》까지 수록되어 있습니다.

❖ 셰익스피어에 관한 이러쿵저러쿵 이야기

셰익스피어는 가짜인가 그토록 위대한 극작품과 시를 쓴 사람이 대학 교육도 받지 못한 셰익스피어가 아닐지도 모른다는 의문이 오랫동안 제기되어 왔다. 급기야 2007년 7월에 셰익스피어 관련 업종에 종사하고 있는 영국의 유명 배우와 연출가 287명이 같은 맥락의 '합리적 의심 선언'을 발표하기도 했다.

지금까지 셰익스피어 작품들을 쓴 실제 인물로 거론되어 온 사람들은 경험론의 창시자인 프랜시스 베이컨 같은 당대의 지성인들이거나, 젊은 나이에 의문의 죽음을 당한 동시대 극작가 크리스토퍼 말로, 사우샘프턴 백작과 함께 셰익스피어의 후원자로 알려진 에드워드 드 비어, 그리고 셰익스피어의 먼 친척으로 외교관이었던 헨리 네빌이었다. 하지만 진짜 셰익스피어로 학계에서 공식 인정을 한 자는 아직 아무도 없다.

셰익스피어는 보수적인 작가인가 최근 소수 민족과 타자에 대한 새로운 인식이 비평의 중요 화두로 떠오르면서 제국주의 대표 국가의 주류 작가인 셰익스피어 작품에 대한 다시 읽기가 유행하고 있다. 특히 미국을 중심으로 한 신역사주의 비평가들은 셰익스피어를 지배계급의 이데올로기를 강화하고 확산시키며 타자 혹은 소수를 핍박한 작가로 해석한다. 그들의 주장처럼 셰익스피어 극들에는 당대의 지배적인 생각들이 담겨져 있어 그들의 평가가 타당한 것으로 느껴지기도 한다. 하지만 그 어떤 작가도 당대의 보편적인 사고방식에서 완전히 자유로울 수는 없는 법이고 셰익스피어 역시 이 점에 있어서는 예외가 아니다. 따라서 셰익스피어의 작품에 담겨 있는 타자에 대한 시각은 당시 사람들의 보편적인 시각이라고 볼 수 있다.

셰익스피어 작품의 가장 큰 특징은 열린 텍스트라는 것이다. 그는 대체로 적대적인 관계에 있는 두 세력의 목소리를 객관적으로 동시에 담아내며 자신의 입장은 유보하는 경우가 많았다. 셰익스피어는 실로 소외되고 멸시당하며 핍박받는 계층들의 목소리까지 담고 있다. 이러한 점들을 고려해 볼 때 셰익스피어는 당대 사람들의 보편적인 사고를 작품에 담아내되, 보편적 사고와 비판적 거리를 유지하며 그려 내고 있다고 보아야 옳을 것이다.

02 천재 작가를 낳은 영국의 르네상스 시대

● 르네상스
14세기부터 16세기에 걸쳐 유럽에서 고대 그리스와 로마의 문화를 이상적으로 여겨 이를 부흥시킴으로써 새 문화를 창출하려 한 운동. '학문 또는 예술의 재생과 부활'이라는 의미를 가지고 있다.

● 헨리 8세
셰익스피어는 존 플레처와 함께 쓴 사극 《헨리 8세》에서 헨리 8세가 로마 교황청에 맞서 영국 국교회를 세우고, 첫 번째 왕비 캐서린과 이혼 후 두 번째 왕비 앤 불린과 결혼하여 엘리자베스 여왕이 출생하는 때까지를 다루고 있다. 〈헨리 8세〉, 한스 홀바인, 1536경, 리버풀, 워커 미술관 소장.

● ● ● 엘리자베스 여왕이 즉위한 지 5년째 되던 해에 태어난 셰익스피어는 주로 엘리자베스 1세 시대를 살았지만, 그의 가장 훌륭한 작품들은 제임스 1세 시대에 쓰였습니다. 영국의 르네상스® 시대라고 불리는 이 시기에 영국은 중앙집권적인 절대왕정이었습니다. 특히 엘리자베스 1세가 통치하는 동안 영국은 정치적으로 대단히 안정되고 국력이 강해졌습니다.

엘리자베스 1세는 헨리 8세®와 그의 두 번째 왕비 앤 불린의 딸로 태어났습니다. 그런데 여왕의 어머니는 아들을 낳지 못한 탓에 간음과 역모죄로 몰려 처형당했습니다. 그 뒤 네 명의 부인을 더 둔 아버지가 낳은 여러 자녀들 사이에서 수차례 생명을 위협받는 고비를 넘기고 25세에 왕위에 오릅니다. 그녀는 평생 결혼하지 않았으므로, 일명 '처녀여왕Virgin Queen'이라고 부릅니다.

오랜 치세 동안 여왕은 영국 국교회˚를 확립하고 로마 가톨릭교와 신교(청교도)를 억압하여 종교적 통일을 추진했습니다. 또 충실한 고문인 윌리엄 세실과 함께 경제적 번영을 꾀하였습니다. 즉 화폐제도를 통일하고, 빈민구제법을 시행하여 농민들이 가난뱅이가되는 것을 방지했습니다. 상업을 중시하는 중상주의 정책을 실시하였고, 해외 무역을 적극 권장하기도 했습니다. 또한 동인도회사˚를 설립하고 북아메리카의 버지니아 식민지˚를 설립하여 식민 정책의 기초도 확립했습니다. 이로 인해 영국의 산업은 점점 번창했습니다. 또한 대외적으로 영국 해협을 항해하던 스페인의 무적함대 아르마다 호를 무찔러 해상에서의 주도권도 장악합니다(1588).

문화면에서도 영국 르네상스라고 불리는 국민 문학의 황금시대가 도래했습니다. 영국은 섬나라인 까닭에 이탈리아에서 이미 14세기에 시작된 르네상스 운동이 대륙에 비해 뒤늦게 전해졌습니다. 이때 오비디우스, 베르길리우스, 세네카, 플루타르코스˚ 같은 고대 그리스와 로마 작가들의 많은 고전들이 영역되었습니다. 셰익스피어 시대 작가들은 이들 고전 작가들을 대단히 칭송했으며, 그들의 작품들을 훌륭한 글쓰기의 모범으로 삼았습니다. 셰익스피어도 이들 작가들에게서 지대한 영향을 받습니다. 그들의 작품을 원전으로 삼아 극을 쓰기도 하였고, 그들의 극작 스타일을 따라 썼을 뿐만 아

● 영국 국교회
엘리자베스 여왕의 부친인 헨리 8세는 본부인 캐서린이 아들을 낳지 못한다는 이유를 들어 이혼을 하고 싶었다. 그러나 로마 가톨릭교에서는 이혼을 허용하지 않는다. 그러자 헨리 8세는 로마 가톨릭교와 결별하고 영국의 독자적인 가톨릭교회인 영국 국교회를 만들었다. 그리고 자신이 그 교회의 수장이라고 선포했다.

● 동인도회사
네덜란드의 동인도회사 설립을 시작으로 유럽 각국이 동아시아에 대한 독점무역을 목적으로 세운 민간회사. 영국도 엘리자베스 1세의 특허를 받아 인도에 설립했다(1600).

● 버지니아 식민지
엘리자베스 1세의 신임을 받고 있던 월터 롤리 경이 1584년에, 지금의 미국 동부 '버지니아 지역'에 처음으로 식민지를 건설한 뒤 여왕이 직접 '처녀여왕의 땅'이라는 의미로 '버지니아Virginia'라고 명명하였다. 하지만 실제로 이곳의 중심지인 제임스타운에 영국의 첫 정착민이 도착한 때는 1607년이었고, 1623년에 공식적인 영국 식민지가 되었다.

● 플루타르코스(46경~120경)
그리스의 철학자이자 전기 작가. 저서로 그리스와 로마 인물들의 위인전인 《영웅전》과 《윤리론집》 등이 있다.

니라 작품 곳곳에서 인용했습니다.

그러나 엘리자베스 여왕 말기에 접어들면서 영국은 경제 위기에 빠졌습니다. 스페인의 무적함대를 격퇴하면서 들인 막대한 전쟁 경비 때문에 세금이 인상되었고, 흉작이 계속되었으며 지독한 인플레이션˙과 실업난을 겪었습니다.

또한 엘리자베스 여왕 시대는 겉으로 보기에 번창하고 안정된 시기였으나, 그 이면은 강력한 변화의 기운이 꿈틀대는 격동의 시대이기도 했습니다. 이 시기에 교육, 종교, 과학 분야에서 획기적인 발전이 이루어지고 다른 나라나 문화와의 접촉이 급격하게 늘어났으며, 그동안 정설로 받아들이던 많은 주장들에 대한 의심과 회의가 일었습니다. 비평가 디어도어 스펜서는 이러한 사회 현상에 대해, '모든 엘리자베스 시대의 사고의 틀이요, 기본 양식이던 우주적, 자연적, 정치적 질서에 대한 믿음이 의심으로 금이 가고 있었다. 코페르니쿠스˙는 우주 질서에 의심을 품었고, 몽테뉴˙는 자연 질서에, 그리고 마키아벨리는 정치 질서에 의문을 제기했다. 그 결과는 엄청난 것이었다.'라고 묘사합니다.

이렇듯 엘리자베스 여왕 시대는 절대 진리라 여기던 것들에 대한 과감한 도전이 있었던 시대였습니다.

또한 현 시대인 근대modern가 시작된 시기로, 농업 중심의 봉건사회에서 상업과 무역을 중시하는 근대 상업자본주의 시대로 옮겨가는 때이기도 했습니다. 아직 중

• 인플레이션
통화량(나라 안에서 실제로 쓰고 있는 돈의 양)이 팽창하여 화폐 가치가 떨어지고 물가가 계속적으로 올라 일반 대중의 실질적 소득이 감소하는 현상.

• 코페르니쿠스(1473~1543)
폴란드의 천문학자. 육안으로 천체를 관측하여, 지구가 자전하면서 태양의 주위를 돈다는 지동설을 주창하였다.

• 몽테뉴(1533~1592)
프랑스의 사상가. 대표적인 도덕주의자로, 회의론懷疑論을 기조로 하여 종교적 교회도 이성적 학문도 절대시하는 것을 물리치고, 인간으로서 현명하게 살 것을 권장하였다. 17세기 이후의 프랑스, 유럽 문학에 큰 영향을 주었다. 《수상록》을 저술하였다.

〈엘리자베스 1세〉
잉글랜드 지도를 딛고 선 엘리자베스 1세를 통해 새로운 시대의 시작을 암시하고 있다. 여왕이 디츨리 공원을 방문한 기념으로 그린 초상화여서 디츨리 초상화라고도 부른다. 마커스기어라에츠 2세, 1592. 런던 국립미술관 소장.

세의 세계관이 지배하고 있었던 영국 사회에 자본주의의 새로운 사상과 사회 질서가 싹트고 있었습니다. 신분이 세습되고 계급이 고정된 봉건제도에 묶여 있던 사람들이, 이제 스스로의 노력 여하에 따라 자신의 계급이나 사회적 신분을 개선할 수 있고 부와 권력을 창출할 수 있게 되었습니다. 그러다 보니 상업으로 벌어들인 돈으로 토지를 구입하여 신흥 귀족이 된 자들도 있었습니다. 반면 귀족들 중 상당수가 장미전쟁 중에 죽어 세습 귀족의 수가 크게 줄었습니다.

《헨리 5세》에서 헨리 5세가 병사들의 사기를 북돋으면서 다음과 같은 대사를 하는데, 이를 통해 당시의 신분 이동 현상을 알 수 있습니다.

헨리 5세 오늘 나와 함께 피를 흘리는 자는
나의 형제가 될 것이며, 더 이상 천한 자가 아니다.
오늘 그는 신사의 신분을 얻으리니.(4.3.61–63)

종교관에도 변화가 생겨 성직자들의 매개 없이도 개인이 신과 직접 소통할 수 있다는 신교 사상이 급속히 번지고 있었습니다. 특히 헨리 8세가 로마 교황청의 간섭과 지배로부터 벗어나기 위해 영국 성공회를 창설한 뒤 영국 국교, 로마 가톨릭교, 신교로 나뉘면서 그 갈등이 훨씬 심해졌습니다. 헨리 8세가 창설한 영국 국교회는 아직 뿌리를 깊숙이 내리지 못한 가운데 국민들 다수가 1천여 년 동안 지속되어 온 로마 가톨릭 교도였습니다. 이로 인해 엘리자베스 1세

● 메리 여왕(메리 스튜어트)
스코틀랜드의 여왕이자 프랑스
의 왕비로, 제임스 1세의 어머
니이다. 로마 가톨릭 신자로 자
신의 남편을 살해한 혐의를 받
은 보스웰 백작과 결혼함으로
써, 이에 반발한 귀족들이 반란
을 일으켰다. 반란군에 패하자
당고모 엘리자베스 1세의 도움
을 받기 위해 영국으로 왔으나,
칼라일 성에 감금되어 18년 동
안 감금 생활을 했다. 1587년
에 열렬한 가톨릭 신자였던 바
빙턴의 반란죄에 연루되어 참
수되었다.

● 청교도 사상
청교도는 16세기 후반, 영국
국교회에서 독립하여 생긴 개
신교의 한 교파로, 칼뱅주의에
의한 투철한 개혁을 주장하였
다. 1559년에 엘리자베스 1세
가 내린 통일령에도 순종하지
않았고, 제임스 1세와 찰스 1세
시대에 비국교도로서 심한 박
해를 받았다. 1649년에 청교도
혁명을 일으켜 정권을 획득했
으나, 곧 왕정이 복고되었다
(1660).

시대에 로마 가톨릭 교도인 메리 여왕°의 반란 음모가 있었고, 셰익스피어가 사망할 때쯤에는 청교도 사상°이 사람들의 일상생활에 깊숙이 자리 잡았습니다. 결국 20여 년 뒤에 청교도혁명(1642)이 발발합니다.

이처럼 다양하면서도 서로 모순되는 여러 가치관이 충돌하던 대변화의 시대에 사람들은 혼란스러움과 불안감을 느꼈습니다. 셰익스피어 극들은 당시 세계관의 변화가 가져온 혼란을 잘 보여 줍니다. 《리어 왕》의 글로스터 백작의 다음 대사도 그러한 시대상을 한탄한 것입니다.

> **글로스터** 사랑은 식고, 우정은 와해되고 형제는 갈라선다. 도시에서는 폭동이, 시골에서는 불화가, 궁정에서는 역모가 일어난다. 자식과 아비 사이의 인연도 끊어지는구나. ……자식은 아비를 배반하고 국왕은 천성에 어긋나는 행동을 하고, 아비는 자식을 저버린다. 우리는 가장 좋은 세상을 보고 살았으나 음모, 허위, 사기 등 온갖 망조의 무질서가 무덤까지 심란하게 우리를 따라오는구나.(1.2.103-111)

1603년, 엘리자베스 1세는 결국 처녀여왕으로서 후손 없이 사망합니다. 그 뒤를 이어 메리 여왕의 아들인 스코틀랜드의 왕 제임스 6세가 영국의 제임스 1세로 즉위합니다. 이로써 튜더 왕조가 끝나고 스튜어트 왕조가 시작되었습니다. 제임스 1세는 등극 후 왕권신수설을 강력히 주창하며 절대왕정을 추구했지만, 스튜어트 왕조는 인기가 없는 왕조였습니다. 그래서 제임스 1세 치하 때는 사회의 모든 양상이 엘리자베스 1세 시절보다 불안정하고 암울했습니다. 또한 그는 엘리자베스 1세에 비해 통치자로서의 능력과 자질이 떨어졌습니다. 결국 제임스 1세는 여러 개혁을 단행하다가 귀족들에 의해 암살당합니다.

셰익스피어의 작품들도 엘리자베스 1세의 사망을 전후하여 극의 분위기가 크게 바뀝니다. 나라가 안정되고 국력이 신장되던 여왕의 치세 동안에는 주로 즐거운 희극들을 썼지만, 여왕 말기인 1601년에 쓰인 《햄릿》을 기점으로 제임스 1세 시대에는 주로 비극 작품을 씁니다. 셰익스피어의 문학적 감수성이 암울한 시대적 배경에 영향을 받아 4대 비극과 같은 위대한 걸작들을 탄생시킨 것입니다. 희극도 이전의 즐겁고 유쾌한 낭만 희극romantic comedy과 상이한 어두운 문제극dark comedy 또는 problem comedy을 주로 썼습니다. 역설적이게도 당대의 많은 사회적 긴장과 갈등 들이, 셰익스피어의 위대한 극들이 탄생할 좋은 토양이 되어 준 것입니다.

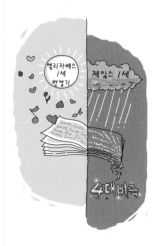

〈찰스 1세〉
다니엘 마이텐스, 1629, 뉴욕,
메트로폴리탄 미술관 소장.

〈앤 여왕〉
윌리엄 위싱, 1687, 개인 소
장.

✤ 튜더 왕조의 왕들(괄호 안의 재위 연도)

① 헨리 7세(1485~1509) : 요크 가의 리처드 3세를 보즈워스 전투에서 물리치고 왕위에 올라 튜더 왕조를 열었다.
② 헨리 8세(1509~1547) : 로마 가톨릭교와 결별하고 영국 성공회를 세웠다.
③ 에드워드 6세(1547~1553) : 헨리 8세의 아들로 10세 때 왕위에 올랐으나 태어나면서부터 몸이 허약하여 16세에 세상을 떠났다.
④ 메리 1세(1553~1558) : 헨리 8세와 첫째 왕비 사이의 딸이다. 열렬한 구교도로, 즉위한 다음 해 구교의 나라 에스파냐의 펠리프 2세와 결혼하여 구교 부활에 주력하였으며 많은 신교도를 처형했다. 그 때문에 후세에 '피의 메리'라고 불렸다.
⑤ 엘리자베스 1세(1558~1603) : 종교적 균형을 유지하며 강력한 절대왕정을 이루었다. 오랜 치세 동안 영국을 강대국으로 만든 처녀여왕이다.

✤ 스튜어트 왕조의 왕들

① 제임스 1세(1603~1625) : 스코틀랜드의 제임스 6세가 엘리자베스 여왕이 후계자 없이 서거하자, 혈연에 의해 제임스 1세로 잉글랜드 왕위에 올랐다. 왕권신수설을 주창하여 왕권 강화를 꾀했으며, 개혁을 추진하다가 귀족들의 반감을 사서 암살당했다.
② 찰스 1세(1625~1649) : 제임스 1세의 차남으로 즉위 후 의회와 계속해서 충돌했다. 결국 청교도혁명이 일어나 1649년에 처형당했다.
③ 찰스 2세(1660~1685) : 찰스 1세의 아들로 청교도혁명에서 찰스 1세가 패배하자 프랑스로 피신하였다. 크롬웰 정권이 붕괴하자 귀국하여 왕정복고를 실현했다.
④ 제임스 2세(1685~1689) : 형 찰스 2세의 뒤를 이어 즉위하였다. 가톨릭 복고를 꾀하고 절대주의를 강화하자 1688년에 명예혁명이 일어나 프랑스로 망명했다.
⑤ 메리 2세(1689~1694) : 제임스 2세의 장녀로 명예혁명 이후 영국 의회의 〈권리선언〉을 수락하고 남편 윌리엄 3세와 공동으로 왕위에 올랐다.
⑥ 윌리엄 3세(1689~1702) : 네덜란드 빌헬름 2세와 영국 찰스 1세의 딸 메리의 아들이다. 제임스 2세의 장녀인 메리와 결혼하여 네덜란드로 갔다가 영국에서 제임스 2세에 대한 비판이 높아지자, 의회의 요청에 따라 군대를 이끌고 영국에 상륙하였다. 〈권리장전〉을 승인하고 메리와 함께 즉위하여 명예혁명을 달성하였다.
⑦ 앤(1702~1714) : 제임스 2세의 차녀로 신교도였다. 윌리엄 부부의 계승자로 정해져 윌리엄 3세가 죽자 즉위했다. 1707년에 스코틀랜드와 잉글랜드의 합병으로 그레이트브리튼 왕국이 성립되어 첫 군주가 되었다. 자식들이 모두 요절한 여왕이 죽자, 제임스 1세의 손녀로 독일 하노버 왕가의 왕비였던 소피아의 아들이 조지 1세로 즉위함으로써 하노버 왕가가 시작되었다.

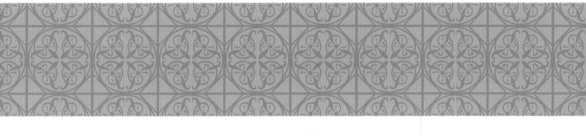

당대 최고의 유흥, 연극

03

●●● 당시에는 요즘과 같은 유흥거리가 많지 않아서 연극은 아주 인기 있는 유흥의 하나였습니다. 하지만 런던 시당국은 연극을 곱게 바라보지 않았습니다. 걸인이나 불량배 들이 꼬이는 극장은 치안이 취약하고 불법과 무질서가 난무하는 장소였으며, 위생적으로도 페스트와 같은 전염병을 확산시킬 위험이 컸기

〈17세기 런던의 전경〉
템스 강을 중심으로 위쪽이 시내이고, 아래쪽이 극장이나 유흥가가 밀집했던 곳이다.

● 도제
직업에 필요한 지식, 기능을
배우기 위하여 스승의 밑에서
일하는 직공이다.

● 엘리자베스 시대에 극장들은
템스 강 남쪽 둑 공터에 모여
있었다. 이곳에는 극장 외에도
술집, 동물 투기장 같은 오락
시설이 밀집되어 있었다. 런던
시의 관할권이 미치지 않는 우
범 지대였다.

때문입니다. 또한 새로운 연극으로 도제˙들을 유혹하여 생산에 차질을 빚기도 했습니다. 그래서 런던 시 당국은 런던 시내에 극장을 건립하는 것을 허락하지 않았습니다. 대부분의 극장들이 템스 강 이남에 세워진 것도 바로 그런 이유 때문입니다.˙

당시에 배우들은 신분이 아주 불안정하였기에 왕을 비롯한 고위 공직자의 후원을 받아 그들 집에 속한 하인으로 신분의 보장을 받아야만 자유로이 공연을 하러 다닐 수 있었습니다. 엘리자베스 여왕 시대에는 셰익스피어가 속한 극단이 궁내부대신의 후원을 받아 '궁내부대신 극단'이라고 불렸습니다. 그러다가 제임스 1세가 왕위에 오른 뒤에는 제임스 1세가 후원자가 되어 '왕의 극단'으로 승격되었습니다.

또한 모든 극장 공연작들은 공연 전에 검열을 받아야 했습니다. 본래 검열을 담당한 관리는 연회 담당관으로서 궁에서 공연하는 극들만 검열을 했습니다. 그러나 갈수록 검열이 강화되었고 여왕은 모든 연극에 대한 검열을 명령했습니다. 그리고 1598년에는 런던에서 두 극단만이 연극을 공연할 수 있도록 허락했습니다. 두 극단 중 하나가 셰익스피어가 속한 극단이었고, 다른 하나는 '애드미럴 극단'이었습니다. 이 극단들은 모두 여왕의 사촌을 후원자로 두고 있었습니다.

1603년에 셰익스피어가 속한 궁내부대신 극단이 실내극장인 블랙프라이어즈를 임대하면서부터 관객층이 분화하기 시작했습니다. 관람료가 더 비싼 사설극장인 블랙프라이어즈는 좀 더 수준 높은 고급 관객들이 찾았습니다. 무대 또한 훨씬 정교해져서 새로운

극적 실험을 할 수 있었습니다. 그래서 이 극장에서는 로맨스 혹은
희비극이라고 불리는 귀족적인 새로운 레퍼토리들을 준비했습니다. 셰익스피어가 후기에 로맨스 장르를 쓴 이유에는 바로 이처럼
극장 상황이 변화한 탓도 있습니다.

관객의 상상력에 호소한 무대

요즘의 연극은 극의 성격에 따라 조금씩 다르지만, 무대 장치도
화려하고 조명과 음향 효과도 아주 잘 발달되어 있습니다. 그러나
셰익스피어 시대의 극장은 지금의 극장과 여러 가지 면에서 많이
달랐습니다. 당시에는 지금처럼 멋진 무대 장치도 없었고, 정교하
고 사실적인 무대 배경도 없었습니다. 자연 채광 외에는 다른 조명
도 따로 없었습니다. 그래서 주로 오후 2시경인 밝은 대낮에 극이
공연되었으며, 사실적인 효과보다 관객의 상상력에 많이 호소했습
니다. 따라서 폭풍우 치는 날씨나 전투 장면 등, 다양한 장면을 표
현할 때는 배우의 대사만으로 관객의 머릿속에 상상력을 불러일으
켜야 했습니다.

예를 들어 당시 관객들은 화창한 대낮에 공연을 보면서 《로미오
와 줄리엣》의 발코니 장면에서 아름다운 밤을 상상해야 했고, 《리
어 왕》의 폭풍우 장면을 상상해야 했습니다. 리어 왕 역을 맡은 배
우가 하얀 수염을 달고 등장하여 "바람아 불어라. 이 늙은이의 흰
수염을 잡아 뜯어라."라고 울부짖습니다. 배우가 이렇게 절규하면,
관객들은 노인이 정말 거센 폭풍우와 싸우고 있기라도 한 듯 상상

• 셰익스피어의 《안토니와 클
레오파트라》는 장면이 총 42장
이나 된다. 셰익스피어 시대에
는 무대 장치나 무대 배경 없
이 등장인물들이 대사를 통해
관객들에게 장소를 알려 주었
다. 그래서 장면의 변화도 쉬웠
고, 장소도 자유롭게 바꿀 수
있었다. 이로 인해 42장이나
되는 장면의 변화가 가능했고,
이집트와 로마를 넘나드는 이
극을 지금 우리가 생각하는 것
보다 쉽게 연출할 수 있었다.

하면서 노인의 고통스러운 여정을 동정하곤 했습니다.

가끔 셰익스피어의 대사가 현대 독자들에게 다소 장황하게 느껴지기도 하는데, 바로 이러한 이유도 한몫을 했습니다. 지금은 다양한 연극적 효과들로 나타낼 수 있는 것들을 모두 대사로 전달하다 보니 배우들의 대사가 길어질 수밖에 없었던 것입니다. 물론 대사가 아주 장황하던 고전극으로부터 영향을 받은 탓도 있습니다.

배우는 모두 남자

당시에는 여자들이 무대에 서는 것이 허용되지 않았습니다. 그래서 모든 배우들이 남자였으며, 여자 역은 변성기가 아직 지나지 않은 소년들이 여장을 하고 연기했습니다. 《안토니와 클레오파트라》에서 로마의 전리품으로 끌려가기를 거부하는 클레오파트라의 대사에도 이러한 무대 환경이 드러납니다.

> **클레오파트라** 클레오파트라 역을 맡은 뺙뺙거리는 애송이 놈이
> 화냥년으로 분장을 해서 내 위엄을 욕되게 하는 꼴을
> 보게 될 것이다.(5.2.218-220)

북을 들고 광대 분장을 한 리처드 탈튼의 모습.

셰익스피어의 많은 작품 속에 아버지는 등장하지만 어머니가 등장하지 않는 것도 같은 이유 때문입니다. 어린 소년들이 엄마 역할을 하기는 좀 어려웠을 테니까요. 또한 희극에서 여자 주인공들이 남장을 하고 길을 떠나는 이야기가 많이 나오는데, 이것 역시 여자

역을 맡은 남자 배우가 남자 연기를 한 셈입니다. 영국에서 여배우가 무대에 서는 것은 1662년이 되어서야 비로소 가능해집니다.

　당시 주인공 역으로 인기를 끈 배우로는 리처드 3세 역으로 명성을 얻은 뒤 햄릿과 오셀로 역까지 맡았던 리처드 버비지가 있습니다. 광대 역으로 인기를 누린 희극 배우들도 많았는데 로버트 윌슨, 리처드 탈튼, 그리고 윌 켐프가 있습니다.

● 리처드 버비지(1567~1619)
16, 17세기에 활동한 영국의 연극배우. 1576년에 '씨어터 The Theatre'라는 최초의 공설극장을 세운 제임스 버비지의 아들이다. 리처드 3세, 햄릿, 리어 왕, 오셀로 역 등을 맡았던 것으로 기록되어 있다. 동생 커스버트와 함께 1599년에 지구 극장을 설립했다.

✣ 여배우 기용에 관한 찰스 2세의 특허장

찰스 2세는 극장 소유자인 토마스 킬리그루와 윌리엄 데이브넌트에게 1662년에 내린 특허장에서 여자들을 무대에 기용하는 것을 허가했다. 이때 그는 남자 배우가 여자 역할을 하는 것은 신이 내린 남성성을 거역하는 모독 행위이기 때문이라고 그 취지를 밝혔다. 하지만 사실은 무대에 선 첫 여배우인 어머니 헨리에타 마리아 왕비 때문에 이런 허가를 한 것으로 알려져 있다. 찰스 1세의 부인이자 찰스 2세

남장 여자
낭만 희극 《십이야》에서 세자리오라는 시종으로 남장한 여주인공 바이올라(왼쪽에서 두 번째).

와 제임스 2세의 어머니이기도 한 프랑스의 헨리에타 마리아 왕비는 궁정 가면극의 주요 후원자로서 직접 연기를 하기도 하였다. 그녀는 청교도혁명 전에 영국 궁정에서 공연된 마지막 가면극인 〈살마시다 스폴리아 Salmacida Spolia〉에 찰스 1세와 함께 출연했다.

당대의 관객

극장 관객의 구성원을 살펴보면, 연극을 반대하던 청교도들이 대다수를 차지하던 중산층보다 귀족이나 교육을 받지 못한 장인匠人, 견습공, 여성 등이 많은 비중을 차지한 듯합니다.

이처럼 당시의 극장은, 아주 지위가 높은 사람들부터 신분이 낮고 가난하고 배우지 못한 관중들까지 여러 계층의 사람들이 모이는 장소였습니다. 그러다 보니 셰익스피어의 극에는 고상하고 수준 높은 내용도 있지만, 배움이 적은 사람들도 웃고 즐길 수 있는 내용들도 들어 있습니다. 셰익스피어 극의 정치성이 모호할 수밖에 없었던 것도 이러한 이유 때문으로 그는 지배 계층과 피지배 계층의 정치적 견해 사이에서 적당한 거리를 유지하며 애매한 태도를 취할 수밖에 없었습니다.

이렇게 다양한 계층 사람들의 입맛을 골고루 맞춘 것이, 셰익스피어가 오래도록 인기를 유지할 수 있었던 이유 가운데 하나일 것입니다. 그의 극 속에는 특정 계급이나 계층의 문화가 아니라 당대의 모든 체험이 녹아 있습니다. 특히 무대 주변의 서서 보는 싸구려 관람석을 차지하던 관객들은, 대부분 극의 내용이나 어려운 대사는 이해하지 못하고 그저 단순한 우스갯소리나 농담만 즐기러 왔을 것입니다. 《햄릿》에서 햄릿이 배우들에게 연기를 지도하면서 이러한 관객을 비꼬는 대사가 나옵니다.

햄릿 아니, 더욱 철저히 고쳐야 해.

청교도들은 극장을, 쾌락을 추구하는 자들이 모여 퇴폐와 풍기 문란을 조장하는 공간이라고 생각했다. 또한 부도덕함을 조장하고 견습공들을 생업에서 태만하게 만드는 악의 소굴로 여겼으며, 남자가 여자 역을 하고 저급한 배우가 신성한 왕 역할을 하는 것이 엄격한 사회질서를 어지럽힌다고 생각했다. 그러나 가장 중요한 탄압의 이유는 극장이 주말에도 공연하면서 사람들이 교회에 가는 대신 극장으로 몰려들었기 때문이다. 그들이 세력을 잡은 공화정 시절에는 급기야 모든 극장이 폐쇄되었다.

그리고 어릿광대 역도 대본에 없는 대사는

지껄이지 않도록 하게. 그 가운데는

얼마 안 되는 멍청한 관객들을 웃기려고

자기가 먼저 웃어 보이는 녀석들도 있지.

그렇게 웃으면서 녀석들은 연극의 핵심은

까맣게 잊어버리고 말지. 아주 기가 막힐 노릇이야.(3.2.38~44)

여기서 '얼마 안 되는 멍청한 관객'이 바로 그들입니다. 이처럼 《햄릿》이나 《헨리 4세》1, 2부처럼 당시 인기가 많던 극들은 심오한 철학적, 정치적 문제에 대한 논의와 함께 무식하고 자극적인 것을 추구하는 관객을 위한 흥미진진한 행위와 볼거리가 섞여 있는 극들이었습니다.

삼천 명을 수용한 글로브 극장

'지구 극장'이라는 뜻의 글로브 극장은 1599년에 리처드 버비지와 커스버트 버비지 형제가 세웠습니다. 런던 시 외곽 지역인 사우스워크에 세워진 이 극장은 8각형 모양이었으며, 런던의 대표적인 극장 네 곳 중 하나로 평가받을 정도로 규모가 큰 극장이었습니다. 이곳은 수많은 셰익스피어의 작품을 공연하는 본거지였습니다(셰익스피어 극들은 가끔 왕궁에서 공연되기도 했습니다).

글로브 극장은 관객석 위만 지붕이 있고 가운데 부분은 뻥 뚫린 야외극장입니다. 원래 연극은 전용 극장이 생겨나기 전에 여인숙의

앞마당에서 주로 공연되었습니다. 그래서 글로브 극장은 여인숙 앞마당처럼 가운데 공터를 3층으로 된 객석이 둘러싸고 있습니다. 공터 한쪽에 무대가 있고, 그 무대를 둘러싼 마당에는 서서 보는 싸구려 관람객을 위한 객석이 있었습니다. 그래서 셰익스피어 시대 극장은 관객과 무대가 완전히 구분되어 있는 요즘의 극장과 달리, 관객과 배우의 관계가 훨씬 더 친밀했으며 현실과 연극 사이의 경계도 모호했습니다.

글로브 극장은 1613년에 《헨리 8세》를 공연하다가 화재로 불탔습니다. 이듬해에 바로 재건되었지만, 청교도들이 정권을 차지한 뒤에 다시 철거되었습니다. 지금 남아 있는 글로브 극장은 1906년에 신축된 것입니다.

이 글로브 극장은 무려 3천 명이나 되는 관객을 수용할 수 있었다고 합니다. 지붕이 있는 좋은 관람석에는 지위가 높은 귀족들이 앉았고, 돈이 없는 가난한 사람들은 1페니˙ 정도만 내고 무대 주변의 마당에 서서 극을 보았습니다.

글로브 극장 지붕에는 헤라클레스가 자신의 짐인 이 세상, 즉 지구를 짊어지고 있는 모습 위에 '이 세상 모두가 연극의 무대Totus Mundusagit Histrionem'라는 뜻의 라틴어가 쓰여 있는 휘장이 내걸렸습니다. 플라톤˙ 시대부터 유래된 이 사상도 셰익스피어가 몰두한 주요 주제 가운데 하나입니다. 즉 셰익스피어는 수많은 대사를 통해 우리의 인생을 한 편의 연극에, 인간들을 배우에 비유하곤 했습니다.

˙요즘 환율로 따져 볼 때 1페니는 우리 돈으로 20원 정도이다. 하지만 당시에는 화폐 가치가 높아 2페니면 암탉 한 마리를 샀다고 한다.

˙플라톤
고대 그리스의 철학자(기원전 428~기원전 347). 소크라테스의 제자로, 아카데미를 개설하여 전 생애를 교육에 바쳤다. 대화편(대화의 형식으로 쓴 책)을 다수 쓰고, 초월적인 이데아가 참 실재(實在, 사물의 본질적 존재)라고 하는 사고방식을 전개했다. 철학자가 통치하는 이상 국가의 사상으로도 유명하다. 저서에 《소크라테스의 변명》, 《국가》 등이 있다.

✛ 글로브 극장의 내부 구조

무대 바닥의 뚜껑문
무대 바닥에는 위로 뚜껑을 들어 여는 문이 하나 있었는데, 그 문은 무대 아래의 조그만 구덩이로 연결되어 있다. 그 문을 통해 배우들이 갑자기 나타나기도 하고 사라지기도 했으며, 그 아래 구덩이는 주로 지옥이나 무덤으로 사용되었다.

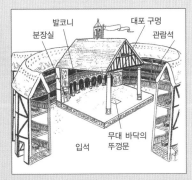

발코니
분장실
대포 구멍
관람석
입석
무대 바닥의 뚜껑문

관람석(갤러리)
무대를 둘러싼 3층 높이의 관람석에는 최대 2천 명의 관객을 수용할 수 있는 좌석이 마련되어 있다.

분장실
무대 뒤쪽 공간은 배우들이 들고 나며 옷을 갈아입고 분장을 하는 공간으로 사용되었다.

입석
무대를 둘러싼 마당이 곧 서서 보는 싸구려 관람석이다. 무대 맨 앞에 악단석이 있기도 했다.

발코니
무대 바로 위의 발코니에서는 《로미오와 줄리엣》의 발코니 장면 같은 것을 연출하기도 하고 악단이 앉아 연주하기도 했다.

대포 구멍
전투 장면을 연출할 때 이곳에서 실제로 대포를 쏘았다고 한다. 1613년에 《헨리 8세》를 상연하던 중에도 대포를 쏘는 장면이 있었는데, 그 불꽃이 짚으로 만든 지붕으로 옮겨 붙어 불이 났다.

04 셰익스피어 극의 시기별 특징

〈비극과 희극 사이의 셰익스피어〉
셰익스피어 극의 성격은 일반적으로 네 시기별로 다르게 나타난다. 리처드 웨스톨, 1825.

● ● ● 셰익스피어의 작품 38편은 장르별로 나누어지지만, 쓰인 시기별로도 다른 경향을 보입니다.

셰익스피어의 작품 세계는 일반적으로 제1기부터 제4기까지 네 시기로 분류합니다. 시기별로 집중된 장르가 달라지기도 하고, 같은 희극이라 하더라도 제2기에 쓰인 것과 제3기에 쓰인 극의 성격이 많이 다릅니다. 또한 셰익스피어의 4대 비극은 모두 제3기에 쓰였으며, 제4기에는 로맨스라는 독특한 장르만 집필했습니다. 이렇듯 시기별로 작품의 수준이나 분위기 등이 크게 달라지는 까닭에 어떤 작품이 어느 시기에 쓰인 것인가를 파악하는 것은 작품을 이해하는 데 큰 도움이 됩니다.

셰익스피어 극의 시기 분류는 학자마다 다소 의견이 다르기도 하지만, 가장 보편적으로 여겨지는 네 시기 분류에 따라 설명하겠습니다.

제1기(1590~1594): 습작기

흔히 습작기라고 부르는 제1기의 극들은 후기 작품들에 비해 작품의 토대가 된 원전을 기계적으로 따르는 경향이 있습니다. 그래서 플롯이 치밀한 극적 구조 속에 통합되어 있지 않고, 관련된 여러 사건들이 나열될 뿐입니다. 언어도 등장인물의 심리묘사나 사건의 진행에 직접적인 관련이 없는 경구警句나 말장난, 미사여구, 장황한 수사 들을 많이 사용하고 있습니다.

제1기에는 《실수 희극The Comedy of Errors》, 《말괄량이 길들이기The Taming of the Shrew》, 《베로나의 두 신사Two Gentlemen of Verona》까지 세 편의 희극을 썼습니다.

《실수 희극》은 흔히 상황 희극이라고 하는 장르에 속하는데, 쌍둥이 형제와 그들의 쌍둥이 하인으로 인해 벌어지는 소동을 그린 것입니다. 극 중의 사건이 인물의 성격에 의해서가 아니라 변장과 같은 고의적인 계략이나 사람 잘못 알아보기 같은 상황을 이용하여 복잡하게 얽힌 이야기가 전개되는 극입니다.

《말괄량이 길들이기》는 낭만 희극으로 분류되기도 하고 소극笑劇으로 분류되기도 합니다. 셰익스피어의 작품 중 유일하게 서극(도입극)이 있는 극으로, 본극은 서극 속 주인공 슬라이를 위해 공연되

《실수 희극》1막 1장 난파 장면》
에게온의 아내가 자신의 쌍둥이 아들 중 큰아들과 쌍둥이 몸종 가운데 형과 함께 코린토스의 어부들에 의해 구조되고 있다. 보이델 셰익스피어 갤러리 소장.

● 소극笑劇
관객에게 의미 있는 메시지를 전달하거나 인간성에 대해 심도 있게 통찰하기보다 웃음을 주고자 만든 극으로, 우스꽝스러운 상황이나 대사, 행동 등으로 웃음을 유발시킨다.

〈프로테우스로부터 실비아를 구하는 밸런타인〉
《베로나의 두 신사》의 한 장면. 프로테우스는 실비아에게 청혼하나 그녀가 거부하자, 강제로 겁탈하려고 한다. 그때 밸런타인이 나타나 실비아를 구해 주고, 프로테우스를 용서한다. 윌리엄 홀먼 헌트, 1851, 버밍엄 미술관 소장.

● 장미전쟁
1455년부터 1485년까지 영국의 랭커스터 가와 요크 가 사이에서 벌어진 왕위 쟁탈전. 전자는 붉은 장미, 후자는 흰 장미를 문장(가문을 나타내기 위한 상징적인 그림)으로 한 데에서 이 이름이 생겼다. 이 전쟁으로 많은 귀족과 기사의 세력이 꺾이고 왕권이 강화되어 영국은 절대왕권 시대로 접어들었다.

는 극중극입니다. 천하의 말괄량이를 길들여 유순한 아내로 만든다는 줄거리 속에 부부간의 기 싸움을 통한 양성간의 팽팽한 긴장과 말싸움, 셰익스피어 특유의 재치 있는 말장난, 개성 있는 인물들의 생동감이 극 전체에 유쾌한 웃음과 활기를 부여하여 예나 지금이나 인기가 많은 극입니다.

《베로나의 두 신사》는 낭만 희극에 속하며 전형적인 이탈리아식 애정 모험극입니다. 절친 사이인 프로테우스와 밸런타인이 밀라노 공작의 딸 실비아를 사이에 두고 연적 관계에 놓입니다. 본래 프로테우스에게는 줄리아라는 연인이 있었으나, 실비아를 사랑하게 되면서 친구 밸런타인과 연인 줄리아를 배신하게 된 것이지요. 우여곡절 끝에 밸런타인과 실비아, 프로테우스와 줄리아 이 두 쌍의 연인들은 서로의 잘못을 용서하고 원래의 짝과 행복하게 결합합니다. 사랑과 우정, 계략과 음모가 줄거리를 복잡하게 전개시키지만, 결말은 화해와 축복으로 맺어지는 낭만 희극의 전형적인 형식을 띠고 있습니다.

제1기의 사극은 모두 영국 역사를 다룬 작품들로 《헨리 6세》 1, 2, 3부와 《리처드 3세》가 있습니다.

《헨리 6세》 1, 2, 3부는 15세기에 일어난 장미전쟁˙을 그린 것입니다. 강력한 군주 헨리 5세가 죽은 뒤 그의 유약한 아들이 헨리 6세로 통치하던 중 요크 가문의 형제들이 왕권 찬탈 전쟁을 일으킵니다. 이 전쟁은 헨리 6세와 그의 태자가 죽음으로써 에드워드 4세가 이끄는 요크 가의 승리로 끝납니다. 밑도 끝도 없는 음모와 배신, 이해하기 힘든 갑작스런 심리 변화 등 구성이 다소 산만한 느낌을 주며 인물 묘사에서도 아직 개연성과 치밀함이 떨어져 초기극의 한계를 보여 줍니다.

《리처드 3세》는 장미전쟁의 마지막 순간을 극화한 것입니다. 에드워드 4세의 동생인 리처드가 형과 조카들을 암살하고 왕권을 찬탈합니다. 그러나 왕위에 오른 리처드 3세에 대해 귀족들이 반란을 일으켜 영국은 다시 내란에 휩싸입니다. 마침내 랭커스터 가의 외척이자 튜더 왕조의 시조가 된 리치먼드 백작 헨리 튜더가, 리처드 3세를 보즈워스 전투에서 물리치고 왕권을 차지하는 것으로 막을 내립니다. 이 극은 왕권 찬탈자의 이야기를 다룬 면에서 제3기의 작품인 《맥베스》와 비슷하나, 리처드 3세는 맥베스가 보여 주는 내

〈타우턴의 헨리 6세〉
헨리 6세가 전투지에서 빠져 나와 홀로 숲 속을 거닐며 험난한 자기 인생을 탄식하고 있다. 윌리엄 다이스, 1855~1860, 런던, 길드홀 미술관 소장.

《티투스 안드로니쿠스》 2막 2장

티투스 안드로니쿠스의 딸 라비니어가 고드족의 여왕 타모라의 두 아들에 의해 능욕당한다. 1793, 보이델 셰익스피어 갤러리 소장.

* 로마의 비극 작가인 세네카는 셰익스피어 시대 극작가들에게 대단히 많은 영향을 주었다. 세네카 극의 특징은 첫째로 언어가 아주 장황하고 수사적이며, 둘째로 대부분 유혈적이고 폭력적인 복수극이다. 셋째로 5막 구성으로 되어 있으며, 넷째로 유령이나 마녀 같은 초자연적 인물들이 등장한다.

적 고뇌와 갈등을 지니지 못하고 심리적 복잡성과 깊이가 떨어지는 단순한 악한에 그침으로써 역시 초기극의 한계를 보여 줍니다.

제1기의 유일한 비극인 《티투스 안드로니쿠스 *Titus Andronicus*》는 로마의 대장군 티투스 안드로니쿠스가 자신의 딸을 능욕한 자들에게 잔인하게 복수한다는 내용으로, 로마의 작가 세네카의 영향을 가장 많이 보여 주는 유혈 복수극입니다.*

제2기(1595~1600): 희극과 사극의 완성기

셰익스피어는 제2기에 들어서 사극과 낭만 희극을 거의 완벽한 형태로 발전시킵니다. 그리고 이때부터 다양한 사건을 하나의 플롯 속에 짜 넣어 기존의 이야기들을 재구성하고 여기에 다채로움과 생동감을 부여하는 데 천재적 자질을 보여 줍니다.

이 시기는 긍정적인 사고가 작품을 지배하던 무렵이어서, 이때 쓴 비극은 《로미오와 줄리엣 *Romeo and Juliet*》 하나뿐입니다. 이 극은 사랑 이야기의 대명사로 대단히 많은 인기를 누렸습니다. 하지만 인물의 성격적 결함으로 인한 비극성을 가진 후기 비극들에 비해, 플롯이 운명적 요소에 너무 많이 의존하여 진행되는 운명 비극으로서의 성격이 강합니다.

제2기에 쓰인 사극 《리처드 2세》, 《헨리 4세》 1, 2부, 《헨리 5세》는 서로 이어지는 역사 사실을 다룬 작품입니다.

《리처드 2세》에서 무능하고 인기 없는 왕 리처드 2세는 사촌 헨리 볼링브로크(후에 헨리 4세)를 부당하게 추방하고 재산까지 몰수합니다. 그러자 볼링브로크가 반란을 일으켜 신민들의 지지를 받아 무혈로 리처드 2세를 폐위시키고 왕권을 차지합니다.

〈왕관을 볼링브로크에게 양도하는 리처드 2세〉
지배권을 잃은 리처드 2세가 볼링브로크에게 왕관을 양도함으로써 헨리 4세는 무혈로 왕권을 차지하게 되었다. 매서 브라운, 1801, 런던, 대영박물관 소장.

그러나 왕위에 오른 헨리 4세도, 《헨리 4세》에서 계속되는 정치적 불안정을 겪습니다. 그가 왕권을 찬탈하는 데 기여한 공신들이 계속해서 반란을 일으켰으며, 게다가 그의 아들 핼 왕자는 폴스태프라는 술주정뱅이 늙은 기사를 비롯한 저잣거리의 시정잡배들과 어울려 방탕을 일삼고 갖은 말썽을 일으키고 다녔습니다. 하지만 핼 왕자는 반란군을 진압하는 과정에서 군주로서의 면모를 입증하고, 헨리 4세가 죽은 뒤 왕위에 올라 헨리 5세가 됩니다. 왕자는 전과 달리 왕으로서의 위엄을 갖추면서 그동안 함께 못된 짓을 하던 자들을 멀리합니다. 《헨리 4세》 1, 2부는 셰익스피어 사극 가운데 가장 인기 있는 극으로 역사적 사실을 다루는 사극에, 탕아에서 이상적 군주로 발전하는 왕자라는 민담적 요소와, 쾌활하고 재치 있는 허풍쟁이 뚱뚱보 기사 폴스태프를 중심으로 한 희극적 요소를 첨가하여 셰익스피어만의 독특한 사극 세계를 창조해 냈습니다.

《헨리 5세》에서는 왕으로 등극한 핼 왕자를 이상적인 군주로 그립니다. 헨리 5세는 프랑스와 전쟁을 선포하고 아쟁쿠르 전투˚에

● 아쟁쿠르 전투
북프랑스의 작은 마을 아쟁쿠르에서 벌어진 백년전쟁의 전투 중 하나. 1415년 10월 25일에 프랑스군이 영국군에게 대패하였다. 이 전투에 헨리 5세와 프랑스의 샤를 6세의 군대가 참전했다.

서 대승을 거둡니다. 그리고 프랑스 왕 샤를 6세의 딸 카트린과 결혼하여 프랑스와 평화조약을 맺습니다. 이 극에서 셰익스피어는 헨리 5세를 정의감과 엄격함, 의무감, 정치가적 능력, 탁월한 전쟁 능력 등을 지닌 이상적인 군주상으로 묘사하고 있습니다.

이 밖의 사극으로는 줄리어스 시저®의 암살을 둘러싼 내용을 다룬 로마 사극 《줄리어스 시저Julius Caesar》가 있습니다. 이 극은 시저가 정적인 폼페이우스를 제거하여 정치가로서 권력의 정상에 올랐을 때 암살당하는 내용을 다룬 것입니다. 하지만 이 극에서는 시저보다 시저 암살에 가담한 로마의 이상주의 정치가 브루투스®에게 초점이 맞춰져 있습니다. 그래서 시저는 극의 전반부에서 암살되고, 시저가 암살되는 사건을 전후로 브루투스가 겪는 심리적 갈등과 고민이 극의 주요 내용을 이룹니다.

이 시기에는 무엇보다 젊은 남녀의 사랑을 그린 낭만 희극을 많이 썼습니다. 대표작 《한여름밤의 꿈A Midsummer Night's Dream》은 요정들이 등장하여 사랑의 묘약으로 인간들의 사랑을 이루어지게 하는 환상적이면서도 아름다운 희극입니다.

역시 젊은 남녀의 사랑 이야기를 다룬 《사랑의 헛수고Love's Labour's Lost》는 1597년 혹은 1598년 크리스마스 때 엘리자베스 1세 여왕 앞에서 초연된 것으로 알려진 궁정 희극으로, 줄거리는 비교적 가볍고 간단합니다. 나바르(옛날 나바라 왕국의 프랑스 이름)의 왕인 퍼드넌드와 세 명의 신하가 욕망을 끊고 학문에만 전념하자고 맹세한 찰나에 프랑스 공주가 세 명의 시녀를 거느리고 방문하자, 왕 일행이 이들에게 마음을 빼앗기면서 맹세를 깨는 내용입니다. 이 희극

● 줄리어스 시저
로마의 군인이자 정치가(기원전 100~기원전 44). 크라수스, 폼페이우스와 더불어 제차 삼두정치(세 명의 지도자가 동맹하여 행하는 전제정치)를 수립하였으며, 갈리아와 브리타니아에 원정하여 토벌하였다. 크라수스가 죽은 뒤 폼페이우스마저 몰아내고 독재관이 되었으나, 공화정치를 옹호한 브루투스 등에게 암살되었다. 시저Caesar는 카이사르Caesar의 영어 이름이다.

● 마르쿠스 브루투스
로마 공화정 말기의 정치가(기원전 85~기원전 42). 내란 때 시저에게 대항했으나 사면되었을 뿐만 아니라 요직에 임명되었다. 그러나 왕이 되고자 하는 시저의 야심을 알아채고 그를 암살했다.

은 궁정 문화의 위선과 속물적 근성을 생생하게 묘사함으로써 귀족 사회를 풍자하는 '풍속 희극comedy of manners'입니다. 별 내용이 없다는 구성상의 결함이 있으나, 궁정 문화의 우아한 분위기와 풍자적 기지에서 가치를 발휘하는 극입니다.

또 다른 희극 《헛소동Much Ado about Nothing》은 등장인물 두 쌍의 각기 다른 사랑 이야기가 대비를 이루는 극 구조를 지니고 있습니다. 피렌체의 영주 클라우디오 백작은 메시나 군주 레오나토의 딸 히어로와 사랑에 빠지지만, 아라곤의 왕자 돈 페드로의 의붓형제 돈 존의 음모에 빠집니다. 그 결과 클라우디오는 히어로가 부정하다고 믿게 되고 결혼식장에서 파혼을 선언하여 히어로를 실신시킵니다. 하지만 우여곡절 끝에 그녀의 정조가 증명되어 두 사람은 다시 만납니다. 반면 군인 베네디크와 히어로의 사촌 베아트리체는 서로 앙숙이자, 둘 다 결혼을 경멸하고 독신을 주창하는 인물입니다. 그런데 돈 페드로의 속임수에 빠져들어 서로 상대방이 자신을 사랑한다고 믿게 되고, 그 사이 애정이 싹터 결국은 서로에게 사랑을 고백합니다. 부플롯으로 펼쳐지는 베네디크와 베아트리체의 코믹한 사랑 이야기는 주플롯인 클라우디오와 히어로가 사랑의 고난을 겪는 이야기와 대조적인 모습을 보여 줍니다. 특히 이 극은 베네디크와 베아트리체의 기지에 넘치는 언어 대결로 유명합니다.

그 밖의 희극 《좋으실 대로As You Like It》와 《십이야 Twelfth Night》는 남장을 한 여주인공들이 역경을 딛고 사랑을 이루어 가는 이야기입니다. 이러한 낭만 희극들

〈헨리 5세와 프랑스 공주의 만남〉
윌리엄 켄트, 1729~1730경, 런던, 로열 컬렉션 소장.

《헛소동》의 한 장면〉
윌리엄 해밀턴이 그린 〈헛소동〉을 장 피에르 시몽이 동판화로 제작하였다. 1790, 워싱턴, 폴저 셰익스피어 도서관 소장.

〈허언의 참나무 아래 앉아 있는 폴스태프〉
유부녀들을 희롱하려 한 폴스태프를 앤, 퀴클리 부인 등이 골탕먹이려 하고 있다. 로버트 스머크, 1793, 워릭셔, 왕립 셰익스피어 극단 소장.

은 대부분 결혼식 피로연 같은 떠들썩한 잔치로 끝나는 것이 특징입니다.

위의 희극들과 성격이 조금 다른 《윈저의 즐거운 아낙네들 _The Merry Wives of Windsor_》도 이때 쓴 희극 중 하나입니다. 《헨리 4세》에 등장한 희극적 인물 폴스태프를 주인공으로 한 가벼운 소극으로, 일설에는 엘리자베스 여왕이 《헨리 4세》에 등장한 폴스태프를 너무 좋아해서 사랑에 빠진 그를 보고 싶다고 요구하여 쓴 작품이라고 합니다. 윈저 궁전에서 초연된 것으로 추정되는 이 극은, 노병 폴스태프가 두 명의 부인들에게 같은 내용의 연애편지를 보냈다가 그녀들한테 희롱을 당하는 내용입니다. 당시 영국의 시민생활을 그린 셰익스피어의 유일한 희곡으로 이색적이게도 전편을 거의 산문으로 썼습니다.

제3기(1601~1608): 암울한 비극의 시기

앞에서도 언급했듯이 엘리자베스 1세의 말년부터 셰익스피어의 극 세계는 비극적 색채를 띠게 됩니다. 이러한 시대적 배경을 바탕으로 예술적으로 절정기를 맞은 셰익스피어는, 이 시기에 《햄릿》, 《맥베스》, 《리어 왕》, 《오셀로》 등 위대한 작품들 대부분을 썼습니다. 그리고 언어 구사력과 성격 창조에서도 크게 발전하여 천재 극작가로서의 면모를 갖추게 됩니다. 딸과 아내를 잃었다가 다시 상봉하는 내용의 낭만극 《페리클레스 _Pericles_》를 제외한 이 시기의 모든 작품은 인생의 비극적인 면을 그리고 있습니다. 심지어 《끝이 좋으면 다 좋아*All's Well that ends Well*》나, 《자에는 자로*Measure for Measure*》, 《트로일러스와 크레시다*Troilus and Cressida*》 같은 희극조차도 내용이 비극적이고 너무 심각해서 '문제 희극'이라 불렀습니다.

셰익스피어의 후기 4대 로맨스극(《심벌린》, 《겨울 이야기》, 《태풍》, 《페리클레스》) 중 하나인 《페리클레스》는 타이어의 왕 페리클레스가 온갖 비극적 운명을 겪다가 결국에는 잃었던 아내와 딸을 만나 행복하게 재회한다는 전형적인 낭만극 구조를 띠고 있습니다.

《끝이 좋으면 다 좋아》는 영국의 저술가 윌리엄 페인터의 《쾌락의 궁전》에 수록된 설화를 소재로 하여 쓴 극입니다. 주인공 헬레나는 명의名醫인 아버지가 세상을 떠난 뒤 후견인 로실리온 백작 부인의 집에 얹혀살면서부터 백작 부인의 아들인 버트램을 짝사랑하게 됩니다. 헬레나는 프랑스 왕의 난치병을 고쳐 주고 그 대가로 버트램과의 결혼을 허락받지만, 버트램은 헬레나를 받아들이지 않고 떠나 버립니다. 그러나 헬레나의 적극적인 계략으로 마침내 버트램도 헬레나를 아내로 인정합니다. 극에서 자신을 받아들이지 않는 남편을 차지하기 위해 다른 여자 대신 몰래 잠자리에 들어가는 등 다소 황당한 설정 때문에 문제극으로 분류되기도 합니다.

《트로일러스와 크레시다》는 고대 그리스와 트로이 사이의 트로이 전쟁을 배경으로 크레시다가 트로이 왕자 트로일러스를 배신하는 이야기입니다. 이 극은 처음에는 역사극으로 분류되었지만, 크레시다가 변절한 이유 등이 명확히 제시되지 않는 점들 때문에 문제극으로 분류됩니다.

〈프랑스 왕 앞에 선 헬레나와 버트램 백작〉
《끝이 좋으면 다 좋아》에서 헬레나가 프랑스 왕에게 버트램과의 결혼 소망을 말하는 장면이다. 프랜시스 휘틀리, 1793, 워싱턴, 폴저 셰익스피어 도서관 소장.

《아테네의 타이먼》 4막 3장
친지들로부터의 배신감 때문에 인간 혐오에 빠진 타이먼은 의복을 벗어던지고 숲에 침거하며 야생의 삶을 살아간다. 이 그림은 그가 땅속에서 발견한 황금을 창녀들에게 던져 주는 장면이다. 너대니얼 댄스, 1767, 런던, 로열 컬렉션 소장.

이 밖에 친지들의 배신을 그린 《아테네의 타이먼 Timon of Athens》은 그리스를 배경으로 한 비극입니다. 그리스 아테네의 대부호이자 명장인 타이먼은 사람들에게 베풀기를 좋아하다가 결국 파산하기에 이릅니다. 그러나 그동안 그에게 수없이 신세를 진 사람들 모두가 그를 외면하자, 인간에 대한 심한 혐오감에 사로잡힌 타이먼은 속세를 떠나 홀로 숲속에서 살다가 죽음을 맞이합니다. 그런데 이 극은 셰익스피어 생전에 단 한 번도 공연되지 않았다고 합니다.

그리고 로마 사극 《안토니와 클레오파트라 Anthony and Cleopatra》와 《코리올레이너스 Coriolanus》도 이 시기에 쓰였습니다. 《안토니와 클레오파트라》는 로마의 대장군이자 2차 삼두정치를 이끈 안토니우스와 이집트의 여왕 클레오파트라의 사랑을 다룬 극입니다. 이 극에서 두 사람은 사랑 때문에 자신들의 모든 권력과 명예와 부를 잃고 자살합니다. 세상의 그 어떤 가치도 능가하는 사랑의 절대성이 이 극의 주제입니다.

《코리올레이너스》는, 이웃 도시 코리올레스에 사는 볼스키족이 로마를 침공해 왔을 때 그들을 정벌하는 큰 공적을 세워 코리올레이너스라는 명예스런 이름을 얻게 된 로마의 귀족 카이우스 마르티우스의 몰락을 다룬 극입니다. 코리올레이너스는 원로원 의원들에 의해 집정관에 추대되었으나, 대단히 오만하여 시민들에게 옷을 벗어 전장에서 입은 상처를 보여 주어야 한다는 관습을 따르지 않으려 했습니다. 그로 인해 추방 명령이 내려지자 분노에 사로잡혀 도

리어 볼스키족 장수가 되어 로마로 쳐들어 왔습니다. 결국 어머니에게 설득되어 로마와 협정을 맺고 돌아간 뒤 볼스키족에 살해당합니다. 셰익스피어는 이 극에서 군주제에서 공화정으로 넘어가는 과도기의 귀족과 민중의 갈등을 잘 보여 주고 있습니다.

제4기(1609~1613): 낭만극(희비극)의 시기

셰익스피어는 마지막인 제4기에 세 편의 희극과 한 편의 사극을 썼습니다. 존 플레처와 함께 쓴 것으로 추측되는 사극 《헨리 8세》는 헨리 8세가 로마 가톨릭 교회에 대항하여 영국 국교회를 설립한 사건을 다루고 있습니다. 이 이야기는 첫째 왕비 캐서린 왕비와 이혼한 때부터 둘째 왕비 앤 불린이 엘리자베스 여왕을 낳는 때까지를 다룹니다.

로맨스극인 《심벌린*Cymbelin*》과 《겨울 이야기*The Winter's Tale*》는, 둘 다 남편이 정숙한 아내를 의심하여 비극적인 일이 생기지만 결국 그 의심이 풀리고 부부가 행복하게 재결합한다는 내용입니다. 《심벌린》은 브리튼의 심벌린 왕의 딸 이모젠이 아버지가 반대한 포스튜머스와 결혼함으로써 사건이 발생합니다. 심벌린 왕에 의해 추방당한 포스튜머스는 로마인들의 음모로 아내의 정절을 의심하게 되고, 그로 인해 자신의 부하에게 이모젠을 살해하라는 명령을 내립니다. 하지만 결국 아내가 순결한 여성이었음을 뒤늦게 깨닫고 남장을 한 채 목숨을 부지하던 아내와 재회하고 재결합합니다.

〈코리올레이너스 역의 존 필립 켐블〉
코리올레이너스가 로마 시민에게 등을 돌린 뒤, 적장의 집 난로 앞에서 그를 기다리고 있다. 코리올레이너스 특유의 거만한 성격을 잘 보여 주는 그림이다. 토머스 로렌스 경, 1798, 런던, 길드홀 미술관 소장.

〈이모젠〉
《심벌린》의 한 장면으로, 남장을 한 이모젠이 숲 속을 헤매다 발견한 동굴 앞에서 안을 살펴보고 있다. 헤르베르트 구스타브 슈말츠, 1888, 〈그래픽〉 소장.

《겨울 이야기》는, 시칠리아의 왕 레온테스가 절친인 보헤미아의 왕 폴릭세네스와 아내 사이를 의심하여 자신의 갓난 딸을 부정의 열매라 생각하여 죽이게 하고 아내까지 죽음으로 몰고 가는 이야기입니다. 하지만 로맨스 장르가 늘 그렇듯이 극적인 반전이 일어나 극이 끝날 무렵 죽은 줄 알았던 아내와 딸이 살아 있어 용서와 화해로 재결합하게 됩니다. 이 극은 3막까지의 전반부는 시칠리아 궁정에서 발생하는 질투, 증오, 불화로 인한 파괴의 세계를 그리고, 후반부는 보헤미아에서 벌어지는 양털 깎기 축제의 사랑과 즐거움, 시칠리아에서 이뤄지는 용서와 화해 및 재결합, 환생으로 구성되어 있습니다. 계절도 전반부는 겨울이고 후반부는 봄으로 설정되어 대칭 구조를 이룹니다.

이 시기의 마지막 희극 《태풍Tempest》은, 동생에게 부당하게 쫓겨난 프로스페로가 한 섬에서 마법을 익히며 딸과 함께 살다가 동생 일행에게 복수할 기회를 갖게 되나 그를 용서한다는 이야기입니다.

이 세 희극의 공통점은 옛 허물을 용서하고 등장인물들이 새롭게 행복한 생활을 맞이한다는 것입니다. 이 세 극과 제3기의 《페리클레스》를 흔히 로맨스라고 부르는데, 이 작품들은 제3기에 쓴 걸작들과 달리 현실감이 부족하고 인물들의 재회와 화해에 우연적 요소가 크게 작용합니다. 이렇게 갑자기 습작 태도가 바뀐 것은 셰익스피어가 말년에 인생을 바라보는 시각이 바뀐 탓도 있고, 이 무렵 셰익스피어 극단이 임대한 사설 극장 블랙프라이어즈의 고급 관객들에게 부응하려 한 탓도 있습니다.

✢ 셰익스피어의 초기 판본들

셰익스피어의 필사본은 현재 단 하나도 남아 있지 않다. 따라서 초기의 판본들이 비교 연구되는데, 이 판본들 사이에는 차이점이 많다. 1603년에 출간된 사절판은 배우들의 기억에 의해 만들어진 불법 해적판으로 질이 낮은 판본이다. 당연히 이 판본에는 무수한 잘못과 와전된 부분이 있을 것으로 여겨지나, 당시에 인기 있는 극들은 대부분 이렇게 해적 출판되었다. 1604년부터 1605년 사이에 출간된 제2사절판은 셰익스피어 극단이 셰익스피어 초고를 인쇄 원고로 삼은 것으로 알려진 비교적 양질의 판본이다.

셰익스피어 사후인 1623년에 셰익스피어 극단 동료들에 의해 발간된 첫 전집인 제1이절판은 제2사절판을 바탕으로 한 초고와 무대본을 종합하여 만

〈벤 존슨〉
셰익스피어의 동료 극작가이며(1572~1637), 제1이절판의 헌정사를 썼다. 아브라함 판블리엔베르히, 1617, 런던, 국립초상화 갤러리 소장.

든 판본이다. 가죽 장정을 한 큰 판형인 제1이절판은 36편의 극작품과 셰익스피어가 서명한 서문을 싣고 있는 《비너스와 아도니스》, 《루크리스의 겁탈》, 《소네트집》까지 수록하고 있다. 이 중 《태풍》과 《맥베스》를 포함한 17편이 여기서 처음 출간되었다. 따라서 만약 제1이절판이 출간되지 않았다면, 그 작품들 모두 유실되었을지도 모른다. 또한 사절판에만 수록되어 있던 《말괄량이 길들이기》, 《윈저의 즐거운 아낙네들》, 《헨리 5세》, 《헨리 6세》 2, 3부가 양질의 본문을 가질 기회를 놓쳤을 수도 있다.

동료 극작가인 벤 존슨이 제1이절판의 헌정사에 셰익스피어에 대해 '한 시대를 위한 작가가 아니라 만세를 위한 작가He was not of an age, but for all time.'라고 찬사를 쓴 것으로도 유명하다. 《페리클레스》는 제1이절판의 판본에는 포함되지 않았고, 1664년에 제3이절판에 처음 추가되었다.

셰익스피어 시대를 지배한 중세의 세계관

정치와 사회 그리고 종교의 소용돌이 속에서도 엘리자베스 시대 사람들은 세상이 신의 섭리에 따라 질서 있고 조화롭게 움직인다는 중세적 믿음을 지니고 있었습니다. 비평가 틸리야드는 《엘리자베스 시대의 세계관 *The Elizabethan World Picture*》이라는 책에서 당대의 이런 믿음을 '존재의 연쇄성'이라는 말로 표현했습니다. 그리고 모든 현상계가 서열이 확고히 정해진 계급구조로 형성되어 있다고 생각했습니다. 중세 세계관 속의 세상은 하느님이 최고의 위치에 존재하고 그 밑에 천사, 인간, 동물, 식물, 광물, 무생물 순으로 서열이 정해진 곳이었습니다. 여기에서 신과 천사는 영적인 존재이고, 동물과 식물은 육체적인 존재라고 생각했으며, 인간은 이성을 지니므로 영적인 존재이면서 동시에 육체적 본능에 지배를 받는다고 믿었습니다. 따라서 인간은 천사 같은 미덕과 포악한 짐승 같은 본성 사이에서 균열을 겪을 수밖에 없는 존재였습니다.

인간의 세계에서도 확고한 계급 서열이 존재하여, 인간계의 최상층에는 군주가 있고 그 밑에 신하와 백성이 위치한다고 믿었습니다. 만약 누군가가 고정된 계급에서 이탈하여 질서를 파괴하면 사회 전체에 혼란을 초래한다고 생각했습니다. 또한 우주계, 동물계, 식물계에도 저마다의 위계질서가 있어 우주계에서는 태양이, 동물계에서는 사자가, 조류 중에서는 독수리가, 나무에서는 참나무가, 꽃에서는 장미가 최상의 위치를 차지한다고 믿었습니다. 이로 인해 태양, 사자, 독수리 등은 군주를 상징하는 은유적 이미저리(감각이나 마음속에서 생겨나 언어로 표출되는 이미지의 통합체)로 끊임없이 이용되었습니다.

그리고 이러한 우주계, 자연계, 인간계는 상호 연결되어 있다고 생각했습니다. 그래서 자연계에 이변이 생기면 이는 인간계에 흉사가 생길 징조로 여겨졌으며, 그 역으로 인간계에서 무질서가 발생하면 자연계와 우주계에도 무질서가 발생한다고 생각했습니다.

셰익스피어의 작품에서는 이러한 당대의 세계관을 흔히 찾아볼 수 있습니다. 그 예로 《맥베스》에서 던컨 왕이 시해된 다음날 아침에 왕을 모시러 온 레녹스의 대사에서도 중세의 세계관을 엿볼 수 있습니다.

> **레녹스** 어젯밤은 아주 심란했습니다. 우리가 머문 거처에서는
> 굴뚝이 바람에 쓰러졌고 사람들 말에 의하면
> 공중에서 비탄의 소리가 들리고 이상한 죽음의 비명소리와
> 무서운 목소리로 무시무시한 소동과
> 이러한 비통한 시기에 새로이 발생하는 혼란스러운 사건을 예언하는
> 소리가 들렸다고 합니다. 시커먼 새가
> 밤새도록 울었다고 합니다. 또 어떤 이들은
> 땅이 열병에라도 걸린 듯 흔들렸다고 합니다.(2.3.54~61)

한편 중세 질서관은 흔히 중앙집권적 절대왕정을 추구한 튜더 왕조가 장미전쟁 때와 같은 역모와 혼란을 방지하고자 강조한 통치 이데올로기 중 하나로 여겨집니다. 즉 백성들에게 엄격한 위계 의식을 심어주어 자신들의 지배권을 견고히 하고자 이러한 중세의 가치관을 고수한 것입니다.

셰익스피어의 작품에서는 등장인물들의 대사 속에 이처럼 질서정연하던 중세사회 체제를 그리워하는 목소리도 있고, 반대로 그러한 사고방식이 지닌 전근대적 모순을 지적하는 목소리도 있습니다. 이것으로 보아 셰익스피어는 당대의 가치관을 한쪽으로 치우치지 않고 중립적인 입장에서 바라보고 있었음을 알 수 있습니다.

사느냐 죽느냐, 그것이 문제로다. 가혹한 운명의 돌팔매와 화살을 참고 사는 것이 장한 일인가, 아니면 고통의 바다에 대항하여 무기를 들고 대항하다 죽는 것이 옳은 일인가. 죽는 건 그저 잠자는 것, 그 뿐 아닌가······ 우리가 이승의 고통을 버리고 죽음이라는 잠을 잘 때 어떤 꿈이 찾아올지 모르니 주저할 수밖에. 그 때문에 그리 오래 사는 재앙을 겪는 것이다.(《햄릿》 3.1.56–74)

2부

셰익스피어 비극의 세계

인간 심리의 집요한 관찰

셰익스피어는 38편에 이르는 많은 극들을 썼지만, 무엇보다도 사회 질서가 무너지고 등장인물들의 삶이 극심한 혼란에 빠지는 비극 장르에서 최고의 걸작들을 남겼습니다. 그래서 사람들은 그 대표작 네 편을 가리켜 '4대 비극'이라고 부릅니다. 셰익스피어는 사회 질서를 무너뜨리는 원인으로 인간의 격정, 감정, 본능 들을 제시하며, 그것들에 대해 치밀하게 탐구해 나갑니다. 인간의 어리석음이나 사악함으로 인해 발생하는 사회 질서의 혼란은 희극과 사극에서도 묘사되지만, 특히 비극에서는 이로 인해 각종 음모와 폭력이 발생하고 주요 인물들이 대부분 파멸로 치닫습니다.

하지만 그러한 파국 속에서도 셰익스피어는 언제나 새로운 사회 질서에 대한 가능성을 제시하면서 막을 내립니다. 지나친 욕망이나 권위 의식, 질투심 등에 의해 비극적 상황을 초래한 등장인물들은 한결같이 자신의 어리석음을 깨닫고 참회의 죽음을 맞이합니다. 그래서 셰익스피어 비평가인 브래들리는 셰익스피어 비극의 궁극적 힘이 도덕 질서를 회복하는 데 있다고 보았습니다.

셰익스피어는 인간의 잘못된 판단과 선택이 어떤 비극을 가져오는지를, 평화롭던 사회를 불안정하게 만드는 행위들을 통해 보여 줍니다. 비극 속 등장인물들은 이성적인 생각과 본능적인 감정 사이에서 갈팡질팡하며 끊임없이 갈등하다가 결국 비이성적인 행동과 선택을 하고 맙니다. 이는 인물들의 타고난 성격 때문이기도 하고, 사악한 자들의 음모나 유혹에 넘어간 탓이기도 합니다.

　결국 셰익스피어의 4대 비극은 고대 그리스 로마 시대의 비극과 달리 운명이나 신탁에 의해서가 아니라 등장인물들의 성격적 결함으로 인해 파멸을 맞이합니다. 하지만 초기 비극인 《로미오와 줄리엣》에서는 운명적 요소가 지배적입니다.

　셰익스피어는 이처럼 다스릴 수 없는 인간의 본능과 격정을 비난하는 시선으로 바라보는 것이 아니라, 연민 어린 눈길로 바라봅니다. 또한 혼돈의 세계 속에서도 인간의 본성을 지키고자 애쓰는 주인공들을 통해 인간성의 고귀함을 보여 줍니다. 이로써 우리는 햄릿, 리어 왕, 맥베스, 오셀로 같은 고귀한 존재들이 파멸에 이르는 과정을 지켜보며, 그들의 문제를 곧 우리 자신의 문제로 귀결시킴으로써 진정 올바른 삶은 무엇인지를 생각해 볼 기회를 갖습니다.

　4대 비극에는 작품마다 지배적인 이미저리가 각각 다르게 등장합니다. 《햄릿》에서는 덴마크 궁정의 부패와 타락을 나타내기 위해 잡초, 질병, 독약, 종기 등의 이미저리가 많이 사용됩니다. 《리어 왕》에서는 광기와 격정을 상징하는 폭풍우 이미저리가 지배적이고, 《맥베스》에서는 유혈과 악을 상징하는 피와 어둠의 이미저리가 두드러집니다. 마지막으로 《오셀로》에서는 질투심이라는 격정에 지배당하는 오셀로의 동물적 광기를 표현하는 짐승 이미저리와, 데스데모나에게 사용되는 창녀 이미저리, 그리고 사악한 이아고를 표현하기 위한 독사 이미저리가 사용됩니다.

01 《햄릿》

_ 사느냐 죽느냐, 그것이 문제로다

● 삭소 그라마티쿠스
덴마크의 역사가(1150~1220).
라틴어로 《덴마크의 역사》를
썼는데, 이는 덴마크 중세문학
의 유일한 작품이다. 옛 이야
기와 노래, 아이슬란드 사람에
의해 만들어진 이야기, 압살론
의 전설과 편지, 옛 연대기, 당
시까지의 덴마크 역사에 관한
저작 등을 자료로 하여 서술했
다. 총 16권으로 되어 있는데,
1권부터 9권까지는 고대사를,
10권에서 13권까지는 그리스
도 교화敎化 시대, 14권에서
16권까지는 당시의 사건들을
엮어 놓았다.

● ● ● 셰익스피어의 비극 중에서 가장 먼저 집필된
《햄릿》(1601)은 삭소 그라마티쿠스®의 《덴마크의 역사Historae Danicae》
와 작자 미상의 극인 《원 햄릿Ur-Hamlet》을 원전으로 하여 탄생한 극
입니다. 《햄릿》은 셰익스피어의 4대 비극 가운데서도 최고의 작품
으로 손꼽히는데, 그것은 이 극이 인간의 가장 보편적 주제인 삶과
죽음의 본질을 논하고 있기 때문입니다. 셰익스피어는 이 극 속에
서 삶과 죽음의 문제를 제기하고 그 문제들을 깊이 있게 성찰합니
다. 그리하여 삶의 조건이 무엇인지에 대한 햄릿의 실존적 통찰은
시대를 초월하여 독자와 공감대를 형성하고 있습니다.

《햄릿》은 중세 때부터 덴마크 사람들에게 전해 내려오던 슬픈 왕
자의 전설을 소재로 한 극입니다. 12세기경의 덴마크를 배경으로

한 이 극은, 순결한 영혼을 가진 인물이 감당할 수 없는 부조리한 상황에 부딪혀 정신적 고통을 겪으며 무너져 가는 모습을 잘 보여 줍니다. 셰익스피어는 엘리자베스 1세 시대에 유행하던 복수극의 전통을 따르면서도, 단순한 복수극의 차원을 넘어서 인간의 근원적 질문을 탐구하고 있습니다.

나아가 이 극은 삶과 죽음 같은 보편적 주제에서 그치지 않고, 권력과 법률, 계급 문제, 연극계 등 당시의 정치현실, 문화, 사회상에 관련된 세태를 마음껏 풍자한 풍자극이기도 합니다. 광인의 가면을 쓴 햄릿은 극 속 세계로부터 동떨어져서 날카로운 시선과 혀로 당대의 온갖 부조리함과 부정의를 공격합니다.

이 극의 또 다른 가치는, 오늘날까지도 우리의 뇌리에서 사라지지 않는 경구들이 가득 담겨 있다는 것입니다. '약한 자여, 그대 이름은 여자나라', '인간은 만물의 영장', '사느냐 죽느냐, 그것이 문제로다' 등과 같은 햄릿의 고뇌에 찬 대사들이 지금도 많은 사람들에게 회자됩니다.

검은 상복을 입은 남자, 햄릿

독일 비텐베르크에서 수학 중이던 덴마크의 왕자 햄릿은 선왕의 갑작스런 서거 소식을 듣고 덴마크로 돌아옵니다. 숙부 클로디어스는 햄릿에게 왕이 궁정 정원에서 낮잠을 자다가 독사에게 물려 사망했다고 전합니다. 너무나 갑작스런 아버지의 죽음으로 비통함에 빠진 햄릿에게 또 다른 충격적인 사건이 벌어집니다. 아버지가 돌

〈햄릿 역의 켐블〉
햄릿은 온 궁정인들이 새 왕과 왕비의 결혼식으로 들떠 있는 가운데 혼자 검은 상복을 입고 우울한 표정으로 동떨어져 있다. 그리고 자살 충동을 느끼면서 끝없이 죽음과 사후 세계에 대한 상념에 빠져든다. 그래서 검은 상복과 해골은 햄릿을 나타내는 전통적인 도상이다. 토마스 로렌스 경, 1801, 런던, 테이트 미술관 소장.

짜장이냐
짬뽕이냐
그것이
문제로다

햄릿 형 인강 참 어려워

아가신 지 얼마 지나지도 않아 어머니(거트루드 왕비)가 아버지의 동생이자 햄릿의 숙부인 클로디어스와 재혼을 한 것입니다. 변절한 어머니는 아버지의 죽음보다 햄릿을 더 비통하게 만들었습니다. 아버지의 갑작스런 죽음과 어머니와 숙부의 성급한 결혼에 충격을 받은 햄릿은, 극이 진행되는 내내 삶의 부조리함에 회의를 느낍니다. 다음 햄릿의 첫 독백*은 세상에 대한 회의와 죽음에 대한 동경을 드러냅니다.

> **햄릿** 아, 너무나 더러운 이 육체. 차라리 녹고 녹아
>
> 이슬이나 되어 버렸으면! 아니면 하느님이
>
> 자살을 금지하는 율법을 정하지 않으셨더라면!
>
> 아, 하느님. 하느님.
>
> 세상만사가 다 지겹고, 진부하고, 시시하며 쓸데없구나.
>
> 에이, 이 더러운 세상은 잡초만 무성히 자란 정원.
>
> 온갖 저속하고 속된 것들만 우글거리는구나…….
>
> 겨우 한 달 만에……. 아예 생각을 말자.
>
> 약한 자여, 그대 이름은 여자로구나! (1.2.129–146)

햄릿은 극 초반부터 염세주의*에 빠져 이 세상을 온갖 음흉하고 더러운 것들이 득실거리는 곳으로 여깁니다. 결국 햄릿은 깊은 우울증에 빠져 아버지를 잃은 슬픔을 나타내는 검은 상복을 입고 세상 모든 것에 냉소적 시선을 보냅니다.

햄릿이 염세주의에 빠진 첫 번째 이유는 바로 어머니의 성급

〈햄릿 역의 탈마〉
햄릿이 선왕의 유골이 담긴 단지를 안고 선왕의 죽음을 관객들에게 전하고 있다. 탁자 위에 놓여 있는 날카로운 단도의 칼끝이 햄릿을 향하는 것은 그의 자살 충동을 의미한다. 앙텔므 프랑수아 라그르네, 1810, 파리, 코메디프랑세즈 소장.

한 변절 때문이었지만, 정통성이 결여된 숙부에게 편승한 재상 폴로니어스같은 기회주의자들도 햄릿을 냉소적이게 만들었습니다. 그래서 햄릿은 이들에 대해 심한 혐오감을 표출하고 그들을 조롱합니다.

우울함과 무의미한 삶에 맞서 싸우던 햄릿은 선왕의 모습을 한 유령과 만나게 됩니다. 선왕의 유령은 클로디어스가 자신을 독살했다는 끔찍한 비밀을 햄릿에게 전합니다. 이미 의심하던 바였지만, 선왕의 유령으로부터 직접 그 잔악한 범죄에 대해 듣게 되자 햄릿은 걷잡을 수 없는 분노에 사로잡혔습니다. 사회를 어지럽히는 비열한 범죄와 더러운 욕망에 대해 알게 된 햄릿은 아버지의 복수를 실행하기로 다짐합니다.

클로디어스가 형인 선왕을 죽이고 왕권을 찬탈한 행위는 사회 질서를 파괴하는 대표적인 행위입니다. 모든 현상계가 서로 연결되어 있다는 당시 사고방식에 따르면, 클로디어스가 왕권을 찬탈한 행위는 연쇄적으로 가정, 사회, 국가, 자연계, 초자연계에까지 무질서를 야기합니다. 유령이 출현하는 장면은 바로 이처럼 초자연계의 질서가 파괴됐음을 상징하는 것입니다. 또한 클로디어스 왕권은 정통성이 없다는 점에서 뒤에 폴로니어스의 아들 래어티스를 왕으로 만들자는 반란이 일어나는 계기가 됩니다. 이처럼 셰익스피어의 많은 극에서 권력 찬탈은 사회를 엄청난 무질서 상황에 빠뜨립니다.

● 염세주의
세계나 인생을 불행하고 비참한 것으로 보며, 개혁이나 진보는 불가능하다고 보는 경향이나 태도를 말한다.

〈햄릿, 아버지의 유령을 보다〉
들라크루아는 프랑스의 대표적인 낭만주의 화가로 이 그림은 그가 최초로 그린 셰익스피어 그림으로 추정된다. 햄릿이 선왕의 유령을 보고 충격을 받은 듯 비틀거리고 있다. 외젠 들라크루아, 1825, 폴란드 크라쿠프, 야기엘로니스키 대학교 박물관 소장.

위선적이고 타락하고 부조리한 세상이여—

숙부의 미소 뒤에 숨은 악랄한 본질을 알게 된 햄릿은, 숙부의 감시를 피하기 위해 미친 사람처럼 행동하기 시작합니다. 광기를 가장하여 햄릿은 마치 헛소리하듯 덴마크 궁정의 정치적, 사회적, 도덕적 부패에 대해 비난합니다. 하지만 이러한 비난은 사실 햄릿의 입을 빌려 셰익스피어가 당대의 정치 현실과 부조리한 사회상에 대해 가하는 날카로운 풍자라고 볼 수 있습니다.

햄릿에게는 오필리아라는 사랑하는 여인이 있었습니다. 하지만 비극적이게도 오필리아는 숙부의 간신배라 할 수 있는 재상 폴로니어스의 딸이었습니다. 오필리아는 햄릿의 사랑을 진심이라 믿고 그녀 역시 그를 사랑했지만, 오필리아의 아버지 폴로니어스와 오라버니 래어티스는 햄릿의 진심을 믿으려 하지 않았습니다. 그들은 오필리아에 대한 햄릿의 열정이 젊어 한때의 일시적 감정일 것이라고 여깁니다. 또한 오필리아가 햄릿이 신성한 하늘에 대고 사랑을 맹세했다고 하자, 폴로니어스는 햄릿의 맹세를 '도요새를 잡는 덫'(1.3.115)이라고 말하며 그 맹세를 믿는 오필리아를 비웃고 조롱합니다.

폴로니어스는 오필리아에게 햄릿 왕자와 절대로 만나서도 이야기를 나누어서도 안 된다고 명령합니다. 오필리아는 가부장적 권위에 가득 찬 아버지의 명령을 그저 묵묵히 따르느라 그 뒤부터 햄릿과 일절 접촉하지 않으려 합니다. 안타깝게도 극이 진행되는 내내 오필리아는 이처럼 수동적이고 순종적인 모습으로 남성들의 세계에서 이리저리 치이는 모습만 보여 줍니다.

〈오필리아와 래어티스〉
오필리아와 그녀의 오라버니 래어티스의 모습을 재현하고 있다. 극 속에서 오필리아는 수동적이고 순종적인 여성의 모습만 보여 준다. 윌리엄 고든 윌스 (1828~1891), 개인 소장.

광기라는 가면을 쓴 햄릿

그러던 어느 날 햄릿은 미친 사람의 행색으로 오필리아의 방에 나타납니다. 그는 오필리아를 벽으로 몰아붙이고 한참 동안 말없이 얼굴만 바라보다 온몸이 부서질 듯 깊은 한숨을 쉬고는 자리를 떠납니다. 오필리아로부터 이 이야기를 전해들은 폴로니어스는 햄릿이 오필리아에 대한 사랑의 열병으로 실성한 것이라고 판단합니다. 그래서 당장 그 사실을 클로디어스 왕에게 보고합니다. 셰익스피어는 늙은 재상 폴로니어스를 어리석고 수다스러우며 나서기 좋아하는 어릿광대 같은 인물로 묘사합니다.

햄릿은 극 중에서 '말놀이'를 사용하고 있는데, 이 말놀이는 햄릿이 쓰고 있는 일종의 가면입니다. 햄릿은 폴로니어스, 클로디어스 왕, 거트루드 왕비의 말을 상대가 의도한 뜻으로 받아들이지 않고 자의적으로 해석하여 전혀 엉뚱한 대답을 던짐으로써, 그들이 자신을 정상이 아니라고 믿도록 유도합니다. 하지만 그처럼 횡설수설하는 햄릿의 언어에는 상대를 공격하는 비수가 숨겨져 있습니다. 이 극에서 햄릿이 하는 주된 행동은 언어로 복수를 하는 것입니다.

다양한 뜻을 내포하는 말장난은 작품을 해석하기 어렵게 합니다. 셰익스피어는 이러한 말장난을 아주 즐겨 사용했는데, 비극 작품의 주인공 중에서는 햄릿이 말장난을 가장 많이 합니다.

이 극의 배경인 덴마크 궁정에는 스파이 행위가 만연합니다. 등장인물들이 상당 시간을 서로에 대한 엿

● 말놀이pun
사전에서는 'pun'에 대해 '우스운 효과를 내기 위해 한 단어를 두 개 또는 그 이상의 의미를 암시하도록 사용하는 것, 또는 소리는 같지만 다른 의미를 가진 두 개 혹은 그 이상의 단어들을 사용한 말놀이 또는 말장난'이라고 설명한다.

〈햄릿과 오필리아〉
흐트러진 모습으로 오필리아를 찾아온 햄릿을 그렸다. 헨리 퓨젤리, 1775~1776. 런던, 대영박물관 소장.

〈거트루드〉
선왕이 죽은 지 얼마 지나지 않
아 시동생 클로디어스와 결혼
한 왕비로 인해 햄릿은 여성에
대해 혐오감을 느낀다. 에드윈
오스틴 애비, 1895, 워싱턴, 스
미소니언 미술관 소장.

● 실존주의
'실존'이라는 말은 '본질'과 대
비가 되는 개념이다. 어떤 것
의 본질이 그것의 일반적 본성
을 의미하는 데 대하여, 실존
은 그것이 개별자로서 존재하
는 것을 의미한다. 즉 인간 정
신을 개별적인 것으로 보아,
보편적 정신의 존재를 부정하
고 개인의 주체성이 진리임을
주장하는 것이 실존주의 사상
이다. '원래 옳고 그른 것이 따
로 있는 것이 아니라 다 생각
하기 나름'이라는 햄릿의 대사
에는 보편적 진리보다 개인의
주체적 판단을 중시하는 실존
주의 사상이 담겨 있다.

보기와 엿듣기에 몰두하는데, 이러한 스파이 행위는 진솔한 의
사소통이 아닌 왜곡된 언어 행위라고 볼 수 있습니다. 심지어 2
막 1장에서는 폴로니어스가 프랑스로 공부하러 간 아들마저 하
인을 시켜 염탐하게 합니다. 전체 구성에서 다소 생뚱맞아 보이
는 이 2막 1장은, 덴마크 궁정 안에 의심과 불안이 얼마나 만연
해 있는지를 보여 주는 장면입니다.

형을 살해하고 왕권을 가로챈 클로디어스 왕은, 광기 어린 햄
릿의 행동거지를 보고 몹시 불안해합니다. 그래서 늘 햄릿을 향
한 감시의 눈길을 소홀히 하지 않고, 그의 속내를 캐내기 위해 폴로
니어스를 비롯해 많은 이들을 동원했습니다. 또한 햄릿과 어릴 적
부터 막역지우인 로젠크랜츠와 길던스턴까지 왕궁으로 불러들입
니다. 하지만 왕의 음흉한 속셈을 알고 있는 햄릿은 호락호락 그의
덫에 걸려들지 않았습니다. 그는 우울증의 원인을 알아내려는 두
친구의 질문을 교묘한 방법으로 빠져나갑니다. 이들과 나누는 햄릿
의 다음 대사는 셰익스피어의 실존주의° 사고를 잘 보여 줍니다.

햄릿 도대체 자네들은 무슨 연유로
　행운의 여신의 품에서 떨려나와
　이 감옥으로 오게 되었나?
길던스턴 감옥이라뇨, 왕자님?
햄릿 덴마크는 감옥이야.
로젠크랜츠 그렇다면 이 세계가 모두 감옥이지요.
햄릿 이 세상이야말로 훌륭한 감옥이지. 그 안에 구치소도, 감방도,

지하 감방도 다 있지만, 아무래도 덴마크만큼 지독한 감옥은 없지.

로젠크랜츠 설마 그럴 리가 있겠습니까, 왕자님.

햄릿 그럼 자네들에겐 그렇지 않은가 보네. 하긴 원래 좋고 나쁜 것이 따로 있는 게 아니라 다 생각하기 나름이니.(2.2.230-240)

세상의 그 어떤 것도 좋고 나쁜 것으로 미리 정해진 것이 아니라 사람들이 보기 나름이라는 셰익스피어의 실존적 태도는, 다른 작품에서도 반복적으로 등장하는 주제입니다.

여자들에 대한 혐오

로젠크랜츠와 길던스턴을 이용하였음에도 별다른 정보를 얻어내지 못한 클로디어스 왕은, 폴로니어스의 제안대로 오필리아를 이용하여 햄릿의 속내를 알아보기로 합니다. 그들은, 오필리아를 햄릿이 자주 거닐곤 하는 궁정의 한 회랑에 있게 하고, 그들의 만남을 숨어서 지켜봅니다. 이때 폴로니어스는 오필리아에게 혼자 있는 것을 의심받지 않도록 《성경》 책을 읽는 척하라고 시킵니다. 그러면서 "이건 죄받을 짓인지 모르지만 세상에서 흔히 벌어지는 수작이지. 경건한 표정으로 가면을 쓰고 악마의 본성을 사탕발림으로 감추는 짓은……."(3.1.46-49)이라고 말합니다. 폴로니어스의 이 말에 클로디어스 왕은 양심의 가책을 느낍니다.

클로디어스의 가슴을 짓누르고 있는 가책은, 바로 인류 최초의 살인인 형제 살해의 죄입니다. 카인이 질투심에 사로잡혀 동생 아벨을 살해했듯이, 클로디어스 왕은 형의 왕좌와 아내를 탐해 형을 살해하고 형수를 아내로 삼았습니다. 비록 이 극 속에서 클로디어스 왕은 권모술수가 능하고 사악한 악인이기는 하지만, 셰익스피어 작품 속의 많은 악인들처럼 자신이 저지른 행동에 양심의 가책을 느끼고 괴로워합니다. 그리고 때로는 간절히 회개하기도 합니다. 셰익스피어는 이처럼 인간을 선인과 악인으로 나누지 않고 양면성을 모두 지닌 존재로 나타내곤 합니다.

햄릿은 숙부와 클로디어스 왕의 존재를 눈치채지 못한 채, 늘 하던 대로 혼잣말을 중얼거리며 오필리아가 있는 곳으로 등장합니다.

> **햄릿** 사느냐 죽느냐, 그것이 문제로다.
> 가혹한 운명의 돌팔매와 화살을
> 참고 사는 것이 장한 일인가.
> 아니면 고통의 바다에 대항하여 무기를 들고
> 대항하다 죽는 것이 옳은 일인가.
> 죽는 건 그저 잠자는 것, 그뿐 아닌가.
> ……우리가 이승의 고통을 버리고
> 죽음이라는 잠을 잘 때 어떤 꿈이 찾아올지 모르니
> 주저할 수밖에. 그 때문에
> 그리 오래 사는 재앙을 겪는 것이지.(3.1.56~74)

세계 문학사상 가장 유명한 이 독백은, 삶과 죽음의 본질적인 문제를 두고 고뇌하는 햄릿의 모습을 잘 보여 줍니다. 권력이 탐나서

형을 독살한 숙부와 자신의 남편을 살해한 자와 동침을 하는 어머니를 보며, 햄릿은 이 세상이 더는 이성과 질서가 존재하는 곳이라고 여길 수가 없었습니다. 그래서 햄릿은 비이성적인 본능과 욕망만 난무하는 이 세상에 한없는 환멸을 느낍니다. 그런 환멸 때문에 그는 삶을 종결하고 싶은 자살 충동을 느낍니다.

햄릿 만약 단칼에 끝낼 수 있다면

　　누가 이 세상의 채찍과 모욕을 참겠는가.

　　폭군의 횡포와 권력자의 오만함, 좌절한 사랑의 고통,

　　엉터리 재판과 오만방자한 관리들…….

　　소인배가 덕망 있는 사람을 모욕하는 그 비극을

　　도대체 누가 참아 낸단 말이냐.(3.1.68-74)

미친 사람처럼 혼자 중얼거리는 햄릿의 대사는 사실 세태에 대한 셰익스피어의 날카로운 독설입니다. 햄릿이 '빗장 풀린 시대Time is out of joint.'라고 표현한 시대상은 바로 셰익스피어 당대의 영국입니다. 이렇듯 셰익스피어 극은 당대의 시대상을 연극의 형태로 재현하여 많은 사람들이 함께 성찰하고 풍자하는 공간이었습니다.

혼잣말을 중얼거리며 나오던 햄릿은 혼자서 기도서를 읽고 있는 오필리아를 발견합니다. 오필리아는 아버지가 시킨 대로 그동안 햄릿에게서 받았던 사랑의 정표들을 햄릿에게 돌려주었습니다. 어머니의 재혼으로 여성의 정조에 대해 깊은 불신을 갖게 된 햄릿에게 오필리아의 이런 행동은 또 다른 여성의 변절로 여겨졌습니다. 이

《햄릿》 3막 1장, 선물을 햄릿에게 돌려주는 오필리아》 오필리아는 아버지가 시킨 대로, 그동안 받은 선물들을 햄릿에게 돌려준다. 단테 가브리엘 로제티, 1880, 워싱턴, 폴저 셰익스피어 도서관 소장.

제 햄릿에게는 세상 모든 여성이 믿지 못할 존재로 여겨졌습니다. 여성에 대해 극단적인 혐오감을 느낀 햄릿은 오필리아에게 모진 말들을 퍼붓습니다.

햄릿 그대가 굳이 결혼한다면 나의 저주를 혼수 삼아 보내리다. 그대가 아무리 얼음처럼 정결하고 하얀 눈처럼 순결해도 이 세상의 구설을 피하지는 못할 거요. 어서 수녀원으로 가시오, 어서. 잘 있어요. 그래도 굳이 결혼하려거든 바보와 하시오. 영리한 사람들은 아내를 얻으면 자기가 곧 괴물이 되고 만다는 걸 너무 잘 아니까. 수녀원으로 가시오. 지금 당장 말이오. 잘 가시오.(3.1.131–135)

햄릿은 '약한 자여, 그대 이름은 여자로다'와 같은 여성을 비하하는 대사를 많이 합니다. 이는 변절한 어머니에 대한 혐오 때문이며, 그는 어머니의 변절을 전체 여성의 변절로 일반화하면서 오필리아를 비롯한 모든 여성에 대해 강한 혐오감을 표출하고 있습니다.

이때 햄릿의 대사가 갑자기 앞의 대사들과는 달라진 것을 느꼈을 겁니다. 셰익스피어의 작품에서 고결한 인물들의 대사는 대체로 아름다운 운문으로 되어 있습니다. 그러나 그런 인물들이 격정에 휩싸이거나 흥분할 때 그들의 언어는 평소와 달리 거친 산문이 되어 버립니다. 위의 대사도 바로 그런 예입니다.

오필리아는 비록 아버지의 명령 때문에 햄릿의 사랑을 받아들이지는 못했지만, 마음 깊이 햄릿을 사모하고 있었습니다. 그런데 햄

릿에게서 심한 모욕을 당하자 오필리아는 몹시 상심
했습니다.

한편 휘장 뒤에 숨어 두 사람의 모습을 지켜보던 클
로디어스 왕은 햄릿의 실성이 사랑 때문은 아닌 것 같
다고 판단합니다. 다른 뭔가 위험한 것을 가슴속에
품고 있다고 생각했습니다.

〈햄릿과 오필리아〉
오필리아가 선물을 모두 돌려
주자 여성에 대해 혐오감을 느
낀 햄릿이 오필리아에게 모진
말들을 퍼붓고 있다. 외젠 들라
크루아, 1834~1843, 워싱턴,
폴저 셰익스피어 도서관 소장.

연극 속의 연극

클로디어스 왕이 햄릿의 속내를 캐내기 위해 온갖
음모를 꾸미는 동안, 햄릿 또한 클로디어스의 사악한 범죄 사실을
확인하기 위해 궁리하고 있었습니다. 그 누구보다 신중하고 조심스
러운 햄릿은 선왕의 유령이 '자신의 허약함과 우울증이 낳은 나쁜
망상'(2.2.595-596)일지도 모른다는 생각이 들었습니다. 그래서 선
왕의 유령이 말한 숙부의 범죄에 대해 확실한 증거를 잡아야겠다고
마음먹습니다. 햄릿은, 감동을 주는 연극에는 죄지은 자들로 하여
금 자기 죄를 회개하게 만드는 힘이 있다고 생각했습니다. 그래서
그는 마침 덴마크 궁정에 도착한 비극 단원들에게 선왕의 죽음을
소재로 한 연극을 공연하도록 준비시킵니다.

그 연극의 제목은 〈쥐덫〉입니다. 햄릿은 클로디어스 왕의 비밀을
캐내는 데 치명적인 역할을 할 대사도 직접 만들어 삽입하고 배우
들의 연기도 일일이 지도하는 등 만반의 준비를 합니다. 그러면서
도 햄릿은 배우들에게 너무 과장된 연기를 하지 말라고 요구합니

〈극중극 장면〉
햄릿이 선왕의 죽음과 비슷하게 연출한 극중극 〈쥐덫〉이 공연되고 있다. 다니엘 매클리스, 1842, 런던, 테이트 미술관 소장.

● 극중극 play-within-play
《햄릿》의 〈쥐덫〉처럼 연극 안에서 다시 연극을 하는 것을 극중극이라고 한다. 셰익스피어는 여러 작품에서 극중극 형식을 사용했다. 《햄릿》에서는 클로디어스의 마음속 비밀을 캐내기 위한 도구로 활용하며, 《한여름 밤의 꿈》에서는 비교적 신분이 낮은 직업조합(길드)의 장인들이 준비하는 코믹극을 통해 여러 관객층의 다양한 취향을 만족시켜 주기 위해 사용했다. 《말괄량이 길들이기》에서 본극 《말괄량이 길들이기》는 슬라이라는 술주정뱅이를 위해 공연하는 극중극이다.

● 고대 그리스 비극에서 12명의 남녀가 등장하여 주요 행위에 대해 설명해 주었는데, 이 배우들을 코러스(chorus)라고 불렀다.

다. 그는 연극의 목적이 자연 상태를 있는 그대로 보여 주는 것이라고 생각했기 때문입니다. 이것은 사실 셰익스피어의 연극관인 셈입니다.

연극이나 연기에 대한 햄릿의 이런 생각들은 후대의 극작가나 연출가, 배우 들에게 중요한 지침이 되었습니다. 특히 정형화된 고전 비극의 규범을 따르기보다 현실을 있는 그대로 담아내는 셰익스피어의 극들은, '자연(현실)을 거울에 비춘 연극'(3.2.21)이라고 할 수 있습니다. 이 극은 햄릿이 극 초반부터 미친 척 연기하기도 하고 극중극도 공연되면서, 극 전체가 연기와 연극에 대한 언급으로 가득합니다. 극작가 셰익스피어가 극 속에서 극이라는 장르 자체에 대해 내적 통찰을 하고 있는 것입니다.

햄릿은 믿을 만한 유일한 친구 호레이쇼에게 연극이 진행되는 동안 왕의 안색을 잘 살펴봐 달라고 부탁합니다. 곧 극이 시작되었고, 햄릿은 오필리아의 발아래에 누워 마치 그리스 비극의 해설자(코러스)처럼 장면마다 설명을 덧붙입니다. 극이 진행되자 클로디어스 왕은 자신이 저지른 살해 장면과 연극 내용이 너무나 유사하여 불안에 떨기 시작했습니다. 극 속의 조카가 왕인 숙부의 귀에 독약을 넣어 살해하고 그의 왕비를 차지하리라는 햄릿의 설명에 클로디어스는 결국 비틀거리며 자리에서 일어나 퇴장하고 맙니다. 결국 이 극중극을 통해 햄릿과 클로디어스 왕은 서로의 마음을 읽게 됩니다. 유령의 말이 사실임을 확인한 햄릿은 비로소 복수의 의지를 확고히 다집니다.

참회하는 왕과 주저하는 햄릿

왕이 심기가 불편해 보이는 모습으로 공연장을 떠난 뒤 왕비가 로젠크랜츠와 길던스턴을 보내 햄릿을 자신의 방으로 오게 합니다. 이때 햄릿은 클로디어스 왕의 하수인이 되어 친구의 비밀을 캐내려 하는 로젠크랜츠와 길던스턴을 해면(스펀지)에 비유하며 비난합니다. 지금은 왕의 총애와 은혜를 빨아들이고 있지만, 클로디어스가 원하는, 햄릿의 우울증의 원인에 대한 정보를 다 빼먹고 나면 버림받아 다시 바싹 말라 버릴 것이라는 의미입니다. 이는 권력자들의 행태를 해면에 비유하여 날카롭게 풍자한 것입니다.

햄릿은 왕비를 만나러 가다가 혼자 기도를 하고 있는 클로디어스 왕을 보게 됩니다. 〈쥐덫〉이라는 극중극이 햄릿이 말한 연극의 역할을 제대로 한 것입니다. 연극을 통해 자신이 저지른 악행을 상기하게 된 클로디어스 왕은 죄책감을 느끼며 참회의 기도를 올리고 있었습니다.

〈기도하고 있는 왕을 발견한 햄릿〉
알렉산더 크리스티, 1842, 헨리 어빙 경 컬렉션 소장.

이 장면에서도 우리는 비열한 악인인 클로디어스 왕의 이면을 볼 수 있습니다. 본능적 욕망에 굴복하여 형제를 살해한 자가 양심과 싸우며 회개하고 있는 모습은, 독자나 관객을 혼동시키며 그에게 동정과 연민을 느끼게 합니다. 이것이 바로 셰익스피어 극작의 문법입니다. 셰익스피어 극에서는 악인조차도 자신을 악으로 내모는 본능과 인간으로서 지켜야 할 본성 사이에서 갈등하고 고뇌합니다.

어쨌든 햄릿에게 마침내 복수를 할 수 있는 절호의 기회가 찾아온 것입니다. 순간 햄릿은 칼을 빼들었습니다. 그러나 확고해진 복수의 다짐이 무색하게 햄릿은 또다시 사색에 빠집니다. 갑자기 지금은 복수를 행할 적당한 때가 아니라는 생각이 들었기 때문입니다. 햄릿은 숙부가 참회를 하고 있을 때 그를 죽이면 그는 천당으로 가게 될 것이고, 결국 그것은 복수가 아니라 오히려 그에게 득이 되는 일을 해주는 셈이 된다고 생각했습니다. 빼든 칼을 다시 칼집에 넣으며 숙부가 씻을 수 없는 사악한 짓을 행하는 바로 그 순간에 그를 처단하리라 다짐합니다. 이처럼 햄릿의 우유부단한 성격은 이후로 계속된 희생을 불러일으킵니다. 이 때문에 독일의 비평가 슐레겔*은 이 극을 '사색의 비극'이라고 하였습니다.

뜻밖의 살인

왕비의 처소에서 왕비와 햄릿은 심하게 논쟁했습니다. 왕비는 현왕에 대한 햄릿의 무례한 행동을 꾸짖었고, 햄릿은 선왕에 대한 왕비의 변절을 비난했습니다. 왕비가 햄릿의 거친 말과 무례한 행동을 참지 못해 그 자리를 떠나려 하자 햄릿은 왕비를 억지로 침대에 붙잡아 앉혔습니다. 햄릿의 완력에 순간적으로 위협을 느낀 왕비는

● 프리드리히 슐레겔
독일의 시인이자 철학자이자 역사가(1772~1829). 낭만파의 이론적 지도자이기도 한 그는 인도학 연구의 개척자로서, 그리고 예술비평과 철학적 사유를 하나로 융합한 문학연구가로서 큰 발자취를 남겼다. 저서로 소설 《루신데》가 있다.

살려 달라고 소리쳤습니다.

그때 휘장 뒤에 숨어 모자간의 대화를 엿듣고 있던 폴로니어스가 왕비의 고함 소리에 놀라 왕비를 구하라고 소리쳤습니다. 비열하게 휘장 뒤에 숨어 대화를 엿듣고 있는 자가 클로디어스 왕일 것이라고 생각한 햄릿은, 순간적으로 휘장 뒤의 인물에게 칼을 휘둘렀습니다. 이로써

<왕비의 침소에 간 햄릿>
햄릿에게 살해된 폴로니어스가 바닥에 쓰러져 있고 선왕의 유령이 오른쪽 끝에 투명한 형체로 그려져 있다. 윌리엄 살터 헤릭, 1857경, 워싱턴, 폴저 셰익스피어 도서관 소장.

햄릿은 뜻하지 않은 살인을 저지르게 됩니다. 비극적이게도 자신이 사랑하는 여인의 아버지를 말입니다. 햄릿의 이런 우발적 행동은 그의 우울증이 폭력적으로 표출된 것으로 볼 수 있습니다.

폴로니어스를 살해함으로써 햄릿은 그의 적들과 마찬가지로 타락한 존재가 되고 맙니다. 지금까지 신이 내리는 징벌의 수행자이던 햄릿은 이제 징벌의 대상으로 전락합니다. 이 순간 다시 선인과 악인의 구별이 모호해지고, 선과 악이라는 이항대립쌍이 햄릿의 한 몸에 녹아듭니다. 지금까지 지나치게 신중하던 햄릿은 이제 극단적으로 성급한 모습을 보입니다. 바로 이러한 점이 햄릿이라는 캐릭터를 복잡하고 모호하게 만듭니다.

이 끔찍한 광경에 벌벌 떨고 있는 왕비에게 햄릿은 더 이상 욕정에 사로잡혀 근친상간의 죄를 범하지 말라고 충언하며, "과거의 악행을 회개하고 다가올 악행은 피하라."(3.4.150)라고 말합니다. 이때 선왕의 유령이 다시 햄릿 앞에 나타납니다. 유령은 자신을 잊지 말라고 당부하면서 두려움에 떨고 있는 왕비를 달래 주라고 말하며

사라집니다. 햄릿은 성급하게 폴로니어스를 살해한 것을 자책하며 그의 시체를 끌고 왕비의 방을 떠납니다.

이 충격적인 사건에 대해 알게 된 클로디어스 왕이 햄릿을 불러 폴로니어스의 시신을 어디에 두었는지 묻습니다.

왕 햄릿, 폴로니어스는 어디 있느냐?

햄릿 식사 중입니다.

왕 식사 중이라고? 어디서?

햄릿 먹고 있는 게 아니라 먹히고 있는 중이지요.

정치꾼 같은 한 무리의 구더기들이 모여서 그를 먹고 있습니다.

구더기는 먹는 일에 있어서는 유일한 제왕이지요.

우리 인간은 자신이 살찌려고

모든 생물을 살찌게 합니다.

그리고 우리는 스스로 살찌게 해서는 구더기에게 먹히죠.

살찐 왕이나 마른 거지나

모두 구더기의 식탁에 오르는 두 가지 요리인 셈이죠. (4.3.16-23)

햄릿의 이 대답에도 사후 인간의 여정에 대한 성찰이 잘 담겨져 있습니다. 속세에서의 삶이 어떻든 인간은 죽으면 누구나 구더기 밥이 됩니다. 온갖 부귀영화를 누리던 살찐 왕이나 구차한 인생에 말라비틀어진 거지나 죽어서는 모두 구더기 밥이 된다는 이 대사에 는 죽음을 통한 평준화와 인간 삶의 허망함이 잘 담겨져 있습니다.

오필리아와 래어티스의 슬픔

한편 섬세한 여인 오필리아는 연인의 손에 아버지가 죽임을 당하는 비극적 사건을 겪고는 결국 미치고 맙니다.

그녀는 끊임없이 아버지, 오빠, 햄릿으로부터 자신을 억압하는 말들을 들어왔습니다. 그때마다 자신의 감정이나 의견을 표현하지 못하고 마음속으로 삭여 왔습니다. 자신의 의지와 주체적 사고를 억압당하고 지내던 오필리아는 아버지가 살해당하자 충격을 받아 결국 정신을 놓고 맙니다. 그녀는 머리에 풀과 꽃으로 만든 화관을 만들어 쓰고는 물가를 헤매면서 아버지의 죽음을 슬퍼하는 노래를 부릅니다. 모든 남성들로부터 끊임없이 순결, 정조, 정숙을 요구받던 오필리아는, 광기에 사로잡힌 뒤에야 비로소 이성을 지닌 상태에서는 절대 입 밖에 내지 못했을 외설스런 노래들을 통해 자신의 억압된 감정을 토로합니다. 이처럼 셰익스피어는 오필리아라는 인물 안에도 정숙과 관능이라는 양면성을 담았습니다.

아버지의 갑작스런 비명횡사에다가 사랑하는 여동생의 실성한 모습까지 보게 된 래어티스는 이 모든 비극의 원인인 살인자 햄릿에 대한 복수를 다짐하고 또 다짐합니다.

이 극에서 래어티스는 햄릿과 비슷한 또래의 젊은이로 노르웨이의 포틴브라스 왕자와 더불어 우유부단한 햄릿의 성격을 부각시키는 역할을 합니다. 이들 또한 햄릿처럼 아버

〈미친 오필리아〉
사랑하는 연인의 손에 아버지가 죽임을 당하자 오필리아는 실성하고 만다. 벤저민 웨스트, 1792, 매사추세츠, 애머스트 대학 소장.

● 《햄릿》에서 햄릿과 래어티스는 극 초반부터 대비되고 있다. 첫 궁정 장면에서 두 청년은 모두 유학 중이던 나라로 돌아가길 희망한다. 클로디어스 왕은 래어티스에게 언제든지 프랑스로 떠나도록 쾌히 승낙하나, 햄릿에게는 독일로 가지 말고 자신과 왕비 곁에 남아 있도록 종용한다. 이때 햄릿은 사유와 관념을 상징하는 독일 유학생이고, 래어티스는 예술과 감각을 상징하는 프랑스 유학생인 점에 유의할 필요가 있다. 이런 설정은 두 사람의 성격이나 취미와 긴밀한 연관성이 있다. 햄릿은 사유를 거듭하는 사색형 인간이고, 래어티스는 검술에 뛰어난 행동형 인간이다.

● 코울리지(1772~1834)
영국의 낭만파 시인이자 비평가. 19세기에 독일 이상주의를 영국에 유입시켰다. 저서에 《노수부의 노래》, 《크리스터벨》, 《쿠빌라이 칸》, 《문학평전》 등이 있다.

지를 잃었습니다. 그러나 아버지의 복수를 갚고자 하는 행위에서 그들은 햄릿과 대비됩니다. 래어티스는 아버지의 복수를 끝없이 지연하는 햄릿과 달리 단호히 복수를 준비해 갑니다. 비록 클로디어스 왕의 권모술수에 끌려가긴 하지만, 그가 제안한 끝이 뾰족한 칼로 만족하지 않고 그 칼끝에 독약을 바르기까지 하는 등 복수의 행위에 훨씬 적극적인 모습을 보입니다. 또한 햄릿이 참회 기도를 하고 있는 클로디어스 왕을 죽이지 못하고 주저하는 데 비해, 래어티스는 교회 안에서라도 복수를 거행하겠노라고 선언합니다.

반면 포틴브라스 왕자는 자신의 선왕이 햄릿의 선왕에게 빼앗긴 영토를 되찾아 아버지의 원수를 갚고자 합니다. 그런가 하면 실리를 따지지 않고 명예만을 위해 별 쓸모도 없는 조그만 땅덩어리를 차지하고자 수천 명의 병사를 이끌고 출정하기도 하는 인물입니다. 그런 포틴브라스의 행동을 보며 햄릿은 비명횡사한 아버지에 대한 복수를 실행에 옮기지 못하는 자신을 자책하곤 합니다. 자칫 포틴브라스의 이야기나 폴로니우스 살해와 같은 곁 이야기들이 별 의미 없이 삽입된 군더더기로 여겨질 수도 있으나, 자세히 살펴보면 복수를 앞두고 머뭇거리는 햄릿의 우유부단한 성격을 강조하기 위한 치밀한 장치임을 알 수 있습니다. 그래서 비평가 코울리지는 셰익스피어의 극을 유기적이라고 평했습니다.

슬픈 사랑의 결말

실성하여 물가를 헤매고 다니던 오필리아는 결국 물에 빠져 죽음으로써 이 세상의 아픔과 상처에서 벗어납니다. 하지만 셰익스피어는 그녀의 죽음 또한 모호하게 제시합니다. 무대 밖에서 벌어진 그녀의 죽음에 대해 왕비는 다음과 같이 전합니다.

> **거트루드** 그 애가 늘어진 버들가지에 올라가
>
> 그 화관을 걸려고 했을 때
>
> 샘 많은 은빛 가지가 갑자기 부러져서,
>
> 오필리아는 풀로 만든 화관과 함께
>
> 흐느끼며 흐르는 시냇물 속에 빠지고 말았다는구나.
>
> ……물이 스며들어 무거워진 그 애의 옷이
>
> 아름다운 노래를 부르고 있던
>
> 그 가엾은 것을 시냇물 진흙 바닥으로
>
> 끌고 들어가 죽고 말았다는구나.(4.7.171~182)

왕비의 묘사에 의하면 오필리아는 사고사를 당한 것입니다. 하지만 나중에 무덤을 파는 광대들이나 장례식을 주관하는 신부는 그녀가 자살한 것일 수도 있다는 의혹을 제기합니다. 그러고 보면 그녀 또한 햄릿만큼이나 수수께끼 같은 존재입니다. 어쨌든 오필리아는 자기희생적이고, 의존적이고, 수동적이며, 대단히 순종적인 여성의 전형으로 볼 수 있습니다. 그래서인지 후대의 많

〈오필리아〉
오필리아는 노래를 부르는 듯 입을 약간 벌리고 있고, 볼은 아직 홍조를 띠고 있다. 세부적으로 묘사된 꽃과 초목들이 마치 관처럼 그녀를 에워싸고 있다. 존 에버렛 밀레이, 1851~1852, 런던, 테이트 미술관 소장.

은 남성 화가들이 그녀를 그 어떤 셰익스피어의 주인공보다 더 성스럽고 아름다운 이미지로 재현해 왔습니다.

한편 폴로니우스를 살해한 사건으로 인해 햄릿은 즉시 영국으로 보내졌습니다. 클로디어스 왕은 영국 왕에게 햄릿이 도착하는 대로 죽여 버리라는 비밀 친서를 호송을 맡은 로젠크렌츠와 길던스턴 편에 보냅니다. 그러나 이러한 음모를 눈치 챈 햄릿이 몰래 친서를 빼돌려 로젠크렌츠와 길던스턴을 죽이라는 내용으로 위조합니다. 그러던 중 그들의 배가 해적들에게 공격을 받아 햄릿 혼자만 인질로 잡히게 됩니다. 햄릿은 호레이쇼에게 편지를 보내 해적들이 요구하는 몸값을 치르고 풀려났습니다. 햄릿과 호레이쇼는 돌아오는 길에 마침 광대 두 명이 오필리아의 무덤을 파고 있는 곳을 지나갑니다.

무덤을 파는 광대가 등장하는 이 장면은, 셰익스피어 비극에 종종 등장하는 '희극적 긴장 완화comic relief' 작용을 위한 장치로서 이를 통해 극을 지배하던 심각한 분위기가 갑작스럽게 전환됩니다. 아울러 극 내내 햄릿이 숙고해 온 많은 철학적 사고들에 대한 재점검이 이루어지는 장면이 되기도 합니다. 이렇듯 셰익스피어의 극들은 심각함과 웃음이 공존하면서 한 주제를 다양한 어조로 다루고 있습니다.

이 광대들은, 다른 등장인물들이 구사하는 수려한 언어와 대조적으로 수수께끼, 격언, 노래 등의 민중 언어로 사회를 비난하기도 하고 풍자하기도 합니다. 오필리아의 죽음에 자살로 의심되는 요소들이 있는데도 기독교식 장례 절차를 밟는 것은, 그녀가 고귀한 집안의 딸인 탓이라며

〈묘지에 있는 햄릿과 호레이쇼〉 무덤 파기 장면에서 햄릿이 죽음에 대한 상념에 빠진다. 그리하여 해골은 햄릿을 상징하는 물건이 된다. 그의 표정에서 우울한 비애감과 우수가 엿보인다. 외젠 들라크루아, 1839, 파리, 루브르 박물관 소장.

당대의 신분 차별 문제를 비난합니다. 그런가 하면 지금까지 주로 햄릿이 고민해 오던 죽음과 사후의 문제를 논하기도 합니다. 또한 극이 진행되는 동안 내내 말장난의 주체 역할을 해온 햄릿은, 이 장면에서만큼은 무덤 파는 광대가 벌이는 말장난의 대상이 됩니다.

광대가 곡괭이로 땅을 파다가 내던지는 해골들을 보며 햄릿은 다시 죽음에 대한 깊은 상념에 빠집니다.

> **햄릿** 사람은 너무 천한 쓰임새로 돌아가는구먼, 호레이쇼!
> 그럼 알렉산더 대왕의 존엄한 유해도 결국 추적하다 보면
> 어쩜 술 단지의 마개가 됐을지도 모르는 일일세.
> 알렉산더 대왕이 죽어 땅에 묻힌다,
> 그래서 결국 뼛가루로 변한다.
> 뼛가루는 결국 흙이 아닌가?
> 우리는 그 흙으로 진흙 반죽을 만들지.
> 그럼 그 진흙 반죽이 맥주통 마개가
> 될 수 있는 것 아닌가?
> 시저 황제도 죽어서 한 줌의 흙이 되면
> 바람벽의 구멍을 막는 처지가 될 수 있으렷다.
> 오, 온 천하를 떨게 하던 그 흙덩어리가
> 지금은 한겨울의 찬바람을 막는 벽을
> 때워야 하다니!(5.1.196-208)

생전의 삶과 상관없이, 죽으면 누구나 구더기 밥이 되고 결국

〈오필리아 무덤 속의 햄릿과 래어티스〉
햄릿과 래어티스는 무덤 속으로 뛰어들어가 실랑이를 벌인다. 귀스타브 모로, 1850, 파리, 귀스타브 모로 미술관 소장.

한낱 먼지가 되고 만다는 생각에 햄릿은 심한 허무함에 사로잡힙니다.

햄릿이 이렇게 인간의 허망한 결말에 대한 상념에 빠져 있을 때 초라한 오필리아의 장례식 행렬이 묘지로 들어옵니다. 왕비는 오필리아의 관 위에 꽃을 뿌리면서 "잘 가거라, 오필리아! 네 신방을 꾸며 주려던 꽃을 네 무덤에 뿌리게 되다니……."(5.1.236-238) 라는 말로 애도했습니다. 오필리아의 관 위에 흙을 덮으려 하자, 래어티스가 무덤 속에 뛰어들어가 가련한 동생의 관을 부여안고 자기도 함께 묻어 달라며 울부짖습니다. 그러자 숨어 있던 햄릿도 참다못해 무덤 속으로 뛰어들어가 울부짖습니다. 오라비 몇만 명의 사랑을 합쳐도 자신의 사랑만은 못하다고 울부짖으며 자신을 오필리아와 함께 묻어 달라고 소리쳤습니다.

운명의 시간

한차례 소동이 끝난 뒤 운명의 시간이 다가왔습니다. 클로디어스 왕은 영국 왕의 손을 빌려 햄릿을 죽이려던 계획이 실패로 돌아가자, 복수심으로 불타는 래어티스를 부추겨 햄릿과 검술 시합을 하게 합니다. 검술 시합을 통해 왕비나 백성들의 의심을 피하면서 햄릿을 제거하려는 음모였습니다. 오로지 복수의 일념밖에 없는 래어티스는 검에 치명적인 독약을 발랐고, 사악한 왕은 햄릿이 그 검을 피할 경우를 대비하여 그의 승리를 축하하기 위한 술잔에 진주 독약을 넣었습니다. 이러한 음모를 눈치 챈 것일까요? 햄릿은 왠지 이 검술 시합에 응하기가 꺼림칙했습니다. 호레이쇼도 햄릿에게 시합에 나가지 말라고 만류합니다. 그러나 햄릿은 우리네 삶과 죽음에는 신의 섭리가 작용한다고 말하며 더는 주저하지 않고 죽음 앞에 나아갑니다.

결국 결투가 시작되었으나, 독약을 바른 검을 고른 래어티스는 양심의 가책 때문에 차마 햄릿을 찌르지 못합니다. 그래서 햄릿이 첫 번째와 두 번째 결투에서 모두 득점하게 됩니다. 그러자 왕은 자신의 두 번째 계획대로 햄릿의 승리를 축하하며 독주를 권했습니다. 햄릿이 시합이 끝난 뒤에나 마시겠다고 하자, 아무것도 모른 채 아들의 승리로 기쁨에 넘친 거트루드 왕비가 독주를 마셔 버립니다. 왕이 놀라 왕비를 만류했으나 소용없었습니다.

한편 패한 래어티스는 심판이 두 사람을 떼어놓는 틈에 비겁하게 달려들어 햄릿을 독검으로 찔렀고, 몸싸움을 벌이는 와중에 서로의 칼이 바뀌게 됩니다. 결국 래어티스는 자기가 놓은 덫에 걸려 독검에 찔립니다. 그는 죽어가면서 왕의 모든 음모를 폭로했습니다. 왕비 또한 자신이 마신 술이 독주였음을 밝히고 죽습니다.

클로디어스 왕의 비열한 음모에 분노한 햄릿은, 독검으로 왕을 찌르고 남아 있는 독주를 억지로 마시게 함으로써 마침내 아버지의 원수를 갚습니다. 셰익스피어의 다른 작품 《맥베스》에 "공정한 정의의 여신은 우리가 부은 독이 든 잔을 우리의 입술에 붓는다."(1.7.10–11)라는 대사가 나오는데, 바로 이

〈클로디어스 왕의 죽음〉
햄릿은 숙부 클로디어스 왕을 죽임으로써 아버지의 원수를 갚았다. 귀스타브 모로.

장면이 그에 해당된다고 볼 수 있습니다. 그 뒤 햄릿 또한 온몸에 독이 퍼지면서 쓰러지고 맙니다. 시체들이 즐비하게 늘어선 무대에서 호레이쇼도 남아 있는 독주를 마시고 햄릿을 따라 죽고자 합니다. 하지만 햄릿은 선왕의 죽음처럼 자신의 죽음도 왜곡될까 봐 두려웠습니다. 그래서 "자네가 나를 마음속에 품은 적이 있다면, 잠시 천상의 행복일랑 미뤄 두고 이 험한 세상에서 고통 속에 숨을 쉬며 내 사연을 말해 주게."(5.2.325-328)라고 마지막 부탁을 합니다. 이 마지막 대사 또한 햄릿이 세상을 얼마나 염세적으로 바라보는지를 잘 보여 줍니다.

동생이 형을 죽여 왕권을 차지하고 형수와 결혼하여 형의 침실까지 차지하는 비열한 일들이 벌어지는 더러운 세상에서 살아가는 것은, 고결한 청년 햄릿에게 너무나 힘겨운 일이었습니다. 그래서 그는 이 지상에서의 삶을 서둘러 끝내고 싶었습니다. 스스로 목숨을 끊어 그 고통을 끝내고 싶었으나, 자살은 기독교에서 금지된 범죄였습니다. 하루하루 고통 속에 숨을 쉬던 햄릿의 힘겨움이 바로 위의 대사에 고스란히 담겨 있습니다.

햄릿의 유언에 따라 노르웨이의 왕자 포틴브라스가 덴마크 왕위를 계승합니다. 그는 만약 이처럼 안타까운 운명의 손아귀에 휘둘리지만 않았다면 위대한 군주가 되었을 햄릿의 죽음에 군악을 울리고 조포*를 쏘며 예우했습니다.

우울, 불안, 배신, 탐욕 등 당대의 감성을 표현하는 절망적 어휘들이 모두 들어 있는 극이 바로 《햄릿》입니다. 햄릿은 질서를 파괴하지도 선을 버리지도 않았으나, 숙부가 일으킨 질서 파괴의 제물

* 군대에서 장례식을 할 때, 조의를 나타내는 뜻으로 쏘는 예포. 죽은 이의 관직에 따라 발포의 수가 다르다.

이 되고 맙니다. 그는, 숙부가 선왕을 살해하고 권력을 차지한 덴마크에서 그런 숙부와 근친상간적 결혼을 한 생모로 인해 도덕적 가치관의 혼란과 극도의 허무주의에 빠집니다. 그의 눈엔 이 세상에서 정직한 사람은 찾아볼 수가 없고, 자신을 포함한 그 누구도 세상의 회초리를 피할 수 있는 자가 없으며, 만물의 영장인 인간은 한낱 먼지로밖에 보이지 않습니다. 그래서 그는 오필리아에게 죄 많은 인간을 낳으려 하지 말고 수녀원으로 가라고 종용하기도 했습니다.

죄인들로만 가득한 이 세상은 햄릿에게 감옥처럼 느껴졌습니다. 자신 같은 인간이 이 세상에 살아 있어야 할 이유도 없는 것 같았습니다. 그래서 당장 자살하고 싶지만 죽음 뒤에 그를 기다리고 있을 것에 대한 두려움 때문에 주저합니다. 하지만 무덤가에서 선왕의 어릿광대였던 요릭의 해골을 보고는, 위대한 알렉산더 대왕도 시저도 피할 수 없던 모든 인간들의 숙명적 종말을 깨닫고 죽음조차 두려워하지 않게 됩니다.

《햄릿》 연구에서 가장 많이 논의되는 내용은, 복수할 수 있는 절호의 기회가 왔는데도 그가 왜 머뭇거리면서 결행하지 못했느냐는 것입니다. 이에 대해 햄릿이 너무 사색적이고 성격이 담대하지 못해서라는 주장, 세상에 대한 혐오가 너무 심해서였다는 주장, 복수하는 행위를 부도덕하다고 생각하여 실행에 옮길 수 없었다는 주장, 또한 그 자신도 오이디푸스 콤플렉스˚로 인해 부왕 살해의 욕구가 있었다는 주장 등 다양한 논의들이 펼쳐져 왔습니다. 또한 햄릿이 진짜 미친 것이냐 아니면 미친 척한 것이냐를 놓고도 의견이 분분했습니다.

˚ 오이디푸스 콤플렉스
세계 최고의 정신분석학자인 프로이트는, 《햄릿》과 소포클레스의 《오이디푸스 왕》을 심리학적으로 연구하여 오이디푸스 콤플렉스라는 유명한 이론을 만들어 냈다. 햄릿은 '복수'라는 자기의 임무를 인식하고 있으나, 극이 끝날 무렵까지 그 복수를 이행하지 못한다. 프로이트는 이런 햄릿의 복수 지체를 '오이디푸스 콤플렉스' 때문이라고 설명한다. '오이디푸스 콤플렉스'란 아들이 어머니에 대해 무의식적으로 성적 애착을 갖게 되어 아버지를 증오하는 심리를 말한다. 결국 햄릿은 아버지를 살해하고 어머니를 차지하고 싶은 자신의 무의식적인 소망을 행동으로 옮긴 클로디어스를 죽일 수가 없었다는 것이다. 이후 햄릿에 대한 이런 해석은 프로이트의 제자인 어니스트 존스와 자크 라캉에 의해 발전되었다.

이성과 열정, 선과 악, 숭고함과 저속함이 뒤섞여 있는 햄릿은 한 가지 모습으로 규정할 수가 없습니다. 바로 이처럼 때와 장소에 따라 다른 모습을 보이는 점 때문에 그는 작품에 등장하는 다른 인물들에게나 독자나 관객에게 영원히 해독할 수 없는 텍스트로 남아 있습니다. 햄릿이라는 인물은 너무 복잡하여 한마디로 설명할 수 없는 신비로운 인물입니다. 그래서 그를 종종 '문학계의 모나리자'라고 부릅니다. 이러한 점이 햄릿의 매력이고, 인물 창조에 있어서 셰익스피어의 위대함이라고 할 수 있습니다.

그러나 무엇보다 이 극이 아직까지도 우리의 마음을 사로잡고 감동을 주는 이유는 대사의 아름다움 때문입니다. 삶과 죽음을 통찰하는 햄릿의 대사 한 마디 한 마디가 주옥같은 철학적 경구가 됩니다. 인간의 실존적 운명에 대한 숭엄한 명상이 보석 같은 언어들로 표현됨으로써 《햄릿》은 부동의 세계 최고 문학작품이 된 것입니다.

❖ 햄릿형 인간과 돈키호테형 인간

이 극에서 햄릿은 숙부에 대한 복수를 맹세했지만, 그것을 실천에 옮기지 못하고 끊임없이 성찰하기만 한다. 그동안 복수가 계속 지연되고, 수많은 사람들이 희생된다. 러시아의 소설가 투르게네프는 인간의 유형을 '햄릿형 인간'과 '돈키호테형 인간'으로 나누었다. 햄릿형 인간은 어떤 행동을 하기 전에 먼저 신중하게 생각을 하는 사람들을 말하고, 돈키호테형 인간은 생각보다 행동을 먼저 하는 사람들을 말한다. 투르게네프의 설명에 의하면, 햄릿형 인간은 논리적이고 체계적인 생각을 통해 시행착오를 줄일 수 있지만, 너무 생각이 많은 탓에 머릿속 생각을 쉽게 실행에 옮기지 못한다. 반면 돈키호테형 인간은 일을 밀어붙이는 추진력은 있지만, 즉흥적인 감정이나 성급한 결정으로 시행착오를 반복한다.

《맥베스》

_허망한 인간의 욕망을 노래하다

02

● ● ● 《햄릿》이 부조리로 가득 찬 세상에서 염세주의에 빠져 고뇌하는 젊은이의 이야기였다면, 1606년에 초연된 《맥베스》는 왕권에 대한 탐욕으로 악의 구렁텅이에 빠지는 한 장군의 이야기입니다. 그리고 햄릿이 사회의 악에 직면하여 삶과 존재의 의미를 회의하는 한 섬세한 영혼이었다면, 맥베스는 욕망이라는 인간적 본능에 휘둘려 스스로 악을 저지르는 악인입니다.

권력이라는 헛된 야망에 이끌린 맥베스가 왕을 시해하고 왕위를 찬탈하는 과정과 그것이 초래한 비극적 파멸을 그린 이 극은 홀린셰드의 《영국, 스코틀랜드, 아일랜드의 연대기》 중 스코틀랜드 편의 '맥베스 전기'를 원전으로 하여 쓴 작품입니다. 셰익스피어는 극적 응집력을 위해 홀린셰드의 원전을 변형하기도 했습니다.

● 홀린셰드의 원전에서는 맥베스가 왕권을 찬탈한 후 꽤 오랫동안 선정善政을 베푼 것으로 나온다. 하지만 셰익스피어는, 맥베스가 왕권을 찬탈하자 바로 폭군으로 변하여 정통 왕권의 계승자인 말콤 왕자에게 왕위를 빼앗기고 파멸하는 것으로 그려 낸다.

〈영국의 제임스 1세이자 스코틀랜드의 제임스 6세〉
엘리자베스 여왕의 뒤를 이은 제임스 1세 때는 암울한 시기로서, 이 무렵에 셰익스피어는 《맥베스》를 포함한 4대 비극을 탄생시켰다. 존 디 크리츠, 1606.

● **패러독스(역설)**
논리적으로 모순을 일으키나 그 안에 중요한 진리가 함축되어 있는 표현을 말한다. "아름다운 것은 추하고 추한 것은 아름답다."라고 예언한 마녀들의 역설은 '사물은 눈에 보이는 대로가 아니다', '사물의 성질은 고정된 것이 아니라 가변적이고 유동적인 것이다'라는 진리를 담고 있다.

《맥베스》는 제임스 1세의 처남인 덴마크 국왕 크리스천 4세가 영국을 방문했을 때 궁정에서 초연된 것으로 알려져 있습니다. 그래서인지 이 극은 제임스 1세의 조상인 뱅쿠오와 관련된 스코틀랜드의 역사를 다루고 있습니다. 또한 제임스 1세가 지대한 관심을 가졌다고 하는 마녀도 등장합니다. 일각에서는 이 극이 제임스 1세의 통치 이데올로기인 왕권신수설을 극화한 것이라고 주장합니다. 어쩌면 그들의 주장은 타당해 보입니다. 궁정에서, 그것도 자신들 극단의 후원자인 국왕 앞에서 초연된 이 극의 정치성은 의심할 여지 없이 제임스 1세의 비위에 영합하는 것이어야 했을 테니까요.

하지만 셰익스피어는 이 극에서 정치적 문제보다는 사악한 죄악을 저지르는 인간들의 양심과 도덕적 갈등 등 심리적인 부분을 더 집중적으로 다루고 있습니다. 주인공 맥베스는 야망 때문에 왕을 시해하면서도 도덕적 갈등에 한없이 시달립니다. 그로 인해 그는 단순한 악인이 아니라 비극적 주인공이 되며 우리의 연민과 동정심을 자아냅니다.

《맥베스》는 셰익스피어의 비극 중 가장 짧고(2,082행) 내용이 대단히 빠르게 전개되며, 마녀나 유령, 예언이나 마법 같은 초자연적 요소들이 많이 등장하는 것이 특징입니다. 그리고 패러독스라는 독특한 글쓰기 방식이 이 극을 지배합니다. 극 초반에 용맹스럽게 역모를 진압하던 훌륭한 신하 맥베스는 그 자신이 추한 역모자가 됩니다. 또한 맥베스 부부에게 그토록 귀한 존재로만 보이던 왕권은 사실은 그들을 파멸로 몰아넣는 추한 것이었습니다.

이러한 역설들을 통해 셰익스피어는 세상만사 모든 것이 양가적이고 가변적임을 보여 줍니다. 충신이 역적이 될 수 있고, 선해 보이는 것이 사실은 사악한 것일 수 있으며, 보는 관점에 따라 선이 악일 수도 있고 악이 선일 수도 있다는 세상의 진리를 이처럼 잘 보여 준 작품은 아마 없을 것입니다.

마녀들의 괴기한 예언

막이 올라가면서 천둥 번개가 치는 가운데 세 마녀들이 먼저 무대에 등장합니다. 그들의 등장은 극의 전반적인 분위기가 무질서할 것임을 암시하며, 인간의 삶 너머에서 인간을 조종하는 신비롭고 불가사의한 힘이 있음을 보여 줍니다. 마녀들은 "아름다운 것은 추한 것이요, 추한 것은 아름다운 것이다."라는 수수께끼 같은 역설을 남기고 사라집니다.

스코틀랜드에서 충신인 줄로만 알았던 맥도널드와 코오더의 영주가 던컨 왕을 배신하고 역모를 일으키는 사건이 발생합니다. 그들의 충심을 믿었던 왕은, "사람의 얼굴만 보고는 그가 어떤 사람인지를 알 길이 없구나. 내가 그 자를 진정 믿었건만."(1.4.11-14)이라며 탄식합니다.

던컨 왕은 맥도널드와 코오더 영주의 배신으로 겉모습과 속내가 다른 인간의 양면성을 경험했으나, 그 뒤에도 맥베스와 맥베스 부인의 외적인 언행에 속아 또 당하고 맙니다. 비록 그가 작품 속에서 백성들의 존경과 사랑을 받는 어진 왕으로 평가받

〈세 마녀〉
세 마녀의 얼굴은 여성이라고도, 남성이라고도 말하기 힘든 애매한 형상이다. 헨리 퓨젤리, 1783경, 워릭셔, 왕립 셰익스피어 극단 소장.

고 있지만, 자신을 둘러싼 정치 상황을 제대로 파악하지 못했다는 점에서 정치적으로는 무능하다고 할 수 있습니다. 결국 그는 진실을 바로 보는 분별력이 부족하여 죽음을 맞이하게 됩니다.

반란이 일어나자 던컨 왕의 용감하고 충성스러운 사촌이자 글래미스의 영주인 맥베스 장군이 맹장다운 용기와 기개로 맥도널드의 목을 베고 역모군을 진압합니다. 그러고는 맥도널드의 목을 성벽에 매달아 두는 방법으로 역모의 결과가 어떤 것인가를 천하에 알립니다. 맥베스의 무훈을 보고받은 던컨 왕은 크게 감동하여 그를 높이 찬양합니다. 그리고 그의 은공에 대한 보상으로 역모죄로 참형시킨 코오더 영주의 작위를 그에게 하사합니다.

그런데 이 장면에서 눈여겨볼 것이 하나 있습니다. 그것은 정통 왕권을 보존하기 위해 반란군을 진압하는 맥베스의 모습이 대단히 잔인하게 묘사된다는 것입니다. 셰익스피어는 맥베스가 반란군을 진압하는 장면을 잔혹하게 묘사함으로써 정통 왕권도 유혈과 잔인한 무력을 바탕으로 유지되는 것임을 드러냅니다. 그래서 어떤 비평가들은 이 극이 정통 왕권의 치부를 들춰내어 그것의 신성함을 해체한 극이라고 주장합니다.

국왕이 자신에게 코오더의 영주라는 작위를 수여했다는 사실을 알지 못한 채 맥베스는 뱅쿠오 장군과 함께 개선*합니다. 맥베스 일행이 황야를 지날 때 어디선가 갑자기 늙고 비쩍 마른 세 명의 노파들이 그들 앞에 나타났습니다. 여자처럼 보이기는 하나 수염이 나서 여자라고 하기도 남자라고 하기도 이상한 세 마녀들은 맥베스에게 그가 장차 왕이 될 것이라 예언합니다.

* 개선凱旋
싸움에서 이기고 돌아옴.

마녀 1 맥베스 만세, 글래미스 영주 만세.

마녀 2 맥베스 만세, 코오더의 영주 만세.

마녀 3 맥베스 만세, 장차 왕이 되실 분 만세.

　(1.3.48–50)

〈마녀들을 만난 맥베스〉(부분)
맥베스는 황야에서 세 마녀를 만나, 그들에게서 왕이 될 것이라는 예언을 듣는다. 프란체스코 쥐카렐리, 1760년대 중반, 워릭셔, 왕립 셰익스피어 극단 소장.

　그리고 곁에 있던 뱅쿠오에게는 그 자신이 왕이 되지는 않지만 많은 왕의 조상이 될 거라는 아리송한 예언을 남기고 연기처럼 사라집니다. 이때 마녀는 눈에 보이니 유형有形이지만 연기처럼 사라지는 것으로 보아 무형無形이기도 하며, 여자이기도 하고 남자이기도 한 모호한 존재입니다. 그들의 언어 또한 역설과 수수께끼로 가득 찬 애매한 것입니다. 그래서 이 마녀들은 기존의 의미들을 혼란시키고, 엄격한 경계를 무너뜨리는 존재라고 할 수 있습니다.

　마녀들의 예언을 듣는 순간부터 그들의 언어는 맥베스의 사고와 행위를 지배합니다. 그들의 예언은, 맥베스의 내면에 잠재되어 있던 무의식적 권력욕을 그의 의식 세계로 끌어내어 충성스럽기만 하던 그를 왕의 시해라는 사악한 범죄로 몰아가는 촉매제로 작용합니다. 하지만 마녀들은 맥베스가 왕이 될 것이라고만 말했을 뿐, 왕위를 차지하는 방법이나 현왕의 살해에 관해서는 아무것도 언급하지 않았습니다. 마녀들의 예언에서 빠진 부분을 자신의 상상력으로 메워 가며 예언을 어떻게 달성할지를 머릿속에서 구체화하는 사람은 바로 맥베스 자신입니다.

좌절된 왕권의 꿈

그런데 던컨 왕은 맥베스와 뱅쿠오를 맞이하는 자리에서 마녀들의 예언에 찬물이라도 끼얹듯, 자신의 맏아들 말콤을 세자로 책봉합니다. 맥베스는 마녀들이 예언한 왕위의 길이 말콤 왕자라는 장애물에 가로막히자, 마음속으로 왕권을 찬탈할 결심을 합니다.

한편 맥베스는 마녀들로부터 놀라운 예언을 듣자마자 아내에게 편지로 알렸습니다. 그의 편지를 읽은 맥베스 부인은 남편이 마녀들이 예언한 대로 왕위에 오를 것이라고 확신하면서도 유약한 남편의 성품을 염려했습니다. 그래서 자신의 강한 정신을 그에게 불어넣어 왕위를 찬탈하기 위해서라면 그 어떤 짓도 저지를 용기를 갖게 하겠다고 다짐합니다.

> **맥베스 부인** 무서운 음모를 도와주는 악령들이여,
> 날 나약한 여자로부터 벗어나게 해다오.
> 머리 꼭대기에서 발끝까지 무서운 잔인함으로
> 가득 채워다오! 나의 피를 응결시켜
> 연민의 정으로 통하는 길목을 끊어다오…….
> 살인을 주관하는 자여! 나의 가슴으로 들어와
> 내 젖을 쓰디쓴 담즙˚으로 바꾸어다오.(1.5.40-48)

* 고대 그리스와 로마 시대의 의사와 철학자들은 여러 체액(혈액, 점액, 황담즙, 흑담즙 등)이 인체의 구성 원리라고 생각했다. 그들은 이 체액들이 균형 있게 구성되어 있으면 건강하고 그중 어느 하나가 모자라거나 넘치면 심신의 장애가 생긴다고 믿었으며, 사람의 성격에도 영향을 준다고 생각했다. 여기에서 '젖'은 연민, 동정, 인정 등의 성품을 갖게 만드는 체액이고, '담즙'은 급하고 포악하고 잔인한 성품을 갖게 하는 체액이다.

맥베스 부인의 이 대사는 여성이면서도 수염을 달고 있던 마녀들을 떠올리게 합니다. 또한 부인이 맥베스를 맞이하면서 "위대하신

글래미스 영주여, 훌륭한 코오더의 영주여. 앞으로의 인생에서 그 둘보다 더 위대한 이름으로 불리실 분이여!"(1.5.54-55)라고 인사하는데, 이 인사는 마녀들이 황야에서 맥베스에게 한 인사와 같습니다. 이렇듯 이 극에서 맥베스 부인은 여러 면에서 마녀들과 긴밀히 연결되어 있습니다. 그녀는 마녀들이 사라진 곳에서 그들의 역할을 대신하며 맥베스의 야망이 도덕적 갈등으로 꺼져갈 때마다 그를 부추깁니다.

그때 남편이 보낸 전령이, 그날 밤 던컨 왕이 그들의 성으로 올 것이라는 전갈을 가져옵니다. 맥베스 부인은 던컨 왕을 살해할 절호의 기회가 왔다고 생각합니다. 왕 일행에 앞서 집에 도착한 맥베스는 부인과 함께 왕을 시해할 계획을 세웁니다. 맥베스에게 부인은 그날 밤의 거사는 자신에게 모두 맡기고 손님들을 따스하게 환영하는 태도로 맞이하라고 말합니다. 또한 속은 독사이되 겉으로는 순진한 꽃처럼 보이라고도 당부합니다. 이 극에서는 이처럼 속마음과 겉으로 드러나는 행동이 전혀 다른 모습을 자주 보게 됩니다.

맥베스의 성에 도착한 던컨 왕은 위선적인 맥베스 부부의 극진한 환대를 받으며 환영 만찬을 즐겼습니다. 마음껏 연회를 즐긴 왕은 맥베스 부인에게 많은 선물을 하사하고는 술이 거나하게 취해 침소에 듭니다. 한편 연회가 열리는 동안 맥베스는 자신이 저지르려는 대역죄에 대해 끊임없이 양심의 가책을 느끼고 마음의 갈등을 일으켰습니다. 이처럼 끊임없이 갈등하는 그의 모습은, 그를 단순한 악한이 아니라 악의 유혹 앞에서 무너지는 비극적 주인공으로 만들어 줍니다.

〈맥베스 부인이 던컨 왕을 맞이하다〉
잔인한 음모를 가슴에 품은 맥베스 부인이 던컨 왕을 거짓된 환영의 태도로 맞이한다. 에이브릴 벌리, 《인기 있는 소설가들이 쓴 맥베스》(필라델피아, 1914)의 삽화, 워싱턴, 미국 국회도서관 소장.

• 《맥베스》에서는 많은 인물들이 여러 목적을 위해 거짓 연기를 한다. 맥베스 부부는 던컨 왕 앞에서 충실한 신하인 척 연기를 하고, 뒤에서는 던컨 왕을 살해할 음모를 꾸민다. 특히 왕을 살해한 사실이 밝혀진 뒤 맥베스 부인이 놀라 기절하는 대목에서 그녀의 연극성이 극에 달한다. 영국에 머물고 있는 말콤 왕자도 권력의 연극성을 보여 주는 인물이다. 그는 맥베스의 덫에 잡히지 않으려고 자기편으로 들어오는 신하들 앞에서 연기를 하여 그들의 진심을 떠본다. 이처럼 셰익스피어 극에서는 연극성이 권력을 확보하거나 유지하는 수단으로 자주 사용된다.

〈맥베스 역의 헨리 어빙〉
헨리 어빙은 영국의 배우이자 극장경영자이다. 그는 화가들에게 자신의 공연 장면을 화폭에 담도록 했다. 이 그림은 던컨 왕을 살해하러 가는 맥베스를 연기하는 장면이다. 제임스 아처, 1875, 개인 소장.

하지만 맥베스 부인은 그의 유약함을 조롱하기도 하고 위로하기도 하면서, 맥베스의 마음에 다시 시역弑逆(부모나 왕을 죽이는 일)을 감행할 마음을 불러일으킵니다. 부인의 종용에 마지못해 맥베스는 던컨 왕이 자고 있는 방을 향해 갑니다. 이때 맥베스는 던컨 왕을 죽이러 가는 자신의 발걸음을 루크리스를 겁탈하러 가는 타아퀸의 발걸음에 비유합니다. 그만큼 자신의 행위가 사악한 것임을 직시하고 있는 것입니다. 두려움에 사로잡힌 그의 앞에 피묻은 단검의 환영이 나타납니다. 그것은 그의 마음 속 공포가 만들어 낸 환각이었습니다. 그러나 결국 맥베스는 던컨 왕을 시해합니다. 그 순간 허공에서 "맥베스는 잠을 죽였다. 글래미스 영주는 잠을 자지 못하리."(2.2.40-41)라는 환청이 들립니다. 셰익스피어는 환영과 환청을 통해 엄청난 범죄를 저지르는 자들이 겪는 심리적 병리 현상을 극적으로 표현하고 있습니다.

잠시 뒤 맥베스는 피범벅이 된 단검을 쥐고 휘청거리며 나옵니다. 그 모습을 본 맥베스 부인은 남편의 유약함을 질타합니다. 그러고는 자신이 직접 살해 현장에 피묻은 단검을 갖다 놓고, 던컨 왕이 흘린 피를 옆에 잠들어 있던 호위병에게 묻혀 놓습니다. 그들의 소행으로 뒤집어씌우기 위해서입니다. 한편 맥베스는 손에 묻은 피를 보면서 괴로워합니다. 셰익스피어는 이처럼 맥베스에게 냉혈적인 살인자의 이미지와 도덕적 본성을 지키고자 애쓰면서 양심의 가책에 시달리는 이미지를 복합적으로 부여합니다.

이때 갑자기 문 두드리는 소리가 들립니다. 맥베스는 그 소리에 소스라치게 놀랍니다. 하지만 침착한 맥베스 부인이 이끄는 대로 두 사람은 서둘러 침실로 가서 잠옷으로 갈아입습니다.

이 장면에서 극의 분위기를 반전시키는 문지기 광대가 등장합니다. 문지기 광대는 자신을 지옥의 문지기라고 소개하는데, 그럼으로써 자연스럽게 맥베스의 성은 지옥이 됩니다. 셰익스피어의 재치가 엿보이는 설정입니다. 맥베스의 성은 왕이 시해되고 질서가 전복된 아수라장이요, 맥베스가 겪는 내면의 고통으로 볼 때도 지옥인 것입니다.

계속해서 문지기 광대는 술과 성욕의 관계를 논하는데, 그에 의하면 술은 남자들에게 성욕을 불러일으키지만 그것을 실행할 능력은 앗아간다고 합니다. 이것은 마녀들의 예언이 맥베스의 욕망에 불을 지르나, 만족감은 주지 않는 것과 같은 것입니다. 또 이 문지기 광대가 상상 속에서 지옥으로 받아들이는 죄인 가운데 '애매하게 말한 자, 이중 의미로 말한 자equivocator'가 등장하는데, 사실 이것은 당시에 벌어진 '화약 음모 사건'*이라는 역사적 사건을 언급하는 말입니다. 그런데 극 후반에 마녀들의 속임수에 속았음을 깨달은 맥베스는, 마녀들을 이중 의미로 말한 자라고 부르며 비난합니다. 이를 통해 볼 때 문지기 광대 장면*은 단순한 웃음거리를 선사하기 위한 것이 아니라 전체 극의 주제와 긴밀히 연결되어 있음을 알 수 있습니다.

마침내 던컨 왕이 시해되었다는 사실이 밝혀지고 맥베스와 맥베스 부인의 음모대로 피범벅인 채 왕의 침소에서 잠들어 있던 두 호위병에게 살해 혐의가 돌아갑니다. 맥베스는 두 호위병을 베어 그들의 입을 막고는, 자신의 충성심이 그들에 대한 분노를 일으켜 죽

● 화약 음모 사건
1605년에 가톨릭 교도들이 제임스 1세의 박해에 항거하여 의사당 지하실에 화약을 묻어 놓고, 제임스 1세와 그의 가족, 대신과 의원 들을 죽이려 했던 사건이다. 그러나 음모자 가운데 한 사람이 누설하여 발각되자 이 음모에 가담한 사람들이 모두 처형당했고, 가톨릭 세력에 대한 경계가 더욱 강화되었다. 문지기가 말하는 '이중 의미로 말한 자'란 하느님을 팔아 역모를 꾸민 이 음모자들을 가리키는 것으로, 이 부분도 제임스 1세와 밀접한 관계가 있는 대목이라 할 수 있다.

● 문지기 광대 장면
극 중에서 이 장면은 우선 맥베스와 맥베스 부인이 잠옷으로 갈아입을 시간을 제공하면서, 피비린내 나는 암살 장면이 주는 극적 긴장감에서 관객을 잠시 해방시켜 준다. 그리고 전체 극에서 논의하는 주제인 'equivocator'를 다른 어조로 거론하여 극의 주제를 강조하며, 저속한 농담을 통해 하층계급의 관객들에게 즐거움을 준다.

이지 않을 수 없었다고 둘러댑니다. 부왕이 당한 참사에 자신들의 신변에도 불안을 느낀 말콤 왕자와 도널베인 왕자가 몰래 성을 빠져나갑니다. 그로 인해 두 왕자는 왕의 시해를 사주했다는 의심을 받습니다. 자연스럽게 두 왕자를 빼면 가장 가까운 친족인 맥베스에게 왕위가 돌아갔으며, 맥베스 부부는 드디어 그토록 갈망하던 왕관을 차지합니다.

밀려드는 공허감과 두려움

맥베스와 맥베스 부인은 자신들이 그리도 좇던 최고 권력의 자리에 올랐으나, 욕망이 달성된 순간에 그들이 실제로 느낀 감정은 행복감과 만족감이 아니었습니다. 그것은 허망함과 죄책감, 그리고 알 수 없는 불안감이었습니다.

또한 역모로 왕좌를 차지한 맥베스는 또 다른 역모자에게 자신의 왕좌를 빼앗길까 봐 두려워 한시도 마음의 평화를 얻지 못합니다. 그는 괴로운 나날을 보내면서 오히려 자신들의 손에 의해 이 세상의 온갖 고뇌에서 자유로워진 던컨 왕을 부러워합니다.

맥베스 지금처럼 불안감에 떨며 밥을 먹고
　　　밤마다 무서운 악몽에 시달리며
　　　고통스런 잠을 잘 바에야

〈맥베스 역의 데이비드 개릭과 맥베스 부인 역의 한나 프리처드〉
맥베스의 두려움에 가득 찬 표정과 맥베스 부인의 단호한 모습이 대비되고 있다. 요한 조파니, 1768, 런던 개릭 클럽 소장.

차라리 망자와 함께 있는 것이 낫겠소…….

던컨 왕은 지금 무덤 속에 있소.

열병 같은 인생을 끝마치고

편안히 잠들어 있단 말이요.(3.2.17–23)

이렇듯 우리를 욕망에 사로잡히게 하는 온갖 아름다운 것들은, 완전히 소유할 수 없기에 우리를 괴롭게 하거나 아니면 막상 소유하고 나면 그 아름다움이 사라지고 마는 허구적 대상입니다. 왕권 또한 맥베스와 맥베스 부인의 욕망을 불러일으키는 대상이었으나, 막상 차지하고 나니 기쁨이 아니라 불안감과 공허감만 주었습니다.

그리고 무엇보다도 맥베스를 불안하게 하는 것은 뱅쿠오의 존재였습니다. 이는 뱅쿠오의 후손들이 장차 왕위를 계승할 것이라는 마녀들의 예언 때문이었습니다. '열매 없는 왕관', '불모의 홀' 같은 맥베스의 대사에 그런 운명에 대한 한탄이 담겨 있습니다. 맥베스는 뱅쿠오와 그의 아들 플리언스를 살해하여 불안감으로부터 해방되고자 했습니다. 그래서 자객들에게 그 부자를 살해하라고 사주하였으나, 그들은 뱅쿠오만 살해하고 플리언스는 놓치고 맙니다. 그리하여 그 뒤에도 맥베스는 마음이 여전히 불안했습니다. 뱅쿠오의 유령이 나타나 맥베스를 괴롭히는가 하면, 도망간 플리언스 때문에 불안에 떨기도 했습니다. 게다가 맥더프를 비롯한 신하들이 속속 영국에 있는 말콤 왕자편에 합류했습니다. 그러자 맥베스는 다시 한번 마녀들을 찾아가 자신의 미래에 대해 듣습니다.

조금만 조금만 더

욕망

안 도라줄까나…

〈투구를 쓴 머리 환영의 예언을 듣는 맥베스〉
마녀들이 보여 주는 첫 번째 환영은 투구를 쓴 머리로, 그 것은 파이프의 영주 맥더프를 조심하라고 예언한다. 헨리 퓨젤리, 1793, 워싱턴, 폴저 셰익스피어 도서관 소장.

• 흔히 세 명의 환영에서 '투구를 쓴 머리'는 극의 말미에 맥더프에 의해 잘리는 맥베스 자신의 머리이고, '피투성이 어린아이'는 달이 차기 전에 엄마 배를 가르고 나왔다는 맥더프, 그리고 '왕관을 쓰고 나뭇가지를 든 아이'는 말콤 왕자를 가리키는 것으로 해석한다. 말콤 왕자가 부하들에게 버어남 숲의 나뭇가지들을 베어 위장하라고 명령하기 때문이다.

마녀들은 세 명의 환영들을 불러내어 맥베스에게 예언을 해주었습니다. 투구를 쓴 머리 모양을 한 첫 번째 환영은 "맥더프를 경계하라."(4.1.71)라고 충고합니다. 맥더프는 맥베스를 왕으로 인정하지 않아 그의 명령에 따르지 않는 영주였습니다. 자신이 눈엣가시처럼 여기는 맥더프를 첫 번째 환영이 알아맞히자 맥베스는 그 예언을 굳게 믿게 됩니다. 피투성이 아이의 모습을 한 두 번째 환영은 "여자가 낳은 자의 권능을 비웃어라. 여자가 낳은 자, 맥베스를 해칠 수 없으니 잔인하고 대담하고 용감하게 행동하라."(4.1.79-81)라고 충고합니다. 왕관을 쓰고 나뭇가지를 든 어린이의 모습을 한 세 번째 환영은 "버어남의 무성한 숲이 던시네인 언덕까지 공격해 오지 않는 한 맥베스는 멸망하지 않으리."(4.1.92-94)라고 충고합니다. •

마녀들의 예언에 유쾌해진 맥베스는 자신이 스코틀랜드의 왕으로서 안락하게 천수를 누리다 갈 것임을 확신합니다. 그러나 마지막으로 맥베스가 뱅쿠오의 자손이 왕권을 잡게 될 것인지를 묻자, 마녀들은 후대 왕들의 환영과 뱅쿠오의 망령을 보여 줍니다. 그들은 모두 뱅쿠오의 유령과 닮아 있었습니다. 그중에는 옥구슬 두 개와 왕의 홀 세 개를 들고 있는 자도 있었는데, 이 자는 곧 제임스 1세를 재현한 것입니다. 제임스 1세는 스코틀랜드와 잉글랜드에서 두 번의 대관식을 치러 보주寶珠가 두 개이며 영국, 스코틀랜드, 아일랜드를 모두 다스려 홀이 세 개였습니다. •

냉혈한 살인마가 되다

마녀들로부터 대담하고 과감해지라는 충고를 들은 맥베스는 계속해서 살상을 저지릅니다. 우선 그는 말콤 왕자가 있는 영국으로 도주한 맥더프의 죄 없는 아내와 어린 자식들을 학살하게 했습니다. 왕을 시해할 때 양심 때문에 갈등하고 도덕적 딜레마에 빠지곤 하던 맥베스는 점점 저돌적이고 몰인정한 살인마로 변모해 갑니다. 이제 맥베스 곁에는 신하들의 충언은 없고, 낮은 저주의 목소리와 아부의 말만 가득했습니다.

반면 왕을 시해할 때 맥베스와 대조적으로 양심의 가책이나 주저함 없이 대담하고 냉혹하게 거사를 이끌던 맥베스 부인은, 그 후 밀려드는 온갖 공상과 죄책감에 시달립니다. 그러다 마음의 자책을 이기지 못해 심한 정신병 증세인 몽유병에 걸립니다. 아이러니하게도 뱅쿠오의 망령을 보고 헛소리를 하는 맥베스에게 잠을 자라고 권하며 퇴장하던 맥베스 부인 자신이 몽유병에 걸린 것입니다. 그녀는 잠자리에 들 때도 항상 촛불을 켜놓았으며, 잠결에 일어나 한참 동안 손을 씻는 시늉을 하곤 했습니다. 그러면서 마음이 몹시 괴로운 듯 땅이 꺼져라 한숨을 쉬며 "아직도 흔적이 남아 있어." (5.1.30)라든가 "없어져라, 없어져, 이 흉측한 흔적아!"(5.1.33)라고 중얼거리곤 했습니다.

결국 맥베스 부인은 마음의 짐을 덜지 못한 채 스스로 목숨을 끊습니다. 허망한 야망에 쫓겨 잔인한 범죄를 저지른 불쌍한 영혼이 한시도 마음의 평화를 찾지 못하고 괴로워하다 스스로 삶을 마감한

* 셰익스피어는 《맥베스》에서 의도적으로 제임스 왕의 조상과 관계가 있는 스코틀랜드의 역사를 다룬다. 제임스 1세는 뱅쿠오를 전설적 조상으로 생각하는 스코틀랜드 스튜어트가의 자손이다. 홀린셰드가 쓴 원전에서 뱅쿠오는 맥베스와 함께 던컨 왕을 살해하는 공범자로 되어 있다. 그러나 셰익스피어는 그를 충성심 강한 신하로 그림으로써 미화시킨다.

〈맥베스와 왕들의 환영〉
맥베스에게 마녀들이 뱅쿠오의 후손인 미래의 스코틀랜드 왕들을 보여 줌으로써 자신들의 예언을 거듭 확인해 준다. 테오도르 샤세리오, 1849~1854경, 발랑시엔, 보르도 미술관 소장.

것입니다. 맥베스 부인이 죽었다는 소식을 들은 맥베스는 인생의 허망함을 다음과 같이 탄식했습니다.

> **맥베스** 꺼져라, 꺼져라, 단명하는 촛불이여.
> 인생이란 걸어 다니는 그림자에 불과하지.
> 잠시 동안 무대 위에서 거들먹거리고 돌아다니거나
> 종종거리고 돌아다니지만
> 얼마 안 가서 잊히는 처량한 배우일 뿐.
> 떠들썩하고 분노가 대단하지만 아무 의미도 없는
> 바보 천치들이 지껄이는 이야기.(5.5.23~28)

〈몽유병에 걸린 맥베스 부인〉
맥베스 부인은 던컨 왕을 살해한 후에 심한 죄책감으로 괴로워하다가, 양심의 가책을 이기지 못하고 몽유병 증세를 보인다. 헨리 퓨젤리, 1783, 파리, 루브르 박물관 소장.

맥베스의 허망한 최후

한편 맥베스에게 왕위를 빼앗긴 던컨 왕의 장남 말콤 왕자는 영국 에드워드 왕의 환대를 받으며 그곳에 머무릅니다. 그러면서 그는 왕권을 되찾기 위해 에드워드 왕으로부터 원군을 얻어 맥베스를 공격할 준비를 하고 있었습니다. 스코틀랜드 백성들은 말콤 왕자가 한시라도 빨리 폭군 맥베스 밑에서 신음하는 스코틀랜드를 구원해 주기를 기원했습니다.

말콤 왕자와 맥더프 등이 지휘하는 영국군이 버어남 숲 근처에 집결했습니다. 그들의 사기는 하늘을 찌르는 듯했습니다. 그리고 스코틀랜드의 많은 귀족과 젊은이들도 속속 스코틀랜드 진영에서 빠져나와 말콤 왕자의 세력에 합류했습니다. 전쟁의 상황이 불리해

* 셰익스피어는 이 대목에서 에드워드 왕이 지닌 신통한 치유 능력에 관한 이야기를 말콤 왕자를 통해 전한다. 그에게는 '연주창'이라는 질병에 걸린 사람들을 기도와 손길만으로 치료하는 신성한 치유 능력이 있으며 앞날을 예언하는 능력도 있다면서, 이 능력을 맏아들에게 물려줄 것이라고 언급함으로써 왕을 신비화시킨다. 아울러 정통 왕권의 신성함이라는 제임스 1세의 통치 이데올로기도 담아낸다.

질수록 맥베스는 더욱더 마녀들의 예언에 의존합니다. 그래서 버어
남 숲이 던시네인 성으로 오지 않는 한 자신은 무사할 거라 믿으며
성 안에 꼼짝 않고 있었습니다.

그런데 망을 보고 있던 한 전령이 맥베스에게 버어남 숲이 움직
여 성을 향해 오고 있다고 보고합니다. 이것은 말콤 왕자가 군사 수
를 은폐하기 위해 병사들에게 나뭇가지를 머리에 꽂고 행진하도록
명령했기 때문이었습니다. 그제야 비로소 맥베스는 마녀들의 예언
에 의문을 품기 시작합니다. 그리고 자신의 파멸을 예감하면서 전
장에 뛰어들었습니다.

그러나 마지막 순간까지 그는 '여자가 낳은 자는 절대 맥베스를
죽이지 못한다.'라는 마녀들의 예언에 매달립니다. 마침내 맥더프
와 맞닥뜨린 순간에도 자신에게는 그런 마법이 작용하고 있다고 호
언합니다. 그러나 맥더프는 맥베스를 비웃으며 자신은 달이 차기
전에 어미 배를 가르고 나온 자라고 밝힙니다. 결국 맥베스는 처음
에 자신이 역모자를 효시했듯이 맥더프의 손에 목이 잘립니다. 맥
베스의 삶과 야망은 떠들썩하고 소란스러웠으나, 그 결말은 너무나
허망하고 비극적이었습니다.

앞에서도 설명했듯이 이 극은 제임스 1세 앞에서 공연하기 위해
쓴 것입니다. 제임스 1세는 왕권신수설을 앞세워 누구보다 국왕의
절대 권력을 강조한 왕이었습니다. 그러한 왕의 비위를 맞추기 위
해서였는지, 이 극의 표면적 주제는 국왕을 시해하고 왕권을 찬탈
한 맥베스와 맥베스 부인의 파멸입니다. 그리하여 신역사주의 비평
가들은 이 극을 왕권의 신성과 정통성이라는 통치 이데올로기를 옹

• 《맥베스》는 유령과 마법이
등장하고 유혈이 낭자한 비극
적이고 음울한 연극이다. 그래
서인지 '맥베스'라는 제목을
거론하면 불운이 발생한다는
징크스가 예로부터 전해 내려
온다. 실제로 《맥베스》 공연장
에서는 다른 극들과 달리 유독
사고가 많이 발생했다. 서양
사람들은 그 저주를 피하기 위
해 이 극을 '맥베스'라는 제목
으로 부르는 대신 '스코틀랜드
연극'이라고 부른다.

호하고 확산시킨 극이라고 비난하면서, 셰익스피어의 정치적 보수성을 입증하는 예로 삼았습니다. 대표적 신역사주의자인 텐넨하우스는 《맥베스》가 절대 권력을 찬양하는 왕권 찬가라고 주장하기도 했습니다.

표면적 플롯만 보면 신역사주의자들의 주장은 타당해 보입니다. 하지만 이 극을 그처럼 겉으로 드러난 플롯만으로 판단하는 것은 잘못된 해석입니다. 셰익스피어는, 속세적 가치관인 명예나 권세를 추구하여 그 목적을 달성한 맥베스와 맥베스 부인이 그 영광의 순간에 행복하지 못한 모습을 제시함으로써, 우리에게 인생의 참된 의미를 재고하게 해줍니다.

또한 이 극은 정치적 플롯 이면에 흐르는 심리학적 깊이와 인간성에 대한 탐구가 더 중요한 요소입니다. 바로 그런 요소 때문에 이 극은 사극이 아니라 비극으로 분류되는 것입니다.

게다가 마녀들의 역설처럼 이 극에서는 이항 대립쌍의 경계가 허물어져 모든 고정된 의미들이 해체됩니다. 예를 들어 왕위 찬탈자에게서 도덕적 영웅의 면모가 보이는가 하면, 정통 왕위 계승권자에게서는 마키아벨리적 술책이 엿보이기도 합니다.

이로 인해 이 극을 단순히 왕권 찬탈의 폐해를 그린 작품이라고 말할 수 없는 것입니다. 셰익스피어는, 이 극을 지켜보는 제임스 1세 앞에서 전개하는 표면적 줄거리(국왕에 대한 충성, 왕위 찬탈자의 파멸, 정통 왕권의 신성함 등)를 역설적인 글쓰기를 통해 은밀히 해체하고 있습니다. 즉 왕권신수설이라는 지배 이데올로기에 영합하는 단순한 차원을 뛰어넘어 이 세상이 역설로 가득 차 있다는, 좀 더 보편적인 철학으로 나아가고 있습니다. 바로 이러한 교묘한 글쓰기 때문에 이 작품에 대한 비평가들의 해석이 양분되는 것입니다. 한쪽은 지배 이데올로기에 대한 찬가로, 다른 한쪽은 지배 이데올로기의 해체로 말입니다. 그런 점에서 셰익스피어를 마녀들과 마찬가지로 '이중 의미로 모호하게 말하는 자'라고 부를 수 있습니다.

✤ 《맥베스》의 초자연적 요소

셰익스피어가 살던 시대의 사람들은 유령이나 마녀, 요정 같은 초자연적 존재나 마법, 예언, 주술 같은 초자연적 능력에 대한 믿음을 갖고 있었다. 셰익스피어는 이를 작품에 반영하여 초자연적 존재들을 많이 등장시켰다. 특히 마녀들의 예언으로 시작하는 《맥베스》는, 마녀들의 마법이나 예언뿐만 아니라, 뱅쿠오의 유령, 마녀들이 불러내는 미래 왕들의 환영 등 그 어떤 작품들보다 초자연적 요소가 많은 작품이다. 여기에는 셰익스피어의 뛰어난 상상력이 여실히 담겨져 있다. 그래서 작가의 상상력이 크게 찬양받는 낭만주의 시대의 화가들이 즐겨 그린 작품 중 하나이다.

03 《리어왕》

_불효자식을 둔 노왕의 슬픔

● 고려장
예전에 늙고 쇠약한 사람을 구
덩이 속에 산 채로 버려두었다
가 죽은 뒤에 장사지냈다는 일
을 가리키나, 실제로는 그러한
장례풍습이 존재하지 않았다는
주장이 제기되고 있다. 현대에
나이 든 노인을 낯선 지역이나
다른 나라에 버려두고 오는 범
죄를 비유적으로 일컫는다.

● ● ● 노부모에 대한 효성과 공양이라는 문제는 21
세기를 살고 있는 우리들에게도 여전히 중요한 사회문제입니다. 사
회가 핵가족화되고 우리나라의 유교적 전통이 쇠퇴해가면서, 홀로
사는 노인의 수는 점점 늘어나고 있습니다. 자식에게 재산을 다 상
속하고 버림받은 노인들, 아무도 모르게 홀로 죽어간 노인들, 부모
의 죽음을 앞두고 벌이는 자식들의 재산 분쟁, 외국여행에 갔다가
자식들로부터 버림받은 현대판 고려장, 노인 자살 문제 등 매체의
지면을 장식하는 내용도 다양합니다.

　여기 셰익스피어의 《리어 왕》도 바로 지금 우리 이웃에서 벌어지
고 있을 법한 이야기입니다. 그래서 4백 년 전 다른 나라에서 쓰인
이야기라는 시공간이 무색할 정도로 호소력을 갖고 있습니다.

1604년에서 1605년 사이에 초연된 것으로 알려진 《리어 왕》은 홀린셰드의 《잉글랜드, 아일랜드, 스코틀랜드의 연대기》 중 브리튼 편에 수록된 〈리어 왕의 전기〉와 1594년에 상연된 바 있는 작자 미상의 〈리어 왕〉을 원전으로 하여 쓴 작품입니다. 이 극은 위선적인 딸들의 거짓 사랑을 믿고 권력과 재산을 모두 물려준 뒤 비극적 파멸을 맞는 늙은 왕의 이야기입니다. 본래 기원전 8세기 브리튼의 전설적인 왕, 리어의 이야기지만, 셰익스피어의 극 속에서 다루고 있는 상황은 중세 봉건귀족 사회에서 근대 자본주의 사회로 전이되는 르네상스기 영국의 과도기적 혼란상입니다. 셰익스피어는 이 극에서 사회적 경제적 대변혁기의 갈등과 가치관의 혼란을 그대로 드러내 보여 줍니다.

셰익스피어의 극 중 감정의 격렬함이나 비극성이 가장 처절한 것으로 알려진 이 극은, 리어 왕이 말로 표현하는 애정의 크기에 따라 세 딸의 사랑을 측정하여 왕국을 나눠 준 데서 비극이 비롯됩니다. 말의 진실성을 파악하지 못해 파멸하는 리어 왕의 모습에는 아첨이나 감언이설에 약한 인간의 모습이 담겨 있습니다.

이 극에서 리어 왕은 평생을 왕으로서 절대 권력을 구사하며 살아온 자의 독선에 빠져 있습니다. 리어 왕의 이러한 권위 의식과 제어되지 않는 분노가 그를 비극에 빠뜨리는 성격적 결함으로 여겨집니다. 그리고 이 극은 주플롯과 부플롯, 두 개의 플롯이 미학적으로 구성되어 긴밀한 상호연계 속에서 주제를 변주하며 심화시켜 줍니다. 리어 왕과 그의 딸들에 관한 이야기가 주플롯이라면, 리어 왕의 충신인 글로스터 백작이 리어 왕과 마찬가지로 자신의 어리석은 판

• 브리튼
중석기시대 말까지 브리튼 섬은 유럽 대륙과 이어져 있어 유럽인들이 자주 드나들었는데, 기원전 6000년부터 기원전 5000년경에 브리튼이 대륙으로부터 분리되면서 이주가 어려워졌다. 이때부터 브리튼은 유럽 대륙의 문화와는 다른 섬나라 특유의 문화를 발전시켰다. 기원전 8세기 무렵부터 켈트족이 브리튼에 들어오기 시작하여, 기원전 2세기에 이르러 원탁의 기사로 유명한 켈트 고유의 문화를 이루게 된다. 그 뒤 로마 장군 줄리어스 시저의 침략을 받은(기원전 55~54) 뒤부터 브리튼은 로마의 속주가 되었다.

〈리어 왕역의 데이비드 개릭〉
리처드 웨스틸, 1779, 오하이오, 아크론 미술관 소장.

단으로 인해 서자庶子 에드먼드의 음모에 걸려드는 이야기가 부풀 롯입니다.

셰익스피어가 그려 낸, 권력과 재산 앞에서 부모나 형제자매 모두 제물로 사용하는 비정한 물질 만능주의 세상을 거울삼아 우리의 현실을 직시해 보는 건 어떨까요?

리어 왕의 어리석은 판단

고대 브리튼의 노왕 리어는 이제 모든 직무를 자식들에게 이양하고 편히 쉴 시기가 되었다고 생각합니다. 그래서 그는 브리튼을 3등분하여 세 딸에게 나누어 주기로 결심합니다. 하지만 그러기에 앞서 공식적인 자리에서 리어 왕은 세 딸에게 자신에 대한 사랑을 말로 표현하면, 그 애정의 크기에 따라 합당한 왕국을 주겠노라고 합니다. 권력과 재산을 담보로 딸들의 효심을 사려 한 리어 왕의 요구는 출발부터 잘못되었습니다. 사랑은 드러내놓고 언어로 표현할 성질의 것이 아니기 때문이지요.

〈거너릴과 리건〉
거너릴과 리건은 재산을 차지
하기 위해 거짓되고 과장된 수
사를 동원하여 리어 왕에게 애
정을 표현한다. 에드윈 오스틴
애비, 1902.

이 사랑경연대회는 사실을 말하는 것이 아니라 말해야 하는 것, 즉 리어 왕을 만족시키는 답변을 해야 하는 왜곡된 언어의 장場입니다. 말로 표현하는 사랑의 크기에 따라 왕국을 나누어 준다는 거래 조건 때문에 화려하고 과장된 언어가 난무할 수밖에 없기 때문입니다. 애초부터 참여자들의 언어가 마음과 겉도는 교언영색 의 언어로 타락할 가능성이 내포되어 있었던 것입니다.

• 교언영색巧言令色
교묘한 말과 알랑거리는 얼굴.

실제로 첫째딸 거너릴과 둘째딸 리건은 온갖 과장된 수사를 다

동원하여 각자 자신이 가장 리어 왕을 사랑하노라고 주장합니다. 거너릴과 리건에게 언어란 자신들의 진솔한 마음을 표현하는 수단이 아닙니다. 그것은 최대한 과장된 표현으로 자신들의 사랑이라는 환상을 창출해 내는, 얼마든지 조작할 수 있는 도구에 불과합니다. 하지만 언니들의 화려하고 과장된 사랑 표현이 거짓임을 알고 있는 막내딸 코딜리아는, 아버지를 진정 사랑했으나 그런 자신의 한없는 애정을 담아낼 만한 마땅한 표현을 찾을 수가 없었습니다. 그런 그녀의 심정은 다음 독백에 잘 담겨 있습니다.

코딜리아 그렇다면 코딜리아는 초라하구나!
　　아냐, 그렇지가 않아. 분명히 나의 사랑은
　　말로 표현할 수 있는 것보다 더 깊은 것이니까!(1.1.75–77)

또한 코딜리아는 언니들처럼 과장된 수사를 동원하여 아비의 권력과 재산을 따낼 의사도 없었습니다. 그래서 자신의 차례가 되었을 때 "아무것도 말씀 드릴 것이 없습니다.Nothing."(1.1.86)라고 대답합니다. 빈 수사가 넘치고 모든 것이 외양으로만 측정되는 리어 왕의 궁정에서 외로이 진실을 고집하는 코딜리아는, 마치 화려한 덴마크 궁정에서 홀로 검은 상복을 입고 있는 햄릿처럼 소외된 존재입니다.

자신이 가장 사랑하는 막내딸에게서 언니들의 말을 능가하는 애정 표현을 기대했던 리어 왕은 뜻밖의 대답을 듣고 몹시 놀랐습니다. 그는 "아무 말도 할 게 없으면 아무것도 얻지 못할 것이다."

〈코딜리아〉
코딜리아는 아버지인 리어 왕을 진심으로 사랑했기 때문에 두 언니들처럼 거짓되고 과장된 표현을 할 수 없었다. 윌리엄 프레드릭 예임스, 1888.

〈리어 왕과 세 딸들〉
자신에 대한 사랑을 말로 표현하라는 리어 왕의 요구에 코딜리아가 당혹스러워하며 아무것도 드릴 말씀이 없다고 말한다. 윌리엄 힐튼, 연도 미상, 개인 소장.

(1.1.89)라며 다시 말을 해보라고 요구합니다. 하지만 언니들의 감언이설에 담긴 탐욕에 혐오감을 느낀 코딜리아는 아비의 권력과 재산을 얻어내기 위해 자신의 애정을 화려한 언어로 표현하기를 끝내 거부했습니다. 다만 "저는 폐하를 제 도리에 따라 사랑할 뿐입니다. 그 이상도 이하도 아닙니다."(1.1.81~82)라는 대답만 했습니다. 코딜리아의 이 대답은 인색하리만큼 진실만 담고 있습니다. 그 어떤 수식어나 과장된 사랑 표현이 완전히 제거된 코딜리아의 간결한 대답은 언니들의 화려하고 장황한 수사에 대한 반격으로 여겨집니다. 그리고 거너릴과 리건의 다변 또는 달변이, 코딜리아의 과묵과 극적으로 대조됩니다.

리어 왕은 성격이 불같이 급하고 화를 잘 내며 대단히 권위적인 성격의 소유자였습니다. 게다가 그는 오랫동안 주변의 아첨과 복종에 둘러싸여 살아왔습니다. 그런 그에게 코딜리아의 이러한 답변은 공식석상에서 자신의 권위에 도전하는 행동으로 여겨졌습니다. 리어 왕은 격분하여 코딜리아 몫으로 정해 놓은 왕국마저 다른 두 딸들에게 나누어 주고, 코딜리아와 부녀간의 정도 끊겠다고 선언했습니다. 그리고 자신의 통치권과 지위를 거너릴과 리건 부부에게 나누어 주고 자신은 왕이라는 칭호만 지닌 채 수행기사 100명과 함께 한 달씩 두 딸의 집에 번갈아 머물겠노라고 발표합니다.

리어 왕의 이런 어리석은 판단을 지켜보다 못한 충신 켄트가 나섰습니다. 그는, 코딜리아의 사랑 표현이 언니들의 것보다 화려하지는 않지만 리어 왕을 사랑하는 마음만은 그 누구보다 애절하니 두 딸들에게 코딜리아의 몫을 양위하겠다는 결정을 취소하라고 간언했습니다. 켄트는 리어 왕이 왕국을 분할하는 행위를 보고 감히 "리어 왕이 미쳤다."(1.1.145)라고 말하기까지 합니다. 하지만 리어 왕은 켄트의 진언마저 자신의 권위에 대한 도전으로 여겨 그 또한 추방시킵니다.

그때 마침 코딜리아에게 청혼하기 위해 브리튼에 와 있던 프랑스 왕이, 버림받아 아무것도 가진 것이 없고 지참금이라고는 리어 왕의 저주밖에 없는 코딜리아를 프랑스 왕비로 삼습니다. 그리하여 코딜리아는 프랑스 왕과 함께 브리튼을 떠나고, 리어 왕은 분노에 떨며 가장 사랑하던 막내딸 코딜리아와 헤어집니다.

언니들의 달콤한 언어 속에 숨어 있는 간교한 사심을 간파하고 있던 코딜리아는 언니들에게 작별 인사를 하면서 "세월이 지나면 감추어진 간계도 드러나겠지요. 허물을 덮어 주던 세월도 결국 그 허물을 비웃겠지요."(1.1.279-280)라고 말합니다. 거너릴과 리건 또한 코딜리아의 침묵 속에, 리어 왕에 대한 진정한 사랑이 담겨 있음을 잘 알고 있었습니다. 그래서 리어 왕이 가장 사랑하던 코딜리아를 내쫓는 것은 '사리판단의 부족함'이자 '노망' 때문이라고 말합니다. 그리고 그녀들은 리어 왕의 노망에 함께 대처하기로 우의를 다집니다. 이때 이미 리어 왕이 겪게 될 박해가 암시되어 있습니다.

● 혹자는 이처럼 리어 왕의 노망이 그를 비극으로 이끈다고 주장하기도 하지만, 리어 왕의 행위는 단순한 노망이라기보다 권위 의식에 가득 찬 나머지 감히 자신의 명령에 불응하는 행위를 용납하지 못하는 독선으로 보는 것이 옳다.

《리어 왕》 1막 1장, 리어 왕의 딸들》
리어 왕에게 추방당한 코딜리아는 프랑스 왕과 함께 브리튼을 떠난다. 에드윈 오스틴 애비, 1913, 뉴욕, 메트로폴리탄 미술관 소장.

또 다른 이야기-글로스터 백작의 어리석은 판단

리어 왕의 또 다른 충신 글로스터 백작도 왕의 판단이 옳지 못한 것이었다고 생각합니다. 그는 추방당한 켄트를 '정직한 켄트'라고 부르며 정직이라는 죄 때문에 그가 추방당한 것을 통탄했습니다. 하지만 그도 리어 왕과 마찬가지로 자신의 두 아들들에 대해 그릇된 판단을 내려 비극적 상황에 빠져들게 됩니다.

글로스터에게는 적자인 장남 에드가와 서자인 차남 에드먼드, 두 아들이 있었습니다. 에드먼드는 자신이 장남이 아니라는 이유로 권력과 상속권에서 불이익을 당하는 것이 분했습니다. 또한 자신이 서자이기 때문에 사회적으로 차별받는 것을 참을 수가 없었습니다. 그래서 그는 형 에드가가 차지하게 될 권력과 토지를 빼앗기 위해 음모를 꾸밉니다. 그는 에드가가 쓴 것처럼 편지를 위조하여 아버지가 형을 의심하게 만듭니다. 그 위조 편지에는, 함께 늙은 아버지를 제거하고 그의 권력과 재산을 차지하자는 불효막심한 내용이 담겨 있었습니다. 에드먼드의 술수에 말려든 글로스터는 에드가가 천륜을 저버린 불효자라고 생각합니다. 그리고 이런 일들이 벌어지는 세태를 다음과 같이 통탄합니다.

글로스터 ……사랑은 식고, 우정은 와해되고

　　형제는 갈라선다. 도시에서는 폭동이, 시골에서는

　　불화가, 궁정에서는 역모가 일어난다.

　　자식과 아비 사이의 인연도 끊어지는구나.

……자식은 아비를 배반하고
국왕은 천성에 어긋나는 행동을 하고,
아비는 자식을 저버린다.
우리는 가장 좋은 세상을 보고 살았으나
음모, 허위, 사기 등 온갖 망조의 무질서가 무덤까지
심란하게 우리를 따라오는구나.(1.2.103)

이 대사에는 중세 봉건주의 사회에서 근대 자본주의 사회로 넘어
가는 르네상스 시기 영국 사회의 변화가 잘 묘사되어 있습니다.

당시 영국은 장미전쟁으로 인해 세습 귀족의 세력은 쇠퇴한 반
면, 신대륙과 아프리카 항로의 발견,˚ 인클로저 운동˚ 등으로 자본
을 축적한 자들이 몰락한 귀족의 토지를 구매하면서 신흥 귀족으로
급성장했습니다. 인간관계에서도 이해타산과 냉혹한 가치 교환을
중시하는 자본주의 가치관에 의해 결속과 유대, 상호 의존과 같은
봉건적 가치관이 무너졌습니다. 폴란드의 연극 평론가 얀 코트는
이 극을 '가치관의 상실에 관한 부조리극'이라고 주장했습니다. 이
처럼 글로스터의 위 대사에는 탐욕적 개인주의에 의해 와해된 과거
의 유대 관계에 대한 향수가 담겨 있습니다.

이때 에드먼드가 표현한 것처럼 '남의 말을 잘
믿는' 글로스터와 '남에게 해를 끼칠 줄 모르는
고귀한 성품이라 남을 의심하지도 않는'(1.3.176)
에드가는 에드먼드의 계략에 마냥 휘둘렸습니다.
셰익스피어의 작품에서는 이처럼 사람들이 지닌

● 신대륙과 아프리카 항로의
발견
15, 16세기에 걸쳐 유럽 국가
들은 동방의 물자(상아, 황금,
노예, 향료)를 직접 구하고자
대항해와 탐험을 시작했다.
1492년에 콜럼버스가 신대륙
을 발견했으며, 1488년 초에
바르톨로뮤 디아스가 아프리카
남단 희망봉에 도달함으로써
아프리카 항로를 개척했다. 그
로 인해 유럽의 무역상들은 신
대륙의 각종 자원과 노예 등을
통해 엄청난 부를 축적했다.

● 인클로저 운동
인클로저란 공동으로 이용하던
중세 장원에 울타리를 치거나
담을 쌓아서 자신의 사유지임
을 명시한 것이다. 영주들은
양을 치는 것이 곡물 재배보다
적은 노동력으로 높은 이윤을
보장해 주었기 때문에 자신들
의 경지와 공동지에 울타리나
담을 둘러 목장을 만들었다.
그러자 토지를 잃은 농민들은
부랑인이 되어 떠돌아다니게
되었다. 인클로저는 자본주의
의 이기적인 탐욕을 보여 주는
전형적인 예이다.

미덕이 그들을 비극적 상황으로 끌고 가는 경우가 많습니다. 선한 자들의 미덕이 악한 자들의 사악한 의도로 악용되는 것을 지켜보며 독자와 관객은 안타까움을 느끼게 됩니다.

결국 글로스터는 에드가에게 체포령을 내리고, 자신의 목숨을 지켜 줬다고 믿는 에드먼드에게는 모든 권력과 재산을 물려주겠노라고 약속합니다.

두 딸들의 배은망덕

리어 왕의 통치권과 재산을 모두 차지한 거너릴과 리건은 곧 본심을 드러냅니다. 먼저 거너릴의 집에 머물던 리어 왕은 얼마 안 되어 딸의 태도가 아버지에 대한 사랑을 표현한 것과는 거리가 멀다는 것을 느낍니다. 거너릴과 리건은 약속이나 도리를 지키기보다 이득이나 실속을 추구하는 인간들이었습니다. 언제부턴가 거너릴은 늘 인상을 쓰며 리어 왕을 애정 없이 대했습니다. 그에 따라 그녀의 시종들의 태도도 점점 무례해졌습니다. 그 전까지 리어 왕은 실권 없이 이름뿐인 왕의 명칭이 어떤 대접을 받을지 예측하지 못했습니다. 그는 이제 왕이라는 정체성을 지닌 존재가 아니었습니다. 그래서 자신의 권위를 상기시켜 주고자 무례한 거너릴의 하인 오스왈드에게 "내가 누구냐?"라고 묻습니다. 그때 오스왈드는 "저의 주인마님의 아버님이시지요."(1.4.77-78)라고 대답합니다. 리어는 광대의 표현처럼 광대만도 못한 '아무것도 아닌 존재nothing' (1.1.185)가 되어 버린 것입니다.

어느 날 리어 왕이 이를 따져 묻자, 거너릴은 노골적으로 리어 왕과 그의 수행원들에 대해 불만을 나타내며 수행원 수를 절반으로 줄이라고 요청합니다. 자신의 모든 통치권과 재산을 주었건만 단 2주일 만에 자신이 유일한 조건으로 내세운 100명의 수행원을 절반으로 줄이라는 요구에 리어 왕은 몹시 노여워했습니다. 그리고 비로소 자신의 판단이 어리석었음을 깨닫습니다.

> **리어 왕** 아, 지극히 작은 흠이여,
> 그것이 어찌 그리 코딜리아에게서는 추악하게 보였는지!
> ……아, 리어, 리어, 리어여!
> 어리석음은 불러들이고 귀중한 분별력은 내쫓아 버린
> 이 머리통을 부숴버려라.(1.4.264-270)

이때 수행원 숫자를 놓고 리어 왕과 딸들이 벌이는 논쟁을 통해서도 귀족주의 가치관과 신흥 부르주아 가치관의 대립을 볼 수 있습니다.

리어 왕의 어릿광대는 리어 왕의 선택이 이런 결과를 불러 오리라는 걸 예상하고 있었습니다. 그는 리어 왕의 비극적인 노정 내내 그의 옆에서 광대 특유의 재치 있는 재담으로 왕의 어리석음을 날카롭게 조롱합니다. 예를 들어 광대는 아무런 실권도 없는 빈껍데기 왕의 신세로 전락한 리어 왕에게 '리어 왕의 그림자'(1.4.228)라느니, '콩 떨어낸 콩깍지'(1.4.197)라며 조롱합니다.

이처럼 광대는 리어 왕이 차차 그 권위를 벗어던지고 온전한 판

• 의식과 과시를 중시하던 중세의 귀족들은 많은 비용을 감수하더라도 많은 수의 기사들을 거느렸다. 그런 관행을 따르는 리어 왕과 그런 낭비를 용납하지 않는 자본주의의 엄격한 실용주의를 따르는 거너릴과 리건이 대립한다.

• 셰익스피어의 많은 작품에서 왕이나 고관대작 옆에는 광대가 따라 나온다. 광대들은 고관대작의 엄숙한 태도나 진지한 언어 이면에 존재하는 어리석음과 허위를 해학적이지만 신랄하게 풍자한다. 셰익스피어에게 있어 광대, 바보, 미치광이의 풍자는 세상을 공격하는 유용한 도구였다. 따라서 그들의 역할을 과소평가하면 셰익스피어의 풍자적 기질을 제대로 읽어 낼 수가 없다.

단력을 갖도록 하는 데 중요한 역할을 합니다. 이 지점에서 우리는 리어 왕과 어릿광대의 위치가 서로 바뀌었음을 느끼게 됩니다. 이는 현명한 척하는 인간들이 때로는 어릿광대보다 더 어리석은 짓을 저지르는 것을 보여 줍니다.

셰익스피어 극에는 광대, 바보, 미치광이 같은 희극적 인물들이 자주 등장하는데, 이들은 세상을 뒤집어보고 풍자하고 말하고 싶은 것을 마음대로 할 수 있는 인물들입니다. 그들은 말놀이, 노래, 수수께끼 등 다양한 민중의 언어를 사용하여 특유의 비유와 역설로 세상을 풍자합니다. 셰익스피어는 이런 인물들을 활용하여 우회적으로 사회를 풍자했습니다.

또한 셰익스피어는 다양한 계층의 관객과 그들의 다양한 기호를 충족시키기 위해 그들을 자주 등장시켰습니다. 주요 인물들이 전개하는 진지한 내용의 극에 양념치듯 끼어든 이들의 음담패설과 노래 등은 지식 수준이 낮은 관객에게도 볼거리와 웃음거리를 제공하였습니다. 이에 대해 컬웰이라는 비평가는 '셰익스피어의 극에서 확실히 광대는 당시의 다양한 청중, 그리고 그들의 다양한 문화를 충족시켰다.'라고 평했습니다. 이처럼 엄격히 양분되어 있던 고상한 문화와 하층민의 문화가 혼재하는 것이 셰익스피어의 인기 비결일지도 모릅니다.

첫째딸 거너릴로부터 박대를 당한 리어 왕은 둘째 딸 리건의 집으로 향했습니다. 하지만 리건도 언니와 조금도 다를 바가 없는 위인이었습니다. 리어 왕이 거너릴이 자신에게 한 불충한 언사와 행위를 말하자, 리

〈폭풍우 속의 리어 왕과 광대〉
두 딸들에게 내쫓긴 리어 왕이 광대와 함께 황야로 나와 자신의 몸을 뒤흔드는 폭풍우를 향해 소리친다. 윌리엄 다이스, 1851, 에든버러, 스코틀랜드 국립미술관 소장.

건은 냉정한 태도로 그 모든 것을 리어 왕이 연로하여 분별력이 부족해진 탓으로 돌렸습니다. 그리고 언니에게 돌아가 용서를 빌라고 하면서, 거너릴이 수행원을 절반으로 줄인 처사에 대해서도 그것도 많으니 자신의 집에 올 때는 25명으로 줄여서 오라고 말했습니다.

리어 왕은 모든 것을 나누어 준 자신에 대한 두 딸들의 불효에 격노하여 차마 부모로서 입에 담지 못할 저주와 욕설을 퍼부었습니다. 그리고 그들에 대한 복수를 다짐하며 폭풍우가 사납게 몰아치는 황야로 나섰습니다. 두 딸들은 아버지를 위로하고 만류하기는커녕 성문을 굳게 잠가 버리라고 명령합니다. 권위에 가득 차서 진실과 외양을 제대로 보지 못하던 리어 왕은 폭풍우가 몰아치는 황야에서 비바람과 싸우며 자신이 걸치고 있던 권위의 의복들을 벗어 버립니다. 그리고 마침내 인간의 본질을 꿰뚫어 보게 됩니다.

〈폭풍우 속의 리어 왕〉
사납고 격렬한 폭풍우는 리어 왕의 마음속 폭풍, 곧 분노를 상징한다. 벤저민 웨스트, 1788, 런던, 빅토리아 앨버트 미술관 소장.

광란 속에서 깨달은 지혜

천륜을 어긴 두 딸들의 행태에 하늘도 노했는지, 아니면 인간 세계의 무질서가 자연계에도 영향을 준 것인지, 그날 밤 폭풍우가 무척 거세었습니다. 리어 왕은 마치 자신의 불효막심한 딸들과 한편인 양 백발을 쥐고 흔드는 사나운 광풍에게 이 세상을 바다 속으로 처넣든가 파도로 세상을 덮어버리라고 소리쳤습니다. 이런 리어 왕을 수행하고 있는 것은 오로지 광대와 충신 켄트뿐입니다. 리어 왕에게서 추방당한 켄트는 카이우스라는 인물로 변장하고 딸들의 불효로 육체적, 정신적 고통을 겪는 리어 왕의 시중을 듭니다. 자신을 추방시킨 리어 왕에게 끝까지 충직함을 보인 켄트는 충실한 봉건적 신하*의 전형입니다. "이미 한물 간 자의 편을 든다."(5.3.286-287)라는 광대의 표현처럼 켄트는 실리와 이익만을 좇는 자들과 대립되는 인물입니다.

켄트가 노왕이 겪는 육체적 시련을 염려하여 오두막으로 들어가 비를 피하라고 권하자 리어 왕은 다음과 같이 대답합니다.

> **리어 왕** 더 중한 병에 걸려 있으면 그보다 가벼운 병은
>
> 좀처럼 느껴지지 않는 법……. 마음에 근심걱정이
>
> 없을 때에는 육신이 민감해지지만,
>
> 내 마음속에 이처럼 폭풍이 일고 있으니
>
> 그곳에서 쿵쾅거리는 것을 제외하고는
>
> 다른 모든 감각이 사라지는구나.(3.4.8-14)

이는 마음에 격정이 크면 육체가 겪는 고통 따위는 느껴지지 않는다는 뜻으로, 딸들의 배신으로 인해 리어 왕의 마음속에서 심적 풍랑이 얼마나 거센지를 드러내 주는 대사입니다.

리어 왕은 황야에서 사나운 비바람을 맞으며 새로운 인식을 갖게 됩니다. 그는 곤궁한 처지에 놓이자 그동안 볼 수 없었던 사람들의 고난에 동정심과 측은지심을 느끼게 되었습니다. 자기 노체老體의 추위보다 광대의 추위에 더 연민을 느끼고, 하찮게 생각하던 것들의

* 봉건적 신하
봉건제도에서 군신 관계는, 상호 계약에 의한 관계지만 유대가 투철했다. 봉신은 주군을 위해 전쟁에 나가고, 군주는 봉신을 보호할 의무를 지녔고 봉토를 지급했다. 그리하여 흔히 봉신은 주군을 위해 목숨 바쳐 봉사함을 미덕으로 삼았다.

소중함도 알게 됩니다. 그래서 비를 피하기 위해 오두막에 들어갈 때도 자신보다 어릿광대가 먼저 들어가도록 배려합니다. 이것은 권위에 싸여 있을 때라면 생각지도 못했을 위계의 전복입니다.

<그림 리어 왕 역의 데이비드 개릭>
폭풍우가 치는 황야에서 광증에 사로잡혀 가는 리어와 그의 광대, 그리고 에드가의 모습이다. 데이비드 윌슨, 1754, 개인 소장.

그들이 들어간 오두막 안에는 미치광이 거지 행세를 하는 글로스터의 장남 에드가가 반벌거숭이의 모습으로 비를 피하고 있었습니다. 리어 왕은 벌거벗은 에드가를 보면서 아무것도 걸치지 않은 순수한 인간의 모습이 구차하고 벌거벗은 짐승에 불과하다는 것을 깨닫습니다. 그리고 그것이 인간의 진짜 모습이며, 왕의 화려한 의상을 입고 있는 자신이 겉치장을 한 가짜라고 생각했습니다.

> **리어 왕** 인간이 이것밖에 안 된단 말이냐? 저 자를 잘 생각해 보아라.
> 너는 누에게 비단도, 짐승에게 가죽도, 양에게 양모도,
> 사향고양이에게 사향도 빚진 게 없구나.
> 하! 여기 우리 세 사람은 가짜로구나.
> 너는 타고난 그대로인데. 아무것도 걸치지 않은 인간은
> 너처럼 가난하고, 벌거벗은 두 발 달린 짐승에 불과하구나.
> 벗어라 벗어, 빌려 입은 겉치레를!(3.4.100-107)

그는 비로소 왕도 한 명의 인간에 불과한 존재임을 깨닫습니다. 이러한 인식은 왕을 신성한 존재로 보던 당대의 지배 이데올로기와 정면으로 부딪힙니다.

〈옷을 찢는 폭풍우 속의 리어〉
벌거벗고 있는 에드가를 보고
옷이 곧 본질을 가리는 포장임
을 깨달은 리어 왕이 옷을 벗
어 버린다. 조지 롬니, 1760~
1761경, 켄달 시의회 소장.

　　그러고 나서 리어 왕은 자신이 입고 있던 왕복을 벗어던
집니다. 이것은 리어가 왕으로서 지니고 있던 권위와 독선
을 버리는 상징적 장면으로 볼 수 있습니다. 권위의 상징
인 의복을 벗어 버림으로써 좀 더 고귀한 본질을 얻게 되
는 것도 일종의 역설로 리어 왕의 광증과 같은 역할을 한
다고 볼 수 있습니다. 이로써 리어 왕은 권력과 재산, 딸들
의 존경과 사랑까지 모든 것을 잃고 난 뒤에야 비로소 정
신적인 성숙을 하고 세상을 바라보는 올곧은 시각을 갖게 된 것입
니다. 이것이 바로 이 극에서 우리가 느끼는 역설입니다. 또한 그는
자기가 누리던 권위도 권력이 준 허상이었음을 깨닫습니다.

　　리어 왕　그놈들은 나에게 개처럼
　　　아첨을 하면서, 검은 수염이 나기도 전에 벌써
　　　흰 수염이 났다고 말했다. 내가 하는 모든 말에
　　　"그러하옵니다", "그렇지 아니 하옵니다"라고
　　　맞장구쳤지…….
　　　관두자, 그놈들은 언행이 일치하는
　　　작자들이 아니다. 그놈들은 내가 만능이라고 했지만
　　　그건 거짓말이다. 나는 학질°에도 걸릴 수 있다. (4.4.96~105)

°학질
말라리아 병원충을 가진 학질
모기에게 물려서 감염되는 전
염병. 말라리아라고도 한다.

　　그리고 가장 궁핍한 자들의 삶을 몸소 체험함으로써 인간 세상에
정의가 존재하지 않음을 느끼고 좀 더 의로운 방식으로 사회를 재
정립해야 함을 인식합니다.

리어 왕 누더기 사이로는 작은 죄도 훤히 드러나지만,

화려한 옷과 모피 코트는 모든 죄를 감추어 주는 법.

죄에 황금 갑옷을 입혀 봐라.

그러면 제 아무리 튼튼한 정의의 창도

아무 해도 입히지 못하고 부러져 버릴 테니.

하지만 죄에 누더기를 입혀 봐라.

그러면 난장이의 지푸라기도

꿰뚫어 버릴 것이니.(4.6.176~181)

이처럼 셰익스피어는 사회비판적이고 정치적인 발언을 시각적 이미지를 통해 비유적으로 표현하고 있습니다.

리어 왕은 그동안 자신이 깨닫지 못하던, 권위와 위계와 부의 불공정한 분배를 보게 되면서 비로소 헐벗은 자들의 삶의 고뇌를 동정하게 됩니다. 결국 광기가 리어 왕을 지금까지 세상사에 대해 제대로 파악하지 못하게 하던 허구의 가치들로부터 벗어나게 함으로써 좀 더 심오한 깨달음을 경험하게 해줍니다. 이제 리어 왕의 눈은 겉치레, 허위, 가짜, 전통의 표면 아래를 꿰뚫어 보게 됩니다. 그리고 똑같이 어리석은 판단을 한 글로스터도 나중에 이와 비슷한 생각을 합니다.

글로스터 당신의 섭리를 노예같이 여기고, 당해 본 적이 없기에

알려고도 하지 않는 호의호식하는 사람들이

즉시 당신의 힘을 맛보게 하소서.

〈에드가〉
에드먼드의 음모에 의해 아버지에게 쫓겨난 에드가가 미친 거지 톰으로 변장하였다. 존 해밀턴 머티머, 1782~1786, 예일 브리티시 아트센터 소장.

그리하여 분배에 과잉이 없고,

모두가 풍족하게 하소서.(4.1.66-70)

어리석은 판단으로 온갖 고통을 겪은 후에야 이런 인식에 이르는 두 인물에게서 장엄한 비극의 주인공으로서의 면모를 볼 수 있습니다.

두 눈을 잃고 진실을 보게 된 글로스터

두 언니들로부터 아버지가 박해를 받고 있다는 소식을 들은 코딜리아는 프랑스 왕에게 눈물로 간청하여 군대를 일으킵니다. 그녀는 연로하신 아버지가 당한 학대에 철저히 보복을 하고 왕의 권리를 찾아드리고자 브리튼과 전쟁을 시작한 것입니다.

코딜리아는 황야에서 광증에 빠진 아버지를 찾아내어 아버지의 정신을 되찾아드리기 위해 온 정성을 다합니다. 그리고 리어 왕의 찢어진 옷을 벗기고 새 옷으로 갈아입혀 드립니다. 이때 옷을 갈아입는다는 것은 리어 왕이 전혀 다른 사람으로 새로 태어난다는 상징적 의미를 갖습니다. 이전의 독선적이고 권위에 찬 리어 왕이 아닌, 딸에게 진정으로 용서를 빌 수 있는 인간으로 말입니다.

리어 왕 넌 날 용서해 주어야 한다.

부디 다 잊고 용서해 다오. 나는 늙고 어리석은 노인이란다.

(4.7.83-84)

〈리어와 코딜리아〉
코딜리아는 황야에서 광증에 빠진 리어 왕을 찾아내어 정성껏 돌보았다. 벤저민 웨스트, 1793, 워싱턴, 폴저 셰익스피어 도서관 소장.

한편 글로스터에게도 코딜리아가 보낸 밀서가 도착했습니다. 글로스터는 에드먼드에게 밀서에 대해 이야기하면서 자신은 리어 왕의 편에 설 것이라고 말했습니다. 그러자 에드먼드는 마침내 그 사악한 속내를 드러내 보였습니다. 그는 밀서를 둘째딸 내외인 콘월 공작 부부에게 갖다 바치며 자신의 아버지 글로스터를 역모죄로 밀고합니다. 그리고 그 공적에 대한 보상으로 아버지가 지니고 있던 백작의 칭호와 전 재산을 차지했습니다. 게다가 공작 부부가 글로스터를 맘껏 취조할 수 있도록 자리를 피해 주기까지 합니다.

글로스터는 마침내 체포되어 리건과 그녀의 남편 콘월 공작 앞에 끌려왔습니다. 리건은 연로한 그를 의자에 묶고 그의 백발의 수염을 잡아 뽑았습니다. 이때 글로스터 백작이 "나는 나무 기둥에 묶인 곰, 한 차례의 과정을 겪어야겠구나."(3.7.53)라고 말합니다. 셰익스피어는 이 대사를 통해 당대의 오락거리였던 곰놀리기*를 언급하고 있습니다.

공작 부부 앞에서도 글로스터는 잔악한 두 자매의 불효를 비난했습니다. 그러자 콘월 공작이 광분하여 글로스터의 한쪽 눈을 잡아 뽑습니다. 이 장면은 《리어 왕》에서 가장 잔혹한 장면입니다. 잔인한 여인 리건은 다른 쪽 눈마저도 빼버리라고 남편을 종용했습니다. 수모와 고통을 당하는 중에 글로스터는 아들 에드먼드를 찾으며, 효성에 불을 붙여 이런 가공할 행위에 복수를 해달라고 울부짖었습니다. 이에 리건은 글로스터를 비웃으며 그를 밀고한 자가 바로 에드먼드라고 밝힙니다. 그 순간 글로스터는 자신이 에드먼드의 모략에 넘어가 죄 없는 에드가를 의심했음을 깨닫습니다. 광기 속

* 곰놀리기 bearbaiting
곰놀리기는 당시에 아주 인기 있는 유흥거리여서 많은 사람들이 즐겼다. 곰 한 마리를 나무 기둥에 묶어 놓고 여러 마리의 개가 공격하게 하는 것으로, 오늘날의 투계나 투견처럼 인간들의 잔인한 취향을 엿볼 수 있는 문화이다. 셰익스피어는 그의 작품 속에서 이 곰놀리기에 대해 여러 번 썼는데, 이를 통해 당대 문화의 한 단면을 알 수 있다.

에서 혜안을 갖게 된 리어 왕과 마찬가지로 글로스터도 눈을 잃고 난 후에야 비로소 두 아들의 진실을 보게 된 것입니다.

콘월 공작이 글로스터의 다른 눈마저 뽑으려 하자, 옆에서 지켜보다 못한 하인이 주인의 그런 가공할 행동을 막고자 칼을 뽑았습니다. 결투 중 콘월이 하인의 칼에 부상을 입자 리건이 그 하인을 칼로 찔러 죽입니다. 두 사람은 결국 글로스터의 다른 눈마저 뽑아버렸습니다. 이러한 시련을 겪고 난 글로스터는 신의 섭리를 의심합니다.

글로스터 장난꾸러기 아이들이 파리를 갖고 놀듯,

신은 우리 인간을 장난삼아 죽인다.(4.1.36-37)

이와 같은 대사들 속에서 셰익스피어의 대단히 염세적이고 비관적인 인생관을 엿볼 수 있습니다. 셰익스피어의 비관주의는 그와 친분이 있던 존 플로리오가 번역한 몽테뉴의 《수상록》*에서 영향을 받은 것으로 알려져 있습니다.

평생을 글로스터의 집에서 가신家臣*으로 있었던 노인이, 두 눈이 뽑힌 채 성에서 쫓겨난 글로스터를 부축하여 황야로 데려옵니다. 노인이 앞을 볼 수 없는 글로스터의 갈 길을 염려하자 그는 "눈이 보일 때도 나는 걸려 넘어졌소."(4.1.19)라고 대답합니다. 뒤늦게 자신의 어리석음을 깨달은 글로스터는 스스로 생을 마감하고 싶었습니다. 그래서 에드가를 미친 거지 톰으로 알고 그에게 돈주머니를 건네주며 자신을 바닷가 벼랑으로 데려다 달라고 부탁합니다. 이때

* 《수상록隨想錄》
프랑스의 사상가 몽테뉴의 저서. 옛 서적과 당대 서적의 단편을 인용하고 윤리적 주제, 역사상의 판단과 의견을 소개하며, 그것에 자기 자신의 비판과 고찰을 더한 감상문 형식을 취하고 있다. 총 3권이며, 107장으로 이루어져 있다.

* 가신家臣
신분이 높은 계급의 집에 딸려 있으면서 그들을 섬기던 사람.

에드가는 아버지의 목숨을 구하기 위해 거짓말을 합니다. 편평한 땅에 있으면서도 마치 바닷가 벼랑 끝에 서 있는 양 착각하도록 풍광에 대해 자세히 들려주었습니다. 그런 뒤 에드가는 글로스터가 벼랑에서 뛰어내렸다가 기적처럼 살아난 것처럼 꾸며 글로스터의 자살 충동을 막습니다. 이 장면에서 언어가 불러일으키는 상상력의 놀라운 힘을 보게 됩니다.

무고한 희생

공작 부부가 아버지를 취조할 수 있도록 자리를 피해 준 에드먼드는 첫째딸 거너릴을 수행하여 그녀의 성까지 왔습니다. 거너릴의 남편 올바니 공작은 콘월 공작과 달리 올바른 심성과 곧은 성품을 지닌 사람이었습니다. 그는 아내의 아비에 대한 불효막심한 행위를 비난했습니다.

거너릴은 야심도 없이 도덕군자인 양 말하는 남편이 못마땅했습니다. 그래서 그녀는 야심만만한 에드먼드에게서 진정한 사내다움을 느낍니다. 거너릴은 그에게 자신의 애정을 내보이고는 돌려보냅니다.

그런데 잠시 뒤, 그들 부부에게 콘월 공작이 사망했다는 전갈이 옵니다. 올바니 공작은 콘월이 글로스터의 눈을 빼다가 하인의 칼에 찔려 죽었다는 소식을 듣고, 천상에 있는 정의의 심판관들이 신속히 응징한 것이라고 생각했습니다. 반면 거너릴은 과부가 된 동생에게 에드먼드를 빼앗기게 될까 봐 전전긍긍했습니다. 그래서 에드먼드에게, 어서 자신의 남편 올바니 공작을 살해하고 자신의 침실을 차지해 달라는 욕정에 불타는 연서戀書를 하인 오스왈드를 통해 보냅니다. 두 자매가 에드먼드에 대한 불륜의 감정을 서슴없이 드러내는 장면에서 이들이 부부간의 유대도 쉽게 저버릴 수 있는 인물들임을 알 수 있습니다.

음란한 인간들의 심부름꾼인 오스왈드가 에드먼드를 만나러 가던 도중에 글로스터와 에드가를 만나게 됩니다. 더러운 욕심에 가득 찬 오스왈드는 현상금이 붙어 있는 글로스터의 목을 치려고 달려들었습니다. 그러나 그는 에드가의 손에 목숨을 잃고, 에드가가 그의 품속에서 거너릴의 편지를 발견했습니다. 에드먼드의 위조 편지로 모든 것을 잃었던 에드가는, 이 편지로 말미암아 에드먼드와 거너릴의 사악한 음모를 올바니 공작과 세상에 알리고 빼앗긴 권력과 재산을 되찾을 기회를 갖게 됩니다. 운명의 수레바퀴가 완전히 한 바퀴를 돈 셈입니다.

프랑스군과의 전쟁을 위해 올바니 공작은 에드먼드와 공조할 수밖에 없었습니다. 남편을 잃은 리건이 노골적으로 자신의 모든 권력의 대리인으로 에드먼드를 내세우고, 그에게 자신의 재산과 권력뿐만 아니라 자기 자신에 대한 지휘권마저 맡겼기 때문입니다. 질투에 눈이 먼 거너릴은 결국 동생 리건을 독살하고 맙니다. 그리고 나중에 거너릴이 에드먼드에게 보낸 편지에 대해 올바니 공작이 추궁하자 스스로 목숨을 끊습니다. 자매끼리 한 남자를 놓고 서로 쟁탈전을 벌이다가 친자매를 독살하기까지 하는 모습에서 일탈적 욕망을 엿볼 수 있습니다.

한 남자를 차지하기위한 친자매간의 혈투!!!

거너릴 VS 리건

원조 막장 드라마

한편 리어 왕은 코딜리아의 정성 어린 간호로 정신을 되찾았습니다. 하지만 상봉과 화해의 기쁨도 잠시, 프랑스군이 올바니 공작과 에드먼드가 이끄는 브리튼군에 패하여 두 사람은 포로로 잡히게 됩니다. 게다가 사악한 에드먼드는 부하를 매수하여 출세시켜 줄 것을 미끼로 코딜리아를 목 졸라 죽이라고 사주합니다. 이때 그 신하는 "저는 마차를 몰 수도, 마른 귀리°를 먹을 수도 없습니다. 하지만 사람이 할 수 있는 일이라면 무엇이든 하겠습니다."(5.3.39-40)라고 대답합니다. 이 자 또한 신분상승을 위해서라면 물불을 가리지 않는 탐욕스런 인물입니다.

〈감옥에 갇힌 리어와 코딜리아〉
프랑스 군이 올바니 공작과 에드먼드가 이끄는 브리튼 군에 패하자, 리어 왕과 코딜리아가 포로로 잡혀 감옥에 갇혔다. 윌리엄 블레이크, 1779경. 런던, 테이트 미술관 소장.

° 귀리
여러 곡물 중 호밀 다음으로 잘 자라는, 볏과의 식용식물.

에드가는 올바니 공작 앞에서 에드먼드와 결투를 통해 모든 음모와 진실을 밝힙니다. 그리고 에드먼드의 음모에 의해 자신의 이름에 드리워진 불명예를 씻어냈습니다. 에드가의 칼에 찔려 죽음을 맞게 된 에드먼드는 마지막 선행으로 코딜리아가 처해 있는 위험을 알립니다. 하지만 이미 때는 늦어 코딜리아는 싸늘한 시체가 되어 있었습니다. 상심한 리어 왕은 코딜리아의 시체를 팔에 안고 울부짖습니다.

리어 왕 어째 개도, 말도, 쥐도 다 생명이 있건만

넌 숨을 쉬지 않는단 말이냐? 너는 다시는 돌아오지 않겠지.

다시는, 다시는, 다시는, 다시는, 다시는 말이다.(5.3.307-309)

〈코딜리아의 죽음에 울부짖는 리어 왕〉
에드먼드가 매수한 부하에 의해 코딜리아가 죽은 뒤 리어 왕이 딸의 시신을 안고 울부짖다가 죽음을 맞이한다. 제임스 배리, 1774, 존 제퍼슨 스머핏 재단 소장.

단음절어를 반복하는 리어 왕의 이 대사는 아무 죄도 없는 코딜리아의 희생을 바라보며 세상의 부조리에 의해 분열된 그의 심리 상태를 효과적으로 전달합니다. 코딜리아가 죽은 지금 그의 세계는 논리정연한 세계가 아니라 질서가 파괴된 혼란의 세계입니다. 리어 왕은 자신을 이 세상에 묶어 두고 있는 유일한 의미인 코딜리아의 주검 위에서 울부짖다 숨이 멎습니다. 그는 이제 '고문대' 같은 이 세상에 존재해야 할 이유가 없는 것입니다.

> **켄트** 그분의 영혼을 괴롭히지 마시오. 오! 가시게 내버려 두시오.
>
> 그 분을 이 거친 세상의 고문대 위에 더 매어 놓는 자를
>
> 그 분은 증오하실 겁니다.(5.3.312–314)

이 대사에도 셰익스피어의 염세적인 사고가 잘 드러납니다. 사악한 악의에 의해 선량한 자들이 속수무책으로 당하는 이 부조리한 세상은 리어 왕에게나, 켄트에게나 모두 고문대에 불과한 것입니다. 이때는 이미 글로스터 백작도 세상을 떠난 뒤였습니다. 그는 에드가가 그동안 숨겨온 자신의 신분을 밝히자 기쁨과 놀람이 너무 커서 그 충격으로 숨이 멎었습니다.

코딜리아처럼 효심이 지극하고 진실한 자들이 잔인하게 희생을 당하는 이 극의 플롯은 후대 비평가들로부터 많은 논란을 불러일으켰습니다. 특히 17세기 신고전주의˚ 시대 사람들은 합리적이고 윤

˙ 신고전주의
고대 그리스·로마의 예술 규범과 합리주의적 미학에 바탕을 둔 예술 사조로, 엄격하고 균형 잡힌 구도와 명확한 윤곽을 중시하였다. 1660년에 청교도혁명으로 세워진 크롬웰의 공화정이 끝나고 프랑스로 망명 갔던 찰스 2세가 등극했는데, 이 기간 동안 영국에서 프랑스의 영향을 받아 신고전주의 예술 사조가 유행했다.

리적인 질서가 세계를 지배하고 있다고 믿었습니다. 그리고 문학작품이 권선징악이라는 시적 정의를 구현해야 한다고도 믿었습니다. 따라서 이 시대 사람들은 코딜리아처럼 아무 죄도 없는 사람들이 희생당하는 내용에 대단히 거부감을 일으켰습니다. 신고전주의 시대의 대표적 시인이자 비평가인 사무엘 존슨은 "이 마지막 장면이 너무도 충격적이어서 그 극이 개작되기 전까지는 다시 읽기가 두려웠다."라고 말한 바 있습니다. 존슨의 이 주장은 당시의 감수성이 《리어 왕》의 결말 부분을 얼마나 수용하기 어려웠나를 보여 주는 단적인 예입니다. 그리하여 이 시대에는 셰익스피어의 《리어 왕》이 아니라, 이 극을 해피엔딩으로 개작한 테이트의 《리어 왕》 이 영국 극장에서 공연되었습니다.

모든 음모와 가면이 벗겨지고 부당하게 불명예를 쓴 자들의 명예가 회복된 뒤 올바니 공작은 에드가와 켄트에게 권력을 양도하고자 했습니다. 그러나 켄트는 공작의 요청을 거절하며, 자신은 살아서도 그랬듯이 이제 이 세상을 떠난 주군(리어 왕)의 뒤를 따를 것이라고 말합니다. 결국 에드가가 어수선한 난국을 수습하는 중대한 과업을 맡게 되었습니다.

효라는, 시공을 초월한 주제를 다루고 있는 《리어 왕》에는 계약과 유대를 기초로 하던 중세 봉건주의 사회가 교환과 이익을 기초로 하는 자본주의 사회로 전이되는 르네상스 영국 사회의 과도기적 갈등이 잘 묘사되어 있습니다. 이 극은 리어 왕과 글로스터 백작으로 대변되는 구세대가 전통적인 가치 체계가 붕괴된 혼란스런 세상에서 분열되고 파멸당하는 이야기입니다. 두 사람 모두 비록 비극

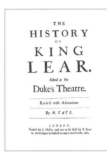

● 테이트의 《리어 왕》
테이트는 1681년에 당대의 미학적 기호와 정치적 상황에 맞게 《리어 왕》을 과감히 고쳐 썼다. 우선 원작의 비극적 결말을 해피엔딩으로 고쳤다. 그럼으로써 왕정복고기의 관객들에게 다소 예민하게 받아들여졌을 군주의 몰락을 피하고, 코딜리아의 무고한 희생이라는 논란도 피해 갔다. 코딜리아가 살아서 에드가와 결혼하도록 설정하고, 리어 왕은 왕권을 되찾은 뒤 이 두 사람에게 행복하게 왕권을 이양하고 은퇴하는 내용으로 고쳤다. 테이트판 《리어 왕》은 150년 동안이나 셰익스피어의 《리어 왕》 대신 영국 무대에 올려졌다.

적인 결말을 맞이하지만, 그 과정에서 권위와 허세를 벗어 버리고 인간의 본질을 깨닫습니다. 그러므로 이 극에서는 시각(판단력)의 성숙이라는 긍정적인 요소가 잉태되어 있습니다.

리어 왕과 글로스터 백작의 어리석은 분별력은 우리 모두가 똑같이 겪을 수 있는 일이기에 우리는 그들에게 더욱 연민을 느끼게 됩니다. "우리는 울면서 이 세상에 태어났다. 바보들만이 득실거리는 이 거대한 무대에 나온 것이 슬퍼서."(4.6.162~163)라는 리어 왕의 탄식은 우리 가슴속에서 쉽게 지워지지 않습니다. 그것은 우리 자신들도 언제든 리어 왕이나 글로스터 백작 같은 어리석음에 빠질 수 있기 때문에 느끼는 공감일 것입니다.

이 극 속에서는 봉건주의와 신흥 자본주의라는 두 개의 이데올로기가 충돌하고, 두 이데올로기에 대한 평가와 비난의 대사가 넘쳐 납니다. 그래서 이 극에 대한 비평가들의 견해도 양분됩니다. 어떤 이들은 이 극이 리어 왕의 죽음을 통해 봉건주의의 몰락과 초기 자본주의로의 이행을 그린 작품이라고 주장합니다. 반면에 어떤 이들은 자본주의의 폐단을 그려 봉건주의를 옹호하는 작품이라고 봅니다. 그러나 셰익스피어가 어느 한쪽을 옹호한다기보다 하나의 사회체제가 다른 사회체제에 의해 무너지고 대체되는 과정에서 사람들이 경험하는 극심한 가치관의 혼란과 붕괴를 묘사한 작품이라고 보는 것이 가장 옳을 것입니다.

《오셀로》_의심이 부른 비극

04

● ● ● 세계 문학사상 '질투심'이라는 인간의 심리 현상을 《오셀로》처럼 탁월하게 묘사한 작품은 없을 것입니다. 이 극에서 우리는 질투심이라는 병리적 심리가 별 근거도 없이 의심을 키워나가는 모습을 보게 됩니다. 그것은 고귀한 이성의 소유자이던 오셀로를 광기에 몰아넣고 급기야 살인마로까지 만듭니다. 질투심은 예나 지금이나 변함없이 우리 인간을 흔들어 놓는 감정 중 하나입니다.

또한 《오셀로》는 최근 우리나라의 사회 문제 가운데 하나인 다문화 가정에 대한 이야기를 담고 있기도 합니다 오셀로가 질투심으로 인해 광기에 사로잡힌 데는 흑인 용병인 그가 베니스 사회의 타자라는 점도 한몫을 합니다.

〈베니스의 오셀로와 데스데모나〉
데스데모나와 오셀로 사이에 애정이 싹트고 있다. 테오도르 샤세리오, 연도 미상, 파리, 루브르 박물관 소장.

● 지랄디 친디오(1504~1573)
16세기 이탈리아의 시인이자 극
작가. 이탈리아 연극계에 근대
연극을 처음 올렸으며, '희비극
tragicomedy'을 처음으로 창작
했다.

● 사이프러스Cyprus 섬
동부 지중해에 있는 섬나라. 북
쪽으로는 터키, 서쪽으로는 그
리스가 있다. 그리스명은 키프
로스Kypros.

● 디아나
그리스 신화의 아르테미스(제
우스와 레토의 딸로 아폴로와
쌍둥이 남매와 동일시되는 로
마의 여신, 숲의 여신 또
는 수목의 여신, 사냥의 신, 여
성의 수호신으로 숭배되었다.
처녀의 순결을 중시하는 여신
으로 흔히 순결하고 깨끗한 이
미지를 상징한다.

1604년에 초연된 《오셀로》는 이탈리아의 작가 지랄디 친디오˚가 쓴 《백 개의 이야기》 중 제3권의 제7화 '베니스의 무어인'을 원전으로 삼아 쓴 비극입니다. 베니스와 사이프러스 섬˚을 배경으로 무어인 장군 오셀로의 아내에 대한 애정이 악인 이아고의 간계에 의해 무참히 허물어지는 과정을 그린 이 비극은, 지금까지의 비극들과 달리 충성심 같은 공적인 문제가 아닌 개인 가정의 갈등을 다루고 있습니다.

오셀로는 모든 등장인물들이 칭송을 아끼지 않는, 고결하고 관대하며 품위 있는 인격의 소유자였습니다. 그러나 이아고의 중상과 모략으로 인해 질투심에 사로잡히자 그의 감정은 이성을 압도하고 맙니다. 다른 셰익스피어의 비극과 마찬가지로 격한 감정을 이성으로 다스리지 못한 오셀로는 비극적 상황에 빠지게 됩니다. 그리하여 흔히 오셀로가 지닌 성격적 결함은 그의 강렬한 질투심이라고 말합니다.

이 극은 이러한 오셀로의 성격적 결함과 가부장 문화의 잘못된 여성관이 얽혀 있는 비극입니다. "아내의 정절에 내 목숨을 걸겠다."(1.3.294)라는 오셀로의 맹세를 통해서도 알 수 있듯이 가부장 사회에서 아내의 순결은 남성의 명예를 지켜주는 요소 중 하나였습니다. 그래서 데스데모나의 부정을 의심하게 되자, 오셀로는 "디아나˚의 얼굴같이 깨끗하던 나의 이름이 마치 내 얼굴같이 시커멓게 되었다."(3.3.392-394)라고 한탄합니다. 또한 데스데모나를 살해하고 나서도 "증오심 때문이 아니라 오직 명예 때문에"(5.2.296) 살인한 것이라고 주장합니다.

오셀로와 데스데모나의 비밀 결혼

무어인° 장군 오셀로는 베니스의 원로원 의원인 브라밴쇼의 아름다운 딸 데스데모나의 사랑을 얻어 비밀리에 결혼을 합니다. 오셀로는 피부색이 검은 이방인 용병이었을 뿐만 아니라 데스데모나에 비해 나이도 훨씬 많았습니다. 이 사실을 알게 된 데스데모나의 아버지 브라밴쇼는 평소 생각이 깊고 사리가 밝은 자신의 딸이 이처럼 뜻밖의 혼인을 맺었다는 사실을 받아들일 수가 없었습니다. 그래서 그는 원로원에 오셀로를 고발했습니다. 그는 오셀로가 뭔가 사악한 마법 따위를 써서 데스데모나를 홀려 분별력을 흐려 놓았다고 주장합니다. 그도 그럴 것이 그동안 수많은 귀공자들의 청혼을 마다하던 데스데모나가 나이도 인종도 자신과 도무지 어울리지 않는 오셀로와 사랑에 빠졌다는 것은, 어느 모로 보나 자연의 순리에 어긋나 보였습니다.

그러나 오셀로는 베니스의 공작과 여러 원로원 의원들 앞에서 자신이 데스데모나의 마음을 사는 데 쓴 마법은 다름 아닌 자신의 인생 이야기였다고 주장합니다. 데스데모나는 오셀로가 아버지 브라밴쇼에게 들려주는 인생 이야기와 경험담을 엿들으면서 그가 젊은 시절에 겪은 고난과 수난에 눈물을 흘리곤 했습니다. 남다르게 연민의 정이 많던 데스데모나는 그런 그를 동정하여 사랑하게 되었고, 오셀로 또한 자신을 애처롭게 여기는 데스데모나의 어진 마음에 반해 사랑에 빠졌다고 설명했습니다.

오셀로의 설명을 통해 많은 셰익스피어 극의 여주인공들처럼 데

● 무어인
특정 인종을 가리키는 말이 아니라, 아시아와 북아프리카의 이슬람 교도를 가리키는 말이다.

〈오셀로의 데스데모나에 대한 묘사〉
4막 1장에서 오셀로가 "훌륭한 음악가이기도 했지. 아! 그녀가 노래를 부르면 사나운 곰도 그 야성에서 벗어날 것이다."라고 말하는 부분을 그림에 담았다. 제임스 클라크 후크, 1852, 워싱턴, 폴저 셰익스피어 도서관 소장.

〈자신의 인생 이야기를 브라밴쇼와 데스데모나에게 들려주는 오셀로〉
데스데모나는 오셀로가 자신의 아버지에게 들려주는 그의 인생 이야기를 엿들으면서 그에 대한 애정이 싹트기 시작한다. 헨리 프라델, 1824, 런던 왕립 셰익스피어 극단 소장.

스데모나도 사랑 앞에서 대담했음을 알 수 있습니다. 그녀는 인종, 피부색, 국적, 나이 차이 등 모든 조건을 무시하고 오셀로를 선택했을 뿐만 아니라, 그 사랑을 위해 비밀 결혼을 거행하는 용기를 보여 줍니다.

데스데모나는 베니스 공작과 원로원 의원들 앞에서 오셀로의 말이 모두 사실이라고 주장합니다. 이에 브라밴쇼는 당시의 결혼 풍속과 어긋나게 남편을 제멋대로 택한 딸에 대해 격노했습니다. 그리고 그녀를 가부장적 권위와 질서에 도전하는 위험한 욕망의 주체로 여

❖ 《오셀로》에 담긴 인종차별주의

이 극은 인종차별 담론을 담고 있다고 비난받는 셰익스피어 작품 가운데 하나이다. 브라밴쇼가 오셀로를, 마법으로 사람을 홀리는 악마로 보는 데는 그가 흑인이라는 점이 크게 작용한다. 그리고 '두꺼운 입술', '시커먼 가슴' 등 외모에 대한 폄하와 '새까만 늙은 염소', '바르바리산 말(북아프리카 지역에 서식하는 말)'과 같이 동물적이고 야만적인 이미지로 묘사하는 표현들도 많다. 그의 이성이 결국 지나친 질투심이라는 감정에 지배당해 동물적 광기를 보이는 플롯도 비난의 대상이 되었다. 하지만 교묘하게도 셰익스피어는 이 극에서 백인 주류인 이아고 또한 똑같은 병리적 심리를 갖고 있는 것으로 설정했다. 그가 오셀로와 캐시오를 파멸시키기로 작정한 것도 그들이 자기 아내와 잠자리를 같이했다는 의심으로 인한 질투심 때문이다. 따라서 오셀로에 대해 인종차별적 언어들을 사용하는 인물들을 통해 오히려 셰익스피어는 당대의 인종차별 문제를 비판적으로 제기하고 있다고도 볼 수 있다.

겼습니다. 그래서 오셀로에게 "무어인이여! 내 딸년을 잘 지켜보게. 아비를 속인 것이 남편인들 못 속이겠는가?"(1.3.292-293)라고 충고합니다. 우리는 여기서 남성들끼리 연대하는 모습을 보게 됩니다. 하지만 이때까지만 하더라도 오셀로는 그런 연대에 동조하지 않고 "이 여자의 절개에 제 목숨을 걸겠습니다."(1.3.291)라고 대답합니다.

베니스 공작은 브라밴쇼와 오셀로의 주장 사이에서 오셀로의 손을 들어주고 그와 데스데모나를 공식적인 부부로 인정해 주었습니다. 그 뒤 오셀로 부부는 즉시 베니스를 떠나야 했습니다. 오셀로가 터키군의 침공 위협을 받고 있는 사이프러스 섬의 총독으로 임명되었기 때문입니다.

표리부동한 악인 이아고

오셀로 일행이 사이프러스 섬에 도착했을 때는 이미 터키군 함대가 풍랑에 휩쓸려 전멸한 상태였습니다. 전쟁도 치르지 않고 승리를 얻게 된 오셀로는 행복에 겨운 결혼 초야를 맞이합니다. 하지만 곧 오셀로는 그가 태산같이 믿는 기수旗手 이아고의 음흉한 모략으로 인해 마음의 전쟁을 치러야만 했습니다.

이아고는 교묘한 언변으로 시커먼 속내를 숨기고 있습니다. 그리하여 주변 사람들 모두 그를 믿고 신뢰하였으나, 사실 그는 겉과 속이 다른 표리부동 한 인간이었습니다. 그의 표리부동함은 다음 대사에 잘 나타나 있습니다.

• 《오셀로》에서 남성들은 여성의 주체적 욕망을 억제하기 위해 연대하는 양상을 보인다. 극의 후반부에서 오셀로가 데스데모나를 죽이며 "그녀를 죽여야 한다. 그렇지 않으면 더 많은 남자들을 배신할 것이다."라고 말하는 대사에서도 남자들 간의 연대 의식을 볼 수 있다.

〈아버지에게 꾸중을 듣는 데스데모나〉
아비 몰래 검은 피부의 이방인과 비밀 결혼한 딸에게 배신감을 느낀 브라밴쇼가 데스데모나에게 저주와 욕설을 퍼붓고 있다. 외젠 들라크루아, 1852, 랭스 미술관 소장.

• 표리부동表裏不同
겉과 속이 서로 다름. 외양과 실재의 불일치는 셰익스피어 극에 반복적으로 등장하는 주제이다.

이아고 반면 다른 사람들도 있지.

그들은 외형만 그럴싸하게 의무를 다하는 척하면서

마음속으론 자신의 시중만 들지.

그래서 주인에게 봉사하는 척하면서

자신의 잇속만 챙겨, 주머니가 꽉 차면

그때는 자기 자신에게 경의를 표하지. 그런 자들은 뭔가

생각이 있는 자들이지. 나도 그런 사람 중 하나일세.

······나의 겉과 속은 다르다네.(1.1.49-60)

이아고는 오셀로 앞에서 대단히 충직하고 정직한 것처럼 행동했습니다. 그런 이아고를 오셀로는 굳게 믿고 그를 거명할 때마다 습관적으로 '정직한honest'이라는 수식어를 붙입니다. 오셀로는 《맥베스》의 던컨 왕처럼 겉모습이 곧 그 사람의 실체를 보여 준다고 믿는 인물이었습니다. 또한 《리어 왕》의 에드가처럼 '남에게 해를 끼칠 줄 모르는 고귀한 성품이라 남을 의심하지도 않는' 인물입니다. 그래서 오셀로는 이아고의 언행에 담겨 있는 표리부동함을 읽지 못합니다.

이 극은 다른 어떤 작품보다 극적 아이러니●가 많이 느껴지는 극입니다. 이아고가 독백을 통해 자신의 본심을 드러낼 때마다 관객은 그의 거짓되고 위선적인 모습을 다 볼 수 있기 때문입니다. 하지만 무대 위의 다른 인물들은 하나같이 이아고가 진술하고 믿을 만한 사람이라고 생각합니다. 이아고의 행위를 잘못 해석하는 등장인물들을 보며 관객들은 극적 아이러니를 느낍니다.

●극적 아이러니

극 속의 등장인물은 모르고 있는 것을 관객이 알고 있을 때 극적 아이러니가 발생한다. 이 극에서 관객은 이아고가 어떤 말을 하거나 행동을 할 때 그 본심과 의도를 알지만, 다른 등장인물들은 전혀 그것을 눈치채지 못한다. 나중에 오셀로가 순결한 아내를 부정한다는 이유로 살생하면서 자기의 그런 행동을 정의의 심판처럼 생각하는데, 이때도 관객은 극적 아이러니를 느낀다.

이아고는 끊임없이 음모와 계략을 꾸미며 사이프러스 섬에 혼란과 무질서를 초래합니다. 출세욕에 사로잡힌 그는 부관이 되고자 했던 자신의 욕망이 좌절되고 젊고 경험도 없는 캐시오란 자가 그 자리를 차지하자, 오셀로와 캐시오 모두에게 심한 증오심을 갖게 됩니다. 이 극에서 이아고는 《리어 왕》의 에드먼드처럼 상대를 누르고 높은 신분으로 올라가기 위해 온갖 사악한 권모술수를 꾸미는 자입니다. 셰익스피어는 "요즘은 출세가 소개장이나 편애에 의해 이루어지지. 차례차례 순서대로 출세한다는 것은 옛말이네."(1.1.36-38)라는 이아고의 대사를 통해 신분 상승을 위한 권모술수가 난무하는 당시 세태를 풍자합니다.

또한 이아고는 오셀로와 캐시오가 자신의 아내 이밀리어와 잠자리를 같이했다는 의심에 사로잡혀 있었으며, 그로 인해 질투심으로 심한 마음의 고통을 받고 있었습니다. 그리하여 그는 오셀로에게 캐시오와 데스데모나가 부정한 관계라는 의심을 불러일으켜 세 사람을 한꺼번에 파멸시킬 계략을 꾸밉니다. 이러한 점에서 볼 때 이 극은 아내의 정절에 대한 남편들의 강박적인 의심이 빚은 비극이라고 말할 수 있습니다.

이아고는 자신의 계략에 상대들이 가지고 있는 미덕을 활용합니다. 데스데모나의 선의, 오셀로의 솔직하고 대범함과 남을 의심하지 않는 성격, 캐시오의 예의범절은 모두 그들을 파멸시키는 도구로 이용됩니다. 이들의 미덕은 이아고의 언술로 너무 쉽게 단점으로 탈바꿈합니다. 데스데모나의 선의는 마음이 헤픈 것으로, 캐시오의 예절은 음탕한 욕구를 채우기 위한 겉치레로, 오셀로의 솔직하고 대범한

* 셰익스피어 비평으로 유명한 영국의 시인이자 비평가 코울리지는 이아고의 악의를 '이유 없는 악의'라고 표현했다. 그러나 사실 이아고의 악의는 제어할 수 없는 극심한 질투심에서 비롯된 것이다. 그렇다면 이아고의 질투심은 오셀로의 질투심이라는 주제를 강화시켜 주는 부플롯이라고도 볼 수 있다.

성격은 남에게 속기 쉬운 어리석음으로 바뀝니다. 《리어 왕》에서 에드먼드가 아버지 글로스터 백작과 형 에드가의 미덕을 이용했듯이 말입니다. 이처럼 셰익스피어의 비극에서는 등장인물들이 자신이 가진 미덕으로 인해 파멸하는 경우를 흔히 보게 됩니다. 사람들의 미덕이 복을 부르는 것이 아니라 파멸을 부르는 부당한 상황을 지켜보면서 사람들은 부조리함을 느낄 수밖에 없습니다.

이아고의 덫에 걸린 오셀로

그날 밤 오셀로는 승전 축하연 겸 결혼 피로연을 열어 모두가 맘껏 즐기라고 명령했습니다. 그러고는 부관 캐시오에게 불상사가 일어나지 않도록 치안을 당부했습니다. 그런데 캐시오에게는 한 가지 고질적인 약점이 있었습니다. 그것은 술을 마시면 정신을 차리지 못하고 주벽이 심하다는 것이었습니다. 이아고는 그런 캐시오의 약점을 잘 알고 있는 터라 이 절호의 기회를 놓치지 않았습니다. 이아고는 마다하는 캐시오에게 계속해서 술을 권했습니다. 마지못해 여러 잔을 거푸 마셔 잔뜩 취한 캐시오가 사람들과 시비가 붙자, 곧 비상사태를 알리는 종이 울리고 결국 오셀로가 잠자리에서 일어나 밖으로 나옵니다.

전쟁의 공포가 채 가시지 않아 민심이 어수선한 가운데 치안을 담당한 자들이 벌인 소란에 오셀로는 격노했습니다. 오셀로가 이아고에게 사건의 진상을 묻자 그는 교묘한 말투로 캐시오를 두둔하는 척하면서 모든 죄가 캐시오에게 있음을 밝힙니다. 오셀로는 그 자리에서 캐시오를 부관에서 해임했습니다. 술에 혼을 뺏겨 상사의 노여움을 산 캐시오는 무엇보다 명예를 잃은 것을 슬퍼했습니다.

> **캐시오** 명예, 명예, 명예! 난 명예를 잃어버렸어!
> 생명보다 소중한 명예를 잃어버렸어.
> 이제 남아 있는 것은 짐승이나 진배없는 것일 뿐.
> 나의 명예, 이아고, 난 명예를 잃어버렸네!(2.3.254−256)

캐시오의 대사를 통해 그가 가장 큰 가치를 두는 것이 명예임을 알 수 있습니다. 이렇게 자책하는 캐시오를 이아고는 달콤한 말로 위로했습니다.

> **이아고** 명예란 정말 쓸데없이 강요당하는 의무일 뿐입니다.
> 별 미덕이 없어도 손에 들어올 수 있고,
> 이렇다 할 이유 없이도 빠져 나갈 수 있는 것이
> 명예가 아닙니까?(2.3.260−262)

이 장면에서 셰익스피어는, 명예를 지상 최고의 가치로 숭배하는 캐시오와 명예보다 실리를 추구하는 이아고의 목소리를 대비시키고 있습니다.

이아고는 캐시오에게 지금은 데스데모나가 장군을 지배하니 인정 많고 상냥한 그녀에게 복직을 사정하면 오셀로와 나빠진 관계가 회복될 것이라고 조언을 합니다. 이때 그는 "제가 부관님을 좋아하

〈데스데모나와 오셀로〉
다가오는 불행을 모른 채 데스데모나와 오셀로는 행복한 결혼 생활에 빠져 있다. 아서 래컴, 《셰익스피어 이야기》(1807) 삽화.

고 있다는 것 아시죠?"(2.3.302)라는 말을 전제로 깔고 충고합니다. 또한 자신이 "진심으로 사랑과 충심어린 친절에서"(2.3.318-319) 우러나와 충고하는 것이라고 강조합니다. 하지만 바로 다음 순간 다음과 같은 독백을 통해 자신의 사악한 의도를 드러냅니다.

> **이아고** 이게 바로 지옥의 신학神學이지!
>   악마가 인간에게 흉악한 죄악을 씌우려고 할 때는
>   나처럼 우선 천사같이 나타나서 유혹을 하는 거야.
>   저 정직한 멍청이 녀석이 다시 팔자 고치려고
>   데스데모나한테 사정을 하겠지.
>   그러면 그 여잔 무어 놈한테 강력하게 졸라댈 테고.
>   그럴 때 나는 그자의 귓속에다 독약을 퍼붓는 거야.
>   부인이 그자의 복직을 호소하는 건 정욕 때문이라고.(2.3.341-348)

이아고가 사랑을 들먹이면서 상대의 귀에 쏟아 부은 온갖 감언이설은, 사악한 목적을 위해 사용하는 독약인 셈입니다. 하지만 당사자들은 이아고의 속셈과 본심을 모른 채 끊임없이 이아고에게 감사하며, 그를 신뢰합니다. 이아고는 극 속의 많은 사람들을 어르고 달래면서 마음대로 조종합니다. 이 극에서는 이아고가 주인공인 오셀로 못지않게 독백을 많이 하는데, 이는 겉과 속이 다른 이아고의 양면성을 독자들에게 효과적으로 전달하기 위한 것입니다.

이아고는 캐시오가 데스데모나에게 복직을 간청할 수 있게 자리를 주선해 주고는, 그가 데스데모나의 방을 빠져나가는 장면을 오

셀로가 목격하게 합니다. 그러고는 계속해서 오셀로에게 캐시오와 데스데모나의 관계에 대해 수수께끼 같은 말들을 던집니다. 그런 이아고의 태도를 보고 오셀로는 이아고가 머릿속에 뭔가 엄청난 비밀을 담고 있다고 생각했습니다. 그리고 이아고의 암시적 언어가 오셀로의 상상 속에서 과대망상으로 바뀌어 갑니다.

〈오셀로와 이아고〉
이아고는 수수께끼 같은 언어를 사용하여 오셀로의 마음속에 질투심이라는 괴물을 들여놓는다. S. A.하트, 런던, 빅토리아 앨버트 미술관 소장.

오셀로의 머릿속이 이아고의 말들로 가득 차는 순간, 마침내 이아고는 오셀로에게 캐시오와 같이 있을 때 데스데모나를 눈여겨보라고 말합니다. 덧붙여 원래 베니스 여자들이 음탕하다고 말합니다. 또한 데스데모나가 아버지를 속이고 오셀로와 결혼한 것이 대단히 순리에 어긋나는 행동이라고도 말합니다. 피부색도 같고 문벌도 같은 자기 나라 사람이 아니라 오셀로를 선택한 행동에서 뭔가 더러운 욕정의 냄새가 난다는 말도 합니다. 오셀로는 차츰 이아고의 말에 설득되어 이아고의 눈으로 자기 자신을 보게 됩니다. 극 초반에 베니스의 원로 귀족인 브라밴쇼와 견주어서도 "내 행적, 내 직함, 그리고 나의 완벽한 영혼이 나를 당당하게 해줄 것이다."(1.2.31–32)라고 말하며 대단한 자부심을 지녔던 오셀로는 이제 자기 자신을 열등한 존재로 봅니다. 그래서 데스데모나가 자신에게 매료된 것 자체가 순리에 어긋나는 행위라고 생각하게 됩니다. 이렇듯 단순하고 남을 의심할 줄 모르는 오셀로는 쉽사리 이아고의 말에 마음이 동요되었습니다. 그러자 이아고는 마지막 쐐기를 박듯이 데스데모나가 캐시오의 복직을 얼마나 강하게 재촉하는지를 눈여겨보면 많은 것을 알 수 있을 거라고 말합니다.

만인에게서 그 고귀함을 인정받던 오셀로는 이아고가 쳐놓은 언어의 덫*에 걸리면서 동물적 광기에 빠져듭니다. "어떠한 감정에도 동의하지 않고 어떠한 재난의 탄환도, 불행의 화살도 상처를 내지 못하고 꿰뚫지 못한"(4.1.261~264) 고귀한 성격의 소유자였던 오셀로는 질투심이라는 격정에 무너지고 맙니다.

이아고의 교묘한 언어로 무한한 상상력에 빠진 오셀로는 모든 현상을 데스데모나의 부정과 연결지어 생각합니다. 아무런 근거도 없이 촉촉한 데스데모나의 손을 보고는 행실이 자유분방한 증거라고 여깁니다. 또한 이아고와 캐시오가 멀리 떨어져서 대화하는 모습을 엿보면서 캐시오의 몸짓, 표정, 웃음 하나하나를 데스데모나와 연결 지어 해석합니다. 그리고 캐시오의 복직을 부탁하는 데스데모나의 인정 많은 성품은 그녀의 부정한 마음 때문으로 받아들입니다.

질투심이라는 괴물

이아고가 오셀로의 가슴에 의심의 불씨를 당겨 놓은 것을 모르는 데스데모나는, 타고난 연민의 정으로 오셀로에게 캐시오를 용서하고 복직시켜 달라고 간청했습니다. 그러나 데스데모나가 애쓸수록 이아고의 올가미가 오셀로를 옭아매었습니다. 오셀로는 잠도 못 이루고 끊임없이 고뇌하면서, 질투심에 불타오르려는 순간 의심을 떨쳐보려고 노력합니다. "저 여자가 부정하다면 하늘은 스스로를 속인 거야!"(3.3.282)라고 말하며 아내에 대한 믿음을 놓지 않으려고 애씁니다. 이처럼 자신을 지배하려는 격정을 물리치고 이성에 따라 판단하고자 애쓰는 오셀로의 모습에서 고결한 인간성이 엿보이기도 합니다.

이때 오셀로는 "내가 당신을 사랑하지 않는다면 내 영혼이 지옥에 떨어져도 좋아! 내가 당신을 사랑하지 않는 날엔 개벽 전의 혼돈이 다시 돌아올 거야."(3.3.90~92)라고 말합니다. 이 대사는 하나의 복선이 됩니다. 그는 아내를 의심한 순간부터 지옥과 같은 심적 고통에 시달리고 대혼돈 상태에 빠집니다. "나는 내 아내가 순결한 것 같기도 하고 아닌 것 같기도 해. 또 자네가 옳은 것 같기도 하고 아닌 것 같기도 해."(3.3.390~391)라는 표현에서처럼 그는 점점 판단력을 잃어 갑니다. 극심한 혼돈 상태에 빠진 오셀로는 이아고에게 데스데모나가 부정하다는 것을 입증할 증거를 내놓으라고 윽박지릅니다. 그러자 영악한 이아고는 그 증거를 날조해 냅니다. 우선 그는 캐시오가 꿈을 꾸면서 데스데모나의 이름을 부르며 자신을 끌어안았다는 이야기를 대단한 묘사력으로 날조해 냅니다. 어리석게도 오셀로는 허무맹랑하게 꾸며낸 이 이야기에 압도되어, 격분을 참지 못해 실신하기까지 합니다.

결정적으로 오셀로가 데스데모나의 부정을 사실로 받아들이게 한 증거는 조그만 손수건 한 장이었습니다.● 이것은 오셀로가 데스데모나에게 준 첫 선물로 특별한 의미를 지닌 것이었습니다. 오셀로의 설명에 의하면, 그 손수건은 마법으로 짜여 있어 그것을 지니고 있는 동안에는 남편의 사랑을 받지만, 잃어버리거나 남에게 주

〈오셀로의 마음에 의심을 불러일으키는 이아고〉
이아고는 온갖 거짓말과 거짓 증거들로 오셀로의 질투심을 증폭시킨다. 아서 래컴, 《셰익스피어 이야기》(1807) 삽화.

● '처녀 미라의 심장에서 짜낸 물감으로 물들인' 실로 수를 놓았다는 이 손수건은 여성의 순결에 대한 남성들의 욕망과 불안감을 담은 물건이다. 따라서 이 손수건은 사랑의 선물이 아니라, 데스데모나의 순결을 강압적으로 가둬 두려는 오셀로의 상징적 그물인 셈이다.

〈오셀로와 데스데모나〉
이아고의 덫에 걸린 오셀로가
데스데모나의 정절을 의심한
다. 헨리 프라넬, 1827, 워싱
턴스 폴저 셰익스피어 도서관
소장.

면 남편의 혐오를 받게 된다는 것입니다. 이아고는
바로 그 손수건을 데스데모나의 시녀인 자신의 아내
이밀리어를 통해 훔쳐 냈습니다. 비록 손수건 한 장
일 뿐이지만, 그것이 질투심에 사로잡힌 오셀로에게
어떻게 작용할지를 이아고는 잘 알고 있었습니다.

인간의 여러 격정 중 질투심이라는 것에 초점을
맞춘 이 극에는 질투심의 속성에 대한 언급이 여러
번 나옵니다. 이아고의 아내 이밀리어 또한 남편으
로부터 부정한 여자라는 의심을 받고 있었습니다.
그녀는 질투심의 속성을 다음과 같이 말합니다.

이밀리어 질투심 많은 사람들은 근거가 있어서
　　질투하는 법이 없어요. 그저 질투심이 많기 때문에
　　질투하는 거죠. 질투심은 일종의 괴물이에요.
　　저절로 잉태되고, 태어나는 괴물 말이에요.(3.4.158-161)

이아고는 이 손수건이 캐시오의 손에 들어가게 했습니다. 그리고
캐시오와 그의 창녀 애인 비앙카가 그 손수건을 주고받는 것을 오
셀로가 볼 수 있게 연출합니다. 그 장면을 목격한 오셀로는 이아고
가 말한 것을 모두 틀림없는 사실로 받아들입니다.

오셀로는 믿음이 가장 중요한 사랑 문제에 대해 눈에 보이는 증
거에 집착하는 어리석음을 저지릅니다. 그는 이아고에게 사흘 안에
캐시오를 죽이라고 명령을 내립니다. 그리고 캐시오 대신 이아고를

부관으로 임명하고, 자신은 데스데모나를 죽일 방법에 대해 궁리합니다.

눈처럼 순결한 아내를 의심하다

오셀로는 데스데모나에게 자신이 준 손수건의 행방에 대해 추궁했습니다. 손수건을 잃어버린 데스데모나는 당황하여 화제를 돌리면서, 하필 캐시오의 복직 문제를 꺼냈습니다. 그것은 오히려 오셀로의 화를 더 돋구는 일이었습니다. 데스데모나의 부정을 기정 사실로 받아들인 오셀로는 온갖 상스러운 욕설을 데스데모나에게 퍼부었습니다. 데스데모나는 자신은 절대 그런 말을 들을 만한 짓을 저지르지 않았다며 순결을 맹세하고 결백을 주장했습니다. 하지만 이미 이아고가 귓속에 쏟아 부은 언어의 독약으로 분별력을 잃은 오셀로는 그녀에게 마음의 문을 닫은 채 끝없는 의심의 나락으로 빠져듭니다.

이때 오셀로가 데스데모나와 대화를 나누지 않고 오로지 이아고의 말에만 귀를 기울이는 사실을 주목할 필요가 있습니다. 가부장 사회에서 여성은 끊임없이 침묵을 강요당했습니다. 남성들은 자신의 생각을 표출하고 저항하는 여성의 혀를 도전과 전복의 기관이라 생각하여 억압했습니다. 이 극에서는 데스데모나뿐만 아니라 이아고의 아내 이밀리어, 캐시오를 사랑하는 창녀 비앙카도 침묵을 강요당합니다. 친디오가 쓴 원전의 내용과 달리, 오셀로가 데스데

〈오셀로, 데스데모나, 이아고〉
이아고가 온갖 거짓말로 오셀로의 마음에 의심의 씨앗을 던져 놓자, 마침내 오셀로는 데스데모나의 모든 것을 왜곡된 눈으로 바라본다. 헨리 먼로, 연도 미상, 개인 소장.

● 여성의 입이 열림을 곧 성적 방종과 동일시하는 가부장 문화에서 데스데모나는 입을 열어 자신의 순결을 변호해야 함과 동시에 입을 닫아 정숙한 여인임을 입증해야 하는 아이러니한 상황에 빠진다. 가부장 사회에서 여성은 자기변호도 할 수 없는 억압적 상황에 처해 있었다.

● 친디오의 원전에서는 이방인과 결혼한 데스데모나가 사람들에게 맞아 죽는다.

〈오셀로와 데스데모나〉
오셀로는 질투심에 사로잡혀
데스데모나에게 욕설을 퍼붓
는다. 그리고 순결을 맹세하는
데스데모나의 말에 전혀 귀를
기울이지 않는다. 조세페 사바
텔리, 1834, 밀라노, 브레라
미술관 소장.

모나를 목 졸라 죽이는 것도 결국 그녀의 말문을 막아
버리는 상징적인 행위로 볼 수 있습니다. 또한 극이
끝날 무렵 이아고는 진실을 부르짖는 이밀리어의 목
소리를 막을 수 없자 칼sword로 그녀의 말word을 막아
버립니다. 이것은 폭력으로 여성의 언어를 탄압하는
남성의 행동을 상징하는 장면입니다. 여성의 목소리
를 억압하는 가부장 문화 속에서 데스데모나는 자신
의 순결을 변호할 기회조차 박탈당한 채 발성기관인
목이 졸려 죽임을 당합니다.

《오셀로》라는 제목에 《로미오와 줄리엣》이나 《안토니와 클레오
파트라》 같이 남녀의 이름이 함께 있지 않고 남자 주인공의 이름만
들어 있는 것도 시사하는 바가 큽니다. 이 극이 오셀로와 데스데모
나의 상호 관계를 그리는 것이 아니라 가부장 오셀로의 일방적인
의심과 행동을 그리고 있기 때문입니다.

마침 베니스에서 오셀로에게 캐시오를 후임으로 두고 베니스로
돌아오라는 소환 명령서를 갖고 데스데모나의 사촌 오빠가 찾아왔
습니다. 그런데 오셀로는 그 앞에서도 데스데모나에게 폭언을 하고
손찌검까지 했습니다. 데스데모나는 도대체 왜 오셀로가 갑자기 변
했는지 그 영문을 알 수가 없었으나, 오셀로는 추악한 격정에 사로
잡혀 제 정신이 아니었습니다.

그날 밤 이아고는 캐시오를 살해하려 했으나 부상만 입히고 맙니
다. 거리에서 비명이 들려오자, 오셀로는 용감하고 의리 있는 이아
고가 자신을 위해 캐시오를 살해했다고 생각했습니다. 그리고 이제

자신이 데스데모나를 죽일 차례라고 생각합니다. 데스데모나는 자신의 운명을 예감했는지 신혼 첫날밤 깔았던 하얀 요를 깔고 잠들어 있었습니다.

마침내 거사를 치르러 침실에 들어온 오셀로는 너무도 아름다운 데스데모나를 보고 마음의 갈등을 느낍니다.

〈데스데모나와 이밀리어〉
데스데모나는 자신의 운명을 예감한 듯 신혼 첫날밤에 쓴 요를 깔고 잠든다. 테어도르 샤세리오, 1847, 파리, 루브르 박물관 소장.

오셀로 이 아름다운 종이, 이 보기 좋은 책은
　'매춘'이라고 쓰기 위해 만들어진 것이란 말인가?

(4.2.73–74)

여기에서 한 가지 더 살펴봐야 할 것은 가부장 문화에서의 여성은 흔히 성모 아니면 창녀 이미지로 양분된다는 것입니다. 이 극에서도 데스나모나는, 극 초반에는 주로 성녀 이미지로 묘사되나 극 후반으로 갈수록 창녀 이미지로 변모합니다. 그러나 결국 데스데모나와 이밀리어라는 '깨끗한 종이, 아름다운 책'에 '창녀'라는 단어를 써넣는 것은 바로 질투심이라는 격정에 사로잡힌 오셀로와 이아고였습니다.

오셀로는 마지막으로 데스데모나의 향기로운 입술에 입을 맞추고 싶었습니다. 데스데모나의 부드럽고 향기로운 입김에 몇 번이고 입을 맞추면서 눈물을 흘렸습니다. 그 눈물방울에 데스데모나가 눈을 떴습니다. 오셀로의 이상한 태도를 보고 놀란 데스데모나가 연유를 묻자, 오셀로는 캐시오와 부정한 짓을 저지른 죄로 그녀를 죽일 수밖에 없다고 말했습니다. 이에 데스데모나는 자신의 순결을

〈침대 위에 잠들어 있는 데스데모나〉
침대 위에 잠든 데스데모나의 아름다운 모습을 보고, 오셀로가 갈등을 일으키며 괴로워한다. 1803, 뉴욕, 공공도서관 디지털 갤러리 소장.

주장했습니다. 그리고 하루만, 몇 시간만, 아니 한 마디 기도를 올릴 시간만이라도 달라고 애원했습니다. 하지만 오셀로는 제물을 바치려는 자신의 숭고한 행위를 단순한 살인행위로 만들지 말라며, 그녀의 목을 졸랐습니다. 결국 그는 데스데모나를 차가운 시체로 만듦으로써 자신을 불안하게 만드는 그녀의 성욕을 봉쇄합니다. 그리하여 순결한 데스데모나는 오셀로의 광적인 질투심의 희생양이 되고 맙니다.

그 순간 이밀리어가 침실로 들어왔습니다. 데스데모나는 이밀리어에게 죄 없는 자신이 억울하게 죽는다는 말을 남기고 숨을 거두었습니다. 이밀리어는 오셀로로부터 데스데모나와 캐시오의 관계를 이아고가 알려 주어 아내를 살해했다는 말을 듣습니다. 이때 오셀로가 "나의 친구요, 너의 남편인, 정직하기 이를 데 없는 이아고"(5.2.155)라고 말하며 마지막 순간까지 이아고를 정직한 사람이라고 생각하는 것을 보면서, 관객은 극적 아이러니를 느낍니다. 이 말을 들은 이밀리어는 어리석게도 이아고에게 농락당해 눈처럼 순결한 아내를 살해한 오셀로를 목이 터져라 조롱했습니다. 결정적 증거였던 손수건도 자신이 주워 이아고에게 주었다고 밝혔습니다. 때마침 방에 들어온 이아고는 이밀리어에게 입 다물고 집으로 돌아가 있으라고 명령했습니다. 하지만 이밀리어는 계속해서 데스데모나의 순결과 이아고의 악랄한 계략을 소리쳐 말했습니다. 그러자 이아고는 결국 칼로 아내를 찌르고 도망갑니다.

뒤늦은 깨달음

비로소 오셀로는 간악한 영혼이 만들어 낸 간계에 속아 아내의 정절을 의심했음을 깨닫습니다. 리어 왕과 글로스터가 그랬던 것처럼, 스스로 '생명의 샘'(4.2.59)이라고까지 여기던 데스데모나를 죽이고 나서야 상황을 깨닫고 자신이 돌이킬 수 없는 오판을 했음을 인식합니다. 하지만 그는 아직도 어리석은 살인까지 불러온 남성의 미덕인 명예라는 귀신에 사로잡혀 있었습니다.

〈데스데모나의 죽음〉
끝내 데스데모나의 말을 믿지 않은 오셀로는 결국 그녀를 목졸라 죽인다. 알렉산더 마리 콜린, 1829, 개인 소장.

이아고가 체포되어 끌려오자 오셀로는 이아고의 칼을 뽑아 그를 찔렀습니다. 그리고 스스로 자결하여 자신의 어리석은 질투심에 '피로 얼룩진 마침표'(5.2.358)를 찍습니다. 이때 햄릿과 마찬가지로 오셀로도 죽은 다음에 자신이 곡해될 것을 우려합니다. 그래서 다음과 같은 마지막 부탁을 남깁니다.

오셀로 이 불행한 사건을 보고하실 때

　사실 그대로 말씀해 주십시오. 축소하지도 마시고

　악의로 더하지도 말아 주십시오.

　아내를 너무나 사랑했으나 현명하지는 못했던 자라고,

　쉽게 질투심에 사로잡히지 않는 사람이나

　속임수에 걸려 극도로 혼란을 겪은 자라고.(5.2.342–347)

〈오셀로의 통곡〉
오셀로는 이아고의 간계에 속
아 데스데모나를 죽였음을 깨
닫고 슬픔에 빠져 통곡한다.
1857, 매켄지 컬렉션 소장.

이때 오셀로는 자신이 데스데모나를 사랑했
다고 말하고 있으나, 작품 전체에서 보이는 오
셀로의 사랑은 순수한 감정이 아니라 가부장적
가치관과 남성중심주의적 가치관에 의해 왜곡
된 사랑입니다. 오셀로는 마침내 "아, 불운하게
태어난 여인. 속옷처럼 창백한 얼굴! ……아, 싸
늘하다 못해 차디찬 당신! 당신의 정조와 같구
려."(5.2.234-237)라고 말하며, 사랑하는 아내의
차가운 입술 위에 쓰러져 죽습니다. 이아고의 끝을 모르는 질투와
악의로 인해 비극을 맞이한 오셀로는, 마지막 순간에 아내가 순결
했음을 깨닫고 이아고에게 속은 자신의 우둔함과 어리석음을 인식
하기에 이릅니다. 이와 같은 때늦은 인식에 셰익스피어 비극의 비
장미가 담겨 있습니다.

셰익스피어 극 속에서 아내의 정조를 불안해 하는 남성들은 아내
를 죽여 차가운 정욕의 소유자로 만들어 놓은 뒤에야 그 불안에서
벗어납니다. 그리고는 생명력은 없으나 차고 고결한 보석처럼 되어
버린 그들을 숭배합니다.

● 《오셀로》를 제외한 나머지
두 작품 《심벌린》과 《겨울 이
야기》는 희극이다.

셰익스피어는 아내의 정조를 의심하는 어리석은 남편들을 《오셀
로》, 《심벌린》, 《겨울 이야기》에서 다루고 있습니다.● 이 세 작품의
공통점은 아내의 정조를 의심한 남편들이 아내를 죽음으로 몰고 간
다는 것입니다. 하지만 《오셀로》에서만 순결한 아내가 비참한 죽음
을 맞고, 다른 두 작품에서는 죽은 줄 알았던 아내들이 살아 있어
결국 행복한 화해와 재결합이 이루어집니다.

셰익스피어가 아내의 정조를 의심한 남편들의 이야기를 세 편이나 썼다는 점은 주목할 필요가 있습니다. 이것은 셰익스피어가 당시의 성性 문제에 관심이 많았음을 말해 줍니다. 실제로 셰익스피어는 작품 속에 성애性愛 문제를 많이 담은 작가로 분류됩니다. 그는 아주 노골적으로 성 문제를 논하기도 하고, 은밀한 이중 의미를 통해 성적 함축을 담아내기도 했습니다. 그리하여 종종 그의 이름 앞에 'bawdy(음란한)', 혹은 'lewd(외설적인)'라는 단어들이 붙기도 합니다. 셰익스피어가 이처럼 성 문제에 관심이 많았던 것은, 르네상스 시대가 인간의 육체를 억압하고 정신적인 면을 강조하던 중세에서 벗어나 육체적 존재로서의 인간을 해방시킨 시기이기 때문일 것입니다.

성에 관해 다룬 작품 중에서 《오셀로》는 질투에 사로잡힌 남성들의 자기 파멸 과정을 그린 극입니다. 그 과정에서 데스데모나와 이밀리어 같은 무고한 희생자들이 생겨납니다. 오셀로가 순결한 아내 데스데모나를 살해하는 플롯을 통해 셰익스피어는 아내의 순결에 병적으로 집착하는 어리석은 남성들의 명예욕을 비판적 시각으로 재현했습니다.

또한 고결한 오셀로가 야수와 같이 맹목적으로 변하는 모습을 통해 질투심이라는 인간의 병적 심리가 얼마나 파괴적인지를 보여 줍니다. 그들의 고결하던 본성이 연민의 감정을 한층 더 심화시켜 주며, 사악한 자들의 간계에 속수무책으로 당하는 인간의 나약함도 느끼게 합니다. 그리고 이아고의 악의를 통해 인간 내면에 자리한 질투와 폭력성, 악의적인 복수심 등도 볼 수 있습니다.

● 성애性愛
남녀 사이에 일어나는 성적 본능에 의한 애욕.

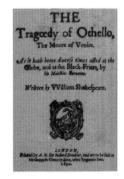

1630년대에 발간된 《오셀로》 표지

오셀로가 격정에 휘둘려 이성을 잃고 광증을 드러낼 때 우리
는 질투심의 속성에 몸서리치게 됩니다. 그것이 바로 셰익스피
어의 비극들이 우리 마음속에 일으키는 카타르시스입니다.

〈오셀로 역의 아이와 프레드
릭 올드리지〉
헨리 페로네 브리그스, 1830,
런던, 국립 초상화 미술관 소장.

《로미오와 줄리엣》
_엇갈린 슬픈 운명의 사랑 이야기

05

● ● ● 1594년에 초연된 《로미오와 줄리엣》은 세상 그 어떤 것보다 더 절대적 가치를 지닌 사랑을 그린 이야기입니다. 이 극은 본래 이탈리아 소설가 마테오 반델로가 쓴 것을 아서 브룩이 1562년에 영역한 《로메우스와 줄리에트의 비극적 전기 *Tragicall Historye of Romeus and Juliet*》를 원전으로 하여 쓴 것입니다. 이 극은 셰익스피어의 비교적 초기 비극으로, 후기의 4대 비극과 달리 주인공들의 성격적 결함으로 인해 비극이 발생하는 것이 아니라 타고난 환경과 운명의 장난에 의해 주인공들이 비극에 빠지는 '운명 비극'입니다. 그래서 그들은 수 세기 동안 불운한 연인을 대표하는 대명사가 되었습니다.

따라서 4대 비극보다 인물의 성격, 심리와 내면에 대한

〈로미오와 줄리엣〉(부분)
추방 명령을 받은 로미오와 신혼 첫날밤을 함께 보낸 줄리엣이 아쉬운 이별의 입맞춤을 하고 있다. 프랭크 딕시 경, 1884, 햄프셔, 사우샘프턴 시립미술관 소장.

● 《로메우스와 줄리에트의 비극적 전기》
이 원전에서는 로미오와 줄리 엣이 부정적으로 그려진다. 부모의 허락도 없이 미신을 따르는 신부와 상의하여 은밀히 결혼한 그들을 부정한 욕정에 사로잡힌 연인들로 묘사한 것이다. 따라서 그들이 자살로 자멸하는 것도 당연한 인과응보로 본다. 하지만 셰익스피어는 이 원전을 빌려오되, 원전과 다르게 두 연인의 사랑을 참되고 순수한 감정으로 그려 냈다.

● 베로나Verona
이탈리아 북부 베네토 지방의 도시.

묘사가 떨어진다고 볼 수 있습니다. 또한 너무 장황한 대사에서도 아직 정갈하게 다듬어지지 않은 초기 비극의 한계를 느낄 수 있습니다. 그럼에도 이 극은 순수한 청춘남녀의 지고지순한 사랑이 아름다운 대사와 장면 속에 황홀하게 펼쳐져, 지금도 가장 대중적으로 사랑받는 셰익스피어 작품 가운데 하나입니다.

운명적인 만남

주인공 로미오와 줄리엣은 베로나° 시의 원수지간인 몬태규 가문과 캐퓰렛 가문에서 태어난 자제들이었습니다. 베로나 시를 다스리는 에스컬러스 영주는 마을의 평화를 무너뜨리는 두 집안의 문제를 해결하려고 오랫동안 많은 노력을 해왔습니다. 그들을 화해시켜 보기도 하고, 치안 교란죄로 엄히 다스려보기도 했지만 아무 소용이 없었습니다.

어느 날 캐퓰렛 가에서 늘 하던 관례대로 가면무도회를 열었습니다. 당연히 원수 집안 아들인 로미오는 이 무도회에 참석할 수가 없었습니다. 그러나 로미오의 친구들은 짝사랑에 빠져 고뇌하는 로미오에게 아름다운 여자들을 보여 주어 마음을 짓누르는 짝사랑의 아픔을 잊게 해주고 싶었습니다. 그래서 내로라하는 귀족 집안의 아가씨들이 다 모이는 그 무도회에 억지로 로미오를 데려갔습니다.

당시 로미오는 차갑고 냉정한 로잘린이라

〈캐퓰렛 가의 무도회〉
캐퓰렛 가의 무도회에서 처음 만난 로미오와 줄리엣은 한눈에 서로 사랑에 빠진다. 1798, 런던, 보이델 셰익스피어 갤러리 소장.

는 여인을 짝사랑하고 있었습니다. 하지만 그녀는 남자를 사랑하지 않겠다고 맹세한 터라 로미오는 이룰 수 없는 사랑의 고뇌에 빠져 만사에 의욕을 잃고 혼자 그 슬픔을 되씹고 있었습니다. 이때 로잘린을 향한 로미오의 사랑은 전형적인 궁정풍 사랑*이며, 자신의 마음을 묘사하는 로미오의 대사는 당시 널리 모방하고 유행하던 페트라르카풍 연애시* 형식을 띠고 있습니다. 그는 로잘린의 아름다움에 대해 "만물을 내려다보는 저 태양은 이 세상이 생긴 이래 그녀에 버금가는 자를 본 적이 없었다."(1.2.91~92)라고 극찬합니다. 사랑하는 여성을 과장하여 찬미하고 이상화하는 것은 페트라르카풍 시의 전형적인 특징입니다.

그런데 《한여름 밤의 꿈》의 장난꾸러기 요정 퍼크가 로미오의 눈에 사랑의 묘약을 넣기라도 한 것일까요? 마지못해 친구들에 떠밀려 무도회장에 들어선 로미오는 놀랍게도 많은 아가씨들 가운데 유독 환히 빛나는 줄리엣을 보고 첫눈에 반합니다. 로미오의 사랑은 《한여름 밤의 꿈》의 드미트리어스나 라이샌더의 사랑처럼 변덕스럽게도 순식간에 상대를 바꾸었습니다. 이제 로미오가 숭배하는 여신은 로잘린이 아니라 줄리엣이 됩니다.

로미오는 기회가 닿자 줄리엣의 손을 잡고, 자신은 죄 많은 순례자이고 줄리엣은 그 순례자의 죄를 사해 주는 성자이니, 자신의 죄를 정화해 달라며 그녀의 입술에 입을 맞추었습니다. 한순간에 가슴속에 사랑의 불길이 치솟은 로미오는, 그러나 곧 줄리엣이 원수 집안인 캐퓰렛 가의 외동딸이라는 사실을 알고는 절망에 빠집니다. 첫눈에 반하기는 줄리엣 역시 마찬가지였습니다. 그리고 로미오가

* 궁정풍 사랑
중세 궁정사회에서 기사와 귀부인 사이의 사랑 방식을 일컫는다. 이 사랑은 남편이 있는 귀부인을 향한 사랑이므로, 이루어질 수 없는 사랑이 된다. 그리고 채울 길 없는 욕망은 흔히 상대 여성의 미덕과 미모를 완벽한 것으로 이상화시키는 경향이 있다. 《로미오와 줄리엣》에서 로잘린은 남자와의 사랑을 거부하는 냉정한 여성이다. 이에 로미오의 사랑은 맹목적이고 일방적인 괴로움이 되며, 그 대상인 로잘린은 한없이 미화된다.

* 페트라르카풍 연애시
이탈리아의 시인 페트라르카(1304~1374)는, 1327년에 라우라라는 여인을 만나 평생 그녀를 향한 연심을 시로 썼는데, 그것을 모은 것이 《칸초니에레》라는 소네트집이다. 그리하여 페트라르카가 쓴 소네트들처럼 사랑의 기쁨과 슬픔, 이루지 못한 사랑의 고통과 이별의 비애를 읊은 연시를 페트라르카풍 연애시 또는 페트라르카 소네트라고 일컫는다.

몬태규 가의 아들임을 알고 절망한 것 또한 마찬가지였습니다. 이리하여 베로나 시에 불운한 한 쌍의 연인이 태어납니다.

〈맵 여왕의 동굴〉
친구 머큐쇼가 로미오에게 무도회에 가기를 권하면서, "요정의 여왕 맵이 자네와 함께 있었군. 맵은 꿈을 주는 요정들의 산파지."라고 말하는 대사를 재현하고 있다. 조지프 말러드 윌리엄 터너, 1846경, 런던, 테이트 미술관 소장.

불운한 연인

이 극의 막이 오르면 코러스가 먼저 나와 두 주인공이 맞이할 운명을 소개합니다.

> **코러스** 두 원수 집안에 숙명적인 탯줄을 끊고
> 불운한 한 쌍의 연인이 태어났습니다.
> 슬프고 처절한 종말이여!
> 두 연인의 죽음으로 두 가문의 갈등은 사라집니다.
> 죽음으로 끝맺은 애절한 사랑의 이야기.
> 두 젊은이가 영원히 눈을 감고
> 부모들의 끝이 없던 분노의 불길은 사그라집니다.(프롤로그 5–12)

이 서막은 '운명이 엇갈린star-crossed' 비극적인 연인의 죽음으로 오랜 원수 집안이 화해를 이룬다는 전체극의 내용을 미리 관객(독자)에게 알려 줍니다. 코러스가 등장하여 이처럼 설명을 하는 것은, 초기극인 이 작품이 아직 고전 비극의 형식에 크게 의존하고 있음을 보여 줍니다. 또한 후기 극들에서는 여러 에피소드를 엮어 하나의 주제를 변주하는 실험적인 형식을 즐겨 쓰는 데 반해, 이 극에서

는 그런 곁 줄거리들이 등장하지 않습니다. 이것 또한 '행위의 통일'이라는 고전 규범에서 아직 크게 벗어나지 못하고 있음을 보여 줍니다.

코러스가 미리 알려 주는 내용 말고도, 셰익스피어는 이 연인의 불운한 운명을 암시하는 불길한 대사들을 극 초반부터 반복적으로 배치합니다. 우선 극이 시작되면 두 집안의 하인들이 싸우는 장면이 나옵니다. 하찮은 시비로 시작된 이 싸움이 결국 두 집안 가장들 간의 싸움으로 번지고, 결국 온 시민들의 싸움으로 번집니다. 두 집안의 싸움과 그로 인한 베로나 시의 혼란을 먼저 제시하여 양가의 불화가 얼마나 파괴적이고 무질서를 야기시키는지를 보여 줍니다. 이는 두 연인의 앞길에 놓여 있는 비극적 갈등을 암시합니다.

로미오는 캐퓰렛 가에 발을 들여놓기도 전에 뭔지 모를 불길한 예감에 휩싸입니다. 실제로 다음날 로미오가 줄리엣의 사촌 오빠 티볼트를 죽이는 사건이 발생합니다. 그 이유는, 감히 원수 집안의 아들이 캐퓰렛 가의 무도회에 참석했다는 것에 화가 난 티볼트가 시비를 걸었기 때문입니다. 로미오의 예감이 적중한 것입니다. 이 이야기는 뒤에서 자세히 소개될 것입니다. 또한 줄리엣이 캐퓰렛 가의 딸이라는 사실을 알고 난 로미오는 "참으로 비싼 거래구나. 내 목숨이 적에게 갚는 빚이 되다니."(1.5.116–117)라고 말합니다. 이 대사에서도 그들의 사랑이 로미오의 목숨을 앗아갈 것이라는 암시가 담겨 있습니다.

이러한 불길한 예감은 로미오뿐만 아니라 줄리엣도 느낍니다. 그녀는 유모에게서 자기가 처음으로 사랑의 감정을 느낀 상대가 원수

오페라 〈캐퓰렛 가와 몬태규 가〉
1831년 밀라노 스칼라 극장에서 공연된 벨리니의 오페라 〈캐퓰렛 가와 몬태규 가〉에 로미오와 줄리엣으로 출연한 가수들을 재현한 그림이다.

이 정도 장애물은 있어야 사랑할 만하지!!!

몬태규 가의 아들이라는 이야기를 듣고서 "가증스런 원수를 사랑하다니 불길한 사랑의 시작이구나."(1.4.139-140)라고 탄식합니다. 이 극은 초반부터 불운한 사랑에 대한 암시로 가득 차 있습니다.

아름다운 사랑의 대화

하지만 원수 집안의 자제라는 사실이 이미 두 사람의 가슴에 지펴진 연정의 불길을 끄지는 못했습니다. 무도회장을 나선 로미오는 줄리엣에게 향하는 마음 때문에 차마 발길이 떨어지지 않았습니다. 결국 로미오는 발각될 위험을 감수하고 담을 넘어 줄리엣의 집 정원으로 숨어 들어갔습니다.

셰익스피어가 이 극 속에서 그리는 사랑은, 통제할 수도 저항할 수도 없는 운명적인 사랑입니다. 로미오가 "사랑의 가벼운 날개를 타고"(2.2.66)라고 말하며 담을 넘듯이, 이후 그들은 높은 담과 같은 수많은 장애를 사랑으로 극복해갑니다.

잠시 뒤 이층방의 발코니에 줄리엣이 나타납니다. 로미오는 이를 숨어서 지켜보며 그녀의 아름다움을 노래합니다.

〈발코니 위의 줄리엣〉
발코니에서 줄리엣이 원수 집안의 아들 로미오를 사랑하게 된 애절한 속마음을 털어놓는다. 대니얼 헌팅턴, 1857, 뉴욕, 국립 디자인 아카데미 소장.

로미오 가만! 저 창문에서 쏟아지는 빛은 무얼까?

저곳이 동쪽이지. 그렇다면 줄리엣은 태양이구나.

……햇빛 속의 등불처럼 말이야. 하늘에 박힌

저 눈동자는 온누리에 찬란히 빛날 거야.

새들도 낮인 줄 알고 노래하겠지.(2.2.2-22)

달빛이 비치는 밤중에 발코니에 모습을 드러낸 줄리엣의 찬란한 아름다움이 달빛을 가리는 태양에 비유됩니다. 로미오의 대사에서 페트라르카풍 시의 전형적인 특징이 엿보입니다.

줄리엣도 로미오가 몬태규 가의 자제라는 사실을 알았으나, 그를 향한 마음을 누를 수가 없었습니다. 그래서 그녀는 어두운 밤하늘을 향해 자신의 애절한 속마음을 털어놓았습니다.

줄리엣 로미오, 로미오! 어찌하여 그대는 로미오인가요?

　　　아버지를 부정하고, 그 이름을 버리세요.

　　　아니면 절 사랑한다고 맹세만이라도 해주세요.

　　　그러면 제가 캐퓰렛이라는 성을 버리겠어요. (2.2.33-36)

〈로미오와 줄리엣〉
로미오와 줄리엣이, 날이 밝아도 헤어지지 못하고 생이별의 아픔을 나누고 있다. 안젤름 포이어바흐, 1864, 아이제나흐, 튀링거 박물관 소장.

그녀는 사랑하는 이를 위해 아버지를 부인할 각오가 되어 있습니다. 이러한 줄리엣의 모습에 솔직함과 대담함 그리고 순수함이 보입니다. 이로써 셰익스피어가 훗날 집필하는 희극 속에 등장하는 적극적이고 대담한 여성상이 이미 그녀 속에 잉태되어 있음을 알 수 있습니다. 그때 뜻밖에도 사랑의 고백을 들은 로미오가 숲 속에서 모습을 드러냈습니다.

로미오 거룩한 천사여, 나도 내 이름이 미워요.

　　　그건 당신의 원수니까. 내 이름을 종이에 적었다면

　　　그걸 갈기갈기 찢어 버리고 말 겁니다. (2.2.55-57)

손발이
오글오글~

두 사람은 이렇게 시적이고 아름다운, 또 때로는 격정적인 언어로 사랑하는 마음을 나누고 영원한 사랑을 맹세했습니다. 두 연인이 달밤에 남몰래 사랑을 속삭이는 이 발코니 장면은 문학사상 가장 아름다운 사랑의 장면으로 꼽힙니다. 낭만적이고 아름다운 분위기와 조화를 이룬 사랑의 언어들을 통해 셰익스피어는 그들의 사랑을 숭고하게 승화시키고 있습니다.

줄리엣은 내일 사람을 보낼 테니 언제 결혼식을 올릴지 알려 달라고 했습니다. 열네 살이 채 안 된 줄리엣은 셰익스피어 작품의 여주인공 가운데 가장 어린 인물입니다. 하지만 그녀는 그 어떤 여주인공들보다 적극적이며 솔직합니다. 처음 본 로미오에 대한 사랑의 감정을 토로하는 발코니 장면에서부터 사랑과 결혼을 이루어 가는 과정까지 그녀는 늘 로미오보다 주도면밀한 모습을 보입니다.

●셰익스피어는 그러나 이 두 연인들의 지고지순함과 대비되는 내용을 작품 곳곳에 배치했다. 줄리엣의 유모나 로미오의 친구 머큐쇼가 하는 서슴없는 성적 농담이 그 대표적 예이다. 이 두 사람은 극중에서 반페트라르카적인 인물들로서, 지나치게 고상한 체하는 궁정식 사랑의 허구성을 깨는 역할을 한다.

비밀 결혼과 운명의 장난

새벽녘에 줄리엣과 헤어진 로미오는 곧바로 두 사람의 결혼 문제를 상의하기 위해 로렌스 신부를 찾아갔습니다. 마침 신부는 새벽 이슬을 머금은 약초들을 캐고 있었습니다. 그러면서 다음과 같은 대사를 홀로 읊조립니다.

로렌스 신부 지구상에 존재하는 것 중 아무리 나쁜 것일지라도
　　　무엇인가 특수한 효험을 세상에 주지 않는 것이 없고,
　　　또 아무리 좋은 것일지라도 올바르게 쓰지 않으면

본성에 어긋나게 악용되기도 하는 법이지.

덕도 잘못 쓰면 악으로 변하고

악도 때로는 훌륭한 일에 쓰일 수 있는 법.

(2.3.13~18)

이 대사에는 세상에 존재하는 것에는 모두 양면성이 있으며 선악이 이분법적으로 나누어지는 것이 아니라는, 셰익스피어의 생각이 잘 담겨 있습니다.

● 이 대사는 아울러 로렌스 신부의 독초가 앞으로 두 사람의 사랑을 이어줄 매개체로 등장할 것임을 암시하기도 합니다.

로미오는 신부에게 아무도 몰래 치러질 두 사람의 성스러운 혼례식에 주례를 서 달라고 부탁했습니다. 로미오가 로잘린이라는 아가씨 때문에 사랑의 열병을 앓고 있던 것을 잘 아는 로렌스 신부는 변덕스런 사랑의 마음을 실감합니다.

그러면서도 이 두 사람의 결합으로 양가의 오랜 반목을 종식시킬 수 있을지도 모른다는 기대가 들었습니다. 하지만 또 다른 한편으로는 너무도 격렬한 두 사람의 사랑에 대해 "이처럼 격렬한 기쁨엔 격렬한 종말이 있게 마련"(2.6.9)이라며 걱정합니다.

벅찬 사랑의 기쁨에 사로잡힌 두 연인은 그들을 기다리는 운명의 장난 따위는 생각지도 못한 채 마냥 행복감에 젖어들었습니다. 하지만 그들이 이렇게 사랑의 기쁨을 누릴 환희의 시간은 단 한나절뿐, 신혼 초야를 맞기도 전에 그들은 비극적 상황에 빠지고 맙니다. 그러나 주어진 시간이 얼마나 짧은지를 모르는 채, 두 사람은 신부의

〈줄리엣과 유모〉
순결을 나타내는 흰 드레스를 입은 줄리엣이 유모와 함께 있다. 하지만 터너가 그린 것은 베로나가 아니라 베니스의 풍광이다. 조지프 말러드 윌리엄 터너, 1836, 개인 소장.

주례로 비밀 혼인 의식을 치렀습니다.

한편 운명의 여신들은 비극의 실을 잣고 있었습니다. 비밀 결혼식을 마친 로미오는 광장을 지나가다가, 티볼트와 로미오의 사촌 밴볼리오, 로미오의 친구 머큐쇼가 시비를 벌이고 있는 광경을 보았습니다. 그러나 이미 줄리엣과 결혼한 로미오는, 이제는 티볼트가 원수로 느껴지지 않고 한 가족처럼 소중하게 느껴졌습니다. 그래서 자꾸 시비

〈로미오와 줄리엣의 비밀 결혼〉
로렌스 신부의 주례로 로미오와 줄리엣이 비밀 결혼 의식을 치르는 장면을 재현한, 칼 루드비히 프리드리히 베커의 작품.

를 거는 티볼트를 진정시키려 노력했습니다. 그러나 그 까닭을 알지 못하는 머큐쇼가 달라진 로미오의 태도에 격분하여 칼을 빼듭니다. 티볼트와 머큐쇼 사이에 낀 로미오는 필사적으로 두 사람의 결투를 막으려 했으나, 비열하게도 티볼트가 로미오의 팔 사이로 머큐쇼를 찔렀습니다. 곧 티볼트는 달아났고 머큐쇼는 얼마 지나지 않아 숨을 거둡니다. 절친한 친구 머큐쇼가 자신 때문에 목숨을 잃는 순간, 로미오는 자신에게 다가오는 비극적 운명을 예감합니다. 그래서 "오늘의 불운은 두고두고 화근이 될 것이다. 이것은 불행한 결말의 시작일 뿐이다."(3.1.121-122)라고 말합니다.

잠시 뒤 티볼트가 다시 나타나자 로미오는 더 이상 이성적으로 판단할 수가 없었습니다. 그는 결국 사랑하는 줄리엣의 사촌 오빠인 티볼트를 죽이고 맙니다. 이리하여 로미오는 자신의 예감대로 '운명의 노리개'(3.1.138)가 됩니다. 시간이 지날수록 운명의 마력은 절대적인 힘을 발휘하며 그들을 불행으로 몰아넣습니다. 결국 에스

컬러스 영주는 로미오에게 추방명령을 내립니다.

그러나 줄리엣은 낮에 벌어진 비극적 사건을 알지 못한 채 로미오와 함께 신혼 초야의 달콤함을 누릴 수 있는 밤이어서 오기만을 애타게 기다리고 있었습니다.

> **줄리엣** 사랑을 열매 맺게 하는 밤아, 저 태양의 눈을 가려서
> 남의 입방아와 눈길에서 벗어나 로미오가 내 품으로
> 뛰어들 수 있도록 그대의 밤의 장막을 펼쳐라……(3.2.5-8)

이처럼 줄리엣은 대담하게 성에 대한 벅찬 기대감과 욕망을 드러냅니다. 줄리엣의 이처럼 솔직한 모습은, 흔히 궁정식 사랑에서 볼 수 있는 냉정한 여성, 성적 욕망을 억압하는 여성들의 모습과 상당히 다릅니다. 극 초반에 잠시 언급된 로잘린과도 극적으로 대비됩니다. 이때 관객들은 줄리엣과 달리 로미오에게 무슨 일이 생겼는지 알고 있기 때문에, 로미오를 기다리는 줄리엣을 보며 극적 아이러니를 느낍니다.

마침내 로미오와 보낼 첫날밤에 대한 기대로 부푼 줄리엣에게 청천벽력 같은 비보가 날아들었습니다. 로미오가 사촌 오빠 티볼트를 살해하고 베로나 시에서 추방명령을 받았다는 소식을 유모가 갖고 온 것입니다. 처음에 줄리엣은 자신의 사촌 오빠를 죽인 로미오에 대한 원망으로 눈물을 흘렸습니다. 그러나 곧 그 결투에서 티볼트가 아니라 로미오가 죽었을 상황을 생각하고는 오히려 티볼트가 죽은 것을 다행으로 여깁니다.

〈머큐쇼의 죽음〉
줄리엣의 사촌 티볼트가 머큐쇼를 칼로 찌르고 달아나고 있다. 에드윈 오스틴 애비, 1902, 뉴헤이번, 예일 대학교 미술관, 에드윈 오스틴 애비 기념 컬렉션 소장.

〈부드러운 밤아, 어서 오너라……〉
로미오와의 첫날밤에 대한 기대로 들뜬 줄리엣의 모습이다. 조반니 바티스타 치프리아니의 그림을 마리아노 보비가 동판화로 제작, 1800경, 개인 소장.

〈줄리엣과 유모〉
어서 밤이 되어 갓 결혼한 남편 로미오와 함께할 수 있기를 고대하던 줄리엣이, 유모로부터 로미오가 티볼트를 살해하고 추방명령을 받았다는 소식을 듣고 절망하고 있다. 창문 밖을 내다보는 그녀의 모습에 수심이 가득하다. 존 로담 스펜서 스탠호프, 1863.

줄리엣 티볼트는 죽고 로미오는 추방되었어.

'추방되었다'라는 그 한마디가

만 명의 티볼트를 죽여 버렸어. 티볼트의 죽음도

아주 슬픈 일이지. 만약 그것으로 끝났다면 말이야.

아니 가혹한 슬픔이 동무를 좋아하여

반드시 다른 슬픈 일을 동반해야 한다면

유모가 '티볼트가 죽었다'라고 말했을 때 왜 흔히 일어나는

한탄이 되었을, 아버지나 어머니, 아니면 두 분 다가

돌아가셨다는 소식이 뒤따라오지 않은 거야?(3.2.112−120)

이 대목에서 두 연인에게 서로에 대한 사랑 외에 그 무엇도 아무런 가치가 없음을 알게 됩니다. 그래서 그들의 사랑은 배타적이고 이기적인 면모를 보입니다. 로미오가 추방되었다는 소식 대신 아버지나 어머니가 돌아가셨다는 소식이었다면 차라리 좋았을 거라는 줄리엣의 대사는 충격적이기까지 합니다.

로렌스 신부는 영주가 로미오에 대해 추방명령을 내린 것이 관대한 처사라고 생각했습니다. 하지만 로미오에게는 줄리엣과 생이별을 해야 하기에 사형보다 더 잔인한 형벌이었습니다.

로미오는 신부에게 목숨을 끊을 방법을 알려 달라고 하는가 하면, 자기 무덤의 크기를 재라며 마룻바닥을 뒹굴기도 합니다. 그는 방금 전에 티볼트를 살해한 자신의 행위에 가책을 느낄 겨를도 없습니다. 오로지 사랑하는 줄

리엣과 헤어져야 한다는 고통만 느껴질 뿐입니다. 이렇듯 두 사람
의 마음에는 서로 외에는 다른 아무것도 끼어들 여지가 없습니다.

로렌스 신부는 나약한 로미오의 태도를 꾸짖습니다. 조급하고 성
숙하지 못한 로미오의 성격에는, 아직 4대 비극에서만큼 두드러지
지는 않지만, 인물의 성격이 그들의 비극적 파멸에 영향을 미친다
는 셰익스피어의 생각이 어느 정도 담겨 있습니다. 이러한 로미오
의 성격에 비해 줄리엣은 사랑에 위기가 닥치는 순간마다 용의주도
하고 침착한 면모를 보여 줍니다. 그녀는 고뇌하고 있을 로미오에
게 반지를 보내어 그가 절망에서 벗어나도록 위로합니다.

로렌스 신부도 자신의 계획을 로미오에게 말해 줍니다. 그날 밤
은 예정대로 줄리엣의 방에서 보내고 날이 밝기 전에 만투아 로
떠나라는 것입니다. 그러면 적당한 때에 두 사람의 결혼 사실을 발
표하여 두 집안을 화해시키고 영주의 용서도 얻어 내겠노라고 약
속했습니다.

● 만투아Mantua
이탈리아 북부 롬바르디아 지
방의 작은 도시국가. 이탈리아
명은 '만토바Mantova'.

〈로미오와 줄리엣의 작별〉
로미오와 줄리엣이 마지막 입
맞춤을 나누고 있다. 프란체스
코 아예스, 1833, 개인 소장.

애달픈 첫날밤

로미오와 줄리엣은 첫날밤이자 마지막밤을 함께 지새웠습니
다. 두 사람은 비밀 결혼을 했기에, 로미오는 줄리엣의 방 발코
니를 통해 그녀의 침실로 몰래 들어갑니다. 그래서 두 연인을 묘
사한 그림에는 밧줄이 매어져 있는 발코니가 자주 등장합니다.

밤이 지나고 그들의 안타까운 마음과는 아랑곳없이 종달새가
무심하게 아침을 알립니다. 생이별을 앞둔 두 연인의 입에서 나

오는 말은 모두가 아름다운 한 편의 시와 같습니다. 로미오는 "날이 밝아오면 올수록 우리의 슬픔은 어두워져 가는구나."(3.5.35)라고 한탄했고, 줄리엣은 "창문아, 아침을 들여 넣고 나의 생명을 밀어내려무나."(3.5.41)라고 탄식했습니다. 로미오와 슬픈 이별을 하는 순간에 줄리엣은 또 한 번 불길한 예감을 느낍니다.

〈로미오와 줄리엣〉
유모가 불안해하며, 마지막 순간을 나누는 로미오와 줄리엣에게 이별을 재촉한다. 벤저민 웨스트, 1778, 뉴올리언스, 뉴올리언스 미술관 소장.

줄리엣 오, 하느님, 왠지 불길한 생각이 들어요.

　그 아래 계신 당신이 마치 무덤 바닥에

　죽어 누워 있는 분 같아요.

　제 눈에 이상이 있거나 아님 당신이 너무 창백해 보여서겠지요.

로미오 내 사랑이여, 진정 내 눈에는 당신도 그리 보이오.

　목마른 슬픔이 우리의 피를 마시는군. 잘 있어요, 잘 있어.

　(3.5. 54–59)

셰익스피어는 극 내내 두 연인의 비극적 결말을 끊임없이 암시합니다. 이를 통해 뭔가 알 수 없는 절대적인 힘이 그들의 운명에 작용하고 있는 듯한 분위기를 계속 환기시킵니다.

이별 뒤의 시련

로미오와 이별하고 수심에 가득 차 있는 줄리엣에게 또 다른 시련이 기다리고 있었습니다. 줄리엣이 슬퍼하는 진정한 이유를 모르는 아버지가, 지나치게 우울해하는 줄리엣을 위해 패리스 백작과 서둘러 결혼시키려 했기 때문입니다. 패리스 백작은 영주의 친척으로 부유하고 좋은 가문의 청년이었습니다. 이미 로미오와 백년가약을 맺은 줄리엣이 그 결혼을 받아들일 수 없다고 호소하자, 줄리엣의 부모는 자식을 위한 속 깊은 배려에 반항하는 딸이 대단히 배은 망덕하다고 생각했습니다. 캐퓰렛은 아주 위압적인 태도로 3일 뒤에 결혼식을 올린다고 선언했습니다.

절대 권한을 가진 아버지의 강요에 따른 결혼은 로미오와 줄리엣이 맞닥뜨린 또 하나의 장애물입니다. 하지만 그들의 사랑은 어떤 장벽 앞에서도 타협하거나 무너지지 않습니다. "다른 모든 것이 실패로 돌아간다 하더라도 내게는 죽을힘이 남아 있어."(3.5.242)라는 줄리엣의 대사에서 사랑을 지키기 위해서라면 기꺼이 목숨도 내놓겠다는 강한 의지를 느낄 수 있습니다.

줄리엣은 로렌스 신부에게 달려가 도움을 청했습니다. 사랑하는 이의 아내로서 결혼 서약을 지킬 수만 있다면 그 어떤 것도 감내하겠다는 줄리엣의 굳은 의지를 확인한 로렌스 신부는, 마흔두 시간 동안 죽음 같은 수면 상태(가사 상태)에 빠지게 하는 약을 줄리엣에게 주었습니다. 신부의 계획은 결혼식 전날 밤에 줄리엣이 그 약을 마셔서 결혼식을 피하고 가문의 묘지에 묻히는 것이었습니다. 그러면 로미오와 자신이 그녀가 깨어날 시간에 묘지로 가서 기다리고 있다가, 그녀를 로미오와 함께 만투아로 보내 주기로 했습니다.

밤이 되자 줄리엣은 막상 약을 마시려니 두렵기도 하고, 약이 효

• 미국의 사회심리학자들이 남녀 커플들을 대상으로 연구한 결과, 부모의 반대가 강할수록 두 사람의 사랑이 더 깊어지는 것을 발견했다. 이처럼 부모들이 심하게 강요하거나 주위의 장애가 있으면 오히려 저항이 생겨 사랑이 더 깊어지는 현상을 '로미오와 줄리엣 효과'라고 부른다.

〈줄리엣과 로렌스 신부〉
곤경에 처한 줄리엣이 로렌스 신부를 찾아가 도움을 구하고 있다. 존 페티, 워릭셔, 왕립 셰익스피어 극단 소장.

과를 못 내는 건 아닐지, 신부님이 혹시 치명적인 독약을 준 것은 아닌지, 로미오가 오기 전에 깨어나는 것은 아닌지, 무덤에 갇힌 채 숨이 막혀 죽는 것은 아닌지 등등 온갖 망상이 다 떠올랐습니다. 그러나 줄리엣은 용기를 냈습니다. 줄리엣은 단호한 표정으로 "로미오, 로미오, 로미오. 여기 독약이 있어요. 저는 당신을 위해 이걸 마셔요."(4.3.58)라고 말하며 로렌스 신부가 준 약을 마십니다. 로미오와의 사랑을 지키고자 하는 의지 덕분에 그 모든 무서운 공상을 이겨낸 것입니다.

이런 점에서 줄리엣은 수동적인 비극 작품 속 여성 인물들보다는, 희극 작품에서 흔히 보는 의지가 강한 여성 인물들과 닮아 있습니다. '첫눈에 반한 사랑과 그 사랑의 맹목적성'이라는 주제도 주로 희극에서 셰익스피어가 즐겨 사용하는 주제입니다. 결국 이 초기 비극은 셰익스피어의 완성도 높은 희극 세계를 만들어 가는 교두보가 된 셈입니다.

결혼식 날 아침, 유모가 줄리엣을 깨우러 들어가자 줄리엣은 싸늘한 시체로 변해 있었습니다. 로렌스 신부가 준 약의 효과로 가사 상태에 빠진 것입니다. 그러나 그 비밀을 아는 사람은 줄리엣과 로렌스 신부뿐이었습니다. 모두가 줄리엣이 죽었다고 생각했습니다. 결혼식을 앞둔 신부의 갑작스런 죽음으로 잔치를 위해 마련한 모든 것들이 장례식용으로 바뀌었습니다. 로렌스 신부의 계획대로 줄리엣은 캐퓰렛 가의 무덤에 매장되었습니다.

한편 만투아에서 베로나의 소식만 애타게 기다리던 로미오는 간

밤의 기분 좋은 꿈 때문에 한껏 들떠 있었습니다. 죽어 있는 자신을 줄리엣이 발견하여 입맞춤으로 생명을 불어넣어 주자 자신이 다시 살아나 황제가 되는 꿈이었습니다. 로미오는 베로나로부터 뭔가 반가운 소식이 올 것 같았습니다. 하지만 로미오의 하인 벨더자는 그가 기다리던 반가운 소식 대신 줄리엣이 죽어 캐퓰렛 가문의 묘지에 묻혔다는 청천벽력 같은 소식을 갖고 왔습니다.

한편 로렌스 신부도 로미오에게 줄리엣의 가짜 죽음을 알리는 서신을 보냈습니다. 하지만 편지를 가져가던 심부름꾼이 전염병 때문에 도중에 어느 마을에 감금되어 있다가 로미오에게 편지를 전하지도 못한 채 그냥 돌아오고 말았습니다. 그 편지가 운명의 장난으로 되돌아오지만 않았더라도, 이 연인들의 이야기가 그토록 비극적이 되지는 않았을 것입니다.

절망한 로미오는 당장 약방 영감에게서, 마시면 순식간에 온 혈관에 독이 퍼지는 독약을 구입했습니다. 독약을 팔기를 주저하는 영감에게 로미오는 황금을 건네며 다음과 같이 말합니다.

로미오 자, 이 금을 받아요. 이것은 인간의 마음엔
　　　　독약보다 더 나쁜 거지요. 이 사악한 세상에서는
　　　　영감님이 팔지 않겠다고 하는 독약보다
　　　　이것이 더 많은 살인을 하지요.
　　　　그러니 독약을 판 건 내 쪽이고,
　　　　영감님은 아무것도 팔지 않은 것입니다.

　　　(5.2.80-86)

〈로미오 역의 데이비드 개릭과 줄리엣 역의 앤 벨라미〉
데이비드 개릭이 1748년에 개작한 《로미오와 줄리엣》의 공연 장면을 그린 무대화. 개릭은 로미오의 독약이 효력을 발생하기 전에 줄리엣이 깨어나도록 원전을 수정했다. 윌슨은 두 연인이 해후하는 짧은 순간을 화폭에 담았다. 벤저민 윌슨, 1757, 런던 빅토리아 앨버트 미술관 소장.

로미오의 대사에는 사람들이 재물에 대한 탐욕으로 얼마나 사악한 짓을 벌이는가에 대한 셰익스피어의 비난이 담겨 있습니다.

로미오는 줄리엣의 곁에서 잠들기 위해 베로나를 향해 출발했습니다. 로미오가 줄리엣의 무덤에 도착했을 때, 결혼식 날 신부를 죽음에 빼앗긴 패리스 백작이 먼저 와 있었습니다. 로미오가 줄리엣의 무덤을 열려 하자, 패리스 백작이 이를 막았습니다. 두 사람의 관계에 대해 아무것도 모르는 백작은, 사촌 오빠를 죽여 그 슬픔 때문에 줄리엣을 죽게 하더니 이제 시체에까지 모욕을 주려 하느냐며 로미오를 체포하려 했습니다. 이미 자포자기 상태에 빠져 있던 로미오는, 줄리엣 옆에서 생을 마감하려는 것을 방해받자 패리스 백작과 결투를 벌입니다. 그리고 그를 죽이고 맙니다. 로미오의 행위에서 성급하고 격정적인 성격을 엿볼 수 있습니다.

〈로미오와 약제상〉
로미오는 줄리엣의 죽음을 전해듣고 곧바로 약제상 영감을 찾아가 독약을 구입한다. 윌리엄 블레이크, 1805.

가련한 두 연인의 죽음 그리고 화해

로미오가 무덤을 열고 줄리엣의 얼굴을 들여다보니, 이제 약기운에서 벗어나기 시작한 줄리엣의 얼굴에 생기가 돌고 있었습니다. 로미오가 보기에 그녀는 죽은 자의 얼굴이라고 할 수 없을 만큼 아름다웠습니다. 로미오는 마지막으로 줄리엣을 포옹하고 입을 맞춘 뒤 독약을 마셨습니다.

로렌스 신부가 묘지에 도착했을 때는 모든 일이 이미 다 끝난 뒤였습니다. 패리스 백작은 피투성이가 되어 죽어 있었고, 로미오는 창백한 모습으로 숨져 있었습니다. 사람의 힘으로 어쩔 수 없는 운명이 모든 계획을 망쳐 놓은 것입니다. 이로써 불운한 연인들을 결합시켜 두 집안의 반목을 끝내고자 최선을 다한 신부의 선의는 좌절되고 말았습니다. 로렌스 신부는 이 참혹한 장면을 보고, "우리가 대적할 수 없는 더 큰 힘이 우리 의도들을 좌절시켰다."(5.3.153-154)라고 한탄합니다. 이처럼 로미오와 줄리엣의 사랑에는 절대적인 운명의 힘이 작용했습니다. 그래서 이 극이 4대 비극과 달리 운명 비극이라는 타이틀을 지니게 된 것입니다.

이때 줄리엣이 잠에서 깨어납니다. 로렌스 신부는 줄리엣에게 그곳에서 나가 수녀원으로 가자고 했습니다. 그러나 줄리엣은 로미오를 두고 그곳을 떠나려 하지 않았습니다. 사람들이 오는 소리가 들리자, 그녀는 로미오가 마신 독약 병에 남아 있던 독을 마시고 로미오의 단검을 뽑아 가슴을 찔렀습니다. 그러고는 로미오의 시체 위에 쓰러져 죽었습니다. 이들의 사랑은 어찌 보면 죽음으로 끝난 좌절된 사랑이 아니라, 죽음을 감수한, 아니 죽음을 초월한 숭고한 사랑이라고 말할 수 있습니다.

영주와 캐퓰렛 가, 몬태규 가 사람들이 와서 이 참혹한 죽음의 장면을

〈무덤 장면—죽은 로미오와 함께 있는 줄리엣〉
줄리엣이 수녀원으로 가자는 신부의 제안을 거부하고 자결하기 직전의 모습이다. 그녀의 손에 단도가 들려 있다. 조셉 라이트 오브 더비, 1786?~1791, 더비셔, 더비 미술관 소장.

〈몬태규 가와 캐퓰렛 가의 화해〉
조카 패리스 백작의 죽음으로 슬픔에 잠겨 있던 에스컬러스 영주의 주선으로 캐퓰렛과 몬태규가 서로 화해의 악수를 나누고 있다. 프레더릭 레이턴 경, 1853~1856, 디케이터, 아그네스 스콧 대학교 소장.

보았습니다. 로렌스 신부는 그들에게 비밀 결혼에서 죽음에 이르기까지 두 연인이 겪은 비극적 사랑을 말해 주었습니다. 비로소 두 집안 어른들은 자신들의 잘못을 뉘우치며 서로에게 용서를 빌었습니다. 몬태규가 순금으로 정숙한 줄리엣의 동상을 만들겠다고 제안하자, 캐퓰렛은 로미오의 동상을 만들어 줄리엣 상 옆에 세우겠다고 약속했습니다. 이 장면에서 셰익스피어는 죽음까지 불사한 두 사람의 사랑을 비난하는 것이 아니라 동상을 세워 기릴 가치가 있는 것으로 승화시킴으로써, 로미오와 줄리엣의 사랑을 원전이 의도한 부정적 이미지가 아니라 숭고하고 순수하며 절대적 가치를 지닌 것으로 제시합니다.

세상에서 가장 애절한 이 사랑 이야기는 한 쌍의 연인이 비극을 맞고 나서야 두 가문이 화해를 이루고 끝이 났습니다. 그런데 로미오와 줄리엣의 뜨거운 사랑은 단 7일 간의 일이었습니다. 원전의 몇 달 동안의 사건을 셰익스피어는 7일로 압축시킴으로써 로미오와 줄리엣의 불같은 사랑의 힘을 극적으로 보여 줍니다. 그들에게 사랑은 지상 최고의 가치였으며, 생명도 그보다 더 중요하지 않았던 것입니다.

❖ 새로운 질서를 회복하는 비극의 결말

셰익스피어의 비극은 대체로 주인공들이 비극적 결말을 맞이한 뒤에 항상 새로운 질서가 회복된다. 보통 4대 비극의 주인공들은 자신들의 성격적 결함에 의해 파멸되기 때문에, 그들이 죽음을 맞이하기 직전에 자신의 어리석음이나 잘못 등을 인식하고 바로잡는 방식으로 질서가 회복된다. 하지만 운명 비극인 《로미오와 줄리엣》에서는 비련의 주인공들이 죽은 뒤에 두 집안의 어른들이 잘못을 뉘우치고 서로 화해하는 것으로 질서가 회복된다. 이 또한 '상실 가운데 얻는 이득'이라는 셰익스피어의 단골 주제 가운데 하나이다.

셰익스피어 작품 속 인물

셰익스피어는 세상 그 어떤 작가들보다도 성격 묘사에 뛰어난 작가입니다. 다양한 상황에 처한 인간상을 탐구하고 묘사한 셰익스피어는 햄릿이나 로미오와 줄리엣 같이 원형적原型的 이미지를 지닌 인물들을 많이 창조해 냈습니다. 그가 그린 인물들의 심리적 깊이나 다양성 및 복잡성은 마치 그들이 생존하는 실제 인물로 여겨질 정도입니다.

셰익스피어의 인물 창조에서 가장 두드러진 특징은, 전적으로 착하거나 철저히 악한 인물이 없다는 것입니다. 또한 전적으로 장점만 가진 자도, 단점만 가진 자도 없습니다. 다시 말해 셰익스피어 극에는 완벽한 인물, 즉 영웅이 없습니다. 중세 문학에 등장하는 영웅은 사라지고, 사적인 욕망에 시달리는 인물들이 등장합니다. 이는 셰익스피어가 인간을 제대로 파악한, 통찰력 있는 작가였음을 말해 줍니다. 이처럼 셰익스피어는 한 인물 안에 선악의 요소와 장단점이 공존하도록 그리기 때문에 인물들 대부분이 양면성과 모호성을 지니고 있습니다. 예를 들어 햄릿의 숙부 클로디어스는, 권력에 대한 야심에 사로잡혀 형제를 살해하고 왕권을 찬탈했을 뿐만 아니라 형수를 아내로 취해 근친상간의 추악한 범죄까지 저지른 자입니다. 하지만 왕으로서 그는 국정과 외교 문제를 원활히 운영합니다. 또한 자신의 죄에 대해 회개하고 신에게 용서를 비는 기도 장면에서는 자신이 저지른 죄의 본질을 분명히 파악하고 있습니다. 그래서 양심의 가책을 느끼며 고뇌하는 모습이 그를 철저한 악인으로 분류할 수 없게 만듭니다.

《맥베스》의 던컨 왕은 백성들의 존경과 사랑을 한 몸에 받고 있는 성군聖君이었습니다. 하지만 그는 사람들의 표면에 드러난 모습을 보고 그것이 곧 그 사람의 실체라고 믿는 우매함을 드러냅니다. 겉으로 드러난 충성스러운 모습을 보고 그것이 곧 상대의 진실한 충심이라고 여김으로써, 그는 신하들의 역심을 읽지 못하고 결국 굳게 믿던 맥베스의 손에 목숨과 왕권을 찬탈당합니다.

이것이 바로 셰익스피어가 창조해 낸 인물들의 복잡성입니다. 어느 한 인물에 대해 하나의 특징으로 규정하는 것이 불가능하고, 보통 나약한 인간의 본성과 위대한 정신력이 한 인물에 구현되는 경우가 많습니다. 셰익스피어는 이러한 복잡하고 애매한 성격을 통해 인간과 삶의 복잡한 본질을 독자들에게 제시합니다.

또한 셰익스피어 극에 나오는 인물들은 고정불변의 성격을 지닌 일차원적 존재가 아닙니다. 그들은 각기 다른 상황에 부딪히면서 변화를 겪거나 발전하는 입체적 존재들입니다. 따라서 상황이 변화함에 따라 인물의 전혀 다른 성격이나 새로운 모습이 드러납니다. 이처럼 인물의 성격이 끊임없이 발전하고 변화함으로 인해 인물에 대한 판단이 모호해지고 시시각각 변모할 수밖에 없으며, 인물에 대한 분석 또한 복잡해질 수밖에 없습니다. 이는 셰익스피어가 인간 본성의 복잡성을 잘 파악하고 있음을 보여 줍니다.

셰익스피어의 극 속 중심인물들은 대체로 사회의 질서를 유지하고자 하는 이성과 사회를 무질서로 몰고 가는 감정 사이에서 분열을 경험합니다. 비록 궁극적으로는 감성이 이성을 압도하여 무질서를 초래하지만, 그 과정에서 이성을 지키고자 분투하는 모습에 독자와 관객은 연민과 동정심을 느낍니다. 그리고 셰익스피어는 어떤 실수나 잘못을 저지르는 인간을 악인이 아니라 인간적 약점을 지닌 자로 바라보는 경우가 많습니다.

물론 여기서 예외적인 인물들도 있습니다. 《맥베스》의 이아고나 《리어 왕》의 에드먼드, 그리고 《리차드 3세》의 리차드 3세 같은 인물들은 일관되게 악을 구현하는 사악한 존재들입니다. 하지만 그들이 극 속에서 보여 주는 재치와 활기는 분명 대단히 매력적입니다. 그리고 《헨리 4세》에 등장하는 폴스태프는 아주 몰염치한 악당이나 그의 안하무인격의 뻔뻔스러움과 활력이 엄청난 희극적인 즐거움을 제공합니다. 그리하여 그들은 하나같이 우리의 머릿속에서 지워지지 않는 인물들로 남습니다. 그리하여 희극적 활기를 지닌 인물이나 비극적 장엄함을 지닌 인물 모두가 우리를 즐겁게 해줍니다.

연인들이나 미친 사람들은 머릿속이 들끓는 탓인지 그런 허무맹랑한 환상들을 만들어 내지만, 그것은 냉정한 이성으로는 도저히 이해할 수 없는 것이오. 광인이나 연인이나 시인은 모두 상상력으로 머릿속이 꽉 차 있는 사람들이오. ……시인의 상상력은 지금까지 알려져 있지 않은 것을 형상화하고, 시인의 펜은 그들에게 확실한 형태를 만들어 주며 존재하지도 않은 것에 거처와 이름을 붙여 주는 것이오. 그런 재주는 뛰어난 상상력이 있기 때문이오.《한여름 밤의 꿈》 5.1.4–18)

3부

셰익스피어
희극의 세계

• • •

해학과 풍자의 향연

셰익스피어를 말하면 4대 비극이 제일 먼저 떠오르지만, 셰익스피어는 비극보다 희극을 훨씬 많이 썼습니다. 그의 비극들이 심오한 인생에 대한 성찰이 담긴 문학 텍스트로서 진가를 발휘한다면, 셰익스피어 본연의 장르인 공연 텍스트로서 진가를 발휘하는 것은 단연 희극들입니다. 지적인 성찰을 담아내기 위한 긴 대사가 대부분인 비극들은 관객들에게 다소 지루한 감이 있지만, 기지와 재치가 넘치는 대사들로 가득 찬 희극들은 활력과 생동감이 넘치기 때문입니다. 따라서 셰익스피어가 극작가였다는 사실을 염두에 둔다면, 일반적으로 높이 평가받는 비극들에 비해서도 그의 희극들이 지닌 가치는 절대 폄하할 수 없는 것들입니다.

극은 어리석은 인간의 본성이 웃음거리가 되느냐 아니면 심각한 파멸의 원인이 되느냐에 따라, 희극과 비극으로 나뉩니다. 희극에도 비극에서처럼 사건의 발단이 있고, 무질서가 팽배해지고 삶이 뒤죽박죽되는 갈등 단계가 있습니다. 하지만 대부분의 주인공들이 죽는 것으로 끝나는 비극과 달리, 희극에서는 모든 갈등이 원만히 해결되고 행복한 결말을 맺습니다.

셰익스피어는 조금씩 색깔이 다른 장르의 희극들을 남겼습니다. 크게 낭만 희극과 어두운 희극(혹은 문제극), 그리고 낭만극(혹은 희비극, 로맨스)으로 분류됩니다.

여러분이 잘 알고 있는 《한여름 밤의 꿈》과 《베니스의 상인》, 《말괄량이 길들이기》 등은 낭만 희극입니다. 주로 셰익스피어의 극작 초기에 쓰였으며, 정치적 음모와 사랑의 갈등이 서로 복잡하게 얽혀 있다가 극의 마지막 부분에서 모든 갈등이 해결되는 구조입니다. 낭만 희극은 대체로 '갈등과 고통이 발생하는 도시(혹은 궁정) 세계로부터의 도피→ 치유력을 지닌 숲에서의 변모→ 용서와 화해를 통한 궁정으로의 귀환'이라는 극 구조를 공유하고 있습니다. 앞에서 언급한 것 이외의 낭만 희극으로는 《좋으실 대로》, 《십이야》, 《헛소동》 등이 있습니다.

반면 행복한 결말을 가지면서도 이전의 정통 희극과 달리 암울한 색조가 짙은 희극들을 어두운 희극 또는 문제극이라고 합니다. 셰익스피어는 주로 4대 비극을 쓴 시기에 이러한 희극들을 썼는데, 이 극들에서는 심각한 요소들이 희극적 요소들을 능가하고 속임수, 배반, 성욕 등 인간의 사악한 본성들이 다루어집니다. 결말에 등장인물들이 죽거나 파멸되지 않기 때문에 희극으로 분류되기는 하지만, 극에서 다루어지는 상황은 대단히 비극적입니다. 《자에는 자로》, 《끝이 좋으면 다 좋아》, 《트로일러스와 크레시다》가 이 장르에 속합니다.

마지막으로 1608년부터 1611년까지는 흔히 셰익스피어의 완숙한 낭만극 또는 희비극 시대로 분류합니다. 바로 앞 시기에 격정적인 비극의 세계를 그리던 셰익스피어는, 이 시기에 용서와 화해가 존재하는 목가적 세계를 그려 내는 데 몰두합니다.

낭만극이란 중세 귀족 문학인 로맨스의 계보를 잇는 것으로, 다소 비현실적이고 낭만적인 요소들이 담겨 있습니다. 이 극들은, 한결같이 전반부에 비극적인 플롯이 계속되다가 갑자기 반전이 일어나 행복한 결말을 맞이합니다. 비극 작품에서 주인공들이 자신의 과오를 뒤늦게 깨닫고 엄청난 상실을 경험하는 데 비해, 낭만극에서는 그런 과오를 인식하고 참회한 뒤에 앞서 상실한 것들을 되찾고 용서와 화해 속에서 극이 끝납니다. 그래서 이 극들을 '희비극'이라고도 부르는 것입니다. 《태풍》, 《심벌린》, 《겨울 이야기》, 《페리클레스》가 낭만극에 속합니다.

01 《한여름 밤의 꿈》

_환상과 신비의 요정 나라

• • • 유령, 마녀, 요정 같은 초현실적인 존재를 작품에 많이 등장시킨 셰익스피어는 시적 상상력이 풍부한 작가로 정평이 나 있습니다. 그중에서도 1595년에 집필된 《한여름 밤의 꿈》은 셰익스피어 작품 중 그의 상상력이 가장 잘 발휘된 작품이라고 할 수 있습니다. 요정들의 환상적인 세계를 아주 세밀하게 묘사한 이 극은 요정들의 노래와 춤, 마법 등 낭만적이고 몽환적인 내용으로 가득 차 있습니다.

게다가 이 극은 요정 왕 오베론

• 이 극에서 '한여름 밤'이란 일 년 중 낮이 가장 긴 하지 무렵의 성 요한 축제날(6월 24일) 전야를 가리킨다. 서양에서는 그날 밤에 요정이 출몰하는 등 여러 가지 환상적 괴변이 발생한다는 미신이 있다. 셰익스피어는 이때를 시간적 배경으로 하여 요정들과 사람들 사이에서 벌어지는 갖가지 신비스럽고 환상적이며 익살스러운 사건을 이 극에서 그려 냈다.

〈티타니아〉
요정의 여왕 티타니아. 존 시몬스, 1866, 브리스틀, 브리스틀 시립미술관 소장.

과 요정 여왕 티타니아의 사랑, 아테네 군주인 테세우스와 히폴리타의 사랑, 아테네 귀족 자제들의 사랑, 아테네 직공들이 공연하는 극중극 속 피라무스와 디스비의 사랑 등 각기 다른 계층에 속하는 연인들의 서로 다른 사랑 이야기가 대비를 이루며, 사랑의 어려움과 극복이라는 주제를 변주하고 확장하는 치밀한 구조로 이루어져 있습니다.

셰익스피어는 《한여름 밤의 꿈》에서 중세 로맨스, 중세 서사시, 고전 신화 등에서 빌려 온 서로 다른 이야기들을 유기적으로 결합하여 사랑의 고난과 맹목성이라는 주제를 담은 아름답고 낭만적인 이야기들을 만들어 냈습니다. 이 극의 내용 가운데 테세우스와 히폴리타의 이야기는 플루타르코스의 《영웅전》에 나오는 〈테세우스˙편〉과 초서˙의 《캔터베리 이야기》 중 〈기사 이야기〉에서 빌려 온 것입니다. 그리고 요정 왕 오베론의 이야기는 중세 로맨스인 《보르도의 후온》˙에서 빌려 왔으며, 극중극인 〈피라무스와 디스비〉 이야기는 오비디우스의 《변신 이야기》에서 빌려 온 것입니다. 하지만 셰익스피어는 다양한 원전들을 단순히 차용하기만 한 것이 아니라 긴밀한 상호 관계 속에 재구성하여 전혀 다른 새로운 작품으로 탄생시켰습니다.

셰익스피어의 많은 희극 작품들이 그렇듯이 《한여름 밤의 꿈》에서도 극 초반에 주인공들의 사랑에 역경이 발생하며, '격리→ 전이→ 귀환'이라는 셰익스피어 낭만 희극의 전형적인 극 구조를 따릅니다.˙

˙ 테세우스
그리스 신화에 나오는 아테네의 영웅으로 아이게우스 왕의 아들이다. 크레타 섬의 미궁에서 괴물 미노타우로스를 무찌르고 아마존을 정복하여 아테네를 융성하게 하였다.

˙ 초서Geoffrey Chaucer
영국의 시인(1342~1400). 중세의 영어를 문학적 표준어로 격상시켰으며, 프랑스식의 운율법을 영시 속에 도입하여 '영시의 아버지'로 불린다. 캔터베리로 순례를 가는 순례자들의 이야기 모음집인 《캔터베리 이야기》가 가장 유명하다.

˙《보르도의 후온Huon of Bordeaux》
샤를마뉴 황제를 알현하러 가던 길에 황제의 큰아들인 샬로트와 시비가 붙어 그를 살해하게 된 보르도의 후온이, 분개한 황제로부터 불가능한 모험을 강요받는다. 후온의 모험 중에 그를 도와주는 난쟁이 요정의 이름이 바로 오베론이다.

˙ 이에 대해 캐나다 출신 문학 비평가인 노스럽 프라이는 "희극의 액션은 일상적 세계로 상징되는 한 세계에서 시작하여, 초록 세계로 이동하며 이곳에서 희극적 전환이 이루어지는 변화를 겪고, 다시 일상 세계로 돌아온다."라고 설명한다.

잔인한 아테네의 법

이 극의 배경은 고대 아테네입니다. 어느 날 이지어스라는 노귀족이 딸의 팔을 붙들고 아테네의 공작 테세우스를 알현하러 왔습니다. 이지어스의 딸 허미아는 한 마을에 사는 귀족 청년 라이샌더를 사랑하고 있었습니다. 그런데 아버지 이지어스는 드미트리어스라는 청년을 사윗감으로 정해 놓고 허미아에게 그와 결혼하라고 강요했습니다. 이지어스는 테세우스에게 자기가 정해준 배필과 결혼하기를 마다하는 딸을 아테네의 법에 따라 처벌할 수 있게 허락해 달라고 온 것입니다.

아테네에는 부친이 택한 남자와 결혼하지 않는 딸은 교수형을 당하든가, 아니면 수녀가 되어 평생 독신으로 살아야 하는 법이 존재했습니다. 이와 같이 셰익스피어의 극 속에는 딸의 배우자를 아버지가 결정하는 가부장 문화와 그 문화에 저항하는 딸이 종종 그려집니다.

드미트리어스는 원래 허미아의 절친한 친구 헬레나와 서로 사랑하는 사이였으나, 마음이 변해 허미아를 사랑하게 되었고, 그로 인해 헬레나는 몹시 마음 아파했습니다. 보상받지 못하는 사랑으로 가슴앓이를 하고 있는 헬레나는 맹목적인 사랑의 속성을 다음과 같이 한탄합니다.

헬레나 아무리 천하고 천하여 멸시할 만한 것이라도
　사랑은 훌륭하고 품위 있는 것으로 바꾸어 주지.

〈허미아와 라이샌더〉
이지어스의 딸 허미아는 부친이 택한 남자를 거부하고, 라이샌더를 사랑하였다. 워싱턴 올스턴, 1818 이전, 워싱턴, 스미소니언 박물관 소장.

사랑은 눈으로 보지 않고 마음으로 보는 것.

그래서 날개 달린 큐피드를 소경으로 그린 것.

그리고 사랑하는 마음에는 분별심이라고는 조금도 없지.

눈은 없고 날개만 있는 것은 물불을 가리지 않는

그런 성급함을 나타내는 거야.(1.2.232–239)

테세우스 공작은 젊은 연인들의 엇갈린 사랑이 안타까웠으나, 그렇다고 법을 무시할 수는 없었습니다. 그래서 허미아에게 부친이 선택한 자와 결혼하지 않으면 아테네의 법에 따라 처벌할 수밖에 없다고 말합니다. 이때 테세우스는 아마존의 여왕 히폴리타˚와의 결혼식을 앞두고 있었습니다. 공작은 3일 후에 있을 자신의 결혼식 날까지 말미를 줄 테니 그때까지 마음의 결정을 내리라고 했습니다. 그러면서 아버지는 하느님과 같은 창조주로서 딸을 만들었으므로, 자식이란 아버지가 살릴 수도 깨버릴 수도 있는 밀랍인형에 지나지 않는다고 말합니다. 이처럼 경직된 가부장적 위계질서를 고수하려는 공작의 모습을 통해 아테네 궁정이 전통과 인습, 권위와 법이 지배하는 세계임을 알 수 있습니다.

사회적 관습이 개인의 욕망(사랑)과 부딪혀 갈등을 불러일으키는 장면에서, 허미아는 아주 당당하고 주체성이 강한 여성으로 묘사됩니다. 셰익스피어의 희극 속 여주인공들이 대체로 그렇듯이, 허미아는 공작 앞에서도 전혀 움츠려들지 않고 담대하게 응대하며 사랑하는 사람을 남(아버지)의 눈으로 골라야 하는 상황의 불합리함을 토로합니다.

˚ 사랑의 신 큐피드는 흔히 눈을 감은 모습으로 표현되고, 날개가 달려 있다. 눈을 감고 있는 것은 사랑의 맹목성을 나타내는 것이고, 날개가 달린 것은 무분별함 혹은 성급함을 상징한다. 헬레나의 대사는 큐피드로 대변되는 사랑의 속성을 노래한 것이다. 이 극에서 큐피드의 화살을 맞은 삼색제비꽃의 즙액이 사랑의 묘약이라는 것도, 바로 사랑의 맹목성과 무분별함을 상징한다.

˚ 히폴리타
아마존 여전사들의 여왕. 자신의 나라를 정복한 테세우스와 결혼하는 이야기가 초서의 《캔터베리 이야기》 중 〈기사 이야기〉에 등장한다. 그러나 플루타르코스의 《영웅전》 중 〈테세우스 편〉에서는 히폴리타가 아니라 히폴리타의 여동생 안티오파가 포로로 잡힌다.

결국 허미아와 라이샌더는 가부장제의 억압과 아테네의 법으로부터 도망치기로 결심합니다. 이때 라이샌더가 "진정한 사랑의 길은 순탄치 않은 법이에요."(1.1.134)라고 하는 대사는 앞으로 전개될 사랑의 열병을 암시합니다. 두 사람은 다음 날 밤 아테네 근교의 숲에서 만나기로 약속했습니다. 허미아는 그 사실을 친구 헬레나에게 알리며 헬레나와 드미트리어스의 사랑이 이루어지길 기원해 주었습니다. 헬레나는 사랑을 찾아 떠나는 두 연인이 몹시 부러웠습니다. 사랑하는 드리트리어스를 허미아에게서 떼어놓기 위해서라도 헬레나는 아무것도 모르는 척해야 했지만, 그녀는 허미아가 도망간다는 사실을 드미트리어스에게 알려 줍니다.

〈라이샌더와 허미아, 아테네를 떠날 계획을 세우다〉
아버지가 허락해 주지 않자, 두 사람은 결국 아테네에서 도망치기로 결심한다. 아서 래컴, 《셰익스피어 이야기》(1807)의 삽화.

요정의 숲

허미아와 라이샌더가 만나기로 한 숲은 요정들이 즐겨 찾는 곳이었습니다. 이곳은 사회 규범과 가부장 법이 지배하는 아테네의 궁정과 달리 요정들의 마법이 지배하는 장소였습니다. 결국 아테네의 법을 피해 도망 온 젊은이들은 숲을 지배하는 마법에 지배받게 됩니다.

한편 오베론 왕과 티타니아 여왕은 요정들을 거느리고 이 숲에 와서 잔치를 벌이곤 했는데, 최근 이 두 요정 사이에 불화가 생겼습니다. 그것은 여왕이 인도 왕에게서 훔쳐온 한 소년을 너무 애지중지하자, 이에 질투심을 느낀 오베론 왕이 그 아이를 자신의 시종으로 달라고 졸랐기 때문입니다. 여왕은 그 아이의 죽은 엄마가 자신

을 각별히 모셨던 터라 그 아이를 자기 곁에서 절대 떼어놓을 수 없
다며 오베론 왕의 요구를 들어주지 않았습니다. 그래서 두 요정은
만나기만 하면 서로 다투었고, 요정 나라의 불화는 인간 세상에 많
은 흉사를 일으켰습니다. 기후의 이변으로 사계절이 뒤죽박죽되어
장미 꽃봉오리에 서리가 내리는가 하면, 한겨울에 꽃망울이 터지기
도 했습니다.

 셰익스피어는 이처럼 요정과 같은 초자연적 존재들이 인간들의
삶에 여러 작용을 한다는 인식을 작품 속에서 자주 표현합니다. 한
요정이 오베론 왕의 심부름꾼인 퍽크에 대해 묘사하는 다음 대사
도 이러한 셰익스피어의 생각을 잘 보여 줍니다.

 요정 내가 너의 모양새나 생김새를 잘못 본 것이 아니라면
 너는 로빈 굿펠로우˚라는 장난꾸러기 요정이 틀림없어.
 우유에 뜬 찌끼를 걷어 내고, 때로는 맷돌을 돌려

시골 아가씨들을 놀래 주고, 숨죽인 아낙네들이

젓고 있는 버터를 소용없게 만들고, 때로는 술이 발효되어

생기는 거품이 생기지 않게 하거나, 밤길 가는 사람을

길을 헤매게 만들고는 그 모습을 보고 웃어대는 것이

바로 너지?(2.1.32-39)

셰익스피어의 상상력에 의하면 우리 일상에서 일어나는 온갖 이상한 현상들은 요정들이 부리는 조화인 셈입니다. 비록 이 극의 배경이 고대 아테네이긴 하지만, 이 극에서 다루고 있는 내용은 대단히 영국적입니다. 특히 퍼크는 우리나라의 도깨비처럼 영국 민담에 자주 등장하는 장난꾸러기 요정입니다. 그런데 기록에 의하면 실제로 이 극이 쓰인 기간을 포함한 1594년부터 1596년까지 영국에 이상 기후가 계속 일어나서, 특히 1594년에는 6월과 7월에 겨울처럼 혹독하게 추웠다고 합니다. 셰익스피어의 극 속에는 이처럼 당대의 사건이나 시대상이 곳곳에 담겨 있습니다.

허미아와 라이샌더가 만나기로 한 날 밤에도 오베론 왕과 티타니아 여왕은 인도 소년 문제를 놓고 티격태격 다투고 있었습니다. 여왕은 설사 오베론 왕이 요정의 나라를 다 준다고 해도 소년을 내어 줄 수 없다고 화를 내고 가버렸습니다(여왕에게서 전통적인 부부관계에서 보이는 아내상은 찾아볼 수 없습니다). 그러자 오베론 왕은 여왕에게 앙갚음을 하겠다고 결심합니다. 자신의 시종인 장난꾸러기 요정 퍼크를 시켜, 큐피드의 화살이 떨어져 진홍빛으로 물든 삼색제비꽃을 꺾어 오게 합니다. 이 꽃의 즙은 사랑의 묘약*으로, 이것을 잠든

* 사랑의 묘약
오베론 왕이 퍼크에게 가져오라고 한 사랑의 마법을 지닌 삼색제비꽃은, 영어로 'love-in-idleness'라고 합니다. 흔히 '게으름'이라는 뜻의 이 'idleness'라는 단어는 '광기 madness'라는 단어와 비슷한 뜻도 갖고 있습니다. 결국 이 극에서 다루고 있는 내용은 사랑의 광증입니다.

사람의 눈에 떨어뜨리면 그 사람이 잠에서 깨는 순간 가장 처음 본 것을 미칠 듯이 사랑하게 될 것이라고 오베론 왕은 설명합니다. 그는 이 사랑의 묘약을 티타니아가 잠든 틈을 타서 그녀의 눈에 넣을 작정이었습니다. 여기에서 묘약을 '눈'에 넣어 마력을 발휘한다는 데에 주목할 필요가 있습니다. 이미 《리

〈티타니아〉
오베론 왕은 티타니아 여왕이 잠든 틈에 사랑의 묘약을 눈에 바르려는 계획을 세운다. 프레드릭 하워드 마이클, 1896.

어 왕》에서 살펴보았듯이 셰익스피어는 원래 이성적 판단을 내리는 신체기관인 '눈'을 판단과 이성을 흐리는 기관으로 자주 제시합니다.

퍼크가 꽃을 따러 간 사이에, 오베론 왕은 허미아를 찾아 나선 드미트리어스와 그를 따라오는 헬레나가 숲으로 오면서 나누는 대화를 우연히 듣게 됩니다. 드미트리어스는 헬레나에게 그녀의 얼굴만 봐도 진저리가 난다고도 하고, 날짐승한테 잡아먹히든지 마음대로 하라며 헬레나를 구박했습니다. 그러나 헬레나는 "인정머리 없는 자석인 당신이 나를 끌어당겨요. 하지만 당신이 끌어당기는 것은 그냥 철이 아니라 강철만큼 진실한 내 마음이에요."(2.1.195–197)라며 자신의 마음을 하소연합니다.

이들의 대화를 엿들은 오베론 왕은 진실한 사랑을 되돌려 받지 못하는 헬레나가 가여웠습니다. 그래서 두 사람이 숲을 떠날 때는 거꾸로 드미트리어스가 헬레나를 죽자사자 쫓아다니게 해주리라 결심합니다. 오베론 왕은 퍼크에게 자신이 티타니아 여왕에게 마법을 걸러 가는 동안 아테네 복장을 한 청년을 찾아 그자의 눈에도 꽃

〈허미아와 헬레나〉
절친한 친구 사이인 허미아와
헬레나는 각자 자신의 사랑을
따라 숲으로 오게 됩니다. 워
싱턴 올스턴, 1815, 뉴욕, 허
쉬클 앤 아들러 갤러리 소장.

즙을 바르라고 시킵니다.

셰익스피어는 사랑에 빠진 사람들의 이해할 수 없는 어리석은 행동들을 요정들이 인간의 눈에 넣는 '사랑의 묘약' 탓으로 설정하고 있습니다. 셰익스피어의 문학적 상상력을 엿볼 수 있는 대목입니다.

사랑의 묘약

라이샌더와 허미아는 숲 속에서 길을 잃고 헤매어 다니다 지쳐 깊은 잠에 빠졌습니다. 두 사람은 적당히 떨어져서 자고 있었는데, 이때 퍼크가 아테네 복장을 한 라이샌더를 보고는, 이 자가 바로 오베론 왕이 말한 청년이며 두 사람이 떨어져 자는 것도 사내가 무정하여 처녀를 곁에 재우지 않은 것이라 생각했습니다. 그래서 퍼크는 드미트리어스에게 바를 사랑의 묘약을 라이샌더의 눈에 바르고 맙니다.

그런데 마침 헬레나가 이곳을 지나다가 깊이 잠들어 있는 라이샌더를 발견합니다. 그녀는 혹시 라이샌더가 죽은 게 아닐까 두려워 그를 흔들어 깨웠습니다. 잠에서 깨어난 라이샌더는 맨 처음 헬레나를 보게 되었고, 그 순간 헬레나에 대한 연정이 라이샌더의 가슴 속에서 불같이 치솟았습니다. 그는 갑자기 그녀를 '청초한 헬레나'라고 부르면서 아름다운 그녀를 위해서라면 불 속이라도 뛰어들 것이라고 사랑의 고백을 마구 쏟아냈습니다.

사랑의 묘약은 이성적 판단이 불가능한 사랑의 맹목적성을 비유합니다. 사랑의 맹목적성은 셰익스피어가 즐겨 다룬 주제 가운데 하나로, 그는 《로미오와 줄리엣》 같은 많은 작품에서 첫눈에 반하는 연인들을 통해 이 주제를 묘사했습니다.

헬레나는 라이샌더가 장난을 치는 것이라고 생각했습니다. 그래서 몹시 화를 내며 허미아로 만족하라고 쏘아붙이고는 가버렸습니다. 그러나 새로운 사랑의 열병을 앓게 된 라이샌더에게서 허미아에 대한 애정은 홀연히 사라져 버렸습니다. 라이샌더는 험한 숲속에 잠들어 있는 허미아를 내버려둔 채 헬레나를 쫓아갑니다.

> **라이샌더** 허미아, 거기서 자고 있거라. 다시는
>
> 이 라이샌더 곁에 오지 마라.
>
> 단것을 너무 많이 먹으면 위에서 거부감을 느끼고,
>
> 이단종교에 빠졌던 자가 깨닫고 나서
>
> 그 종교를 떠나면 무섭게 증오하게 되듯이
>
> 내가 그렇다. 포식한 단것이요,
>
> 나의 사교邪敎인 너를 만인이 싫어하겠지만 내가 가장 싫어
>
> 한다.(2.2.134-141)

퍼크의 실수로 상황이 복잡하게 꼬이고 말았습니다. 이 극에서 퍼크는 이야기를 전개하는 데 중요한 역할을 합니다. 그는 사랑의 묘약을 잘못 넣는 실수를 범함으로써 두 쌍의 연인들 사이를 더욱 복잡하게 만듭니다. 또한 뒤에서 살펴보겠지만, 아테네 직공 중 가장 희극적인 인물의 머리를

〈퍼크, 로빈 굿펠로우〉
장난꾸러기 요정 퍼크가 아기로 묘사되어 있다. 조슈아 레이놀즈 경, 1789, 개인 소장.

《한여름 밤의 꿈》의 한 장면
프랜시스 댄비, 1832, 올드햄
미술관 소장.

당나귀 머리로 바꾸어 사랑의 마법에 걸린 티타니아 여왕이 그 괴물을 사랑하게 만듭니다. 퍼크의 실수를 알게 된 오베론 왕은 드미트리어스가 잠들어 있는 사이에 그의 눈에도 사랑의 묘약을 발랐습니다. 그러고는 퍼크에게 헬레나를 그쪽으로 유도해 오도록 시켰습니다.

드미트리어스는 오베론 왕이 바라던 대로 잠에서 깨어나 눈을 떴을 때 맨 처음 본 헬레나에게 깊은 사랑의 감정을 느꼈습니다. 드미트리어스는 헬레나를 향해 숲의 요정이니 여신이니 하며 열정적으로 그녀를 칭송했습니다. 방금 전까지도 냉정하기만 하던 드미트리어스가 갑자기 사랑의 말들을 쏟아내자, 헬레나는 라이샌더와 드미트리어스가 서로 짜고 자기를 골리고 있다고 생각했습니다. 예전에 허미아를 두고 다투던 두 사람이 이제 서로 헬레나를 더 사랑한다고 다투었으니까요.

이때 허미아가 라이샌더의 목소리를 듣고 달려왔습니다. 그러나 라이샌더는 마치 드미트리어스가 헬레나에게 그랬듯이 허미아를 경멸했습니다. 그는 허미아를 '이디오피아 깜둥이', '새까만 타타르인', '난장이', '도토리'라고 부르며 모욕을 주었습니다. 라이샌더의 갑작스런 변모에 허미아는 심한 정체성의 혼란을 느끼며, "내가 허미아가 아닌가요? 당신은 라이샌더가 아닌가요?"(3.2.273)라고 묻습니다. 이때 라이샌더가 허미아에게 하는 말로 보아, 허미아는 피부가 희지 않고 키도 작은 여성임을 알 수 있습니다. 라이샌더

● 타타르인
터키(투르크)계 인종으로 이슬람교를 믿으며 투르크어를 사용한다. 현재 러시아, 터키 등지에 흩어져 살고 있다. 유럽에 살던 타타르인들은 현지에 동화되었다. 허미아는 유럽에 동화된 타타르인이었던 듯하다.

가 허미아에 대한 사랑에 빠져 있을 때는 그녀의 그런 결점은 보이지 않았습니다. 그러나 사랑하는 마음이 사라지자 비로소 그녀의 단점들이 보이기 시작합니다. 이 대목 또한 맹목적인 사랑의 속성을 보여 주고 있습니다.

허미아는 헬레나가 밤새 도둑고양이처럼 라이샌더의 마음을 훔쳐갔다며 그녀에게 달려들었습니다. 헬레나도 허미아까지 모두가 한통속이 되어 자기를 조롱한다고 화를 냈습니다. 퍼크가 저지른 실수로 인해 얽히고설킨 네 사람은 서로 들러붙어 한바탕 사랑싸움을 벌이다가 지쳐서 잠이 듭니다.

퍼크는 뒤죽박죽된 상황을 정상으로 돌려놓고자 라이샌더의 눈에 다시 한번 사랑의 묘약을 발라 주었습니다. 그 결과 잠에서 깬 라이샌더는 다시 허미아를 사랑하게 되고, 드미트리어스도 사랑의 묘약 덕분에 예전의 감정을 회복하여 허미아 대신 헬레나를 사랑하게 됩니다. 궁극적으로 오베론 왕의 마법은 복잡하게 얽힌 사랑의 실타래를 풀어, 아테네의 젊은 연인들이 원래의 사랑과 재결합하여 행복한 결말을 맺게 해주었습니다.

티타니아 여왕의 기괴한 사랑

사랑의 묘약이 인간들 사이에 혼란을 일으키는 동안 오베론 왕은 티타니아 여왕에게도 사랑의 묘약을 사용합니다. 요정 여왕은 나무 숲이 우거지고 꽃향기가 가득한 나무 그늘에서 잠들어 있었습니다. 이때 오베론 왕이 몰래 다가가서 여왕의 눈에 사랑의 묘약을 발랐

● 풀무쟁이
풀무로 바람을 일으켜서 쇠를
달구거나, 불을 지피는 일을
하는 사람.

● 〈피라무스와 디스비〉
바빌론의 젊은 연인인 피라무
스와 디스비는 서로 사랑했으
나 부모님의 반대로 만날 수가
없었다. 그래서 두 사람은 한
밤중에 우물가에서 만나 도망
치기로 약속했다. 디스비가 먼
저 도착했는데 사자도 나타났
다. 두려움에 사로잡힌 디스비
는 근처 동굴로 달려가 숨었
다. 그런데 사자가 디스비가
떨어뜨린 너울을 피묻은 입으
로 갈기갈기 찢고는 사라졌다.
뒤늦게 도착한 피라무스는 피
묻은 디스비의 너울을 보고 그
녀가 사자에게 잡아먹힌 줄 알
고 절망하여 자결했다. 나중에
동굴에서 나온 디스비도 피라
무스를 따라 자결했다. 이 가
련한 연인을 불쌍히 여긴 신들
이, 그들이 흘린 피로 물든 나
무에서 검붉은 오디 열매가 열
리게 했다. 한스 발둥, 1530,
베를린 회화 갤러리 소장.

습니다. 그러고는 가능하면 아주 흉악한 것이 나타났을 때 눈을 뜨
라고 기원하며 사라졌습니다.

여왕이 곤히 잠든 나무 그늘 옆의 공터에서는 아테네의 직공들이
모여 연극 연습을 하고 있었습니다. 직조공, 땜장이, 재단사, 풀무
쟁이,˙ 목수로 구성된 이 아마추어 연극단은, 테세우스 공작의 결
혼식 날 〈피라무스와 디스비〉˙라는 극을 공연할 예정이었습니다.

이처럼 셰익스피어의 희극들은 궁정에서 이야기가 시작되지만,
극 중반쯤 되면 주요 등장인물들이 모두 숲으로 오게 되고 궁정은
텅 빕니다. 연극 연습을 하러 숲으로 온 연극단 외에도, 새벽녘이
되자 테세우스와 히폴리타, 이지어스까지 숲으로 사냥을 오게 됩니
다. 그래서 서로 반목하던 세력들이 숲에 모두 모여 극적인 화해와
용서의 과정을 거친 뒤 다시 궁정으로 돌아갑니다.

피라무스와 디스비는 고전 신화 속 이야기의 주인공으로, 부모들
의 반대에 부딪혀 사랑의 고난을 겪다 비극적으로 자살하는 연인입
니다. 운명의 장난으로 비극에 빠지는 이 사랑 이야기는 《로미오와
줄리엣》의 소재가 되기도 합니다. 그런데 이 슬프디 슬픈 이야기를
아테네의 직공들이 우스꽝스런 희극으로 만들어 버립니다.

이 극중극은 《한여름 밤의 꿈》과 긴밀한 연계성을 지니고 있습니
다. 부모의 반대로 사랑에 갈등이 생기는 것과 이를 피하기 위해 남
녀 주인공들이 도망을 가는 것도 같습니다. 다만 〈피라무스와 디스
비〉의 두 주인공은 비극적으로 자살을 하는 데 반해, 《한여름 밤의
꿈》에 나오는 젊은이들은 그 어려움을 극복하고 행복한 결혼에 이
릅니다.

또한 아테네 직공들이 등장하는 왁자지껄하고 우스꽝스런 장면은 단순하고 평범한 관객들에게 유쾌한 즐거움을 선사하기도 합니다. 그뿐만 아니라 이들이 모여 배역을 정하고 연극 연습을 하던 중에 무대 소품이나 연기에 대해 토론하는 내용은, 희화한 것이기는 하지만 연극에 대한 밀도 있는 자의식적 탐구라 할 수 있으며, 이로써 한 공연을 올리기까지 관련자들이 얼마나 고민하고 수고하는지를 알 수 있습니다.

퍼크는 이 얼간이들의 연극을 숨어서 지켜보았습니다. 그 무리 가운데에서 주인공 피라무스 역을 맡은 직조공 보텀은 가장 나서기 좋아하는 인물이었습니다. 그는 모든 배역에 대해 참견하며 잘난 척하지만, 툭하면 말의 오용*으로 자신의 어리석음을 드러내곤 했습니다. 보텀이 자신의 대사를 하고 덤불 속으로 퇴장하여 다음에 등장할 차례를 기다리고 있을 때, 장난기가 발동한 퍼크가 그의 머리를 당나귀 머리로 바꾸어 놓았습니다. 퍼크가 보텀의 머리를 당나귀로 만들어 놓는 이 장면은 매우 흥미롭습니다. 보통 반인반수의 괴물일 경우 머리는 사람이고 하반신이 말이거나(켄타우로스), 사자인(스핑크스) 데 반해, 보텀은 머리가 당나귀로 변했습니다. 게다가 당나귀는 주로 바보를 비유적으로 말할 때 언급되는 동물입니다. 결국 그는 분별력 없는 바보 중의 바보로 변신한 것입니다. 머리가 당나귀로 변한 보텀이 다시 자기 차례가 돌아와 덤불 밖으로 나가자 그의 동료들이 모두 괴물이라고 소리를 지르며 도망쳤습니다. 자신의 머리가 당나귀로 변한 사실을 모르는 보텀은 그들이 자신을 바보로 만들려고 장난을 치는 것이라 생각했습니다. 그래서

● 말의 오용malapropism
보통 무식한 사람들이 유식한 체하려고 잘 모르는 것을 아는 척할 때 하게 되는 실수로, 말하려던 단어와 음은 비슷하지만 다른 단어를 내뱉는 것이다. 한 예로 보텀은 헤라클레스Hercules를 에클리스Ercles라고 잘못 말한다.

자기가 조금도 두려워하지 않는다는 것을 보여
주려고 콧노래를 부르기 시작합니다.

이 노랫소리에 잠에서 깨어난 티타니아 여왕
은 이미 마법에 걸린 터라 그 당나귀 울음소리
가 너무나 아름다운 노랫소리로 들렸습니다. 그
리고 눈을 떴을 때 맨 처음 본 보텀의 모습에 반
하고 말았습니다. 보텀은 자신을 사랑한다고 맹
세하는 여왕의 말을 듣고 도무지 이성을 지닌
여인네의 말이라고 여겨지지가 않았습니다. 보
텀과 티타니아 여왕의 사랑은 모든 경계를 넘어
선 것으로, 자연과 초자연의 결합이요, 실제와
환상의 결합이며, 최하위층과 최상위층의 결합
이었습니다.

〈티타니아와 보텀〉
티타니아가 보텀의 목을 감싸
고 뺨을 애무하고 있다. 헨리
퓨젤리, 1792~1793, 취리히 미
술관 소장.

여왕은 보텀을 자신의 꽃침대로 데려가서는 그의 당나귀 머리를
쓰다듬어 주고 향기로운 사향 장미를 꽂아 장식도 해주었습니다.
오베론 왕은 흉측한 괴물에게 꽂아 줄 꽃을 찾아 나선 여왕을 보고
조롱을 퍼부었습니다. 그러자 여왕은 제발 참아 달라고 간청했습니
다. 오베론 왕은 기회를 놓치지 않고 인도 소년을 달라고 요구했습
니다. 여왕은 곧 요정들을 시켜 소년을 보내 주었습니다. 그러고는
마치 담쟁이덩굴이 느릅나무의 기둥을 휘감듯이 보텀의 몸을 휘감
고 같이 잠들었습니다.

초자연적 존재인 요정 여왕과 인간 중에서도 아주 미천한 자, 그
것도 당나귀 머리를 한 괴물인 보텀의 사랑은 사랑에 빠진 자들의

맹목적이고 어리석은 면모를 극단적으로 보여 줍니다. 잠에서 깨어
난 보텀조차, 도저히 상식적으로 받아들일 수 없는 그들의 사랑을
이성으로는 믿을 수 없는 '꿈'이라고 생각합니다. 그래서 그는 그
경험을 '보텀의 꿈'이라는 노래로 만들겠다고 다짐합니다.

원하던 대로 인도 소년을 시종으로 얻게 된 오베론 왕은, 디아나
여신의 꽃봉오리에서 짜낸 즙을 티타니아의 눈에 넣어 마력을 풀
어 주었습니다. 잠에서 깨어난 티타니아는 자기가 당나귀에게
반하는 이상한 꿈을 꾸었다고 말했습니다. 그러고는 자기 옆에
누워 잠들어 있는 보텀을 가리키며 보기만 해도 끔찍한 저런
얼굴을 어떻게 사랑했을까 의아해했습니다. 오베론 왕은 퍼크
에게 그자의 괴물 같은 머리를 벗겨 주라고 명령합니다.

오베론 왕은 티타니아 여왕에게 사랑의 묘약을 써서 다른 상대와
사랑에 빠지게 했습니다. 이렇게 사랑하는 사람과 일시적으로 분리
되는 것은 돈독한 재결합을 위한 과정입니다. 일시적 분리와 재결
합은 앞에서 아테네의 젊은이들 사이에서도 벌어졌지요.

* 그리스 신화의 아르테미스에 속하는 로마 신화의 디아나 여신은 처녀의 수호신이며 순결의 상징이다. 그래서 사랑의 묘약에 의한 마법을 푸는 해독제로 그녀의 꽃봉오리에서 나온 꽃즙이 사용되는 것이다.

다시 현실의 세계로

다음 날 새벽, 허미아의 아버지 이지어스를 포함한 테세우스 공
작 일행이 사냥을 하기 위해 숲으로 왔습니다. 그리고 숲 한가운데
누워 잠들어 있는 두 쌍의 연인들을 보았습니다. 그러자 공작은 오
늘이 바로 허미아가 신랑을 결정하기로 한 날이었음이 떠올라 그들
을 깨우고 자초지종을 물었습니다. 하룻밤 동안 광란의 시간을 보

낸 젊은이들은 자신들의 경험이 꿈인지 생시인지 분간할 수가 없었
습니다.

라이샌더는 허미아와 함께 아테네의 법이 미치지 않는 곳으로 도
망가려고 이 숲으로 오게 되었노라고 고백했습니다. 그러자 이지어
스는 격노하여 라이샌더의 목을 쳐달라고 공작에게 청했습니다.

이때 드미트리어스가 나서서 자신은 이제 허미아를 사랑하지 않
고 예전처럼 헬레나를 사랑하게 되었노라고 말했습니다. 드미트리
어스의 말을 들은 공작은, 이지어스에게 이 두 쌍의 연인들을 서로
사랑하는 사람과 결혼하도록 허락하자고 설득합니다. 이지어스도
드미트리어스의 사랑이 바뀌어 버렸기 때문에 공작의 제안을 받아
들일 수밖에 없었습니다. 공작은 이들과 합동결혼식을 올릴 것을
제안합니다. 셰익스피어가 이 극의 원전 중 하나로 차용하고 있는
초서의 《캔터베리 이야기》중 〈기사 이야기〉*에서 테세우스는 알
시테와 팔라몬이라는 연적의 사랑싸움에서 승자를 가리는 심판관

역할을 합니다. 이 극에서도 그는 라이샌더와 드미트리어스 중에서 허미아의 결혼 상대를 정하는 역할을 맡았습니다.

극 초반에 발생한 모든 갈등이 다 해결되어 진정 사랑하는 이와 결혼을 하게 된 젊은 연인들은 이제 아테네 궁정으로 다시 돌아가서 행복한 결혼식을 올립니다. 그들은 궁정으로 돌아가는 길에 공작 일행에게 자신들이 꾼 꿈 이야기를 해주었습니다. 테세우스 공작과 히폴리타는 그들의 이야기가 통 믿어지지 않았습니다. 그러나 네 사람의 말이 일치하고 실제 그들의 마음이 변한 것으로 보아 단순한 꿈만은 아닌 것 같았습니다. 공작은 이를 사랑이라는 열병이 만들어 낸 환상이라 생각합니다.

> **테세우스** 연인들이나 미친 사람들은 머릿속이 들끓는 탓인지
> 그런 허무맹랑한 환상들을 만들어 내지만 그것은
> 냉정한 이성으로는 도저히 이해할 수 없는 것이오.
> 광인이나 연인이나 시인은 모두 상상력으로
> 머릿속이 꽉 차 있는 사람들이오.
> ……시인의 상상력은 지금까지 알려져 있지 않은 것을 형상화하고
> 시인의 펜은 그들에게 확실한 형태를 만들어 주며
> 존재하지도 않은 것에 거처와 이름을 붙여 주는 것이오.
> 그런 재주는 뛰어난 상상력이 있기 때문이오.(5.1.4-18)

《한여름 밤의 꿈》에서 중요한 의미를 지니는 이 대사에 의하면 사랑하는 연인은 광인이나 시인과 같은 존재로서, 이 세 부류에 속

한 자들이 지닌 공통점은 바로 격정과 비이성적인 면모입니다. 결국 사랑은 시인이 발휘하는 것과 같은 상상력의 산물이면서, 그들이 겪는 열병은 미치광이들의 광기와 같은 것입니다.

원래 아테네의 군주인 테세우스는 이성의 세계를 대변하는 존재입니다. 극 초반에 그는 허미아 문제를 다루는 데 있어 아테네의 법으로 상징되는 이성적 판단에만 의존하고 상상력은 배제된 판결을 내립니다. 그러던 그가 마법처럼 변화와 변형을 가져오는 숲으로부터 영향을 받습니다. 이제 공작은 상상력의 세계를 인정하고 수용하게 되면서, 법을 어긴 젊은이들도 포용합니다. 이처럼 아테네가 이성과 법의 지배를 받는 세상이라면, 요정의 숲은 마법과 환상이 지배하는 세상입니다. 이곳은 일상적 가치관이 전복되거나 깨어지는 비논리의 세계요, 사회적 윤리나 도덕으로부터 자유로운 공간이며, 변화나 변형을 겪는 장소입니다.

행복한 결혼식

테세우스와 히폴리타, 그리고 두 쌍의 아테네 젊은이들이 행복한 합동결혼식을 올립니다. 그리고 그들의 저녁 시간을 메워 줄 여흥으로 보텀 일행이 준비한 어설픈 연극이 공연되었습니다. 극의 제목은 〈지루하면서도 간결하고 즐거우면서도 비극적인 피라무스와 디스비〉였습니다. 어설프고 우스꽝스런 공연을 보며 투덜대는 히폴리타에게 테세우스 공작은 다음과 같이 말합니다.

테세우스 연극이란 아무리 잘해도 그림자에 불과한 것이오.

　아무리 서툰 연극이라도 상상으로 메우면 그렇게 나쁘지는 않은 법
이오.(5.1.208−209)

　공작의 이 대사는 연극을 관람하는 관객의 상상력을 중시한 셰익
스피어 자신의 목소리라고도 할 수 있습니다. 더불어 극 초반과 달
리 이제 모든 것을 포용할 줄 아는 인물로 변모한 테세우스의 일면
을 보여 줍니다.

　공연이 끝나고 열두 시를 알리는 종이 울리자 세 쌍의 신혼부부
들은 각자의 신방으로 들어갔습니다. 인간들이 모두 잠자리에 들자
요정들이 나타납니다. 오베론 왕과 티타니아 여왕은 다른 요정들과
함께 춤을 추며 세 쌍의 신랑 신부에게 백년해로와 다산을 기원하
는 노래를 불러 주었습니다. 모두가 숲에서의 변화 과정을 거친 뒤

**〈춤추는 요정들과 함께 있는
오베론, 티타니아, 퍼크〉**
결혼한 세 쌍이 잠자리에 든
뒤 오베론을 비롯한 요정들이
그들을 축복하기 위해 춤을 추
는 장면이다. 요정들의 원형춤
은 전통적으로 다산 의식과 관
계가 있다. 윌리엄 블레이크,
1786, 런던, 테이트 미술관 소
장.

이제는 아테네 궁정에 모두 모인 것입니다. 심지어 숲 속의 요정들까지 말입니다.

'지금까지 알려져 있지 않은' 요정 세계를 형상화하고, '그들에게 확실한 형태를 만들어 준' 셰익스피어의 펜은, 이 극에서 그가 가진 상상력의 기량을 마음껏 펼쳐 보였습니다. 이렇듯 셰익스피어는 꿈같은 사랑 이야기를 한바탕 신명나게 풀어놓은 뒤, 다음과 같은 퍼크의 에필로그로 이 허무맹랑한 이야기에 양해를 구합니다.

> **퍼크** 우리 그림자들이 마음에 들지 않으셨다면
> 여러분이 여기서 잠시 잠든 사이
> 꿈을 꾸신 거라고
> 생각하시면 됩니다.(5.1.430-433)

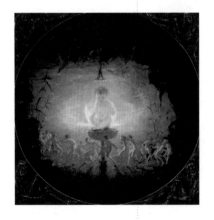

〈퍼크와 요정들〉
《한여름 밤의 꿈》은 요정과 마법 등 초자연적 요소들로 가득하다. 리처드 대드, 1841, 개인 소장.

이 극에서 서로 다른 네 개의 세계에 속한 남녀들은 한결같이 사랑의 어려움과 그것의 극복이라는 주제로 서로 긴밀히 연결되어 있습니다. 오베론 왕과 티타니아 여왕의 결혼 생활은 원만하지 않았고, 전쟁터에서 서로 적이었던 테세우스와 히폴리타의 결혼도 어렵게 성사된 것이었습니다. 아테네 젊은이들의 사랑은 가부장 문화와 아테네 법에 의해 갈등을 겪고, 피라무스와 디스비는 부모들의 반대로 인해 비극적 파멸을 맞이했습니다. 이렇듯 셰익스피어는 같은 주제를 변주하는 다양한 플롯을 하나의 극 속에 구현합니다. 서로 다른 원전에서 빌려 온 이야

기들을 짜깁기한 것이지만, 이야기들이 매우 유기적인 관계를 유지하며 일관된 주제를 변주합니다. 여기서 우리는 셰익스피어의 뛰어난 극작술을 확인할 수 있습니다.

초자연적인 존재와 마법으로 가득 찬 이 극은, 상상력과 초자연의 세계를 찬미하는 낭만주의 시대가 되자 가장 사랑받는 작품 가운데 하나가 되었습니다. 그래서 많은 낭만주의 화가들과 작곡가들이 이 작품에 매료되어 그 어떤 셰익스피어 작품보다 많은 재현 작품들을 남겼습니다.

● 독일의 낭만주의 음악가 멘델스존은 이 극을 읽고 환상적이고 기이한 분위기에 깊이 매료되었다. 그래서 겨우 17세이던 1826년에 〈한여름 밤의 꿈〉의 '서곡'을 작곡했다. 그리고 1843년에 프러시아(프로이센) 국왕 빌헬름 4세의 요청에 의해 《한여름 밤의 꿈》을 위한 음악을 마저 작곡하여 총 12곡을 만들었다. 이 가운데 〈결혼행진곡〉은 바그너의 〈혼례합창곡〉과 함께 오늘날까지도 결혼식에서 늘 연주되는 명곡이 되었다.

02 《베니스의 상인》

_인육 재판으로 유명한 극

● 벨몬트Belmonte
'아름다운 언덕' 또는 '보물의 언덕'이라는 뜻으로, 셰익스피어가 만들어 낸 가상의 공간이다. 이 극에서 베니스(베네치아)와 벨몬트는 한 장씩 교차하면서 공간적 배경을 이루고 있으며, 대단히 대조적인 장소로 묘사된다. 베니스가 법과 정의가 지배하는 세계라면 벨몬트는 자비와 관용, 사랑이 지배하는 세계라고 볼 수 있다. 다른 낭만 희극에서 도시나 궁정에서의 갈등과 악이 숲이라는 초록 세계에서 치유되듯이, 이극에서도 베니스에서 발생한 갈등과 악이 벨몬트에 사는 포샤의 손을 거쳐 치유된다.

● ● ● 어느 유대인이 채무를 갚지 못한 채무자에게서 증서에 적혀 있는 대로 1파운드의 살을 떼어내겠다고 고집한 이야기는, 누구나 익히 들어 알고 있는 이야기일 것입니다. '반짝이는 것이 다 금은 아니다.'라는 경구 또한 누구나 알고 있는 명언일 것입니다. 이렇듯 세계 문학사상 가장 유명한 등장인물과 경구들을 담고 있는 작품이 바로 《베니스의 상인》입니다.

《한여름 밤의 꿈》이 사랑과 낭만으로 가득 찬 환상의 세계라면, 《베니스의 상인》은 금전과 법, 탐욕과 복수 등의 냉혹한 현실 세계에 대한 이야기입니다. 하지만 이 극에서도 셰익스피어는 냉혹한 현실 세계와 대비되는 낭만적인 세계를 포함하고 있습니다. 포샤라는 부유한 상속녀가 살고 있는 벨몬트°가 바로 그런 곳입니다.

1596년에서 1597년 사이에 쓰인 것으로 알려진 《베니스의 상인》
은 바사니오와 포샤의 낭만적인 사랑이야기와 안토니오와 샤일록
의 비정한 법정이야기가 교묘하게 얽혀 있는 희극입니다. 그래서
이 작품은 남녀 간의 사랑이 주제인 낭만 희극으로 분류되기도 하
고, 정의, 법, 종교 등의 어두운 주제를 다루는 문제극으로 분류되
기도 합니다. 극의 배경도 냉엄한 생존 경쟁이 벌어지는 상업도시
베니스와 사랑과 낭만의 섬 벨몬트로 나누어져 있습니다.

이 극은, 유대인 샤일록을 둘러싼 셰익스피어의 인종차별주의에
대한 논란이 계속되어 온 작품입니다. 셰익스피어가 그려 낸 샤일
록은, 그의 딸마저도 자신의 아버지를 증오할 만큼 탐욕스럽고 몰
인정한 인물입니다. 그래서 많은 비평가들이 셰익스피어가 이 극에
서 기독교 사회의 타자라고 볼 수 있는 유대인 샤일록을 대단히 부
정적으로 묘사하고 있다고 비난해 왔습니다.

하지만 앞에서 이미 여러 번 지적했듯이 셰익스피어의 인물 묘사
는 단편적이거나 일차원적이지 않으며, 그의 인물들은 항상 복잡하
고 섬세한 면을 지니고 있습니다. 《베니스의 상인》의 샤일록도 마
찬가지입니다. 그의 고리대금업에 대한 안토니오의 모욕적 언사와
행동, 그리고 기독교도들에 의해 오랫동안 행해진 유대인
탄압을 비난하는 그의 대사에는 인간적인 분노가 강렬하게
투사되어 있어 관객의 공감을 이끌어냅니다. 즉
셰익스피어는 당대의 반유대주의 양상을 묘사하
되 샤일록의 절규를 통해 비판적 시선도 함께 던
지면서 일정한 거리를 유지하고 있습니다.

〈포샤〉
1888년에 《그래픽》의 주관으
로 열린, 21명의 〈셰익스피어
여주인공전〉에 전시된 그림.
법복을 입고 밸더자로 변장한
포샤가 벨라리오 박사로부터
받은 편지를 살펴보고 있다. 헨
리 우즈, 1888, 《그래픽》 소장

좀 더 자세히 작품의 줄거리를 파악해 보면서 과연 유대인 샤일록에 대한 셰익스피어의 태도는 어떤 것이었는지 여러분 스스로 판단해 보시길 바랍니다.

벨몬트의 여신 포샤

벨몬트라는 곳에 포샤라는 아름답고 부유하며 고상한 인품까지 갖춘 상속녀가 살고 있었습니다. 그녀의 미덕에 대한 소문은 사방에 널리 퍼져 나폴리, 프랑스, 영국, 스코틀랜드, 모로코 등 각지에서 부와 권력을 자랑하는 청혼자들이 몰려들었습니다. 셰익스피어는 다른 등장인물들의 입을 통해 포샤를 신적인 존재로 이상화하여

〈황금 양털을 들고 있는 이아손〉
그리스 영웅인 이아손이 한쪽 샌들만 신은 채 황금 양털을 들고 서 있다. 베르텔 토르발트센, 1803~1828, 코펜하겐, 토르발트센 미술관 소장.

✤ 이아손과 황금 양털

그리스 중부 테살리아에 있던 고대 도시인 이올코스의 왕권을 차지한 펠리아스는 아버지가 다른 형제인 아이손을 동굴에 가두었다. 아이손은 동굴에서 결혼하여 이아손을 낳은 뒤 아들을 켄타우로스족의 현자인 케이론에게 보내 양육시켰다. 이때 펠리아스는 한쪽 샌들만 신은 자가 왕위를 차지할 것이라는 신탁을 받았다.

수년이 흐른 뒤 펠리아스가 포세이돈을 위한 제전(제사)을 열었는데, 이아손이 오다가 강물에 샌들 한 짝을 빠뜨린 채 도착한다. 이를 본 펠리아스는 이아손이 자신의 왕위를 찬탈할 것이라는 두려운 생각에 그에게 황금 양털을 찾아오라는 불가능한 과제를 맡긴다. 이 황금 양털은, 콜키스의 왕 아이에테스가 전쟁의 신인 아레스의 숲에 있는 떡갈나무 숲에 걸어놓고 잠들지 않는 용으로 하여금 지키고 있다. 아르고호 원정대와 함께 콜키스에 도착한 이아손에게 콜키스의 왕인 아이에테스는 입에서 불을 내뿜는 황소로 밭을 갈고, 거기에 용의 엄니를 뽑아 뿌리면 양털을 주겠다는 제안을 한다. 이아손은 아이에테스의 마녀 딸인 메데이아의 도움으로 그 일을 해낸다. 그리하여 황금 양털을 손에 넣은 이아손은 메데이아를 데리고 이올코스로 돌아간다.

묘사합니다. 그래서 그녀가 살고 있는 벨몬트는 이아손이 황금 양털을 찾아 모험을 떠나는 목적지 '콜키스 해안'이 되고, 그녀의 성은 '신전'이 되며, 그녀의 머리타래는 수많은 이아손이 손에 넣으려 모험을 하는 '황금 양털'에 비유됩니다.

하지만 그녀는 아버지가 남겨놓은 유서 때문에 이 많은 청혼자들 가운데 스스로 신랑감을 택할 수가 없었습니다. 덕망 높고 성인군자였던 그녀의 아버지가 금, 은, 납으로 된 세 개의 함 가운데 한 곳에 포샤의 초상화를 집어넣고, 그 초상화가 들어 있는 함을 고른 자와 결혼하도록 유언을 남겼기 때문입니다. 이는 딸의 신랑감으로 올바른 인격과 판단력을 지닌 자를 택하기 위한 궁리에서 나온 조처였습니다.

포샤는 아버지의 깊은 뜻을 이해 못하는 바가 아니었고, 청춘의 열정이 이성적 판단을 얼마나 방해하는지도 잘 알고 있었습니다. 그러면서도 자기가 원하는 사람을 택할 수 없고, 싫은 사람을 거부할 수도 없게 만든 아버지의 유언이 야속하기만 했습니다. 그녀는 아버지의 생전에 벨몬트를 방문한 적이 있던 베니스의 바사니오라는 청년을 마음에 두고 있었기 때문입니다. 그래서 포샤는 이 청년이 함 고르기에 참가해 주기를 바라고 있었습니다.

〈포샤와 네릿사〉
함 고르기를 통해 배우자를 선택해야 한다는 아버지의 유언 때문에 포샤가 우울해하자, 시녀 네릿사가 그녀를 위로하고 있다. 프리드리히 브로크만, 1849, 워싱턴, 폴저 셰익스피어 도서관 소장.

기이한 차용증서

포샤가 기대한 대로 바사니오는 그녀에게 청혼하러 갈 작정이었습니다. 하지만 바사니오는 당시 귀족들이 흔히 그랬듯이 미미한 재력으로 지탱하지 못할 호사스런 생활을 해온 터라 가산을 모두 탕진했을 뿐만 아니라 빚도 많이 지고 있었습니다. 그래서 다른 청혼자들처럼 품위와 호화로움을 갖추고 포샤에게 청혼하러 갈 수가 없었습니다.

바사니오에게는 그를 끔찍이 아끼는 안토니오라는 친구가 있었는데, 그는 해상무역을 하는 베니스의 거상이었습니다. 안토니오는 인정이 많아 형편이 궁한 사람들이 그를 찾아오면 누구에게라도 이자 없이 돈을 빌려 주곤 했습니다. 그로 인해 베니스 사람들로부터 대단히 존경받았습니다. 안토니오는 특히 바사니오에게 더 아낌없이 베풀었습니다.

바사니오는 이미 안토니오에게 많은 빚을 진 터였지만, 별다른 방법이 없었습니다. 그래서 포샤에게 청혼하려는 자신의 생각을 말한 뒤, 3천 더컷˚을 빌려 달라고 부탁했습니다. 공교롭게도 그때 안토니오는 전 재산을 해상무역에 털어 넣은 터라 현금을 갖고 있지 않았습니다.

그래서 그들은 고리대금업을 하는 유대인 샤일록을 찾아갔습니다. 샤일록은 돈을 세상에서 가장 소중히 여기는 수전노˚였는데, 공교롭게도 안토니오에게 오랜 원한을 갖고 있었습니다. 안토니오가 고리대금업을 하는 자신을 경멸하고 무이자로 사람들에게 돈을 빌려 주어 그의 장사를 방해하곤 했기 때문입니다. 게다가 안토니오는 그에게 '이교도'라느니, '사람 죽일 개'라느니 온갖 욕을 하기도 하고 침을 뱉은 적도 있었습니다. 안토니오가 샤일록을 그렇게

● 《베니스의 상인》에서 안토니오는 "그는 오직 바사니오 때문에 이 세상을 사랑하는 것 같다."(2.9.51)라고 말하는 친구 솔라니오의 대사를 통해서도 알 수 있듯이, 바사니오에 대해 대단히 헌신적인 애정을 보인다. 그런데 셰익스피어의 또 다른 희극 《십이야》에 등장하는 안토니오도 세바스찬이라는 인물에게 대단히 헌신적인 애정을 베푼다. 선장인 그는 난파당한 세바스찬을 구해 주었고 그가 일리리아에 상륙하려 하자 체포될 위험을 무릅쓰고 그와 동행해 준다.

● 더컷ducat
옛날 유럽 여러 나라에서 사용된 화폐 단위.

● 수전노
돈을 모을 줄만 알아 한번 손에 들어간 돈은 도무지 쓰지 않는 사람을 낮잡아 이르는 말.

증오하는 것은 샤일록이 탐욕스러운 유대인이기 때문이었습니다.

셰익스피어는 베니스 사람들의 존경을 한몸에 받고 있는 안토니오가 유독 샤일록에게만은 경멸의 시선을 보내는 것으로 묘사하고 있습니다. 그래서 이를 통해 샤일록이 안토니오에게 느끼는 잔인한 악의에 타당성을 부여합니다. 또한 뒤에 나올 재판 장면에서도 마찬가지지만, 기독교인들이 내세우는 인정과 자비라는 것이 오로지 그들끼리만 주고받는 미덕은 아닌가 하는 의문을 불러일으킵니다.

또한 안토니오를 비롯한 기독교인들이 유대인들이 하는 고리대금업에 대해 갖고 있는 혐오는 아이러니가 아닐 수 없습니다. 역사적으로 살펴볼 때, 철저한 기독교 사회였던 중세 시대에 유대인들은 기독교로 개종하지 않으면 공직은 물론 길드(기능인 조합)에도 참여할 수 없었습니다. 따라서 유대인들이 할 수 있는 일이라곤 기독교인들이 하지 않는 대금업뿐이었습니다(당시 중세 교회법은 이자를 받고 돈을 빌려 주는 것을 금지했습니다). 하지만 상업이 조금씩 발전하면서 대금업의 역할은 점점 중요해졌습니다. 그래서 유대인들은 '대금업'의 전문가가 되었고, 이를 통해서 부를 축적할 수 있었습니다.

그동안 안토니오로부터 갖은 모욕과 영업 방해를 받아 온 샤일록은 이번 기회에 원수를 갚기로 결심합니다. 그러나 돈이 필요한 바사니오에 대한 각별한 애정 때문에 안토니오는 샤일록의 계략에 걸려들고 맙니다. 샤일록은 3천 더컷을 석 달 동안 이자 한푼 받지 않고 빌려 주겠다고 했습니다. 다만 장난삼아 증서에 명기된 날까지 돈을 갚지 못할 경우 위약금으로 안토니

선택의 여지가 없다구...

고리
대금업

〈에드먼드 킨의 샤일록〉
많은 사람들이 '유대인' 하면 떠올리는 것이 바로 냉혹한 수전노 샤일록이다. 그는 특히 안토니오의 살 1파운드를 떼어 내겠다는 인육 재판으로 유명하여, 1파운드의 살을 도려낼 칼과 그 무게를 달 저울은 유대인 샤일록을 상징하는 상징물이 되었다. 존 네이글, 1821, 필라델피아, 펜실베니아 미술 아카데미 소장.

• 《베니스의 상인》의 많은 대사들에 바사니오를 향한 안토니오의 애틋한 감정이 담겨 있다. 이러한 안토니오의 감정을 지고지순한 우정으로 보는 시각과 동성애로 읽는 시각이 공존한다. 셰익스피어가 쓴 연시戀詩 모음집인 《소네트집》에 실린 대부분의 시들이 남성을 향한 연정을 노래한 것이고, 이 시집이 그의 후원자인 젊은 사우샘프턴 백작에게 헌정된 것이어서 셰익스피어 자신이 동성애 논란에서 자유롭지 못한 것을 감안할 때 후자로 해석하는 것도 무리는 아닌 듯싶다. 2005년에 마이클 래드포드 감독이 만든 영화 《베니스의 상인》에서는 두 사람의 관계가 명백히 동성애적인 것으로 묘사된다.

〈샤일록과 제시카〉
고리대금업자 샤일록과 그의 딸 제시카. 제시카는 인간미 없는 아버지를 부끄러워한다. 길버트 스튜어트 뉴턴, 1830, 예일 브리티시 아트 센터 소장.

오의 살 1파운드를 베어 낸다는 조건을 달자고 했습니다. 바사니오는 안토니오가 자기 때문에 그런 기이한 차용증서에 동의하는 것을 반대했습니다. 하지만 안토니오는 자신의 상선들이 만기일 전에 돌아올 예정이었기에 거리낌 없이 그 황당한 조건의 차용증서에 서명을 했습니다.

버림받아 외톨이가 된 샤일록

탐욕스러운 샤일록은 베니스 사회에서 점점 고립되어 갔습니다. 우선 그의 집에서 종노릇을 해오던 랜슬롯이 배고픔과 그의 닦달을 더는 참지 못하고 떠납니다. 이 극 속의 어릿광대인 랜슬롯은, 돈은 많으나 인정머리 없는 유대인의 집을 나와서 가난뱅이지만 인심이 후한 바사니오네 집으로 갑니다. 이렇듯 샤일록은 '단단한 땅에 물이 고인다'라는 속담을 굳게 믿고 남에게 베풀 줄 모르고 움켜쥘 줄만 아는 자였습니다.

샤일록의 딸 제시카 역시 자신이 그의 딸이라는 것이 부끄러웠고, 자신의 집을 지옥이라고 생각했습니다. 그래서 바사니오의 친구인 로렌조와 함께 베니스에서 도망쳐 기독교로 개종한 뒤 그와 결혼하기로 언약했습니다. 샤일록이 바사니오가 연 만찬에 참석한 사이에 제시카는 남장을 하고 아버지가 애지중지하는 보석과 돈주머니를 챙겨 도망갑니다. 집으로 돌아온 샤일록은 제시카가 돈과 보석을 훔쳐 달아난 것을 알게 된 후 정신이 나가 한길에서 고래고래 소리를 질렀습니다.

샤일록 어이구, 이를 어째, 이를 어쩌냐구.

프랑크포트에서 2천 더컷이나 주고 산

다이아몬드가 없어졌어.

내 딸년이 보석을 귀에 단 채

내 발치에서 뒈져 있으면 좋겠다!

고년이 돈을 지닌 채 관 속에

들어가 있으면 좋겠다구!(3.1.76–82)

이 대사를 보면, 그에게는 딸의 안위나 행방이 문제가 아니라 그녀가 가져간 금은보화가 더 큰 문제임을 알 수 있습니다. 딸이 도주한 뒤에도 딸에 대한 걱정과 염려보다는 잃어버린 재물에 절망하는 샤일록의 모습에서 그의 탐욕스런 성격이 잘 드러납니다. 딸과 하인마저 그를 버리고 떠남으로써 샤일록은 기독교 사회에서 철저히 소외된 존재가 됩니다. 나아가 제시카가 금은보화를 훔쳐 기독교도와 달아난 것 때문에 심사가 뒤틀린 샤일록은 더욱 냉혈적으로 안토니오의 살을 요구하게 됩니다.

이에 반해 젊은 귀족 바사니오는 지나치게 방탕하고 사치스런 생활을 했습니다. 그는 이미 안토니오에게 많은 빚을 지고 있는 터였으나, 자신의 표현처럼 '미약한 수입으로는 끌어가기 힘든' 사치스런 생활을 영위하고 있었습니다. 바사니오는 벨몬트로 떠나기 전날에도 잔치를 열어 샤일록을 비롯한 사람

〈재판 후의 샤일록〉
길버트의 이 그림에 붙은 제목은 잘못된 것이다. 이 장면은 본래 2막 7장에서 샤일록이 제시카가 돈과 보석을 갖고 도망간 사실을 알고 거리에서 소리를 질러대는 것이다. 아이들이 그의 실성한 듯한 모습을 흉내 내면서 따라가고 있다. 존 길버트 경, 《셰익스피어 전집》(1873~1876)의 판화.

들을 초대하는가 하면, 샤일록을 버리고 자신의 하인으로 들어온 랜슬롯에게 멋진 새 옷을 맞춰 주는 등 호기를 부립니다. 지극히 검소한 생활을 영위하는 샤일록은 흥청대는 기독교인들의 생활을 경멸했습니다. 셰익스피어는 샤일록과 바사니오 두 사람의 생활 방식을 극단적으로 대비시켜 어느 쪽으로도 기울어지지 않은 객관적인 입장에서 기독교인과 유대인을 제시하고 있습니다.

황금 양털을 차지한 바사니오

벨몬트에서는 청혼자들의 함 고르기*가 계속되고 있었습니다. 이미 많은 청혼자들이 함 고르기에 참여했으나 모두 실패하고 떠났습니다. 그중에 모로코의 군주도 끼어 있었는데, 그는 함 고르기를 하기에 앞서 자신의 검은 피부에 대해 편견을 갖지 말라고 부탁한 뒤 함을 골랐습니다. 군주는 포샤처럼 값진 보석이 금보다 못한 것 속에 들어 있을 리가 만무하다고 생각하여 금으로 된 함을 골랐습니다. 금함에는 '날 택하는 자는 만인이 소망하는 것을 얻으리라.' 라고 쓰여 있었습니다. 그러나 막상 뚜껑을 열어 보니 그 안에서는 해골과 함께 다음 글귀가 적힌 쪽지가 나왔습니다.

반짝이는 것이 다 금은 아니다.
그대는 이 말을 자주 들었으리라.
수많은 사람들이 내 겉모양에 홀려
그 숱한 생명을 팔았느니라.

'함 고르기'의 의미
아버지의 유언에 따라 '함 고르기'를 통해 신랑감을 선택해야 한다는 설정은, 단순히 딸의 신랑감을 선택하는 데 있어 가부장의 영향력을 재현하기 위한 것이 아니다. 이 '함 고르기'가 상징적으로 보여 주는 것은 셰익스피어의 많은 작품에 일관적으로 관통하고 있는 주제인 '외양과 실재'의 문제이다. 셰익스피어는 이를 통해 번지르르한 외관이나 편견에 쉽게 속는 인간의 어리석음을 보여 주며 외관과 실재를 혼동하지 말라는 메시지를 전한다.

황금으로 도금된 무덤 속엔 구더기가 우글댄다.(2.7.65-69)

함을 잘못 선택한 모로코 군주가 떠나자, 포샤는 "저런 피부색을 지닌 자들은 다 그처럼 고르기를……."(2.7.79)이라는 인종차별적인 대사를 합니다. 안토니오와 마찬가지로 포샤도 기독교 사회에서 대단히 인정 많고 자애로운 인물이라는 평판을 누리고 있었습니다. 나중에 안토니오가 위기에 처했을 때 돈주머니를 바사니오에게 건네주면서 안토니오를 구하기 위해 필요한 돈은 얼마든지 쓰라고 말하는 대사에서도 그녀의 관대함을 엿볼 수 있습니다. 또한 베니스 법정에서는 샤일록에게 기독교적 자비를 촉구하기도 합니다. 그런 포샤가 흑인 군주에 대해 인종차별적 언사를 하는 장면을 통해 셰익스피어는 다시 한번 기독교 사회가 이교도나 타민족 등 타자에 대해 얼마나 배타적인지를 보여 주고 있습니다. 이렇듯 셰익스피어의 비난의 칼날은 공평무사해 보입니다. 그는 유대인 샤일록뿐만 아니라 기독교인들에 대해서도 저마다 부정적 면모를 부여함으로써 어느 한쪽에도 치우치지 않는 균형적인 시각을 보여 줍니다.

다음은 애러곤˙의 군주 차례였습니다. 그는 요행을 바라거나 과분한 것을 탐하지 않고 자기 분수에 맞는 걸 고르는 쪽을 택했습니다. 그래서 은으로 된 함을 골랐습니다. 은함에는 '날 택하는 자 그 신분에 합당한 것을 얻으리라.'(2.7.7)라고 쓰여 있었기 때문입니다. 그런데 함의 문을 열자, 그 안에는 눈을 껌뻑거리는 멍청이의 초상이 들어 있었습니다. 그 역시 함을 잘못 고른 것입니다.

마침내 안토니오의 도움 덕분에 친구 그라시아노와 함께 화려한

˙애러곤
스페인 북동부에 있던 왕국.

청혼길에 오를 수 있었던 바사니오가 함을 고를 차례가 되었습니다. 바사니오는 세상만사가 얼마나 표리부동한지를 잘 알고 있는 터였습니다. 그래서 그는 금과 은으로 된 함을 제쳐두고 납함을 선택했습니다. 그 납함에는 '날 택하는 자는 가진 것 모두를 내놓고 모험을 해야 하느니라.'(2.7.9)라고 쓰여 있었습니다. 함 겉에는 이렇게 위협적인 문구가 적혀 있었으나, 막상 함을 열자 아름다운 포샤의 초상화와 함께 '겉모양만 보고 선택하지 않은 자여, 그대는 운이 좋았다. 잘 선택했도다.'(3.2.131–132)라는 문구가 적힌 쪽지가 나왔습니다.

《〈베니스의 상인〉3막 2장, 포샤와 바사니오》
바사니오가 현명하게 납함을 고른 직후의 장면이다. 리처드 웨스톨, 1795, 개인 소장.

● 각운脚韻
시에서 각 행의 마지막 부분에 규칙적으로 같은 운을 반복하는 것이다. 포샤의 시녀들은 'lead(납함)'와 운이 같은 'bred(새끼를 낳다breed의 과거)', 'head(머리)', 'nourished(키우다)' 같은 단어들로 각 행의 끝에 각운을 맞춰 바사니오에게 힌트를 제공했다.

그런데 이 장면에서 바사니오가 올바른 함을 고르는 데 포샤가 제한적이지만 일정 부분 개입했다는 사실을 간과해서는 안 됩니다. 포샤는 그가 함을 고르는 동안 시녀들에게 노래를 부르게 하는데, 그 노래의 각운°을 통해 올바른 함에 대한 힌트를 줍니다. 이를 통해서도 셰익스피어 희극 속 여자 인물들이 아버지나 가부장의 요구에 절대적으로 순종하지만은 않는다는 것을 알 수 있습니다.

자신이 간절히 원하던 사람이 맞는 함을 고르자 포샤는 기쁨에 가득 찼습니다. 그녀는 이제 자신의 남편이 된 바사니오에게 자신의 모든 재산과 집, 하인들과 자기 자신까지도 양도했습니다. 이때 남편을 군주처럼 떠받들고 자신이 소유한 모든 것을 남편에게 바치는 포샤의 모습은 가부장적 이데올로기를 그대로 수용하는 듯한 인상을 줍니다. 그 뒤 포샤는 바사니오의 손에 반지 하나를 끼워 주었습니다. 그리고 절대 이 반지를 버려서도 잃어버려서도 남에게 주어서도 안 된다고 경고하면서, 만약 반지가 없어질 경우에는 사랑이 변한 걸로 알고 자신이 심히 책망할 것이라고 말했습니다.

그러나 나중에 재판관으로 변장한 포샤는 베니스 법정에서 안토니오를 구해 낸 뒤 이 반지를 수고의 대가로 받아 냅니다. 그러고는 반지를 남에게 빼어 준 사실을 빌미 삼아 교묘하게 결혼 생활의 기선을 제압합니다. 이를 통해 셰익스피어는, 겉으로는 여성을 억압하는 가부장 사회가 요구하는 대로 남편에게 순종하는 척하면서 교묘하게 그들을 조종하는 여성상을 제시하고 있습니다.

그사이 바사니오의 친구 그라시아노와 포샤의 시녀 네릿사도 서로 사랑하게 되었습니다. 두 사람은 바사니오와 포샤를 축하해 주면서 그들이 백년가약을 맺을 때 자신들도 함께 짝이 되게 해달라고 간청했습니다. 물론 바사니오와 포샤는 이를 쾌히 승낙했습니다.

〈포샤와 바사니오〉
바사니오가 안토니오의 소식에 대해 읽고 있다. 길버트 스튜어트 뉴튼, 1831, 런던, 빅토리아 앨버트 미술관 소장.

위기에 처한 안토니오

이때 베니스에서 살레리오라는 친구가 로렌조, 제시카와 함께 안토니오의 편지를 갖고 왔습니다. 바사니오가 함을 고르고 있을 때 안토니오의 배들이 모두 난파당한 것입니다. 그러자 샤일록은 오랫동안 안토니오에 대해 증오를 품고 있던 데다가, 제시카가 금은보화를 갖고 도망간 일로 심기가 편치 않아 계약을 어기기만 하면 안토니오의 심장을

도려내고 말 것이라고 공공연히 떠들고 다녔습니다. 안토니오의 친구들이 샤일록에게 자비를 구했으나, 그는 그동안 기독교인들이 행한 유대 민족에 대한 멸시를 따지고 들었습니다.

> **샤일록** 유대인은 눈이 없나? 유대인은 손, 오장육부, 사지, 감각, 감정, 정열도 없단 말인가? ……그대들이 우리를 찔러도 피가 나오지 않는단 말이오? 그대들이 간지럽혀도 우린 웃지 않는단 말이오? 그대들이 독살해도 우린 죽지 않는단 말이오? 그대들이 우릴 못살게 굴어도 복수를 해선 안 된단 말이오?(3.1.52-60)

〈안토니오의 애원을 거절하는 샤일록〉
안토니오와 그의 친구들이 샤일록에게 자비를 구하나, 모두 거절당한다. 리처드 웨스톨, 1795, 워싱턴, 폴저 셰익스피어 도서관 소장.

샤일록은 유대인도 기독교인들과 똑같은 인간임을 역설합니다. 셰익스피어는 이처럼 작품 속에서 억압당하는 타자가 항변의 목소리를 낼 수 있도록 허락합니다. 샤일록의 이 대사는 핍박받는 전 유대인, 나아가 모든 억압받는 자들의 인간적 호소를 담고 있습니다. 일부 비평가들이 셰익스피어를 지배 이데올로기를 강화하고 유포시킨 보수적인 작가로 여기지만, 셰익스피어의 극 속에는 이처럼 세상에서 소외되고 핍박받는 자들이 세상의 불공평함에 맞서 저항하는 울분의 목소리가 상당수 포함되어 있습니다.

안토니오는 이제 샤일록의 복수의 칼을 피할 길이 없다고 생각하고 자신의 운명을 받아들이기로 결심했습니다. 그래서 바사니오에게 죽기 전에 단 한 번만이라도 볼 수 있다면 여한이 없겠다는 편지를 보낸 것입니다.

바사니오는 친구가 자신 때문에 겪고 있는 고통에 몹시 괴로웠습니다. 그는 포샤에게 자기가 벨몬트에 오기 위해 안토니오에게 어떤 신세를 졌으며, 그 때문에 친구가 어떤 위기에 몰려 있는지를 설명했습니다.

자애롭고 인정 많은 포샤는 바사니오를 불운한 친구 안토니오 곁으로 서둘러 보내 주었습니다. 포샤는 우선 교회에 가서 최소한의 부부의 예를 갖춘 뒤 한시도 지체 말고 안토니오를 구하러 가라고 했습니다. 그리고 돈을 내어 주며 그렇게 훌륭한 친구 분이 바사니오 때문에 다치지 않도록 하라고 말했습니다. 진실한 우정을 깊이 이해하는 포샤의 배려를 모두들 높이 평가했습니다.

그러나 포샤의 역할은 여기서 그치지 않았습니다. 그녀는 남편이 베니스로 출발하자마자 수도원에 기도를 올리러 간다며 시녀 네릿사와 함께 집을 나섰습니다. 하지만 두 사람은 사실 베니스 법정으로 향하기 위해 나선 것입니다. 포샤는 위기에 처한 안토니오를 구하기 위해 직접 베니스로 갔습니다. 그리고 파두아에 있는 사촌 오빠 벨라리오 법학박사에게 이 사건에 관한 조언과 함께 법복을 보내 달라고 합니다.

셰익스피어는 포샤라는 인물에 자애로움이라는 미덕뿐만 아니라 갈등을 해결하고 질서를 바로잡는 구원자의 역할까지 부여했습니다.

인육 재판

딸의 배반과 기독교도들에 대한 원한에 사무친 샤일록은, 안토니오가 위약하자 차용증서대로 안토니오의 살을 떼어 내게 해달라고 베니스 법정에 소송을 제기했습니다. 샤일록의 소송은 합법적이기는 하지만, 살아 있는 사람의 살을 요구한다는 점에서 인간의 도리에 어긋난 비도덕적인 주장이 됩니다. 하지만 샤일록은 자신이 제기한 잔인한 소송을 합법적이라는 말로 합리화했습니다.

그리고 자신의 소송이 안토니오에 대한 증오심을 풀기 위한 것임을 거리낌 없이 드러냅니다. 베니스의 공작과 함께 서둘러 도착한 바사니오 등은 온갖 말로 샤일록의 자비를 촉구했습니다. 하지만 비정한 샤일록은 원금의 몇 배를 갚는다 해도 요지부동이었습니다. 그런 샤일록의 악의를 비난하는 베니스 공작의 편파적인 태도나 기독교인들의 비난은 샤일록의 악의를 누그러뜨리기보다 오히려 그동안 누적되어온 분노를 자극했습니다. 그리고 그 분노는 샤일록으로 하여금 더욱 고집스럽게 불합리한 주장을 하게 합니다. "그걸 부정하면 당신네 법률과 시민들의 자유에는 위험이 깃들게 될 것이오."(4.1.39)라는 대사를 통해 샤일록은 자신의 합법적인 권리 주장을 무시할 경우 베니스에서 법적 무질서 상태가 발생할 것이라며 법정을 위협했습니다. 타인의 목숨을 빼앗기 위해 공공연히 칼을 가는 샤일록을 막지 못하는 베니스의 법은 무용지물이었습니다.

이때 벨라리오 박사가 추천한 젊은 법학박사 밸더자가 도착합니다. 그는 바로 남자로 변장한 포샤였습니다. 법정에 선 포샤의 태도는 샤일록에게 편파적이던 공작과 사뭇 다릅니다. 그녀는 어느 한쪽에 치우치지 않는 공정한 태도를 보이며 샤일록의 주장이 합법적인 것임을 인정합니다. 그러면서도 끊임없이 샤일록의 자발적인 자비를 촉구했으며, 자기가 왜 자비를 베풀어야 하냐고 반문하는 샤일록에게 포샤는 다음과 같이 자비라는 미덕에 대해 설파합니다.

《《베니스의 상인》의 법정 장면〉
법정에서 샤일록이 차용증서대로 안토니오를 처벌할 수 있게 해달라고 고집을 부리고 있다. 피터 울체, 1887, 위스콘신, 밀워키 미술 박물관 소장.

> 포샤　자비라는 건 의무가 아니라
>
> 　　하늘에서 이 대지에 내리는
>
> 　　단비와 같은 것입니다. 주는 자와 받는 자를
>
> 　　같이 축복하니 이중으로 축복받는 것이지요.
>
> 　　세상에서 가장 강한 것이며 국왕의 왕관보다 국왕을
>
> 　　더 국왕답게 해주는 덕성입니다.
>
> 　　……지상에서의 권세는 자비로 엄격한 정의를 조절해
>
> 　　완화시킬 때 하느님의 권세와
>
> 　　가장 유사한 모습을 보여 줄 것이오.(4.1.180-193)

　흔히 샤일록이 부르짖는 '법대로'는 구약을 바탕으로 한 유대교의 율법주의를 상징하고, 포샤의 자비관은 신약을 바탕으로 한 기독교의 자비 사상을 상징하는 것으로 해석됩니다. 그녀는 '정의만

〈포샤와 샤일록〉
포샤가 4막 1장에서 샤일록에게 자비를 베풀어 달라고 촉구하는 대목을 재현한 그림. 토마스 설리, 1835, 워싱턴, 폴저 셰익스피어 도서관 소장.

고수한다면 아무도 구원을 얻지 못할 것'이라고 샤일록을 설득하며 자비를 베풀 기회를 여러 번 주었습니다. 그러나 그때마다 샤일록의 대답은 오로지 '증서대로'일 뿐이었습니다. 마침내 샤일록의 의지가 확고한 것을 확인한 포샤는 차용증서대로 시행하되 안토니오를 치료할 의사를 법정에 데려오자고 제안했습니다. 하지만 샤일록은 이처럼 최소한의 인정을 베푸는 일도 문서에 명기되어 있지 않다는 이유로 허용하지 않았습니다. 샤일록은 인간으로서 최소한의 자비를 베풀기를 거절하면서 맹목적이리만큼 증서에 쓰인 문자만을 고집합니다. 셰익스피어는, 샤일록의 행위가 도덕적으로 용납될 수 없는 악행이지만 합법성이라는 이름 아래 정당화되는 암울한 법 현실을 보여 주고 있습니다.

포샤가 주재한 안토니오에 대한 재판은, 사실 샤일록의 악의를 사람들에게 알리고 그가 주장하는 권리의 부당성을 드러내는 과정이 됩니다. 따라서 간접적으로 샤일록에 대한 재판이 되기도 합니다. 포샤는 이처럼 샤일록의 악의를 철저히 확인한 뒤 비로소 상황을 전복시킵니다. 그녀는 샤일록이 사용한 방식을 역이용하여 마지막 순간에 안토니오의 살을 떼어 내되 피는 단 한 방울도 흘려서는 안 된다는 단서를 붙임으로써 이전까지의 상황을 반전시킵니다. 포샤도 '문자'만을 내세우며 법을 악용하던 샤일록을 똑같은 방식으로 궁지에 몰아넣은 것입니다. 그 결과 순식간에 샤일록은 피고의 입장이 되어 심판을 받게 됩니다.

사실 피는 단 한 방울도 흘리지 말고 증서에 적힌 대로 딱 1파운

드의 살만 떼어 내야 한다는 포샤의 판결은, 차용증서에 적힌 대로
사람의 살을 떼어 내겠다던 샤일록의 주장만큼이나 불합리하고 부
당한 법 해석입니다. 그러나 포샤가 자신과 똑같이 증서를 문자대
로 해석하자, 샤일록은 포샤가 내린 판결에 복종할 수밖에 없었고,
결국 자기가 판 함정에 스스로 빠지게 되었습니다. 그뿐만 아니라
포샤는 안토니오의 살을 요구한 샤일록의 행위가 베니스 시민에 대
한 가해 행위임을 지적하면서 '내국인 보호법'을 적용하여 샤일록
의 죄에 처벌을 내립니다. 이와 같이 포샤는 샤일록의 합법을 가장
한 주장 이면에 숨겨진 가해 의도를 밝힘으로써 원고인 샤일록의
입장을 피고의 위치로 바꾸어 놓았습니다. 결국 포샤의 현명한 판
결로 샤일록의 악의가 명백히 밝혀지고 차용증서대로 안토니오의
살을 떼어 내려던 샤일록의 의도는 좌절됩니다.

샤일록의 파멸

포샤의 재치 있는 판결로 인해 샤일록은 안토니오의 살 1파운드
는커녕 원금도 받지 못하게 되었습니다. 하지만 포샤는 여기서 그
치지 않았습니다. 샤일록에게 베니스의 국법에 외국인이 베니스 시
민의 생명을 노린 사실이 판명될 경우 가해자 재산의 반은 생명을
빼앗길 뻔한 시민의 소유가 되고 나머지 반은 국고로 몰수된다는
조항이 있다고 선언합니다. 그리고 이 경우 가해자의 생명은 베니
스 공작의 재량에 맡겨진다고 덧붙입니다. 결국 그녀는 안토니오를
해치려는 악의를 품은 샤일록에게 '내국인 보호법'을 적용하여 처

벌하면서도 "안토니오, 당신은 이 자에게 어떤 자비를 베풀겠소?"라며 안토니오에게 가해자인 샤일록에게 자비를 베풀 것을 종용합니다.

우선 베니스 공작은 냉혹한 샤일록과 달리 기독교인의 자비를 보여 주겠다고 말합니다. 그리고 샤일록의 목숨은 살려주되, 재산의 반은 안토니오에게 그리고 나머지 반은 국가에 귀속시킬 것이라고 선고합니다. 하지만 샤일록에게 개선의 여지가 보이면 벌금만 받고 재산은 돌려주겠다고 약속했습니다. 안토니오는 자기에게 귀속된 재산은 자기가 관리하고 있다가, 샤일록이 사망하면 그의 딸 제시카와 그녀의 남편 로렌조에게 양도하겠다고 말했습니다. 덧붙여 샤일록이 기독교로 개종할 것도 요구했습니다. 샤일록은 자신의 전부라 할 수 있는 재산을 빼앗아 가는 것은 곧 자신의 생명을 빼앗는 것이라고 말하며 비틀비틀 법정을 나섭니다.

〈샤일록 역의 찰스 매클린〉
샤일록은 재판 직후 자신의 목숨보다 중히 여기던 재산을 모두 빼앗기고 비틀거리며 법정을 나선다. 요한 조파니, 1768경, 런던, 영국 왕립극장 소장.

셰익스피어는 흔히 남성들만의 세계로 알려져 있는 법정을 여성인 포샤에게 내어 주고, 그녀의 뛰어난 지력知力과 재치로 남성이 해결하지 못한 난제를 해결하게 합니다. 하지만 샤일록의 모든 재산을 빼앗고 기독교로 개종할 것을 강요한 이 재판 장면은 후대에 많은 논란을 일으켰습니다. 바로 전에 포샤가 수사적으로 멋지게 부르짖은 자비가 그들(기독교인들)끼리의 자비에 불과하다는 인상을 지우기 어렵기 때문입니다. 이 장면을 흔히 유대교의 율법주의와 기독교의 자비의 대결을 상징하는 것으로 보고,

결국 셰익스피어가 기독교의 자비가 승리한 것으로 그린 것이라고 평합니다. 또한 이 극을 샤일록으로 대변되는 흑과 포샤로 대변되는 백의, 흑백 대결 구도라 평하는 비평가도 있습니다. 그런가 하면 그 반대로 셰익스피어가 기독교인들의 위선적이고 불공평한 모습을 비난하고 있다고 평하는 비평가도 있습니다.

셰익스피어는 이미 앞에서 살펴본 대로 기독교 세계에서 신망 받는 안토니오나 포샤의 자비와 관용이 흑인이나 유대인과 같은 타자에게는 닫혀 있는 미덕임을 분명히 보여 줍니다. 또한 "나는 당신들이 내게 가르쳐 준 악행을 배운 것보다 잘해내겠다"(3.1.65-66)라는 샤일록의 대사를 통해 그의 잔인한 행동에 원인을 제공한 것이 바로 유대인들을 경멸하고 탄압한 기독교 사회임을 역설합니다. 그렇다면 이 극에서 셰익스피어는 기독교인들의 위선과 편협성도 비판하고 있다고 보아야 마땅할 것입니다.

즉 셰익스피어는 유대인 샤일록뿐만 아니라 안토니오와 포샤, 바사니오에게도 부정적인 면모를 부여함으로써 대단히 중도적이고 객관적 입장을 고수합니다. 그리고 당대의 반유대주의 문화를 거울에 비추듯 고스란히 드러내서 보여 주었습니다.• 당시의 양상을 그대로 담아낸 이 텍스트에서 기독교인들의 편견과 그들이 부르짖는 자비라는 미덕의 편협성도 그대로 드러납니다. 바로 이것이 셰익스피어의 정치성입니다. 그는 작품을 통해 자기 시대를 재현하면서 어느 편의 손도 들어주지 않았습니다. 그저 균형 잡힌 시선으로 자기 사회를 바라보고 있는 그대로 그려 냈을 뿐입니다.

그런데 후대인들이 이 작품을 반유대주의 신화를 강화하는 목적

• 셰익스피어 당대에 반유대주의는 전 유럽의 보편적 담론이었다. 그들이 하느님의 독생자인 예수를 구원자로 인정하지 않고 십자가에 못 박히게 한 민족이라고 보았기 때문이다. 영국에서는 에드워드 1세 때 공식적으로 유대인들을 추방했으며 남아 있는 사람들은 기독교로 개종하게 했다. 그런데 1594년에 여왕의 전의(궁전 의사)였던 유대인 로데리고 로페스가 스페인 국왕에게 매수되어 여왕을 독살하려 했다는 사건이 발생했다. 그는 결백을 주장하다가, 결국 스페인 왕에게 사기를 당해 여왕 독살 음모에 연루됐다고 고백한 뒤 군중들이 보는 앞에서 교수형에 처해졌다. 나중에 그가 심한 고문에 거짓 자백을 했다는 증언이 나오기도 했지만, 어쨌든 이 사건을 계기로 번진 반유대 감정 때문에 셰익스피어가 이 극을 집필한 것으로 알려져 있다.

으로 이용하면서 셰익스피어에 대한 오해를 생산하기도 하는데, 나치가 유대인 탄압을 정당화하기 위해 이 극을 수없이 상연했다는 역사적 사실도 그러한 사례 가운데 하나입니다.

재판이 끝난 뒤, 포샤와 네릿사는 감사 표시를 하고자 하는 바사니오와 그라시아노로부터 각기 자신들이 끼워 주었던 반지를 받아 냈습니다. 5막에서 포샤는 다같이 벨몬트로 돌아온 뒤에 바사니오에게서 감사의 표시로 받아둔 반지와 벨라리오 박사의 편지를 보여 주며, 그 젊은 법학박사가 자신이었고 그의 서기는 네릿사였음을 밝힙니다. 한편 사랑의 정표인 반지를 그리 쉽게 빼어 준 것에 대해서는 강하게 질책했습니다. 이 반지 에피소드는 전체 플롯과 관련하여 볼 때 다소 연관성이 떨어져 보일 수도 있습니다. 하지만 이를 통해 포샤나 네릿사가 고분고분하고 순종적이기만 한 아내가 되지 않으리라는 것을 암시합니다.

달빛이 아름답게 비치는 가운데 아름다운 음악이 연주되는 서정적인 분위기에서 사랑하는 연인 로렌조와 제시카가 나누는 사랑의 대화로 시작하는 5막은, 이 극을 낭만 희극으로 만들어 주는 결정적인 역할을 합니다. 이 막에서 샤일록을 제외한 모든 인물들이 신의 은총을 받습니다. 포샤는 마치 신의 전령처럼 모든 이들에게 반가운 선물을 가져다 줍니다. 우선 바다에서 파선된

《베니스의 상인》 5막 1장
이 그림은 벨몬트의 아름답고 낭만적인 풍경을 배경으로 사랑스런 연인 로렌조와 제시카의 모습을 표현하고 있다. 윌리엄 호지스, 1807, 워싱턴, 폴저 셰익스피어 도서관 소장.

것으로 알려진 안토니오의 상선 세 척이 짐을 가득 싣고 입항하고 있다는 반가운 소식과 로렌조와 제시카에게 사후에 자신의 재산을 양도한다는 샤일록의 양도증서를 갖다 주었습니다. 모든 갈등과 상처가 치유되는 셰익스피어의 초록 세계에 해당하는 벨몬트에서 안토니오를 제외한 대부분의 주요 인물들이 사랑하는 사람과 행복한 결합을 합니다. 젊은 남녀들의 사랑을 중심으로 볼 때 이 극은 전형적인 낭만 희극이 됩니다.

하지만 이 모든 축제에서 소외된 샤일록은 행복한 결말에 길고 어두운 그림자를 드리우고 있습니다. 대부분의 등장인물들이 행복한 결말을 맞이하는 반면, 샤일록은 소외와 고통 속에 남겨져 있습니다. 작품 속에서 샤일록을 향해 무수한 비난과 욕이 쏟아지는데, 그는 빈번히 '악마', '개', '늑대' 등으로 불립니다. 만약 기독교 사회에서 완전히 소외되고 파멸되는 그를 이 극의 주인공으로 본다면, 이 극은 다분히 비극적이라 할 수 있습니다. 이렇게 서로 다른 분위기의 결합 때문에 장르가 모호해지고 그로 인해 어떤 비평가는 낭만 희극으로, 또 어떤 비평가는 문제극으로 분류하는 엇갈린 견해를 갖게 됩니다.

이 극은 포샤라는 여걸과 샤일록이라는 위대한 문학 속 인물을 탄생시켰습니다. 대체로 셰익스피어 희극 작품에서 여성 인물이 남성 인물들보다 지혜롭고 현명한 인간상으로 제시되기는 하지만, 포샤는 그 중에서도 유독 이상적으로 그려지고 있습니다. 그리고 샤일록은 오늘날에도 탐욕스런 유대인의 대명사로 사용되고 있습니다. 최근에는 소수민족 혹은 타자에 대한 관심이 높아지면서, 샤

• 샤일록을 어떻게 해석하느냐에 따라 셰익스피어의 정치성에 대한 평가도 달라진다. 비평가 존 도우버 윌슨은 샤일록이 셰익스피어 극에서 '햄릿 이후 가장 난해한 인물'이라고 주장하기도 했다. 무대의 샤일록도 공연마다 크게 달라서, 탐욕스런 고리대금업자로, 기독교를 증오하는 잔인한 인물로, 딸의 안위보다 잃어버린 재물에 분개하는 비정한 아버지로, 기독교인들의 탄압과 차별에 시달려 원한 맺힌 희생자로 다양하게 재현된다. 이에 대해 한 비평가는 셰익스피어가 당대의 반유대주의 감정에 호소할 수 있는 악랄한 유대인을 만들어 내려 했으나, 그의 예술적 감수성과 동정심으로 전형적인 악한을 만들어 내는 데 실패한 것이라고 보았다.

일록을 핍박받는 타자의 입장을 대변하는 인물로 보기도 합니다.

많은 이들의 머리 속에서 영원히 지워지지 않는 극적 사건과 인물을 탄생시킨 이 극은 지금도 대단한 인기를 누리고 있는 작품입니다.

❖ 우리나라 고전 소설에도 등장하는 남장 아내

우리나라 고전 소설에도 남장한 아내가 등장한다. 조선 말기에 쓰인 《이춘풍전》에서 이춘풍은 방탕한 중인으로 아내가 힘들게 모은 돈과 빚낸 돈을 가지고 평양으로 장사를 떠난다. 하지만 기생에게 빠져 돈을 홀딱 날리고 그 기생집에서 종살이를 하게 된다. 이 소식을 들은 춘풍의 아내는 평양감사가 된 이웃집 자제의 비장(사또를 따라다니는 낮은 관원)으로 남장하여 평양으로 간다. 그녀는 지략을 써서 기생에게 남편이 날린 돈을 돌려주게 한다. 나중에 이 사실을 알게 된 춘풍은 개과천선하여 새 사람이 된다. 당시 남정네들의 무기력과 타락 등 사회 현실을 풍자한 이 소설에서 춘풍의 아내는 남편보다 생활력도 강하고 지혜롭고 지략도 뛰어나다는 점에서 포샤와 많이 닮아 있다.

《말괄량이 길들이기》 03
_얌전한 아내 만들기 프로젝트

● ● ● 셰익스피어의 희극 중 가장 잘 알려져 있고, 공연 무대에도 자주 오르는 극이 바로 《말괄량이 길들이기》입니다. 천하의 말괄량이를 길들여 유순한 아내로 만든다는 내용이 현대의 사고방식과 잘 맞지 않는데도 놀랍게도 이 극은 여전히 인기가 많습니다. 그건 아마 부부간의 기 싸움을 통한 양성간의 팽팽한 긴장과 언어 대결, 셰익스피어 특유의 재치 있는 말장난, 개성 있는 인물들의 생동감이 극 전체에 유쾌한 웃음과 활기를 부여하기 때문일 것입니다.

《베니스의 상인》에서는 종교적 타자인 유대인을 차별하는 이야기가 다루어지는 데 반해, 이 극에서는 성적 타자인 여성을 가부장적으로 억압하는 이야기가 다루어집니다. 낭만 희극으

《《말괄량이 길들이기》의 카타리나와 페트루치오》
카타리나와 페트루치오의 첫 만남을 그린 그림이다. 로버트 브레이스웨이트 마티노, 옥스퍼드, 애시몰린 미술관 소장.

로 분류되기도 하고, 소극笑劇으로 분류되기도 하는 이 극은 1592년부터 1594년 사이에 집필된 비교적 초기 작품입니다. 작자 미상의 《말괄량이 길들이기》를 원전으로 하였으며, 셰익스피어의 작품 중 유일하게 서극(도입극)이 있는 것이 특징입니다. 〈말괄량이 길들이기〉라는 본극은 서극 속 주인공 슬라이를 위해 공연되는 극중극입니다. 이 극은 서극의 슬라이 이야기, 페트루치오가 말괄량이 카타리나를 길들이는 이야기, 카타리나의 여동생 비앙카와 구혼자들의 이야기가 서로 긴밀한 연결 고리로 짜여 있습니다. 이 세 이야기들은 서로 병렬과 대비를 이루면서 '가짜 정체성'이라는 하나의 큰 주제를 형성합니다.

이 극은 페미니즘● 비평에서 가장 논란이 되고 있는 셰익스피어 작품 가운데 하나입니다. 억압적인 남편 페트루치오에 의해 천하의 말괄량이 카타리나가 온순하고 순종적인 아내로 길들어진다는 플롯과 그 길들이기 방법 등이 대단히 많은 논란을 불러일으켰습니다. 특히 변모한 카타리나가 극의 마지막 부분에서 '남편의 주권'에 관해 연설하는 대목은 현대의 독자나 관객에게 심한 거부감을 불러일으키며 논란의 핵이 됩니다. 비평가 캐슬린 맥러스키는 셰익스피어가 여성의 활력을 억압하는 가부장제●의 구조와 문화에 갇혀 여성을 종속시키는 문화 이데올로기를 강화하고 보급했다고 주장합니다.

하지만 이 작품도 꼼꼼히 분석해 보면, 셰익스피어가 단순히 말괄량이 길들이기를 통해 가부장제의 확립에 대해 말하고 있는 것이 아니라 외부 세력의 강압에 의해 정체성이 형성되는 과정을 극화한

● 페미니즘
19세기 중반에 시작된 여성 참정권 운동에서 비롯되어, 사회·정치·법률 면에서 여성의 권리를 확장할 것을 주장하는 주의.

● 가부장제
남편, 아버지, 가장이 가정 안에서 주권과 통치권을 갖는 지배 형태로, 르네상스 시대에 유일하게 강화된 구시대적 사고방식이다. 이는 상위 존재에 대한 하위 존재의 순종과 복종을 의미함으로써 절대왕정의 통치 이데올로기에 꼭 필요했기 때문이다. 카타리나의 마지막 대사에서 남편에게 고분고분하지 못한 아내는 왕에게 대적하는 반역자에 비유되기도 한다.

작품임을 알 수 있습니다.

그동안 셰익스피어의 여성관에 상당한 오해와 비난을 불러온 이 작품은 그 어떤 셰익스피어 작품보다 꼼꼼한 분석과 정확한 해석이 요구됩니다.

하루아침에 영주가 된 땜장이 술주정꾼

《말괄량이 길들이기》는, '점잖은 취향을 지닌 사람이라면 여자와 함께 공연이 끝날 때까지 자리를 지킬 수 없는' 극이라고 비난한 조지 버나드 쇼˚의 주장처럼 남자들조차 수용하기 힘든 가부장 담론들로 가득 차 있습니다. 이 극은 술주정뱅이 땜장이˚ 슬라이가 주인공인 서극에서부터 시작됩니다. 땜장이 슬라이는 외상값 때문에 술집 여주인과 한바탕 실랑이를 벌이고 나서 술에 취해 거리에 쓰러져 잠이 듭니다. 사냥 갔다 돌아오던 길에 슬라이를 발견하고 장난기가 발동한 영주는, 이 술주정뱅이를 데리고 놀 만한 재미있는 놀이를 생각해 냅니다. 그는 하인들에게 슬라이를 자기 침대로 데려가서 고급 옷으로 갈아입히고, 방안 사방에 그림을 걸고 아름다운 음악을 연주하도록 준비시킵니다. 영주는 슬라이가 잠에서 깨어났을 때 그가 원래는 지체 높은 귀족이고, 그동안의 생활은 모두 오랜 병중에 겪은 허상인 것처럼 믿게 만들 작정이었습니다.

슬라이 속이기 작전에서 영주는 일일이 무대 배경이나 음향 효과, 배역 등을 지시하는가 하면, 남자 시종 바톨로뮤에게 슬라이 부인 역을 시키면서 우는 흉내를 낼 수 없으면 양파를 사용하라고 지

˚ 조지 버나드 쇼(1856~1950)
영국 빅토리아 시대에 활동한 아일랜드 출신의 극작가이자 비평가. 사회주의 운동가이자 페미니스트이기도 한 그는 사회 비판적이고 개혁적인 극을 많이 썼다. 《피그말리온Pygmalion》, 《캔디다Candida》, 《성녀 조안 Saint Joan》 등 특히 여자가 주인공인 극들을 많이 썼고, 1925년에 노벨문학상을 수상했다.

˚ 땜장이
금이 가거나 뚫어진 곳을 때우는 일을 직업으로 하는 사람.

〈크리스토퍼 슬라이(말괄량이 길들이기)〉
잠에서 깨어난 슬라이가 거짓으로 꾸며진 주변 환경에 의해 정체성에 혼란을 겪는다. 찰스 윌리엄 샤프, 《황제판 셰익스피어 전집》(1867) 삽화.

시하기도 합니다. 이처럼 배역, 연기, 대사, 분장, 소품에 이르기까지 연극에 필요한 모든 사항을 지시하는 영주를 서극의 감독이라고 할 수 있습니다. 마치 극중극을 준비할 때의 햄릿처럼 말입니다. 이 장면도 셰익스피어 극에 자주 등장하는, 연극에 대한 작가 자신의 자의식적 탐구라고 볼 수 있습니다. 남자 시종에게 슬라이의 부인 역을 맡기는 것도 어린 소년이 여성 역을 하던 당대 연극 무대의 특징을 잘 보여 줍니다.

인위적으로 준비된 상황 속에서 잠이 깬 슬라이는 깜짝 놀랍니다. 그리고 처음에는 자신의 정체성을 분명히 인식하고, "나는 크리스토퍼 슬라이요. 나를 대감이니, 마님이니 하며 부르지 마쇼." (서극 2.5-6)라고 주장합니다. 그러나 주변 인물들의 조작된 언어와 행동에 의해 점차 그는 정체성에 혼란을 겪기 시작합니다.

점점 슬라이는 영주 일당이 재미삼아 꾸민 조작에 의해 자신의 진짜 정체성을 잊고 귀족이라는 허구적 정체성을 받아들입니다. 이때 슬라이가 갖게 된 새로운 정체성은 자아에 의해 형성된 것이 아니라, 외부 세력에 의해 인위적으로 조작된 것이고 주입에 의해 허구적으로 성립된 것입니다.

일단 슬라이가 상황을 받아들이자 그의 병을 치료한다는 명목으로 유쾌한 희극이 공연되는데, 그것이 바로 〈말괄량이 길들이기〉입니다.

하인 1 실성은 우울증에서 온다고 합니다.

그러니 나리께서는 연극을 한 편 보시고

마음을 즐겁고 유쾌하게 가져

수많은 병을 막으시고 수명을 연장하는 것이

좋을 듯하다고 합니다. (서극 2.133−136)

이것은 왜 슬라이에게 연극을 보게 하는지를 설명하는 글이지만, 셰익스피어가 관객들에게 연극의 효능에 대해 말하는 것이기도 합니다.

서극을 단순히 본극을 도입하기 위한 장치일 뿐이라고 할 수 없습니다. 셰익스피어의 많은 극 속에서 여러 플롯이 하나의 주제를 변주하면서 서로 반향하고 있는 점을 고려해 본다면, 이 서극도 분명히 본극의 주제를 반향하고 있다고 보아야 하기 때문입니다.

그러므로 이제부터 펼쳐질 본극 속에서 말괄량이 카타리나가 남편 페트루치오에게 길들여지는 상황과 서극에서 슬라이가 영주의 조작에 의해 가짜 정체성을 지니게 되는 상황은, 서로 상관관계가 있습니다.

천하의 말괄량이 카타리나

파두아˚의 거부巨富 밥티스타에게는 카타리나와 비앙카라는 두 딸이 있었습니다. 첫째딸 카타리나는 성격이 거칠고 화도 잘 내며 험한 말투를 지닌 여자였습니다. 이에 비해 둘째딸 비앙카는 얌전

● 파두아Padua
이탈리아 베네토 주에 있는 도시. 이탈리아 이름은 '파도바 Padova'.

〈카타리나 역의 아다 레한
양〉(부분)
엘리엇 그레고리, 워릭셔, 왕
립 셰익스피어 극단 소장.

하고 유순한 규수였습니다. 그래서 혼기가 찼는데도 카타리나에겐 청혼을 하는 자가 없었고, 비앙카에게는 많은 구혼자들이 그녀의 사랑을 얻기 위해 몰려들었습니다. 그러던 어느 날 밥티스타는 첫째딸을 시집보내기 전에는 절대 비앙카를 시집보내지 않겠다고 선언하며 구혼자들이 비앙카에게 접근하는 것을 막았습니다. 그때 마침 피사● 출신의 젊은 귀족 자제 루첸티오가 공부를 하러 막 파두아에 도착했습니다. 그는 우연히 보게 된 비앙카에게 첫눈에 반합니다.

이때 루첸티오는 "다른 여자(비앙카)의 침묵 속에서는 규수다운 상냥한 자태와 온순함이 보이는구나."(1.1.70–71)라고 말합니다. 루첸티오의 대사처럼 파두아는 모든 남자들이 순종적인 여성을 원하는 사회였습니다. 이러한 사회에서 '말벌의 침' 같은 욕설과 독설로 남성들에게 대적하는 카타리나는 모든 남성들이 가장 경계하는 여성이었습니다. "나는 여자가 저항정신을 갖지 않으면 바보 취급을 받는다는 걸 알고 있어."(3.2.218–219)라는 그녀의 대사에서도 드러나듯이 카타리나의 거친 언행은 여성에 대한 억압에 항의하여 내지르는 일종의 저항입니다. 그로 인해 그녀는 젊음, 외모, 재산, 교육 등 모든 조건을 갖추었으나 가부장 사회의 결혼 시장에서는 하자가 있는 상품이 되고 맙니다.

그런데 비앙카의 구혼자 중 한 명인 호텐쇼의 친구 페트루치오라는 자가, 많은 지참금을 준다면 자신이 카타리나와 결혼하겠다고 나섰습니다. 그리고 그는 오로지 지참금만 많이 가져오면 상대가 그 어떤 여자라 하더라도 상관없다고 말합니다.

이 극에서 남성들이 결혼에 있어서 여성의 상품 가치를 매기는 또 하나의 기준은 바로 지참금입니다. 이처럼 여성을 아버지나 남편의 재산이나 소유물로, 서로의 필요에 따라 교환할 수 있는 상품으로 보는 것이 가부장적 사고방식입니다.

이 극의 등장인물 중 특히 밥티스타와 페트루치오가 이러한 결혼관을 지니고 있습니다. 밥티스타는 하자 있는 상품인 카타리나를 서둘러 페트루치오에게 넘기고, 조신하고 여성스러워 상품 가치가 높은 비앙카는 최곳값을 받아내기 위해 경매에 붙입니다. 그는 비앙카의 구혼자들에게 "구혼자 중 많은 재산을 줄 사람에게 비앙카의 사랑이 돌아갈 것이다."(2.1.335-337)라고 말합니다. 이는 결혼을 신분 상승과 재산 증식의 수단으로 보던 당시의 속물적 물질주의가 드러나는 대목입니다. 또한 페트루치오의 다음 대사에서도 밥티스타와 마찬가지로 그의 속물적 결혼관을 극단적으로 보여 줍니다.

페트루치오 페트루치오의 아내가 될 만큼 부자이기만 하면 되네.
　　재산은 내 구애춤의 반주니까.
　　그녀가 플로렌티어스의 연인˙처럼 못생겼어도,
　　예언녀 시빌˙처럼 늙었어도,
　　소크라테스의 악처˙처럼 지독한 말괄량이라도,
　　그보다 더한 여자일지라도.(1.1.65-70)

지참금만 보고 카타리나와 결혼하기로 결심한 페트루치오는 밥티스타를 처음 대면한 자리에서 다짜고짜 "따님의 사랑을 얻어 낸

● 플로렌티어스의 연인
아서 왕 전설에 나오는 기사 왕 플로렌티어스는 생명이 걸린 수수께끼의 답을 알려 준 못생긴 노파와 결혼했으나, 나중에 그 노파가 젊고 아름다운 여인으로 둔갑했다.

● 예언녀 시빌
그리스 신화에 나오는 무녀로, 아폴론에게 사랑을 받았다. 아폴론이 한 가지 소망을 들어줄 테니 말하라고 하자 그녀는 모래알 한 움큼 만큼의 수명을 달라고 하였다. 그러나 사는 동안 젊음을 유지하게 해달라는 말은 하지 않아 수백 년 동안 점점 늙어 몸이 쪼그라들었다. 결국 병 속에 넣어져 동굴의 천장에 매달려 살았고, 말년에는 죽는 것이 소원이라고 말했다고 한다. 그림은 이탈리아의 화가 도메니키노의 작품.

● 소크라테스의 악처
소크라테스의 아내 크산티페를 말한다. 크산티페는 남편 소크라테스에게 상스러운 말로 욕을 하고 경멸하여 악처의 대명사가 되었다.

다면 지참금을 얼마나 주시겠습니까?"(2.1.119-120)라고 묻습니다. 셰익스피어는 페트루치오와 밥티스타를 이런 속물로 그림으로써 이들에 의한 카타리나 길들이기에 동조하지 않음을 드러낼 뿐만 아니라, 사랑의 감정이 결여된 채 물질적 교환의 수단으로 타락한 가부장제 결혼관에 대해 비판적 시각을 드러냅니다.

친절로 마누라 죽이는 법

카타리나를 처음 대면했을 때 페트루치오는 무엇이든지 거꾸로 말했습니다. 그녀를 세상에서 가장 아름답고 얌전한 여자라고 말하는가 하면, 카타리나를 자기 멋대로 케이트라고 불렀습니다. 그러면서 페트루치오와 카타리나는 보자마자 한바탕 말싸움을 벌입니다. 이때 그들이 주고받는 재치 넘치는 대사들은, 셰익스피어가 언어 구사에 있어서 얼마나 기지와 재치가 뛰어난 작가인지를 잘 보여 줍니다.

페트루치오의 큰소리 뻥뻥 치는 이상한 말투와 행동 때문에 카타리나는 그와 결혼하고 싶지 않았습니다. 하지만 밥티스타가 결혼 상품으로서 '치명적 흠'(1.1.88)인 '방종한 혀'를 가진 카타리나를 빨리 팔아넘기기 위해 성급하게 결혼을 허락함으로써 두 사람의 약혼은 바로 성사되었습니다. 밥티스타는 카타리나의 결혼에서도, 비앙카의 결혼에서도 딸들의 의사와 감정을 철저하게 배제합니다.

결혼식 날 페트루치오는 결혼식장에 기괴한 복장을 하고 늦게 나타나 카타리나와 밥티스타의 애를 태웠습니다. 그리고 결혼식 도중에는 주례 보는 목사를 폭행하는 등 온갖 소란을 피웠습니다. 어떤 비평가들은 페트루치오의 기이한 행동이 카타리나보다 더 말괄량이 짓을 해서 카타리나를 자기반성의 과정을 통해 교화시키려하는 것이라고 주장합니다. 하지만 페트루치오가 처음 등장할 때부터 하인을 때리고 소동을 부리는 장면[*]이나 무조건 지참금만 부르짖는 장면 등을 통해 볼 때 과연 셰익스피어의 의도가 그런 것이었을까 하고 의심하게 됩니다. 오히려 셰익스피어가 극 초반부터 페트루치오를 어릿광대처럼 묘사하고 있다는 인상을 줍니다.

페트루치오는 관습상 결혼 첫날 신부 집에서 열리는 결혼식 피로연에 참석하지 않고, 결혼식이 끝나자마자 억지로 카타리나를 자신의 시골집으로 끌고 갑니다. 그러면서 마치 자신이 수많은 도적들로부터 카타리나를 구출하는 기사인 양 행동합니다. 집에 도착해서도 페트루치오는 일부러 하인들에게 심하게 욕을 해대고 때리며 성을 냅니다. 음식이 나오면 온갖 트집을 다 잡아 카타리나가 그 음식을 못 먹게 했고, 잠자리에 들려고 하면 잠자리를 잘못 꾸몄다고 하인들을 닦달하며 잠을 못자게 했습니다. 이렇게 페트루치오는 마치 야생 매를 길들이듯이 굶기고 잠을 재우지 않는 방식으로 카타리나를 길들이고, 그러면서도 마치 그런 자신의 행동이 모두 카타리나를 위해서인 것처럼 포장합니다. "이런 소란을 부리면서 모두가 그녀에

• 《말괄량이 길들이기》 극 초반에 친구 호텐쇼의 집 앞에 도착한 페트루치오는, 하인 그루미오가 문을 두드리라는 자신의 말을 못 알아들었다고 때리고 욕하고 한바탕 소란을 피운다. 이런 장면들은 카타리나가 동생 비앙카의 손을 묶고 때리거나 음악 교사로 변장한 호텐쇼의 머리통을 악기로 내리치거나 하는 행동들과 함께 전형적인 소극적 장면이다. 그래서 이 극을 낭만 희극이 아닌 소극으로 분류하는 비평가도 있다.

〈《말괄량이 길들이기》 2막 2장〉
결혼식이 끝나자마자 페트루치오는 카타리나를 억지로 끌고 나간다. 《셰익스피어 갤러리 이절판》 중에서 프랜시스 휘틀리가 그린 뒤 지터 사이먼이 동판화로 제작.

대한 극진한 염려 탓인 양 해야지."(4.1.190–191), "이것이 바로 친절로 마누라 죽이는 법이지."(4.1.195) 같은 페트루치오의 대사 속에 그러한 의도가 드러납니다.

그러던 어느 날, 그는 카타리나에게 친정에 입고 갈 옷과 모자를 사준다고 옷장수와 잡화상을 데려옵니다. 그러나 카타리나가 맘에 들어 하는 모자도 이상하다고 트집을 잡고, 멋지게 만들어온 새 옷도 트집을 잡아 못 입게 합니다. 참다못한 카타리나가 그동안 참았던 울분을 터트립니다.

〈카타리나와 재단사〉
친정에 가기 위해 새 옷을 고르는 카타리나 옆에서 페트루치오가 트집을 잡고 있다. 토머스 스토서드, 1803.

카타리나 당신보다 높으신 분들도 제 말을 참고 들었어요.
그렇게 못 하시겠으면 귀를 틀어막는 게 좋을걸요.
나는 마음속의 울화를 말해야겠어요.
마음속에 담아두면 속이 터져 버릴 테니까요.
속이 터지느니 하고 싶은 말을 자유롭게
맘껏 하겠어요.(4.3.75–80)

카타리나가 파두아 사회에서 결함 있는 존재가 된 것은 바로 남성에 대한 저항 행위 때문이었습니다. 그리고 페트루치오가 길들이고자 하는 것도 바로 카타리나가 자기주장의 목소리를 내는 점이었습니다.

마침내 게임의 법칙을 터득하다

페트루치오의 카타리나 길들이기는 두 사람이 친정 나들이를 갈 때 절정에 이릅니다.

페트루치오 달빛이 밝고 곱기도 하구나.

카타리나 달이요? 저건 해예요. 저건 달빛이 아니에요.

페트루치오 저렇게 밝게 비추는 건 달이라 하잖소.

카타리나 저렇게 밝은 건 태양 빛이죠.

페트루치오 내 어머니의 아들, 즉 나 자신을 걸고 맹세하는데
　　저건 달이든, 별이든, 아니 그 무엇이든 내가 말하는 것이오.
　　그렇지 않다면 당신 아버지 집에는 가지 않을 것이오.(4.5.2-8)

셰익스피어는 억지를 부리는 페트루치오를 통해 진리가 절대적인 것이 아니라 지배 권력의 필요에 의해 조작되는 것임을 보여 줍니다. 그리고 이 대사는 지배 권력의 의미 만들기에 대한 희극적 패러디라고도 볼 수 있습니다. 카타리나를 처음 만났을 때도 페트루치오는 그녀를 일방적으로 자신이 만든 '케이트'라는 애칭으로 불렀는데, 이 또한 자신이 카타리나의 정체성을 만드는 주체라고 생각한 데서 나온 행위입니다. 이 장면들은 모두 가부장 사회에서 여자는 의미의 창조 과정에서 배제되고 말의 의미를 결정할 권리가 남자에게만 있음을 비유합니다.

《말괄량이 길들이기》4막 5장》
페트루치오가 카타리나와 함께 친정으로 가는 도중에 해를 향해 달이라고 억지를 부린다. 보이텔 셰익스피어 갤러리 소장.

페트루치오의 억지를 지켜보며 점차 카타리나는 자기가 원하는 바를 얻으려면 남편의 비위를 맞추면 된다는 것을 터득해갑니다. 비로소 가부장 사회에서 벌어지는 남녀 성대결 게임의 법칙을 이해한 것입니다. 그래서 태양을 달이라고 우기는 남편에게 "저게 달이든 태양이든 맘대로 부르세요. 촛불이라고 부르고 싶으시면 이제부턴 저도 그렇게 부를 것을 맹세해요."(4.5.13-15)라고 대답합니다. 그런 요령을 익힌 뒤부터는 지금까지 수동적으로 페트루치오의 길들이기에 끌려가던 카타리나가 적극적으로 그 게임에 응합니다. 셰익스피어는 독자들에게 카타리나가 변모하는 과정을 비굴하거나 굴욕적인 모습이 아니라 유머스럽고 활기차게 그려 냅니다.

비앙카를 둘러싼 구혼 작전

카타리나와 달리 조신한 비앙카에게 구혼한 남자들 중에는 피사에서 온 젊은 귀족 루첸티오, 파두아의 돈 많은 영감 그레미오, 그리고 페트루치오의 친구인 파두아의 젊은이 호텐쇼가 있었습니다.

밥티스타가 장녀인 카타리나가 결혼할 때까지 비앙카를 향한 구애를 일체 허락하지 않자, 루첸티오는 캠비오라는 라틴어 교사로 변장하여 라틴어 교육 대신 사랑을 고백하고, 호텐쇼는 음악 교사 리티오로 변장하여 음계를 가르치는 대신 사랑을 고백합니다. 루첸티오가 캠비오 역할을 하는 동안 그의 하인 트라니오는 주인 대신 루첸티오 역할을 합니다. 또한 밥티스타로부터 결혼 허락을 받기 위해 가짜 아버지를 만들어 내기도 합니다. 이러한 루첸티오의 구애는, 비앙카를 이상화하고 사랑을 숭배하는 궁정풍 사랑입니다.

> **루첸티오** 오, 그래. 그녀의 어여쁘고 아름다운 얼굴을 보았어.
> 아게노르의 딸(에우로페)이 가진 것 같은 얼굴.
> 제우스 신이 크레타 섬에서 몸을 굽혀
> 무릎 꿇고 그녀의 손에 키스하던.(1.1.167–170)

〈에우로페의 납치〉
아게노르의 딸 에우로페가 해변에서 놀다가 흰 황소로 변신한 제우스에 의해 크레타 섬으로 붙들려 간다. 귀스타브 모로, 19세기경, 파리, 귀스타브 모로 미술관 소장.

이런 루첸티오의 궁정풍 사랑은 아주 현실적인 페트루치오의 구애와 극적인 대조를 이룹니다. 페트루치오에게는 결혼이 자산을 늘리는 현실적인 문제이지 이상화된 낭만이 절대 아니었습니다.

비앙카는 결국 라틴어 교사로 변장한 루첸티오의 구애를 받아들여 비밀 결혼을 합니다. 그사이 아들을 만나기 위해 파두아에 도착한 루첸티오의 아버지 빈센티오와 가짜 루첸티오인 하인 트라니오 사이에 한바탕 소동이 벌어집니다. 결국 비밀 결혼과 그동안의 모든 변장과 속임수가 백일하에 드러났습니다. 밥티스타는 조신하던 둘째딸의 비밀 결혼에 당황했지만, 루첸티오의 아버지 빈센티오를 믿고 두 사람의 결혼을 인정해 주었습니다. 그동안 루첸티오의 연적으로 비앙카에게 구혼하던 호텐쇼도 자신을 기다려 준 한 미망인과 결혼합니다. 셰익스피어의 낭만 희극에서 늘 그렇듯이 이 극도 세 쌍의 연인이 탄생하면서 유쾌한 결혼식 피로연 장면으로 끝납니다.

순종적인 아내 경연대회

비앙카의 결혼식 피로연 자리에서 세 남편들은 과연 누구의 아내가 가장 순종적인지 내기를 합니다. 남편들이 아내를 호출하면 가장 먼저 오는 사람의 남편이 승리하는 것입니다. 내기를 시작하자 호텐쇼의 아내는 바빠서 못 온다고 응답합니다. 그리고 비앙카는 한 술 더 떠서 루첸티오에게 오라는 답변을 보냅니다. 결국 내기에 승리한 사람은 카타리나의 남편 페트루치오였습니다. 페트루치오는 남편의 호출에 고분고분 순종한 카타리나에게 "키스해 주오, 케이트.Kiss me, Kate."(5.2.181)라고 외치며 대단히 기뻐했습니다.

파두아 사람들은 천하의 말괄량이에서 유순하고 순종적인 부인으로 변모한 카타리나를 보고 깜짝 놀랐습니다. 딸의 변신에 행복해진 밥티스타는 카타리나가 새롭게 태어났으므로 지참금도 다시 주겠다고 선언했습니다. 의기양양해진 페트루치오는, 고집 센 다른 두 신부에게 올바른 아내상에 대해 교육을 시키라고 카타리나에게 명합니다. 그러자 카타리나는 다음과 같은 긴 연설을 합니다.

> **카타리나** 남편은 우리들의 주인이요, 생명이자, 보호자이시며,
> 우리들의 머리요, 군주이십니다…….
> 아내가 남편에 대해 진 의무는
> 신하가 군왕에 대해 갖는 의무와 같은 것입니다.
> 그러니 아내가 고집이나 부리고 투정이나 부리고 쌜죽거리고
> 심술이나 부리면서 남편의 진솔함에 순종치 않는다면

● 《말괄량이 길들이기》에서 페트루치오가 "키스해 주오, 케이트."라고 하는 대사는 두 번 등장한다. 처음 두 사람의 결혼 약속이 성사되었을 때와 카타리나가 페트루치오의 호출에 순순히 모습을 드러내어 내기의 승자가 되었을 때이다. 미국의 작사가이자, 작곡가인 콜 포터는 1948년에 이 대사를 제목으로 뮤지컬을 만들었다.

어진 군왕에 대적하는 간악한 반란군이나

배은망덕한 반역자가 아니고 뭣이겠어요?

……우리 여자의 육체는 왜 부드럽고 연약하고 매끄러워

세상의 노고와 고생에 적합하지 않겠습니까?

그건 우리들의 약한 체질과 감정이 외양과

어울리게끔 하기 위한 것이 아닐까요?(5.2.147-169)

〈비앙카와 미망인을 꾸짖는
카타리나〉
카타리나가 비앙카와 호텐쇼
의 부인에게 올바른 아내상에
대해 이야기한다. 조지 롬니,
1821.

카타리나의 연설에는 가부장 이데올로기가 고스란히 담겨 있습니다. 바로 이 대목 때문에 이 작품이 많은 페미니즘 비평가들에게 신랄한 비난의 대상이 되었습니다.

하지만 가부장 이데올로기를 지나치게 과장적으로 설파하는 이 대사는, 그렇게 단편적인 해석에 그치지 않습니다. 오히려 이 대사는 가부장적 이데올로기에 대한 풍자적 비판으로 읽는 것이 타당합니다. 이 극에서도 셰익스피어는 가부장 세력의 일원으로서 가부장 이데올로기에 함몰되어 있는 것이 아니라 오히려 거리를 두고 그 문화를 탐색합니다.

셰익스피어는 여러 장치를 통해 카타리나 길들이기에 거리를 두고 있습니다. 우선 길들이기의 역할을 맡은 주체인 페트루치오의 언행을 어릿광대처럼 묘사함으로써 그가 행하는 길들이기에 부정적 시각을 담아냅니다. 그리고 카타리나가 길들어진 뒤 남은 두 신부가 카타리나 못지않은 말괄량이가 될 여지를 부각시킴으로써 남성들의 불안 요인이 제거되지 않았음을 보여 줍니다. 비앙카에게 구혼하는 자들의 이야기인 곁 이야기에서 난무하는 변장과 가짜 정체성도 카타리나가 정말로 길들어졌는지를 의심하게 하는 요소입니다. 또한 밥티스타가 비앙카에게 남자들이 접근하는 것을 막자 극 내내 계속된 변장과 속임수는 카타리나의 급격한 변모도 의심하게 합니다. 순종적인 아내 같은 그녀의 모습은 마치 루첸티오나 호텐쇼가 밥티스타의 눈을 피하기 위해 변장하는 것처럼, 카타리나가 페트루치오라는 어릿광대를 속이기 위해 한 변장은 아닌지 의구심이 들게 합니다.

또한 우리는 비앙카의 놀라운 변모도 주목해야 합니다. 결혼 전 비앙카는 다소곳하고 순종적인 모습으로 많은 남성들의 관심을 사로잡았습니다. 하지만 결혼 직후 피로연 자리에서 그런 그녀의 모습은 간데없이 사라집니다. 아내를 오라 가라 하면서 아내의 순종 테스트에 돈을 건 남편을 심히 책망하고, 카타리나가 페트루치오의 어리석은 요구들에 응하는 것을 비난하기도 합니다. 그렇다면 결혼 전 비앙카가 보여 준 순종적인 모습들 또한 하나의 변장이 아니었을까요?

마지막으로 셰익스피어는 〈말괄량이 길들이기〉라는 본극을 서극 속 슬라이 앞에서 상연되는 극중극으로 설정함으로써, 드센 아내 길들이기라는 다소 불편한 이야기를 관객들이 거리를 두고 바라볼 수 있게 합니다. 결국 이 극은 외상값 때문에 술집 여주인에게 두들겨 맞는 가련한 남성 슬라이를 즐겁게 해주기 위한 일종의 환상인 셈입니다. 그가 잠시 갖게 된 귀족이라는 정체성이 한낱 꿈이듯, 연극을 보다 잠이 든 그가 깨어나면 다시 여자들에게 매 맞는 땜장이 슬라이가 될 것입니다.

다시 갈래 저 곳으로~

이 모든 것을 종합해 볼 때 분명 셰익스피어는, 남편들의 아내 길들이기는 남성들의 환상이요, 착각이라고 말하고 있다고 생각할 수 있습니다. 또한 우리가 개인의 정체성이라고 여기는 것이 사실은 사회에 의해 강압적으로 부여된 것임도 함께 보여 줍니다.

이 극도 《베니스의 상인》과 마찬가지로 후대에 재현되면서 셰익스피어의 의도를 오해하게끔 만들어지곤 했습니다. 후대에 《말괄량이 길들이기》를 재현한 많은 공연과 영화에서 원작을 해석하는 데 중요한 역할을 하는 서극이 사라져 버렸기 때문입니다. 신고전주의 시대를 거치면서 잔인하게 개작된 셰익스피어의 원작들을 살려낸 것으로 유명한 데이비드 개릭˚도, 1754년에 〈카타리나와 페트루치오〉라는 제목의 공연에서 서극을 생략했습니다. 셰익스피어의 원전이 지니고 있는 독특한 극 구조를 자의적으로 바꿈으로써 셰익스피어의 의도를 왜곡한 것입니다. 그리하여 관객들은 셰익스피어의 의도와 정반대의 극을 감상하게 됩니다. 심지어 18세기에는 카타리나의 마지막 연설 부분만을 떼어 여성들을 가르치기 위한 교재로 활용했다고 합니다. 그 결과 셰익스피어는 악명 높은 반여성주의 작가로까지 여겨졌습니다.

그런가 하면 반대로 현대 관객들에게 불러일으킬 반감을 줄이고자 몇몇 장면이 특별히 다르게 연출되기도 했습니다. 예를 들어 페트루치오가 카타리나를 길들이는 장면에서 관객을 향해 눈짓 혹은 웃음을 보여 자신의 행동이 선의의 목적을 위한 것임을 암시하거나, 카타리나가 마지막 대사를 한 뒤 페트루치오에게 안겨 그의 어

〈땜장이 슬라이와 술집 여주인〉
땜장이 슬라이와 술집 여주인이 한바탕 실랑이를 벌인다. 《셰익스피어 희극집》(1830)의 삽화.

• 데이비드 개릭(1717~1779)
영국의 유명한 배우이자 제작자·극작가·시인이자 드루어리레인 극장의 공동 경영자. 1741년에 라이달이라는 가명으로 연극 무대에 데뷔하여, 《리처드 3세》에서 리처드 3세역으로 큰 성공을 거두었다. 이후에도 셰익스피어 극의 많은 인물을 연기했다.

깨너머로 관객들을 향해 윙크하게 함으로써 방금 한 자신의 대사가 페트루치오를 속이기 위한 연기임을 표현하기도 합니다.

이러한 많은 논란[*]에도 어쨌든 이 극은 무대에만 올려지면 관객들에게 대단한 인기를 얻는 극입니다. 처음부터 끝까지 때리고 욕하고 싸우는 소동으로 시끌벅적한 이 극은, 재치 넘치는 대사와 경쾌한 속도감으로 관객을 한바탕 웃음 속으로 빠져들게 하는 대중성 있는 작품임에 틀림없습니다.

• 《말괄량이 길들이기》는 셰익스피어 당대에도 파장이 컸던 듯하다. 이는 셰익스피어 생전에 동시대 극작가인 존 플레처가 이 극의 후속편이라 할 수 있는 《여성의 승리, 길들인 자 길들여지다》라는 극을 쓴 것을 통해서도 알 수 있다. 이 극의 내용은 홀아비가 된 페트루치오가 두 번째 아내에 의해 길들어지는 것으로, 남녀의 입장이 뒤바뀐 《말괄량이 길들이기》의 패러디 작품이라고 볼 수 있다.

❖ 《말괄량이 길들이기》 대 《어느 말괄량이 길들이기》

이 이야기는 《말괄량이 길들이기 The Taming of the Shrew》와 《어느 말괄량이 길들이기 The Taming of a Shrew》 두 판본이 전해지는데, 어느 것이 셰익스피어의 원본인지를 놓고 논란이 계속되고 있다. 두 작품의 가장 큰 차이는 《말괄량이 길들이기》에서는 서극의 슬라이가 극 중반에 잠시 다시 언급되고 더는 등장하지 않는 데 비해, 《어느 말괄량이 길들이기》에서는 서극의 슬라이 일당이 연극에 대해 논평하면서 끝까지 무대를 지킨다는 점이다. 그러다가 본극이 끝나면 영주 일행이 연극을 보다가 잠든 슬라이를 다시 술집 앞 거리에 내다 버린다. 잠에서 깨어난 슬라이가 "어, 이게 꿈이었나?" 하고 놀라면서 극이 끝난다. 따라서 후자의 경우에 《말괄량이 길들이기》는 분명한 일장춘몽이 된다.

《태풍》_신비한 마법의 세계

04

● ● ● 20세기 후반부터 포스트모더니즘˚이 유행하면서 서구 문학의 최고봉인 셰익스피어를 탈신화화하는 작업이 거세졌습니다. 특히 신역사주의 비평가들은 셰익스피어가 지배 권력에 영합하면서 지배 이데올로기를 유포, 강화, 확산시키는 역할을 했다고 비난했습니다. 그들은 셰익스피어가 서구 백인 기독교 남성 작가로서 동양, 타민족, 타종교, 여성에 대해 어떻게 부정적 이미지를 형성시켰는지를 분석하고, 사극 작품들을 통해 어떻게 절대왕정 이데올로기를 옹호했는지를 집중적으로 연구했습니다. 그 중에서도 한 외딴섬을 지배하는 마법사와 그 마법사의 노예가 된 원주민이 등장하는 《태풍》에는, 셰익스피어가 신대륙의 원주민을 악마화하고 신대륙에 대한 영국의 식민 지배를 옹호한 극이라는 비판이

● 포스트 모더니즘
20세기 후반에 일어난 문화운동으로, 정치·경제·사회의 모든 영역에서 중심을 해체하고 주변에 대해 관심을 갖는다. 또한 보편성, 진리, 다수보다는 개성, 자율성, 다양성, 대중성, 소수를 중시하여 그 어떤 절대이념도 거부한다. 문학에 있어서는 서구 고전이나 정전正典에 대한 신화를 벗겨내는 탈정전화를 시도했다. 서구 고전에서 독보적인 자리를 차지하는 셰익스피어는 포스트 모더니즘 시대에 탈신비화, 탈정전화 대상 1호였다.

《태풍》의 한 장면〉
아기 천사의 모습을 한 에어리
얼이 천상의 음악을 연주하여
페르디난도를 동굴로 유인한
다. 윌리엄 호가스, 1735경,
웨이크필드, 원 컬렉션 소장.

• 셰익스피어가 이 극 속에서
제국주의적 면모를 재현했다고
해서 그를 제국주의 이데올로
기의 수호자라고 보는 데는 이
견이 존재한다. 비평가 스쿠라
는 오히려 셰익스피어가 신세
계에서 자행된 원주민 학대를
세상에 드러낸 최초의 작가이
고, 원주민이 무대 위에서 불평
의 목소리를 내도록 한 최초의
작가이며, 나아가 신세계가 당
면한 문제를 직시한 최초의 작
가라고 주장했다.

쏟아졌습니다.

그리하여 이 극은 20세기 후반부터 외딴 섬의 원주민인 캘리번을 중심으로 다시 읽기가 행해졌습니다. 비평가들은 캘리번에게서 신대륙 원주민의 모습을 읽고, 마법으로 그에게서 섬을 빼앗은 프로스페로에게서는 서구 식민 지배자의 모습을 읽어 냅니다. 그들은 셰익스피어가 캘리번을 야만인, 괴물 등의 모습으로 재현한 점을 들어, 서구인은 문명인으로 그리고, 원주민은 야만인으로 양분해서 보는 서구 중심적 편견에 사로잡혀 있다고 주장했습니다. 나아가 셰익스피어를 식민 지배 담론을 옹호하고 확산시킨 작가라고 평가했습니다.

이 극은 셰익스피어의 대표적인 낭만극(로맨스)이자 셰익스피어가 단독으로 집필한 마지막 극으로, 밀라노와 나폴리에서 멀리 떨어진 외딴섬을 배경으로 하고 있습니다. 1609년 버뮤다 섬에서 조난당한 난파선 이야기를 소재로 한 극으로 추정되며, 1611년 11월 1일에 '왕의 극단'에 의해 제임스 1세 앞에서 공연됐다는 기록이 남아 있습니다. 그리고 독일 극작가 J. 아일러가 쓴 희극 《아름다운 시데아》가 원전으로 알려져 있습니다.

셰익스피어는 아리스토텔레스의 삼일치 법칙이라는 고전 규범에서 자유로이 일탈하여 작품을 쓴 것으로 유명합니다. 하지만 재미있게도 단독 집필로는 마지막 작품인 이 극에서는 비교적 고전 규범을 준수합니다. 그 예로 이 극은 프로스페로의 외딴섬이라는 한 장소에서 하루 동안 겪은 일들로 이루어져 있습니다(프로스페로가 요정 에어리얼에게 지시하는 대사를 통해 이 극의 사건이 오후 두 시에서 여섯 시 사이에 벌어진 것임을 알 수 있습니다).

이 극은 무대에 펼쳐지는 화려한 장면들로 작품성을 인정받습니다. 셰익스피어의 모든 극들이 놀라운 공연 효과를 보여 주지만, 특히 이 극의 공연 효과는 대단합니다. 이는 프로스페로가 부리는 마법과 요정들이 펼치는 향연 등 화려하고 환상적인 볼거리로 가득한 작품이기 때문입니다.

〈태풍〉
프로스페로가 요정 에어리얼에게 태풍을 일으켜 나폴리 왕 일행이 탄 배를 난파시키도록 하고 있다. 조지 롬니 · 벤저민 스미스, 1797, 샌프란시스코 미술관 소장.

나폴리 왕 일행의 난파

나폴리 왕 알론조는 아들 페르디난도와 동생 세바스찬 그리고 밀라노의 공작 안토니오와 함께 튀니지에서 열린 딸의 결혼식에 참석했습니다. 그리고 결혼식을 마치고 돌아가는 도중에 이들을 실은 배가 한 외딴섬 근처를 지나가게 됩니다. 그때 그 섬을 지배하는 마법사 프로스페로가 마법의 힘과 자신이 부리는 요정 에어리얼의 도움으로 태풍을 일으켰습니다. 그는 알론조 왕의 일행이 탄 배를 난파시키고 그들이 겨우 목숨만 건져 자신의 섬에 도착하게 만들었습니다. 프로스페로에게는 순수하고 마음씨 고운 미란다라는 딸이 있었는데, 그녀는 멀리서 자신의 아버지가 저지른 이 난파 장면을 보고 눈물을 글썽이며 가슴 아파했습니다.

미란다 만약에 아버지가 마법의 힘을 빌려 저렇게 바다를 성나게 하

셨다면 다시 잔잔하게 해주세요……

아아! 남들이 고통당하는 걸 보니 저도 너무 괴로웠어요.

외쳐대는 비명이 제 가슴을 저미듯 아프게 했어요.

가엾게도 모두들 죽다니……. 나에게 신의 힘이 있었다면

바다를 땅속으로 침몰시켜 버렸을 텐데.(1.2.1~11)

미란다의 고뇌에서 우리는 동정과 연민이 넘치는 따스한 인간미
를 느낄 수 있습니다. 하지만 미란다의 걱정과 달리 프로스페로는
미리 마법을 써서 배 안의 사람들이 머리카락 한 올 다치지 않도록
해두었습니다. 《태풍》에서 프로스페로는 다른 사람들의 운명을 좌
지우지하는 전능한 마법사로 그려집니다. 그는 섬 전체를 완전히
장악하고 지배하는 신과 같은 존재이면서, 극을 자신의 의도대로
이끌어가는 인물이기도 합니다.

〈미란다〉
미란다가 풍랑이 몰아치는 파
도에 배가 난파되는 장면을 바
라보고 있다. 존 워터하우스,
1916, 개인 소장.

비평가 잭 A. 본은 이 극에서 프로스페로의 존재에 대해 '셰익스
피어의 다른 어떤 등장인물들도 프로스
페로만큼 그렇게 완전히 극을 지배하는
인물은 없다. 여기에 가장 가까운 인물
은 오베론(《한여름 밤의 꿈》의 요정 왕)이
지만, 오베론은 그의 주요한 대리인 퍼크
의 장난기 어린 어리석음에 희생이 되기
도 한다. 《태풍》에서 퍼크에 상응하는
에어리얼은 실수가 없고 주인만큼이나

능력이 있다.'라고 분석했습니다.

　지금 프로스페로가 난파시킨 일행은 12년 전 프로스페로의 권력을 빼앗고 어린 딸과 함께 망망대해에 내다버린 원수들이었습니다. 그래서 프로스페로는 자신의 행동에 대한 정당한 이유를 딸에게 설명해 줍니다. 프로스페로의 원한 맺힌 12년사를 들어봅시다.

동생에게 권력을 빼앗긴 밀라노 공작

　밀라노의 공작 프로스페로는 학문과 마술을 좋아하여, 정치는 동생 안토니오에게 맡겨두고 오직 연구에만 몰두했습니다. 그는 동생을 굳게 믿고 있었으므로 점점 공무를 등한시했습니다. 그런데 믿었던 동생이 정권을 장악하게 되자 흑심을 품기 시작했습니다. 이제 안토니오는 실권뿐만 아니라 프로스페로가 가진 밀라노 공작이라는 작위도 탐내게 되었습니다. 형의 권력을 탐낸 안토니오는 밀라노와 원수지간이던 나폴리의 왕과 결탁했습니다. 나폴리의 알론조 왕은 안토니오의 청을 받아들여, 신하의 예를 갖추어 해마다 조공을 바치는 조건으로 프로스페로와 그의 어린 딸을 추방하고 밀라노와 그곳의 통치권자라는 지위를 안토니오에게 주기로 약속했습니다. 결국 한 개인의 권력에 대한 탐욕 때문에 한 번도 외국에 종속된 적이 없던 밀라노가 치욕적이게도 나폴리의 속국이 된 것입니다.

　안토니오는 프로스페로와 그의 세 살도 안 된 딸을 한밤중에 바다 한가운데로 데려가 그곳에 대기하고 있던 썩은 배에 옮겨 태우게 했습니다. 그 배는 닻줄도, 돛도, 돛대도 없는 낡은 배였습니다. 그때 어린 딸 미란다는 프로스페로를 지켜 준 수호천사였습니다.

프로스페로   너야말로 날 수호해 준 천사였어.
　넌 하늘이 내려 주신 용기를 지닌 듯
　얼굴에 미소를 띠고 있었단다.
　나의 짜디짠 눈물로 바닷물을 불리고
　너무나 비통해서 신음을 하다가도
　네 웃는 얼굴을 보고서는 죽었던 힘이 되살아나고
　어떤 환난이 닥쳐온다 해도 참고 견뎌내겠다고 결심했단다.
　(1.2.52–58)

　부녀를 배에 옮겨 태우는 임무를 담당한 나폴리 사람 곤잘로는 인정 많고 심성이 고운 사람이었습니다. 그는 권좌에서 쫓겨나 망망대해에 내던져진 프로스페로를 불쌍히 여기고 옷가지와 물품들을 챙겨 주었습니다. 그리고 책을 좋아하는 프로스페로를 위해 그의 장서에서 그가 나라보다 더 소중히 여기던 책들도 몇 권 챙겨다 주었습니다. 그중에는 마법 책도 있었습니다.

마법의 섬

　프로스페로와 미란다는 바다를 표류하다가 어느 황량한 섬에 상륙했습니다. 프로스페로는 그 섬에 정착하여 미란다를 기르며 열심히 마법을 익혔습니다. 미란다는 이 섬 밖에 또 다른 세상이 존재한다는 것도, 아버지나 자기 외에 또 다른 사람들이 이 세상에 존재한다는 것도 모른 채 외딴섬에서 티없이 순수하고 아름답게 자라났습니다.

그 섬에는 시코락스라는 마녀가 살고 있었습니다. 그녀의 고향은 원래 알제*였으나, 온갖 못된 짓을 하고 사악한 마술을 부린 죄로 추방되어 선원들이 이 외딴섬에 버리고 갔습니다. 당시 시코락스는 임신 중이었는데, 이 섬에서 주근깨투성이에 물고기 같기도 하고 거북이 같기도 한 괴물 형상의 아들을 낳았습니다. 그리고 얼마 후 시코락스는 죽고 말았습니다.

프로스페로는 섬에 혼자 남겨져 있던 시코락스의 아들 캘리번을 불쌍히 여겨 먹을 것도 주고 가르침도 주었습니다. 그리고 짐승처럼 울부짖기만 하던 캘리번에게 말을 가르쳐서 자기가 하고 싶은 말을 할 수 있게 해주었습니다. 캘리번도 그런 프로스페로를 무척 따랐습니다. 그래서 맑은 물은 어디 있으며 기름진 땅은 어디인지 등 섬에 대해 자신이 알고 있는 것들을 모두 알려 주었습니다. 프로스페로는 캘리번을 고맙게 여겨 자신과 미란다가 거처로 삼고 있는 동굴 속에서 함께 지내게 했습니다.

프로스페로가 캘리번에게 언어를 가르쳤다는 대목에서 식민 정책의 한 단면을 엿볼 수 있습니다. 흔히 언어 교육은 식민 정책에서 가장 중요한 과정입니다. 언어는 주체성을 형성하는 주요 수단이고, 문화를 동질화시키는 데 가장 필수적인 수단이기 때문입니다. 그래서 식민지를 지배하기 위해 가장 먼저 실시하는 것이 바로 언어 교육입니다. 일본이 우리나라를 식민통치하면서 일본식 성명을

● 알제Algiers
알제리의 수도로, 지중해 연안에 있는 알제리 최대의 항구 도시다.

이 섬의 원래 주인은 나라구…

〈태풍〉
캘리번이 미란다를 겁탈하려
고 하자 분노한 프로스페로가
그를 마법으로 꼼짝 못하게 한
다. 헨리 퓨젤리의 그림을 장
피에르 시몽이 동판화로 제작,
1797, 샌프란시스코 미술관
소장.

• 미국은 서부 개척이라는 미
명 아래 원주민인 인디언들을
탄압했다. 그들의 토지를 무상
몰수하는가 하면, 저항하는 인
디언들을 학살하기도 했다. 그
뿐만 아니라 인디언 보호 구역
을 만들어 강제로 이주시키고,
그 범위를 점차 좁혀 나갔다.

• 캘리번의 이름도 '식인종'이
라는 뜻의 영어 단어 'cannibal'
의 철자를 바꿔 만든 것으로, 야
만성의 이미지를 담고 있다.

강요하고 일본어를 사용하게 한 데서도 그
런 면모를 볼 수 있습니다.

그러던 어느 날, 캘리번이 미란다를 겁
탈하려 하는 사건이 일어났습니다. 이에
분노한 프로스페로는 그를 바위 속에 가둬
두고 시종처럼 부리기 시작했습니다. 그때
부터 캘리번은 프로스페로 부녀를 위해 불
을 때고, 땔감을 모으는 등 모진 일을 해야
만 했습니다. 혹여 캘리번이 명령을 무시하거나 할 일을 하지 않고
미적거리면 프로스페로는 마법을 사용해서 그의 손발에 쥐가 나게
하고 온몸이 쑤시게 만들곤 했습니다. 요정들도 온갖 모습으로 둔
갑해 가며 그를 괴롭혔습니다. 캘리번이 미란다를 겁탈하려 한 이
사건은, 프로스페로가 섬을 지배하고 캘리번을 노예로 만든 일을
정당화합니다.

앞에서도 언급했듯이 20세기 중반에 들어오면서부터 비평가들
은 캘리번을 억압받는 식민지 백성으로 해석하기 시작했습니다. 그
뒤부터 캘리번은 일반적으로 억압받는 소수집단이나 미국의 인디
언 등에 비유되어 왔습니다. 식민 지배 담론에서는 흔히 원주민의
야만성을 부각시킴으로써 그들의 식민정책을 정당화하려는 경향
이 있는데, 극 속에 등장하는 많은 인물들의 입을 통해 캘리번은 괴
물의 이미지로 묘사가 됩니다. 나폴리 왕의 어릿광대 트린큘로는
처음 캘리번을 보고 "이게 뭐지? 인간인가? 물고기인가? 죽었나?
살았나? 물고긴데. 물고기 냄새가 나."(2.2.24–25)라고 말합니다. 그리고 나폴리 왕의 주정뱅이 요리사 스테파노도 캘리번을 가리켜 "네 발 달린 이 섬의 괴물"(2.2.66)이라고 말합니다.

캘리번은 프로스페로의 마법이 두려워 그의 말을 따르고 있지만, 속으로는 불만에 가득 차 있었습니다. 그는 프로스페로와 미란다가 오기 전까지 자기가 이 섬의 주인이었는데, 그들에게 섬을 빼앗겼다고 생각했습니다. 캘리번의 입장에서 보면 프로스페로는 그의 주인 자리를 빼앗은 찬탈자가 되는 셈입니다. 캘리번은 프로스페로가 가르쳐 준 말 덕분에 화가 날 때면 그들 부녀를 욕하고 저주할 수 있었습니다.

프로스페로　난 널 측은히 여겨 말을 가르치느라고

　　　많은 애를 썼고 틈만 있으면 이것저것 가르쳤다.

　　　자기가 말하고 싶은 말도 모르고 짐승처럼

　　　울부짖는 너에게 말을 가르쳐 의사소통이

　　　되도록 해주지 않았느냐?

캘리번　말을 가르쳐 준 덕분으로 욕지거리를 알게 됐지.

　　　말 가르쳐 준 벌로 두 사람 다 염병이나 걸려라.(1.2.353–365)

프로스페로의 이 대사는 언어를 배웠음에도 캘리번이 문명화되지 않았음을 피력하고 있으며, 캘리번의 대사에서는 프로스페로의 지배에 대한 저항 의식을 엿볼 수 있습니다.

이 섬에는 또한 마녀 시코락스의 종이었던 요정 에어리얼이 있었습니다. 에어리얼은 원래 섬세한 요정이었기 때문에 마녀의 천하고

〈에어리얼〉(부분)
프로스페로를 도와 폭풍을 일
으킨 요정 에어리얼. 본래 마
녀에 의해 소나무 틈새에 갇혀
있었다. 모드 틴달 아트킨슨,
1915, 개인 소장.

혐오스러운 명령들에 신물이 나 있었습니다. 그래서 마녀가 내린 중대한 명령을 거역하자, 에어리얼은 쪼개진 소나무 틈새에 갇혀 버렸습니다. 그러나 마녀 시코락스는 그녀를 거기서 풀어 주는 주문은 몰랐습니다. 그러다가 마녀가 죽었기 때문에 에어리얼은 프로스페로가 이 섬에 올 때까지 12년 동안이나 그곳에 갇혀 있었습니다. 프로스페로는 에어리얼의 고통스러운 신음소리를 듣고 마법을 부려 그녀를 꺼내 주었습니다. 그 뒤부터 에어리얼은 일정 기간이 지나면 자유를 주겠다는 약속에 따라 프로스페로를 섬기게 되었습니다. 그리하여 알론조 왕이 탄 배가 외딴섬 근처를 지나갈 때 프로스페로가 시키는 대로 태풍을 일으켰던 것입니다.

미란다와 페르디난도의 사랑

태풍에 의해 배가 난파될 때 나폴리 왕의 아들인 페르디난도가 "악마들이 지옥을 텅 비워 놓고 습격해 왔다."(1.2.214–215)라고 외치며 제일 먼저 바다 속으로 뛰어들었습니다. 혼자 섬에 닿자 자신만 살아남은 줄 알고 슬픔에 빠져 있었는데, 공중에서 감미로운 노랫소리가 들려왔습니다. 천상의 목소리가 부르는 듯한 노랫소리를 들으며 페르디난도는 어떤 신비한 존재가 아버지의 죽음을 추도하는 것이라고 생각했습니다. 그래서 그는 에어리얼이 부르는 노래에 이끌려 프로스페로의 동굴까지 오게 됩니다.

에어리얼 다섯 길 물 아래 그대의 아버지가 누워 있네.

그의 뼈는 산호가 되었고,

그의 눈은 진주가 되었네.

그의 것은 하나도 사라지지 않고

바닷속에서 변했네.

값지고 기이한 보물로. (1.2.397-402)

〈에어리얼에 이끌려오는 페르디난도〉
에어리얼이 페르디난도의 귀에 천상의 음악 같은 노래를 부르면서 그를 프로스페로의 동굴까지 유인한다. 존 에버릿 밀레이, 1840~1850, 매킨스 미술관 소장.

• T.S. 엘리엇은 이 노래 중 한 행을 시집 《황무지*The Waste Land*》(1922)에서 인용했다. 《황무지》 제1장 '죽은 자의 매장 The Burial of the Dead'에 '그의 눈은 진주가 되었네.Those are pearls that were his eyes.'라는 행이 있다. 바다가 지닌 놀라운 변형력을 표현하기 위해 인용한 구절이다.

《태풍》에서 음악은 대단히 중요한 극적 역할을 담당합니다. 섬을 가득 메운 음악에 대한 등장인물들의 태도는 그들의 성격을 드러냅니다. 악한 인물은 불협화음만 듣고, 선한 인물은 달콤하고 조화로운 음악 소리를 듣습니다. 페르디난도처럼 선한 인물들에게 음악이란 삶을 변화시키고 슬픔과 고통을 잊게 해 주는 놀라운 치유력을 지닌 예술입니다.

에어리얼이 들려주는 아름다운 노랫소리에 이끌려 페르디난도가 동굴 근처에 나타나자, 프로스페로는 미란다에게 그를 보여 줍니다. 바깥세상의 인간을 본 적이 없는 미란다는 신기해하며 "저게 뭐예요? 정령인가요? 어머, 사방을 두리번거리네요. 정말 멋있게 생겼어요."(1.2.410-412)라고 말했습니다. 프로스페로는 그가 난파당한 사람들 중 하나라고 알려 줍니다.

한편 미란다를 본 페르디난도는 그녀가 자신에게 노래를 불러 준 여신일 것이라고 생각했습니다. 첫눈에 미란다에게 반한 페르디난도는 아직 그녀가 아무에게도 마음을 주지 않았다면 그녀를 나폴리 왕비로 맞고 싶다고 말합니다.

〈미란다와 페르디난도〉
미란다와 페르디난도는 서로
에게 사랑의 감정을 느낀다.
안젤리카 카우프만, 1782, 빈,
오스트리아 미술관 소장.

〈에어리얼〉
에어리얼이 박쥐를 타고 즐겁
게 하늘을 날고, 그 아래에는
미란다와 페르디난도가 서로
사랑을 속삭이고 있다. 헨리
퓨즐리, 1800~1810, 워싱턴,
폴저 셰익스피어 도서관 소장.

프로스페로는 자신이 원하는 대로 딸과 페르디난도가
서로에게 첫눈에 반한 것을 보고 흡족해했습니다. 그러
나 너무 쉽게 얻은 것은 소중히 여겨지지 않는다는 진실
을 알고 있는 프로스페로는, 페르디난도의 사랑을 시험
해 보기로 합니다. 일부러 페르디난도에게 섬을 염탐하
러 온 첩자라고 몰아세워 그가 칼을 빼들도록 자극한
뒤, 마술로 꼼짝 못하게 해서 굴복시켰습니다. 이제 페르디난도는
프로스페로가 시키는 대로 온갖 궂은 일들을 해야 했습니다. 프로
스페로는 페르디난도에게 수천 개의 통나무를 날라다 쌓아올리라
고 명령합니다. 하지만 미란다를 향한 깊은 사랑에 빠진 페르디난
도는 이처럼 천한 일을 하면서도 행복해했습니다. 페르디난도는 기
꺼이 프로스페로의 시험을 견디면서, 미란다에게 자신이 한 나라의
왕자이지만 그녀를 처음 본 순간 그녀의 노예가 될 각오를 했다고
고백합니다. 미란다 또한 아버지 몰래 페르디난도의 일을 도와주는
등 적극적으로 자신의 애정을 표현합니다. 셰익스피어 극의
다른 여주인공들처럼 미란다는 사랑을 쟁취하기 위해 적극적
이고 능동적인 모습을 보여 줍니다. 결국 서로의 사랑을 확인
한 두 사람은 결혼을 맹세합니다. 순수하고 아름다운 사랑의
속삭임을 지켜본 프로스페로는 하늘이 두 사람의 앞날에 은
총을 내려 주기를 기원합니다.

프로스페로는 마침내 자신의 시험을 잘 이겨낸 페르디난도
에게 자기 삶의 보람인 미란다와의 결혼을 허락합니다. 그러
고는 마법으로 정령들을 불러내어 이들 앞에서 가면극*을 공

연하게 했습니다. 정령들은 시어리즈,° 아이리스,° 주노° 등의 여
신들로 분장하고 각자 두 사람의 결혼에 축복을 내려 주었습니다.

정령들의 화려한 춤과 노래로 구성된 이 장면은 극중극 장면으
로, 아주 화려하고 정교한 극적 효과를 과시합니다. 공연을 마친 뒤
프로스페로는 다음과 같이 말합니다.

프로스페로 이 배우들은

모두 정령이어서 이젠 대기 속으로,

엷은 대기 속으로 사라져 버렸지.

이 허황된 환영처럼 저 구름 위에 솟은 탑도

호사스런 궁전도, 장엄한 신전도

이 거대한 지구 자체와 지구상의 삼라만상°이 다

지금 사라져 버린 환상처럼 결국 다 사라져

흔적도 남지 않는 법. 우리는 그런

꿈과 같은 존재여서 우리의 짧은 인생은

잠으로 막을 내리게 되지.(4.1.148-158)

프로스페로의 대사는 관객들에게 연극의 허구성과, 나아가 우리
인생도 한 편의 연극과 같이 허망한 일장춘몽임을 말해 줍니다.

이 극은 《한여름 밤의 꿈》과 비슷한 점이 많은 작품입니다. 두 작
품은 마법과 요정이 등장하는 신비롭고 환상적인 이야기라는 공통
점을 갖고 있으며, 게다가 두 작품 모두 초자연계와 인간계가 서로
분리되어 있는 것이 아니라 긴밀한 구성으로 융합되어 있습니다.

● 가면극
영국에서 16세기부터 17세기에
유행한, 왕후나 귀족을 위한 공
연 양식. 엘리자베스 여왕을 즐
겁게 하기 위해 공연되다가 궁
정에서 널리 유행했다. 시, 성
악, 기악, 댄스, 연기 등이 결합
된 양식으로, 내용은 주로 신화
나 우화에서 빌려 왔다.

● 시어리즈Ceres
그리스 여신 데메테르에 해당
하는 로마의 여신이며, 곡식의
여신이다.

● 아이리스Iris
그리스의 무지개 여신으로 제
우스와 헤라 사이의 심부름꾼
이었다. 하늘과 땅을 연결한
무지개를 타고 다니면서 일을
했다.

● 주노Juno
로마 신화에 나오는 최고의 여
신으로 유피테르(그리스의 제
우스)의 아내이다. 그리스 신화
의 헤라에 해당한다.

● 삼라만상森羅萬象
우주에 있는 온갖 사물과 형
상.

그리고 춤과 음악, 환영적 요소 등 볼거리가 풍부합니다. 다만 낭만 희극인 《한여름 밤의 꿈》과 달리, 로맨스 혹은 희비극으로 분류되는 《태풍》에는 음모, 반목, 반란 등 무거운 소재들이 같이 들어 있습니다.

또 다른 역모

나폴리 왕 알론조는 아들 페르디난도가 보이지 않아 비탄에 잠겨 있었습니다. 사람 좋은 곤잘로는 그의 마음을 위로하고자 온 정성을 쏟았습니다. 곤잘로는 12년 전 프로스페로가 추방될 때 그에게 책과 옷가지 등을 챙겨 주었던 인물입니다.

왕자를 찾아 헤매던 나폴리 왕과 곤잘로는 피곤에 지쳐 잠이 들었습니다. 그러자 프로스페로의 동생 안토니오는 나폴리 왕의 동생인 세바스찬에게, 마침 페르디난도 왕자가 바다에 빠져 익사한 것 같으니 왕과 곤잘로를 죽이고 나폴리의 왕위를 차지하라고 종용했습니다. 이에 세바스찬은 안토니오의 전례를 따라 자신도 형을 죽이고 나폴리를 차지하기로 결심했습니다. 두 사람이 칼을 빼들어 왕과 곤잘로를 찌르려는 순간, 프로스페로의 명을 받은 요정 에어리얼이 위험을 알리는 노래를 불러 곤잘로를 깨웠습니다. 잠에서 깬 곤잘로는 두 사람을 보고는 알론조 왕을 급히 깨웠습니다. 다급해진 세바스찬은 근처에서 맹수 소리가 들려서 칼을 뺐다고 둘러댔습니다. 《태풍》에는 이처럼 흔히 비극 작품에 등장하는 국왕 시해 음모, 왕권 찬탈, 복수 등의 플롯이 담겨 있습니다. 그래서 이 극과 같은 패턴을 지닌 극들을 희비극이라고도 부르는 것입니다.

 이들은 다시 페르디난도를 찾아 섬을 헤매고 다녔습니다. 그런데 어딘가에서 신비로운 음악 소리가 들리며 기이한 모습을 한 정령들이 풍성하게 차려진 식탁을 들고 나타났습니다. 그러고는 식탁을 둘러싸고 춤을 춘 뒤 식사를 권하듯 절을 하고는 사라졌습니다. 그들의 이상한 모습과 거동을 보고 신비로운 음악을 들은 나폴리 왕 일행은 모두들 경이로움을 느꼈습니다. 그런데 왕 일행이 식사를 하러 식탁에 앉자 갑자기 천둥 번개가 치며 하피*의 모습으로 변한 에어리얼이 나타나 식탁을 쳤습니다. 그러자 순식간에 잔칫상이 사라져 버렸습니다.

 왕 일행이 에어리얼을 향해 칼을 뽑자 그녀는 그들을 비웃으며, 그들의 조난이 죄 없는 프로스페로와 그의 딸을 바다에 내다버린 행위에 대한 바다의 복수라고 호통쳤습니다. 또한 알론조 왕의 아들(페르디난도)도 그 죗값으로 신이 빼앗아 간 것이며 앞으로 그들에게 죽음보다 더한 고통이 따라다닐 것이라고 말했습니다. 그리고 마지막으로 한 가지 충고를 덧붙였습니다. 그들 머리 위로 천벌이 떨어질 것이나 피할 길은 단 한 가지뿐이니, 그것은 진정으로 참회하고 선한 생활을 영위하는 것이라고 말입니다.

 프로스페로는 에어리얼을 통해 나폴리 왕 일행에게 지금 겪고 있는 고난이 그들이 과거에 저지른 사악한 행위에 대한 하늘의 응징인 양 꾸몄습니다. 이 향연 장면을 연출한 프로스페로는 에어리얼 일행의 연기에 대해 다음과 같이 칭찬합니다.*

* 하피
신화에 등장하는 괴조怪鳥로, 여자의 머리와 몸에 새의 날개와 발을 지녔다. 바람보다 빠른 날개를 가졌다고 하며 그리스어로는 하르피이아라고 한다.

* 프로스페로는 이 극 속에서 마법으로 정령들을 불러내 가면극을 보여 주기도 하고, 감독이자 극작가처럼 향연 장면을 연출하기도 했다. 그래서 일부 비평가들은 프로스페로를 셰익스피어 자신의 형상화라고 보기도 한다. 그들은 셰익스피어가 상상력을 동원해 유령과 요정 등 초자연적 존재들을 작품 속에 탄생시킨 것을 프로스페로가 마법을 부리는 것에 비유하여 표현했다고 보았다.

프로스페로 에어리얼, 하늘의 괴조 역은 참 잘했다.

　음식을 채가는 장면도 근사했다.

　대사도 내 지시대로

　한마디도 빠뜨리지 않고 잘했다.

　단역의 요정들도 생동감을 줬고,

　내가 시키는 대로 제각기 역할을 잘해 주었다. (3.3.83–88)

• 자코비언 시대
영국의 제임스 1세 시대를 말한다. 자코비언이란 제임스의 라틴 이름인 야코부스Jacobus에서 유래된 단어이다.

이 극에서도 이처럼 연극 혹은 공연에 대한 자의식적 언급이 자주 등장합니다. 또한 음향 효과, 무대 지시, 마법을 이용한 속임수, 향연 장면 연출, 자코비언 시대*에 유행한 가면극 같은 각종 연극적 요소들도 대거 사용하고 있습니다.

그사이 나폴리 왕의 주정뱅이 요리장 스테파노와 어릿광대 트린큘로가 섬을 헤매다가 캘리번과 만나게 됩니다. 스테파노가 캘리번에게 술을 주자, 술을 처음 맛본 캘리번은 그것을 천국의 음료라고 생각합니다. 그는 천국의 술을 가지고 있는 스테파노를 하늘에서 내려온 신으로 여겨 그의 앞에 무릎을 꿇습니다. 그리고 그의 충실한 부하가 되겠으니 프로스페로를 물리치고 이 섬의 지배자가 되어 달라고 부탁합니다. 스테파노가 그러겠다고 약속하자 술에 취한 캘리번은 노래를 부릅니다.

〈괴물(캘리번)을 만난 스테파노〉
주정뱅이 요리장은 어릿광대 트린큘로와 섬을 헤매다 캘리번을 만난다. 로버트 스머크, 1798경, 워싱턴, 폴저 셰익스피어 도서관 소장.

캘리번 더 이상 생선을 잡지 않으리.

　땔감도 하지 않고.

명령해 봐야 소용없네.

쟁반도 안 닦고 설거지도 않으리.

번, 번, 캘리번은

새 주인을 만났으니 새 하인을 고용하리.

자유다, 만세다! 자유 만세, 만만세!

자유 만세다!(2.2.180-187)

　캘리번의 노래에는 프로스페로의 권력에 저항하려는 의지가 구현되어 있습니다. 그러나 캘리번이 저항할 때마다 프로스페로는 마법을 이용하여 끊임없이 감시하고 처벌합니다. 그래서 캘리번, 스테파노, 트린큘로가 프로스페로의 마법 책을 뺏고 그를 없앨 작전을 짰습니다. 이러한 음모는 안토니오와 세바스찬이 왕권을 찬탈하기 위해 알론조 왕을 죽이려 한 음모를 희화화한 것으로 볼 수 있습니다. 셰익스피어는 이처럼 여러 가지 에피소드가 서로 거울처럼 반영되는 플롯을 자주 사용합니다.

　어리석은 악당들의 음모를 엿들은 에어리얼이 이 사실을 프로스페로에게 알렸습니다. 프로스페로는 동굴에 있는 화려한 옷을 꺼내 나무에 걸어 두게 했습니다. 그 옷을 미끼로 못된 도둑놈들을 잡으려는 것이었습니다. 역시 트린큘로와 스테파노는 화려한 옷에 한눈이 팔려 프로스페로를 제거하는 일 따위는 잊어버립니다. 이때 사나운 개들로 변신한 요정들이 세 사람에게 덤벼들었습니다. 그들은 개들에 쫓겨 혼비백산해 도망갔습니다. 캘리번 일당의 이

〈에어리얼, 트린큘로, 스테파노 그리고 캘리번〉
트린큘로, 스테파노와 음모를 꾸미는 캘리번의 이야기를 에어리얼이 엿듣고 있다. H.C. 셀루스, 19세기경.

런 어리석고 우스꽝스런 장면은 지적 수준이 낮은 관객들에게 즐거움을 선사하는 희극적 요소가 됩니다. 이로써 안토니오와 세바스찬의 역모도, 캘리번 일당의 역모도 전지전능한 프로스페로에 의해 철저히 봉쇄되었습니다.

용서와 화해

한편 에어리얼의 온갖 환영에 시달려 넋이 나간 나폴리 왕 일행이 또다시 에어리얼의 음악에 이끌려 프로스페로의 동굴 앞으로 왔습니다. 그들이 충분히 고생했다고 생각한 프로스페로는 과거의 아픈 기억들이 자신에게 복수를 종용하지만, 그 분노를 억제하고 원수를 덕으로 갚고자 했습니다. 그래서 그는 자신의 동생과, 그와 결탁한 나폴리 왕을 용서하기로 합니다.

프로스페로는 나폴리 영주 일행이 제정신으로 돌아오도록 만든 다음, 마법사가 아닌 예전 밀라노 공작의 모습으로 그들 앞에 나타났습니다. 이제 프로스페로는 그동안 모든 사건을 만들어 낸 마법의 힘을 포기하기로 결심합니다. 그는 요정들로 하여금 천상의 음악을 연주하게 하여 심약해진 그들의 정신을 치유해 주었습니다. 제정신이 돌아온 나폴리 왕에게 프로스페로는 정중하게 인사를 했습니다. 놀란 나폴리 왕은 자신이 과거에 저지른 짓에 대해 용서를 빌면서 그의 왕국을 돌려주리라 약속했습니다. 프로스페로는 뉘우치는 왕에게 따뜻하게 대해 주고 곤잘로에게도 지난 일에 대해 감사를 표했습니다. 그리고 알론조 왕을 죽이고 왕위를 찬탈하려 한

이처럼 셰익스피어 말기의 낭만극들에서는 극적인 용서와 화해가 일어난다. 이는 한바탕 비관적인 4대 비극들을 몰아쓴 셰익스피어가 노년에 인생을 전보다 긍정적으로 바라보게 되었음을 보여 준다.

일을 빌미로 안토니오와 세바스찬을 꼼짝 못하게 만들었습니다.

나폴리 왕이 아들을 잃은 것에 대해 애통해하자, 프로스페로는 자신의 영토를 돌려준 것에 대한 보답을 하겠다며 동굴의 장막을 걷었습니다. 그곳에는 다정히 체스를 두고 있는 미란다와 페르디난도가 있었습니다. 나폴리 왕과 페르디난도 부자는 살아서 다시 만난 것을 기뻐하며 부둥켜 안았습니다. 죽은 줄 알았던 사람이 기적적으로 환생하고 잃어버린 가족이 뜻밖에 재회하는 것은 낭만극의 전형적인 특징입니다.

페르디난도는 나폴리 왕에게 자신의 아내가 된 미란다를 소개했습니다. 이 극에서 미란다와 페르디난도의 결합은 과거에 반목하던 세력들이 대화합을 이루는 것을 상징합니다. 태어나서 처음으로 한꺼번에 많은 사람들을 보게 된 미란다는 놀라서 소리쳤습니다.

《태풍》 5막 1장)
프로스페로가 나폴리 왕에게 페르디난도가 살아 있음을 보여 주기 위해 동굴의 장막을 걷자 그곳에 페르디난도와 미란다가 있다. 프랜시스 휘틀리, 1795, 개인 소장.

미란다 어머나 신기하기도 해라!
　여기 이렇게 많은 훌륭한 사람들이 와 계시다니!
　인간은 참 아름다운 것이구나!
　이런 사람들이 있다니, 아, 멋진 신세계야! (5.1.181−184)

미란다의 이 대사에는 세상을 따뜻한 시선으로 바라보게 된 셰익스피어의 생각이 깃들어 있습니다. 인생 노년기에 접어든 셰익스피어는, 인간은 아름답고 훌륭하며 그런 인간들이 모여 사는 이 세상

• 영국 작가 헉슬리(1894~1963)의 소설 《멋진 신세계Brave new world》(1932)는 미란다의 대사에서 차용한 제목이다. 이 소설은, 인간이 인공수정으로 대량 생산되어 유전자의 우열로 인생이 결정되는 디스토피아(이상향과 반대되는 암흑세계)적인 미래를 그린 공상 과학 소설이다. 이때 '멋진 신세계'라는 말은 반어적인 뜻으로, 미란다의 대사와 달리 이 소설의 배경이 되는 세상을 조롱하고 있다.

을 멋진 세계라고 생각했습니다. 미란다의 대사를 포함한 《태풍》의 결말 분위기는 바로 제3기의 암울한 비극의 시기에 쓰인 《햄릿》에 나오는 염세적 대사들과 아주 극적인 대비를 이룹니다.

　모두들 지난날의 잘못을 회개하고 용서하고 화해하고 나자 프로스페로는 일행과 함께 밀라노에 돌아가기로 결심합니다. 침몰한 배는 마법의 힘에 의해 조금도 훼손되지 않은 채 해안에 정박해 있었습니다. 프로스페로는 에어리얼에게 자유를 주며 자신들이 떠날 때 순풍을 보내 달라고 마지막 부탁을 했습니다.

　셰익스피어가 프로스페로를 통해 자신을 형상화했다고 보는 비평가들은, 프로스페로가 극의 결말 부분에서 마법의 지팡이와 책을 버리고 이제 마법을 사용하지 않기로 결심하는 장면을 셰익스피어의 절필 선언이라 해석했습니다. 이러한 해석의 증거로 프로스페로의 마지막 대사를 인용합니다.

　프로스페로　이제 저의 마법은 끝났습니다.
　　이제 제게 남은 권능은
　　미약하기 그지없습니다.
　　이제 여러분의 의지에 따라 저를 여기 잡아 두실 수도 있고
　　나폴리로 보내 주실 수도 있습니다.
　　이제 저는 왕국도 되찾았고
　　저를 속인 자들도 이미 용서하였으니,
　　부디 여러분의 마법으로 저를 이 무인도에
　　잡아 두지 마시고 여러분의 박수갈채로

이 몸의 족쇄를 풀어 주시기 바랍니다.(5.1.1−10)

　실제로 이 극은 셰익스피어가 단독으로 집필한 마지막 극이 됩니다. 이후 1612년과 1613년 사이에 쓰인 《헨리 8세》는 존 플레처와 함께 쓴 극입니다.

　마법으로 섬을 지배하는 프로스페로의 모습에서 전제군주의 모습을 볼 수 있습니다. 그는 섬의 구성원이자 자신의 지배를 받는 피지배자인 캘리번을 끊임없이 감시하고 통제하며 처벌합니다. 그와 나름대로 우호적 관계를 유지하는 에어리얼조차 다시 소나무 틈에 가두겠다는 프로스페로의 협박에 시달리며 자유와 해방을 달라고 호소합니다. 프로스페로에 대항하여 캘리번은 반란을 도모하였으며, 에어리얼은 항의를 하곤 했습니다. 극의 마지막 부분에서 그가 마법 책을 버리고 지팡이를 부러뜨리는 행위는 이제 마법의 힘을 빌려 전제정치를 하지 않겠다는 의지로 해석할 수 있습니다. 그동안 프로스페로가 사용한 마법은 부당하게 빼앗긴 자신의 자리를 찾기 위한 수단이었습니다. 이제 모든 것이 제자리를 찾고 질서가 회복되는 순간, 프로스페로 또한 앞으로는 전제군주가 아니라 전과 같이 온화한 왕으로 돌아갈 것임을 알 수 있습니다.

　그렇다면 모두가 떠난 뒤 이 섬은 다시 캘리번의 섬이 될까요? 셰익스피어는 그에 대해 아무런 언급도 하지 않았습니다. 가끔 셰익스피어는 그의 작품에서 독자들에게 여백을 남겨 놓기도 합니다.

셰익스피어 우상화 현상

18세기와 19세기에 걸쳐 전 유럽에서 셰익스피어 우상화 현상이 일어났습니다. 셰익스피어의 작품들이 끊임없이 무대에 올려졌으며 화가들도 앞다투어 그의 작품 속 장면들을 재현했고, 작가들도 그의 언어와 스타일로 글을 썼습니다. 그리고 수많은 셰익스피어 전집과 비평서도 출간되었습니다. 그는 신격화되었으며, 그의 작품들은 이른바 '세속의 바이블'로 여겨졌습니다.

이 시기에 셰익스피어 우상화 열풍이 분 이유는 무엇이었을까요? 그것은 셰익스피어의 작품이 지닌 환상적 요소와 자연친화적 내용, 인간 내면에 대한 깊이 있는 통찰, 고전적 규범으로부터의 일탈 등이 당시 유행한 낭만주의의 감수성과 통했기 때문입니다. 사상가 레싱, 철학가 헤르티, 작가 괴테와 슐레겔 등은 셰익스피어의 폭넓음, 자유스러움, 보편성, 토착성을 찬미했고, 그가 성격 창조와 격정 표출에 뛰어났다고 칭송했습니다.

또한 당시 프랑스 문학계는 아리스토텔레스의 《시학》을 전거(말이나 문장의 근거가 되는 문헌상의 출처)로 한 고전적 규범들에 얽매여 대단히 형식적이고 단조로웠습니다. 반면 고전적 규범에서 탈피한 셰익스피어 극 속에는 생기와 활기, 에너지가 있었습니다. 그래서 사람들은 셰익스피어의 극에서 프랑스의 인위성에 반대되는 자연주의, 프랑스의 고답적인 것에 반대되는 근대적인 면모를 본 것입니다.

낭만주의의 핵심이 되는 미학적 신념을 두 가지만 말한다면, 첫째는 자연에 대한 동경 및 찬양이요, 둘째는 창조적 상상력일 것입니다. 셰익스피어는 이 두 가지 주제 모두에 좋은 모델을 제공했습니다. 셰익스피어의 많은 희극 작품 속에서 그가 제시하는 초록 세계는 풍경화가들에게 큰 영감을 주었으며, 마녀나 요정, 유령 같은 초자연적 존재들은 몽상과 환상적인 소재를 좋아하는 낭만주의자들의 상상력을 자극했습니다.

영국의 명배우 데이비드 개릭은 1741년에 리처드 3세 역으로 셰익스피어 무대에 처음 선 이래로 평생을 셰익스피어의 극과 함께했습니다. 그는 셰익스피어 탄생 200주년을 맞이하여 그를 기념하는 축제Shakespeare Jubilee를 기획했습니다. 그로부터 몇 년 뒤인 1769년에 셰익스피어의 고향인 스트랫퍼드어폰에이번에서 축제가 거행되었으며, 이는 지금까지도 세계 각지에서 셰익스피어 탄생일인 4월 23일을 중심으로 행해지는 셰익스피어 축제의 기원이 되었습니다. 또한 스트랫퍼드어폰에이번이 셰익스피어 문화 사업의 중심지이자 셰익스피어 숭배자들의 순례지가 되는 계기도 되었습니다.

개릭은 이 행사에서 스트랫퍼드 시청사에 셰익스피어 홀을 새로 건립하고 동상을 세웠으며, 동상 앞에서 셰익스피어에게 헌정하는 자작시를 낭송했습니다. 이 시에서 개릭은 '신적인 존재', '우리가 숭배할 신' 등 셰익스피어를 신격화하는 표현들을 노골적으로 사용하며 찬양했습니다.

한편 19세기 초에 유럽을 프랑스의 패권 하에 통일하려는 나폴레옹의 시도에 대한 반작용으로 유럽 각국에서는 자유주의 민족 문학 운동이 일어났습니다. 그러자 유럽의 고전주의에 얽매이지 않고 자신만의 독특한 작품 세계를 펼친 셰익스피어가 그런 운동의 모델이 되었습니다. 특히 셰익스피어의 영국 역사극은 영국뿐만 아니라 많은 나라들이 새로운 민족 문학을 형성하는 데 모델이 되었습니다. 독일의 낭만주의자들은 셰익스피어를 프랑스의 영향으로부터 벗어나 새로운 민족 문화 풍토를 형성하는 데 이용했습니다.

그리고 프랑스에서는 영국이나 독일보다 훨씬 늦은 19세기 초, 즉 1820년대에 스탕달로부터 셰익스피어 숭배가 시작됩니다. 스탕달은 논란이 된 그의 팸플릿 《라신과 셰익스피어Racine et Shakespeare》로 프랑스 낭만주의 운동의 대변자가 되었습니다. 셰익스피어의 역사극은 스탕달과 빅토르 위고의 소설에 많은 영향을 끼쳤습니다.

이처럼 셰익스피어는 전 유럽의 낭만주의 문학에 지대한 영향을 끼치며 세계 최고 문인의 자리에 올랐습니다.

그러나 생각해 보자. 만약에 그 명예 때문에 내가 찔리면 어떻게 되나? 명예가 내 발을 원상으로 돌려놓는가? 아니다. 그럼 팔은? 아니다. 상처의 아픔을 제거해 주는가? 아니다. 그렇다면 명예는 외과 기술이 없는가? 없다. 그러면 명예는 무엇인가? 단어이다. 그러면 명예라는 단어 속에는 무엇이 들어 있는가? 그 명예라는 놈은 무엇인가? 공기다. 멋진 말이로구나. 그 명예를 가진 자가 누구인가? 지난 수요일에 죽은 놈이다. 그는 명예를 느끼는가? 아니다. 듣고 있는가? 아니다. 그렇다면 그건 느낄 수 없는 거로구나? 그렇다. 죽은 자에게는. 그렇다면 살아 있는 인간에게는 명예가 살아 있는가? 아니다. 왜? 세상 악담이 가만 두질 않기 때문이다. 그래서 난 명예 따윈 필요 없다. 명예는 명찰일 뿐이다. 이것으로 나의 교리문답은 끝이다.《헨리4세》1부 5.2.130~140)

4부

셰익스피어 사극의 세계

역사의 격동을 재구성하다

　역사는 오랫동안 문학작품의 중요한 소재 가운데 하나였습니다. 그래서 독자들은 역사를 다룬 문학을 통하여 역사를 더 쉽고 재미있게 접할 수 있지요. 그런데 문학 속 역사는 사실을 그대로 제시하는 것이 아니라, 객관적인 역사 기록과 주관적인 작가의 역사의식, 그리고 문학적 변형이 융합된 것입니다.

　셰익스피어도 사극을 쓰기 위해 기존의 역사책에서 이야기들을 빌려 왔습니다. 영국의 역사를 다룬 극들은 주로 홀린셰드의 《영국, 아일랜드, 스코틀랜드의 연대기》에서, 로마 사극은 플루타르코스의 《영웅전》에서 소재를 찾았습니다.

　이때 염두에 두어야 할 점은 셰익스피어가 역사적 사실에 얽매이기보다 극적 효과를 최대화하기 위해 역사를 과감하게 변형했다는 것입니다. 셰익스피어는 빌려온 이야기에 자기만의 색채와 시적 언어, 그리고 주제를 돋보이게 해주는 곁 이야기들을 덧붙여 한층 더 재미있는 극으로 만들어 내곤 했습니다.

　셰익스피어는 이런 사극들을 통해 주로 정치의 본질적 문제를 탐구했지만, 그와 함께 특정한 정치적 상황에 처한 인간의 행위도 예리하게 묘사했습니다. 그리고 정치적 무질서가 인간에게 미치는 영향을 제시함으로써 질서와 안정의 중요성이라는 메시지를 전합니다.

　셰익스피어는 영국 사극을 모두 열 편 썼습니다. 그중 《존 왕》과, 존 플레처와 공저한 《헨리 8세》를 제외한 여덟 편이 리처드 2세부터 튜더 왕조의 첫 번째 왕인 헨리 7세의 즉위까지를 다룬 연속극입니다. 이 사극들의 배경이 된 중세의 영국은 장미전쟁이라는 내란을 겪는 정치적 혼란기였습니다. 흔히 이 여덟 개의 극을 제1사부작과 제2사부작으로 나눕니다. 먼저 집필한 《헨리 6세》 1, 2, 3부와 《리처드 3세》를 합쳐 제1사부작이라 하고, 《리처드 2세》, 《헨리 4세》 1, 2부와 《헨리 5세》를 제2사부작이라고 합니다. 하지만 실제 연대기적으로는 제2사부작이 제1사부작보다 앞선 역사를 다루고 있습니다.

영국의 풍속과 민담 들을 많이 담고 있는 셰익스피어의 사극들은 후에 프랑스, 독일 등 많은 유럽 국가 작가들에게 민족 문학의 표본이 됩니다. 그들은 셰익스피어의 사극을 모델로 삼아 자국의 역사와 민담, 풍속 들을 담아낸 민족 문학을 형성했습니다.

로마 역사를 바탕으로 한 사극으로는 《안토니와 클레오파트라》, 《줄리어스 시저》, 《코리올레이너스》가 있습니다. 이 극들은 모두 1579년에 영국의 번역가 토마스 노스가 번역한 플루타르코스의 《영웅전》에 크게 의존하고 있어 비교적 플롯의 독창성이 떨어지는 편입니다. 하지만 잘 다듬어진 시적인 대사로 원전의 내용을 되살리고 더욱 극적인 구성으로 각색해 낸 점이나, 성격을 묘사할 때도 단순히 원전에 제시된 그대로의 역사적 인물이 아니라 좀 더 복잡하고 개성 있는 인물들로 탄생시킨 점에서 높이 평가받습니다.

로마극들은 영국 사극에서 비극으로 넘어가는 시기에 주로 집필되었습니다. 그래서 로마극들에는 사극적 특징과 비극적 특징이 공존합니다. 따라서 이 작품들에서는 특수한 역사적 상황에서 경험하는 인간적 고뇌와 내면의 갈등이 비중 있게 다루어집니다. 이러한 점에서 로마 사극들은 종종 비극으로 분류되기도 합니다.

01 《헨리 4세》 1부, 2부

_새로운 사극의 경지를 개척하다

● ● ● 이 극은 셰익스피어의 사극 중에서 가장 많은 인기를 누린 작품입니다. 1596년 말부터 1597년 초에 쓰인 이 극에서는 리처드 2세의 왕위를 찬탈한 헨리 4세가 통치하던 기간의 혼란상을 다루고 있습니다.

이 극은 홀린셰드의 《연대기》와 사무엘 대니얼의 《랭커스터 가문과 요크 가문의 내란 The Civile Wars Between the Two Houses of Lancaster and Yorke》, 그리고 작자 미상의 《헨리 5세의 유명한 승리》라는 극작품을 원전으로 삼고 있습니다. 특히 헨리 4세의 첫째아들인 핼 왕자가 방탕한 과거를 청산하

고 강력한 군주, 헨리 5세로 성장해 가는 과정을 보여 주는 희극적 장면들은 《헨리 5세의 유명한 승리》에 많이 의존하고 있습니다.

이 극의 특징은 셰익스피어의 사극 중 희극적 장면이 가장 두드러진다는 점입니다. 그리하여 폴스태프라는 문학사상 잊을 수 없는 희극적 인물을 낳았습니다. 셰익스피어는 《헨리 4세》 1부와 2부를 별도의 극으로 나눠 썼는데, 2부의 내용이 1부의 내용과 이어지기는 하지만 극의 분위기가 조금 다릅니다. 희극적 요소가 강한 1부보다 2부는 정통 역사극에 좀 더 가깝다고 말할 수 있습니다. 그리고 1부와 2부는 극적 구성이 정교하게 대응하도록 짜여 있습니다. 장과 막의 수도 같고 희극적 장면과 역사적 장면이 교차하는 것도 교묘히 맞아떨어집니다. 이 작품을 통해 셰익스피어는 자신의 정교한 극 구성 능력을 여실히 보여 줍니다. 이 극이 제1사절판(1598)이 나온 뒤 1639년까지 8쇄가 출간되었다는 점으로 미루어 볼 때 당대에 얼마나 인기가 있었는지 짐작할 수 있습니다. 먼저 1부의 내용부터 살펴보겠습니다.

찬탈왕 헨리 4세의 고뇌

리처드 2세(1377~1399)는 요크 가문 출신의 왕으로, 랭커스터 왕조의 시조가 된 사촌 헨리 볼링브로크(후에 헨리 4세)의 무혈혁명으로 왕권을 양위한 비운의 왕입니다. 스스로 헨리에게 왕관을 건네준 리처드 2세는 폰티프랙트 성에 유폐되었다가 암살당했습니다. 셰익스피어는 《리처드 2세》라는 극에서 이 역사를 다루고 있습

* 1397년에 의회와 갈등을 겪던 리처드 2세는 숙부 랭커스터 공의 아들인 헨리를 추방하고, 1399년에 랭커스터 공이 사망하자 그의 영지마저 몰수하여 군비로 사용했다. 분노한 헨리가, 정국이 불안한 가운데 리처드 2세가 아일랜드로 원정을 떠났을 때 영국으로 돌아와서 의회의 추대를 받아 왕위를 차지했다.

니다.

　이때 눈여겨볼 점은 헨리의 왕권 찬탈이 무혈혁명이었다는 것입니다. 비록 리처드 2세는 에드워드 흑태자˚가 사망한 뒤 왕위에 오른 정통왕이었지만, 국고를 낭비하고 자주 전쟁을 일으키고 세금을 과도하게 징수하여 민심을 잃었습니다. 그리하여 추방당한 헨리 볼링브로크가 영국에 돌아오자 백성들이 그를 환호로 맞이한 반면에, 리처드 2세가 아일랜드 원정에서 돌아왔을 때는 쓰레기와 계란 세례를 보냅니다. 헨리 4세의 다음 대사를 통해서도 알 수 있듯이, 셰익스피어는 왕권을 유지하기 위해서는 백성들의 인정과 지지가 필요하다고 생각했습니다.

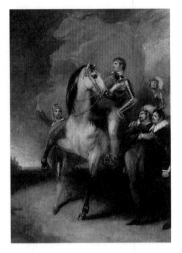

˚ 에드워드 흑태자
에드워드 3세의 맏아들로 프랑스와 벌인 백년전쟁 당시 크레시 전투, 칼레 전투 등에서 활약하여 중세 기사의 귀감으로 꼽힌다. 그가 입은 갑옷 빛깔이 검은색이어서 '흑태자 에드워드Edward the Black Prince'라고 불렸다. 그가 병사하는 바람에 아들 리처드가 어린 나이에 왕위에 오르게 된다. 그림은 리처드 웨스톨의 작품 《영국군의 수장, 흑태자 에드워드》.

　왕(헨리 4세) 나는 하늘에서 훔쳐온 온갖 미덕을 얼굴에 나타내고
　　겸손의 겉옷을 걸치고 사람들의 가슴으로부터
　　충성의 맹세를, 그들의 입으로부터 환호의 외침을
　　빼앗듯이 수중에 넣을 수 있었다.(1부 3.2.50–53)

　이 대사는 민심이 지닌 정치적 위력과 왕권의 근원이 무엇보다도 백성의 지지와 귀족의 충성 등에 있음을 말해 줍니다. 이를 통해 셰익스피어가 신으로부터 '기름 부음'을 받은 왕권의 절대성을 강조하는 왕권신수설(튜더 왕조의 역사관)을 무작정 옹호한 것이 아님을 알 수 있습니다.

　리처드 2세를 몰아내고 왕위에 오른 헨리 4세는 왕권을 찬탈한

왕의 권력은 하늘에서 내려 주는 거라고

글쎄~~ 난 생각이 조금 다른데

우리의 지지가 필요없다, 이건가?

것에 대한 죄책감으로 재위 기간 내내 끊임없이 괴로워합니다. "왕관을 쓴 머리는 불안으로 가득 차 있다."(2부 3.1.31)라는 그의 대사를 통해서도 알 수 있듯이, 헨리 4세는 죄책감과 또 다른 모반에 대한 두려움에 떨어야 했습니다. 그는 그런 죄책감을 덜고자 십자군을 조직하여 성전(십자군전쟁)에 참가할 계획을 세우는데, 앞서 《리처드 2세》의

결말 부분에서 그러한 자신의 의중을 밝히고 있습니다. 하지만 그의 계획은 내란의 위협 때문에 실현되지 못합니다. 헨리 4세는 자신의 왕권 찬탈로 어수선해진 나라의 질서를 회복하고자 무던히도 애썼으나, 또 다른 반란의 기운이 움트는 것을 막지 못했습니다.

헨리 4세는 왕권 찬탈의 일등 공신들인 노섬벌랜드 백작, 그의 동생 우스터 백작과 아들 해리 핫스퍼[•] 등 북방 귀족[•]들의 세력에 늘 위협을 느꼈습니다. 그러던 중 일등 공신 가운데 한 명이자 핫스퍼의 처남인 에드먼드 모티머[•]가 웨일스의 영주 오웬 글렌다워[•]에게 포로로 잡히는 상황이 벌어졌습니다. 헨리 4세는 그가 글렌다워의 딸과 결혼까지 했으므로 포로가 아닌 배신자라 여겨 몸값을 내고 구해 오기를 거절합니다. 그러나 북방 귀족들은 왕이 모티머의 몸값을 치르지 않는 진짜 이유를 후사가 없던 리처드 2세가 모티머를 왕위 계승자로 지목했기 때문이라고 생각합니다. 이에 분노한 핫스퍼는 스코틀랜드와의 전투에서 잡은 포로들을 왕에게 인도하기를 거부했습니다.

핫스퍼의 불손함을 왕권에 대한 도전으로 여긴 헨리 4세는 포로

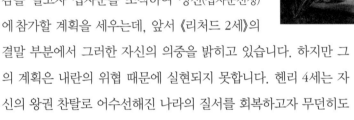

• 핫스퍼
핫스퍼라는 별명을 지닌 헨리 퍼시(노섬벌랜드 백작의 아들)는 실제로는 헨리 4세보다 나이가 많아 핼 왕자와는 20년 이상 차이가 난다. 셰익스피어는 방탕한 핼 왕자와 명예욕에 사로잡힌 핫스퍼를 극적으로 대비시키기 위해 비슷한 연령으로 설정했다.

• 북방 귀족
스코틀랜드 정벌에 큰 공을 세운 퍼시 가문은 막강한 군사력을 지닌 북방 귀족이었다. 그 공으로 1377년에 헨리 퍼시가 노섬벌랜드 백작이 되어 요크셔 지방을 다스렸다. 헨리 볼링브로크가 리처드 2세를 몰아내고 왕위를 차지하는 데도 관여하는 등 왕권을 위협하는 존재였다.

들을 당장 송환하지 않으면 응분의 조치를 취하겠다고 선포합니다. 헨리 4세가 왕좌에 오르는 데 '사다리' 역할을 한 공신들을 마땅찮게 대우하자 핫스퍼와 노섬벌랜드 백작, 우스터 백작은 분노를 느꼈습니다. 그래서 그들은 글렌다워와 모티머, 요크 대주교 세력과 연합하여 반란을 일으킬 계획을 세웁니다. 이처럼 노섬벌랜드 일당이 반란을 일으키는 원인은 어떤 대의명분이 있어서가 아니라 그저 사적인 불만 때문이었습니다.

핫스퍼가 처음 등장하는 장면부터 핫스퍼의 불같은 성격이 엿보입니다. 그는 왕이 배은망덕하다고 분노하면서 복수를 다짐합니다. 아버지나 숙부의 말에 귀를 기울일 줄 모르고 날뛰는 그를 보며 아버지 노섬벌랜드 백작은 "말벌에 쏘인 사람처럼 참을성 없는 바보 같으니⋯⋯. 여자들처럼 혼자 떠들기만 하고 남의 말은 전혀 듣지 않는구나."(1부 1.3.233-235)라고 꾸짖습니다. 나중에 글렌다워 백작과 충돌하는 핫스퍼에게 삼촌 우스터 백작은 "사람들을 비난하려는 마음이 너무 강하다."(1부 3.1.171)라고 꾸짖으며, 그러한 결점을 개선하도록 노력하라고 충고합니다.

핼 왕자 역시 핫스퍼의 호전성(싸우기 좋아하는 성격) 혹은 맹목적인 용맹을 조롱했습니다.

> **핼 왕자** 나는 북방의 용감한 핫스퍼처럼 기분을 낼 수는 없구나. 그는 오전에 스코틀랜드 사람 칠팔십 명을 난도질하고 손을 씻으면서 부인에게 "이런 태평세월은 못 견디겠소. 난 싸우고 싶소."라고 말한다지.(1부 2.4.100-103)

● 에드먼드 모티머
에드먼드 모티머는 에드워드 3세의 혈통을 이어받은 클라렌스 공작의 딸을 어머니로 두어 왕위 계승권을 주장할 수 있었으나, 모계 쪽이었기 때문에 다소 불리했다. 하지만 이 극에 나오는 모티머는 왕위 계승자 에드먼드 모티머와 동명이인인 그의 삼촌이다. 셰익스피어는 고의인지 실수인지 모르지만, 두 사람을 한 사람으로 제시하고 있다. 모티머 가문은 웨일즈 국경 지역을 지배하던 변경 영주였다.

● 오웬 글렌다워
웨일즈의 기사이자 전쟁 영웅. 브린 글라스 전투에서 잉글랜드군을 물리치고 대장 모티머를 체포했는데, 그의 조카(에드먼드 모티머)가 왕위를 계승할 경우 웨일즈의 독립에 유리할 것을 계산하여 모티머를 사위로 삼았다.

다른 등장인물들의 이와 같은 대사들은 한결같이 핫스퍼의 성급하고 독선적이며 호전적인 성격을 말해 줍니다.

노섬벌랜드 일당으로 인한 불안한 정국뿐만 아니라, 헨리 4세를 괴롭히는 것이 또 한 가지 있었습니다. 그것은 왕위를 계승할 첫째 왕자 핼의 방탕하고 문란한 생활이었습니다. 핼 왕자는 저잣거리의 난봉꾼들과 어울려 무절제하고 방탕한 생활을 했습니다. 핼 왕자에 대해 "그 녀석은 방종과 불명예를 얼굴 가득히 칠하고 다닌다."(1부 1.1.84-85)라고 못마땅하게 생각한 헨리 4세에게는, 왕자의 이런 방탕한 행실이 왕위 계승의 정통 혈통을 지닌 리처드 2세의 왕권을 찬탈한 자신에게 신이 내리는 형벌로 여겨졌습니다. 헨리 4세의 사고방식에서도 정통 왕권을 신성시하는 왕권신수설의 영향을 엿볼 수 있습니다.

〈핫스퍼, 글렌다워, 모티머, 우스터의 논쟁〉
핫스퍼가 반란 후의 영토 분할을 놓고 이의를 제기하며 글렌다워와 대립하고 있는 장면이다. 헨리 퓨젤리, 1784, 버밍엄 미술관 소장.

난봉꾼 왕자 핼

핼 왕자와 어울리는 무리들은 저잣거리의 날탕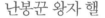 패거리들로 하나같이 비천하고, 저속하며, 술과 쾌락에만 빠져 사는 자들이었습니다. 그중에는 폴스태프라는 늙은 허풍선이가 있었는데, 술통처럼 뚱뚱한 몸집의 그는 온갖 악덕을 한 몸에 지니고 있는 자였습니다. 술과 음식, 여자에 대한 탐욕이 지나쳤으며, 거짓과 사기로 많은 사람들에게서 돈을 갈취했습니다. 그는 장차 왕이 될 핼 왕자에게 다음과 같이 종용합니다.

• 날탕
허풍을 치거나 듣기 좋은 말로 남을 속이는 것 또는 그렇게 하는 사람.

폴스태프 자네가 옥좌에 올라도 이곳 영국 땅에 교수대를 남겨 둘 작정인가? 법률이라는 낡아빠진 재갈을 갖고 우리 용감한 기사들의 콧대를 눌러버릴 생각인가? 왕이 되면 도적들의 목을 치지 말게나.(1부 1.2.58-61)

〈폴스태프와 바돌프〉
폴스태프가 동료 바돌프와 이야기를 나누고 있다. 프레더릭 위키스, 1855~1857경, 워싱턴, 폴저 셰익스피어 도서관 소장.

이처럼 난봉꾼의 무리들과 어울리는 핼 왕자가 장차 왕이 되었을 때 세상이 얼마나 무질서해질지를 생각하면 왕은 걱정이 태산 같았습니다. 하지만 핼 왕자에게는 나름의 계산이 있었습니다. 그는 일단 저잣거리의 난봉꾼들과 어울려 세상의 이치를 파악하고 있다가 국가가 자신을 필요로 할 때 멋진 모습으로 나설 작정을 하고 있었던 것입니다.

핼 왕자 하지만 지금은 난 태양의 흉내를 낼 것이다.
　천한 먹구름이 그 아름다움을
　가리게 놔두었다가도
　사람들이 그리워하면 기꺼이 본연의 자신으로 돌아가는.
　그를 옥죄고 있는 것 같던
　더럽고 추한 안개를 뚫고 나감으로써
　더욱 추앙을 받는 태양 말이다.(1부 1.2.192-198)

바닥까지 기어봐야 바닥 민심을 살필 수 있다 이거거든

결국 왕자의 방탕한 생활은 철저히 계산된 정치적 책략이었던 것입니다. 그는 정통성을 의심받는 찬탈 군주의 아들로서 왕위 계승에 대한 민중의 지지를 효과적으로 얻을 수 있는 방법으로 극적인 변신을 선택했습니다.

군주가 될 핼 왕자와 날탕패 폴스태프의 친교는 대단히 파격적인 것이지만, 이것은 바람직한 군주상으로 발전하기 위한 통과의례로 볼 수 있습니다. 다시 말해 피지배자들과 관계를 맺음으로써 민심을 읽을 줄 알고 그들을 잘 이해하여 후에 효과적으로 통치하기 위한 전략적 과정이었던 것입니다. 그래서 핼 왕자는 질서와 권위를 무시하는 폴스태프 무리의 위험성과 문제점을 잘 관찰하고 기억합니다. 권위를 조롱하고 가치를 전도시킴으로써 사회에 불안정을 초래할 수 있는 폴스태프는 핼 왕자가 이상적 군주가 되기 위해 반드시 제거해야 할 대상입니다. 왕위에 오른 뒤 실제로 그들을 거부하고 추방합니다.

몰락한 기사 폴스태프의 권력 풍자

역사를 다루는 이 작품 속에서 희극적 장면들은 어떤 역할을 할까요? 이러한 장면들은 아주 즐거운 웃음을 제공해줄 뿐만 아니라, 주플롯에서 논의되는 주제들을 다른 각도에서 바라볼 수 있게 해줍니다. 따라서 이 희극적 장면(부플롯)들은 전체 극이 의도하는 바를 이해하는 데 많은 도움이 됩니다. 예를 들어 핼 왕자는 폴스태프와 함께 강도질을 계획하는 한편, 자신의 부하 포인즈와 짜고 약탈한 폴스태프를 다시 약탈합니다. 이는 주플롯에서 전개되는 반란을 희극적으로 패러디한 것으로 볼 수 있습니다. 즉 헨리 4세가 찬탈한 왕권을 핫스퍼 일당이 다시 찬탈하려 하는 상황을 희극적으로

• 《헨리 4세》 1·2부는 실제 역사를 토대로 역모와 내란이라는 주제를 다룬 사극이지만, 이 극이 대중적으로 인기를 누린 이유는 다른 데 있었다. 왕과 귀족들의 권력 다툼이라는 주플롯보다 핼 왕자와 폴스태프 일당이 벌이는 희극적 부플롯이 대중들에게 훨씬 흥미를 끌며 인기를 누린 것이다. 이처럼 셰익스피어는 무거운 주제를 다루는 비극과 사극 속에서도 가볍고 유쾌한 희극적 장면을 많이 삽입하여 다양한 관객층의 기호를 충족시켜 주었다.

재현한 것입니다.

이 극에서 핫스퍼는 명예욕에 지나치게 사로잡힌 자로 그려집니다. 그래서 더글라스 백작°이 핫스퍼에게 "자네는 명예에 있어서는 제왕일세."(1부 4.1.10)라고 말하기도 합니다. 하지만 이와 대조적으로 폴스태프는 명예에 대해 다음과 같이 긴 평을 합니다.

폴스태프 그러나 생각해 보자. 만약에 그 명예 때문에 내가 찔리면 어떻게 되나? 명예가 내 발을 원상으로 돌려놓는가? 아니다. 그럼 팔은? 아니다. 상처의 아픔을 제거해 주는가? 아니다. 그렇다면 명예는 외과 기술이 없는가? 없다. 그러면 명예는 무엇인가? 단어이다. 그러면 명예라는 단어 속에는 무엇이 들어있는가? 그 명예라는 놈은 무엇인가? 공기다. 멋진 말이로구나. 그 명예를 가진 자가 누구인가? 지난 수요일에 죽은 놈이다. 그는 명예를 느끼는가? 아니다.

° 더글라스 백작
잉글랜드군을 막는 소명을 맡은 스코틀랜드의 장수로, 핫스퍼의 최대 라이벌이었다. 결국 그는 핫스퍼의 군대와 교전하다가 사망했다. 하지만 헨리 4세와 반란군과의 전쟁에서는 반란군들을 도와 전쟁에 참여했다.

《헨리 4세》 1부 2막 2장
핼 왕자와 포인즈가 갯즈힐 숲에서 강도짓을 한 폴스태프 일당을 역으로 덮치고 있다. 로버트 스머크 · 조지프 패링턴, 1797, 샌프란시스코 미술관 소장.

듣고 있는가? 아니다. 그렇다면 그건 느낄 수 없는 거로구나? 그렇다. 죽은 자에게는. 그렇다면 살아 있는 인간에게는 명예가 살아 있는가? 아니다. 왜? 세상 악담이 가만 두질 않기 때문이다. 그래서 난 명예 따위 필요 없다. 명예는 명찰일 뿐이다. 이것으로 나의 교리문답은 끝이다.(1부 5.2.130-140)

<갯즈힐에서의 싸움을 설명하고 있는 폴스태프>
폴스태프는 왕자와 포인즈에게 갯즈힐에서 벌어진 싸움에 대해 허풍을 떨고 있다. 토머스 스토서드, 1827경, 워싱턴, 폴저 셰익스피어 도서관 소장.

폴스태프의 이 대사는 '명예'라는 가치와 그 가치를 추구하는 핫스퍼를 조롱하고 있습니다.

음주와 강도질, 사기 등의 행각을 벌이는 폴스태프는 한마디로 무질서한 삶을 영위하는 자입니다. 치안관이 도둑질 문제로 그를 잡으러 왔을 때, 그는 뒷방 휘장 뒤에서 코를 골며 자고 있었습니다. 그런 그의 모습에서 법이나 질서, 규율 따위에 조금도 구애받지 않는 대범함과 무사태평함을 동시에 엿볼 수 있습니다. 또한 반란군을 진압하기 위한 모병(군사를 모집) 임무가 맡겨졌을 때, 그는 권력을 남용하여 당시의 부패한 정치적 상황을 풍자하는 장면을 연출합니다. 그는 경비를 모두 착복했을 뿐만 아니라 뇌물을 받고 멀쩡한 사람은 빼 주고 송장 같은 자들만 뽑았습니다. 그러고 나서 그 부대의 처참함을 언급하는 핼 왕자에게, 그들이 "총알받이와 묘지 구덩이 채우기에 가장 적당한 자들"(1부 4.2.65-66)이라고 말합니다. 전투가 끝난 뒤 이 부대에서 단 세 명만 살아남습니다. 그나마 남은 자들 또한 모두 부상을 당해 불구가 되고 맙니다. 이를 통해 셰익스피어는 귀족들의 세력 다툼에 무고하게 희생되는

〈신병 징집을 하고 있는 폴스태프〉
폴스태프가 반란군을 진압하기 위한 병사를 모집하고 있다. 바돌프가 두 명의 징집 대상자에게서 받은 뇌물을 등 뒤에서 폴스태프에게 건네고 있다. 윌리엄 호가스, 1730, 개인 소장.

* 《헨리 4세》에서 핫스퍼의 이름도, 핼 왕자의 이름도 모두 헨리이다. 그런데 이 이름의 애칭이 해리여서, 두 사람 모두 해리라고도 불린다. 핼도 헨리의 애칭 중 하나이다.

백성들의 처참함과 부패한 위정자들의 부정부패와 탐욕을 희화화하여 보여 줍니다.

폴스태프는 또한 세상의 모든 가치와 상식을 뒤엎고 오로지 욕망대로 행동하고자 하는 존재입니다. 그러나 셰익스피어는 이러한 폴스태프를 부정적으로만 제시하지 않습니다. 다른 인물들보다 훨씬 생동감 있고 매력 넘치는 모습으로 그려진 폴스태프는, 사극이 추구하는 획일화된 가치관, 즉 질서와 안정에서 일탈하여 개인 본능의 자유로움을 구현하는 존재가 됩니다.

핼 왕자의 변모

헨리 4세는 자신을 향해 반란의 칼을 치켜든 헨리 퍼시(핫스퍼)의 용맹스런 모습과 너무나 대조적인 핼 왕자의 모습을 보면서, 둘을 젊은 시절의 자신과 리처드 2세와 비교합니다. 그리고 핼 왕자에게 자신은 당시 모든 백성들로부터 존경을 받은 반면에 방탕하고 경박하며 시정잡배들과 어울려 다니던 리처드 2세는 사람들로부터 천시를 받았다고 말합니다. 부왕이 이처럼 자신을 핫스퍼와 비교하면서 꾸짖자 핼 왕자는 다음과 같이 대답합니다.

핼 왕자 폐하, 퍼시는 저를 위해
명예를 축적하는 대리인일 뿐이옵니다.

그자에게 엄격히 결산을 명하고
그가 쌓아둔 명예는 사소한 것까지도
인도하도록 명하겠사옵니다.(1부 3.2.147-151)

결국 지금 핫스퍼가 쌓고 있는 명예는 자신이 핫스퍼를 진압함으로써 고스란히 자신의 명예가 되어 돌아올 것이라는 주장입니다. 왕은 이렇게 다짐하는 핼 왕자에게 군대의 최고 지휘권을 내리면서 마지막 기회를 줍니다.

이 장면에서 헨리 4세는, 왕이란 자주 얼굴을 드러내지 않다가 결정적인 순간에 모습을 보여 주어 신비감을 더해야 한다고 충고합니다. 그리고 자신도 은밀한 야심을 고상한 미덕과 겸손으로 위장했다고 말합니다. 반면 핼 왕자는 앞서 나온 대사에서 보듯이 난봉꾼에서 훌륭한 군주로 변신하는 것이 민심을 사로잡는 데 더 효과적인 방법이라고 생각합니다. 또 뒷날에 핼 왕자의 동생인 존 왕자는 반란군 잔당을 평화라는 속임수를 이용하여 토벌합니다. 결과적으로 헨리 4세, 핼 왕자, 존 왕자는 모두 기만적인 권력자들이지만, 그들이 기만적인 모습을 위장하는 방법은 서로 크게 다릅니다. 셰익스피어는 이처럼 많은 극 속에서 권력을 장악하기 위한 사람들의 책략과 정치 세계의 기만성과 위장술을 여실히 보여 줍니다.

핼 왕자는 자신에 대한 부왕의 걱정과 근심을 떨쳐 내고자 반란군을 진압하려는 왕을 따라나섭니다. 이

〈마치 천사가 구름에서 내려오듯―《헨리 4세》 1부 4막 4장 108행〉
반란군 진영의 버논 경이 전투에 나선 핼 왕자의 출중한 모습을 핫스퍼에게 설명하는 장면을 재현한 그림이다. 윌리엄 블레이크, 1809, 런던, 대영박물관 소장.

는 햌 왕자가 그동안 방탕한 생활 때문에 받아 온 숱한 비난들을 딛고 영국의 희망으로 떠오를 수 있는 절호의 기회였습니다. 그는 부왕에게 핫스퍼를 능가하는 전과를 올리겠다고 맹세합니다.

반란군의 버논 경은 전쟁터에 나온 햌 왕자의 기개를 다음과 같이 묘사합니다.

> **버논** 젊은 해리(햌) 왕자가 투구를 눌러쓰고
> 넓적다리 가리개를 걸치고 당당하게 무장을 하고
> 머큐리°처럼 가볍게 땅을 박차고 뛰어올라
> 쉬이 말 위에 앉는 모습을 보았소.
> 그의 모습은 마치 구름에서 내려온 천사가
> 천마 페가수스°를 몰아 훌륭한 마술로
> 온 세상 사람들을 매혹하는 듯했소.(1부 4.1.104~110)

이 대사에서 햌 왕자는 주피터°의 전령 머큐리에 비유됩니다. 이러한 묘사를 통해 셰익스피어는 햌 왕자가 탕아에서 용사로 극적으로 변모했음을 보여 줍니다.

슈루즈베리 전투

슈루즈베리에 집결한 반란군은 노섬벌랜드와 글렌다워의 부대가 합류하지 못한다는 비보를 전해 듣습니다. 숙부 우스터는 이 비보에 낙담하나, 공명심과 만용에 사로잡힌 핫스퍼는 오히려 이로써

● 머큐리
그리스 신화에 나오는 전령의 신 헤르메스에 해당하는 로마의 신. 흔히 페타소스라는 날개가 달린 모자를 쓰고, 날개 달린 샌들을 신었으며, 케리케이온이라는 전령의 지팡이를 들고 있는 젊은 청년으로 묘사된다.

● 페가수스
그리스 신화에 등장하는 날개 달린 말로, 영웅 페르세우스가 메두사의 목을 벨 때 나온 피에서 생겨났다고 한다. 여러 영웅들의 모험에 함께하고 제우스의 마구간에서 지내다가 죽은 뒤 페가수스 별자리가 되었다.

● 주피터
로마 신화에 나오는 최고의 신으로, 그리스 신화에서는 제우스에 해당한다.

자신들의 무용을 더욱 빛낼 수 있는 기회가 왔다고 반박합니다.

그런데 이때 왕이 우스터 백작에게 화친의 뜻을 전했습니다. 왕은 '궤도에서 벗어난 유성遊星'(1부 5.1.19)이 되어 '사람들에게 닥치는 무서운 재난의 전조*'(1부 5.1.20~21)가 되지 말라고 종용했습니다. 왕을 중심으로 한 평화로운 국가를 조화와 질서가 절대적으로 요구되는 우주 궤도에 비유하면서, 반란이나 내란이 가져올 국가적 무질서를 경고한 것입니다. 이에 우스터 백작은 다음과 같이 대답합니다.

* 전조前兆
어떤 일이 생길 기미.

> **우스터** 폐하는 우리가 키워 드렸건만
>
> 마치 무정한 갈매기가 참새에게 그러하듯,
>
> 우리의 둥지를 억압하고
>
> 우리의 먹이로 몸집이 너무도 커져
>
> 전하를 사랑하면서도 잡아먹힐까 두려워
>
> 폐하 곁에 가까이 다가갈 수 없게 하셨습니다.(1부 5.1.59~64)

이 대사는 왕과 공신들을 갈매기와 참새에 비유하며 왕이 배은 망덕하다고 비난한 것입니다. 결국 왕이 관대하게 화친을 제의했으나, 우스터는 한 번의 배신으로 앞으로 계속 의심받으리라는 우려 때문에 핫스퍼에게 왕의 전갈을 왜곡하여 그가 즉시 전쟁을 시작하고자 한다고 전했습니다. 또한 핼 왕자가 양측 군대의 유혈을 피하기 위해 핫스퍼와 단둘이 결투할 것을 제의했다는 말도 전합니다.

드디어 혈전이 시작되었습니다. 이 싸움은 핼 왕자의 군주다운 위용을 시험하는 시험대가 되었습니다. 하지만 용감히 싸우던 핼 왕자가 부상을 당하고 말았습니다. 왕이 잔류하기를 권하자, "피로 물든 귀족들의 시체가 인마人馬에 밟히고 기고만장한 반란군이 학살을 자행하고 있는"(1부 5.4.12–13) 상황에서 물러설 수 없다며 진격의 의사를 밝힙니다. 이처럼 셰익스피어는 변모한 핼 왕자의 모습에 진정한 용자의 모습을 부여하고 있습니다.

반란군의 용맹스런 장수 더글라스는 왕으로 변장한 가짜 왕들을 여러 차례 처단했습니다. 더글라스가 마침내 진짜 왕을 찾아내서 목을 베려는 순간, 핼 왕자가 그의 칼에서 왕을 구해 냅니다. 이로써 핼 왕자는 아버지가 죽기만을 기다리고 있다는 세간의 중상모략을 종식시킵니다. 그리고 부왕으로부터 그간의 불신과 의심을 씻어내고 최고의 신임을 받게 됩니다.

마침내 핫스퍼와 핼 왕자가 대면합니다. 핼 왕자는 핫스퍼와 치열한 결투를 벌인 끝에 결국 그를 처치하는 전과를 세웁니다. 이로써 그는 방탕한 생활 때문에 받은 숱한 오해를 벗어던지고 '전례 없는 영국의 희망'(1부 5.2.67)으로 우뚝 서게 됩니다. 핫스퍼의 죽음 앞에서 핼 왕자는 "그의 영혼이 살아 있을 때는 온 왕국도 좁은 것 같더니 죽어서는 하잘것없는 땅덩이면 충분하구나."(1부 5.4.88–91)라는 대사로 인간의 야망이 얼마나 허망한 것인지를 떠올립니다.

한편 폴스태프는 적이 공격해 오자 죽은 핫스퍼의 옆에 자신도 죽은 척하고 누워 있었습니다. 그리고 핼 왕자가 그 자리를 떠나자,

그제야 벌떡 일어나 진정한 용기란 곧 분별력인데 자신은 분별력을 발휘하여 죽은 척하고 있었다고 변명을 늘어놓습니다. 그리고는 죽은 핫스퍼의 허벅지를 자신의 칼로 찔러 새로이 상처를 내고는 자신이 그를 처단했다고 거짓 주장을 합니다. 이렇듯 명예니 양심이니 하는 용사의 미덕들은 그에게 아무런 의미도 없습니다.

이제 승리를 거둔 왕의 군대가 남은 반군 세력을 공격하기 위해 돌진하자고 외치는 가운데 1부의 막이 내립니다.

《헨리 4세》 1부는 희극적 장면도 많고, 폴스태프라는 인물을 통해 정치나 인간의 어리석음을 해학적으로 풍자하고 자유로운 본능을 찬양한다는 점에서 비교적 즐겁고 유쾌한 극입니다. 하지만 이에 비해 2부는 다소 무거운 사극으로 분위기가 전환됩니다. 헨리 4세가 죽고 왕위에 오른 핼 왕자는 폴스태프 일당을 배제하고 국가의 질서를 확립하는 데 몰두합니다. 이를 위해 폴스태프의 자유로운 개성은 억압되어야만 하는 상황이 됩니다. 따라서 2부는 희극적인 가벼운 웃음보다는 사극다운 무거움이 극 전체를 지배합니다.

〈핫스퍼의 몸과 씨름하는 폴스태프〉
폴스태프가 자신이 핫스퍼를 처단했다고 주장하기 위해 죽은 핫스퍼의 몸을 끌고 가려고 기를 쓰고 있다. 찰스 헤스, 1825.

반란군의 섬멸

2부는 1부에서 벌어진 일들이 교묘하게 반복되는 대칭 구조를 띠고 있습니다. 폴스태프는 1부에서처럼 2부에서 또다시 모병 임무

〈왕 역할을 하는 폴스태프〉
폴스태프는 1부에서처럼 2부에서도 반란군을 진압하기 위한 신병 징집의 임무를 맡는다. 작자 미상, 1840경, 워싱턴, 폴저 셰익스피어 도서관 소장.

● 매독梅毒
스피로헤타라는 나선균螺旋菌에 의하여 감염되는 성병. 태아기에 감염되는 선천적인 경우와 성행위로 인하여 옮는 후천적인 경우가 있다.

를 맡아서, 마찬가지로 뇌물을 받고 징집을 면제해 줍니다.

1부에서 핫스퍼가 출격하면서 아내와 언쟁을 벌이는 장면이 있는데, 2부에서는 노섬벌랜드의 출정을 놓고 백작 부인과 며느리(핫스퍼의 아내)가 반대를 합니다. 그리하여 노섬벌랜드는 그들의 설득에 따라 1부에서처럼 참전하지 않습니다.

왕이 방탕한 왕자를 걱정하거나 부자간에 용서하고 화해하는 에피소드도 2부에 다시 등장합니다. 그러나 2부에는 여러 상황이 1부와 달라져 있습니다. 왕은 병이 들었고, 폴스태프 또한 매독●에 걸려 고생합니다.

2부의 막이 오르면 '풍운rumor'이라는 서사 역이 등장하여, 슈루즈베리 전투에 대해 왕의 군대가 패했다는 유언비어를 퍼뜨리는 것이 자신의 역할이라고 알립니다. 이는 셰익스피어가 소문이라는 것이 얼마나 잘못된 정보를 퍼뜨리는가를 보여 주는 것입니다. 그러나 곧 노섬벌랜드 백작에게 왕의 군대가 아닌 자신의 군대가 패전했다는 소식이 전해집니다. 이에 격노한 노섬벌랜드 백작은 리처드 2세의 피에 대한 복수라는 명분으로 반군을 일으킨 요크 대주교와 합세할 계획을 세웁니다. 대주교는 동생 스크루프 경이 헨리 4세에 의해 처형되었기 때문에 왕에게 대적하고 나섰습니다.

다음 인용문은 반란군 세력의 대주교가 하는 대사입니다. 여기에서 그는 군중들의 변덕스런 심리를 토로합니다.

대주교 그대 어리석은 군중들이여. 볼링브로크가

　　　　왕이 되기 전에는 하늘까지 울리도록

　　　　열화 같은 함성으로 그를 축복하더니

　　　　이제는 그대들이 원하던 대로 되자

　　　　짐승 같은 식성을 지닌 그대들은 그에게 물려

　　　　스스로 토해 내려고 하는구나. (2부 1.3.91-96)

　'리처드 2세의 훌륭한 머리에 흙을 던지며'(1부 1.3.103) 헨리 4세를 환호하던 군중들이, 이제는 헨리 4세의 흠을 잡기 시작한 것입니다. 이처럼 셰익스피어는 많은 극에서 군중들을 어리석고 변덕스런 무리로 제시합니다. 셰익스피어는 대중이 정치에 미치는 영향력이 크다고 보았기 때문에 대중들의 합리적이고 건전한 판단이 중요함을 강조하고자 이 장면을 삽입한 것으로 해석됩니다. 대주교는 군중들의 변덕이 늘 현재에는 만족하지 못하는 인류 보편적인 심리 때문이라고 보고, "저주스런 인간의 사고여! 지난 일과 앞으로 생길 일은 최고로 보이나, 현재의 것은 최악으로 보이는구나."(2부 1.3.107-108)라는 대사를 통해 안타까워합니다.

　헨리 4세는 둘째아들 존 왕자가 이끄는 왕실군을, 남아 있는 반란 세력인 노섬벌랜드와 요크 대주교를 섬멸하기 위해 출정시켰습니다. 그런데 반란과 내란의 소용돌이 속에 헨리 4세는 걱정이 끊이지 않아 밤잠을 이루지 못합니다. 그는 "행복한 백성들이여, 잠들고 있어라. 왕관을 쓴 머리에는 불안이 깃들어 있다."(2부 3.1.30-31)라고 불면의 고통을 토로합니다. 결국 헨리 4세는 서서히 심신이 병들어 갔습니다.

　한편 요크셔에 모인 반란군 일행에게 노섬벌랜드가 병력을 모으지 못하고 스코틀랜드로 후퇴했다는 소식이 전해집니다. 이로 인해 의기소침해진 반란군에게 존 왕자가 사신을 보내 화친을 청합니다. 반란군은 그들의 조건을 모두 수용하겠다는 존 왕자의 말을 믿고 군대를 해산했습니다. 그러자 존 왕자는 서약을 파기하고 반란군을 대역죄로 체포했습니다. 이로써 왕실군은 존 왕자의 마키아벨리적 전술로 반란군을 완전히 진압합니다.

> ### ✣ 1400년대 초기 역사적 사실의 변형
>
> 원래 역사적으로는 1403년에 슈루즈베리 전투가 있었고, 1405년에 요크 대주교 일당의 반란이 일어났으며, 1408년에 노섬벌랜드 백작의 반란이 일어났다. 셰익스피어는 극적 편의를 위해 이런 역사적 시차를 무시하고, 이 사건들이 가까운 기간에 다 같이 일어난 것으로 처리하고 있다.

헨리 4세의 임종

　이 반가운 소식은 즉시 헨리 4세에게 전해집니다. 그러나 왕은 그런 쾌보에도 즐거움을 느끼지 못한 채 자리에 몸져누웠습니다. 왕이 혼수상태에 빠져 있는 동안 핼 왕자가 왕의 침소에 들었습니다. 그는 왕의 머리맡에 놓여 있던 왕관을 들고 다음과 같이 말합니다.

햄 왕자　왜 왕관이 아바마마의 머리맡에 놓여 있지?

　잠자리 친구로 삼기에는 너무 골치 아픈 것이 아닐까?

　잠의 포문들을 활짝 열어 놓아 수많은 날을

　뜬눈으로 새우게 하는 오, 번쩍이는 불안의 근원이여,

　황금의 근심거리여! 그 왕관을 껴안고 주무시다니!

　하지만 아바마마의 잠은 조잡한 잠자리 모자를 쓰고

　코를 골며 하룻밤을 지내는 사람들의 잠처럼

　깊이 잘 수도 편하지도 않은 것이지.(2부 4.5.20-27)

〈헨리 4세와 햄 왕자〉
햄 왕자는 왕이 죽었다고 생각
하여 왕관을 자기 머리에 쓰고
옆방으로 건너가 울고 있었다.
로버트 스머크, 1795.

　왕자는 숨을 쉬지 않는 왕이 죽은 줄 알고 왕관을 자기 머리에 쓴
채 옆방으로 가서 하염없이 눈물을 흘리고 있었습니다. 공교롭게도
이때 왕이 정신이 들었습니다. 그는 곧 왕관이 사라졌으며 햄 왕자
가 그것을 가져갔음을 알게 됩니다. 왕자의 역심을 의심한 왕은 햄
왕자의 성급한 욕망에 심히 분노했습니다.

　왕은, 햄 왕자가 망나니 같은 친구들에게 권력을 나누어 줌으로
써 자신이 그토록 바로잡으려고 노력한 국가의 질서가 문란해질 것
을 염려하며 통탄했습니다. 왕의 노여움에 햄 왕자는 무릎을 꿇고
자신이 왕의 권력을 탐한 것이 절대 아니었노라고 눈물로 호소합니
다. 이에 왕은 다시 한번 왕자를 용서하고 화해를 합니다. 이 장면
은 방탕한 생활을 하던 햄 왕자를 용서해 주던 1부의 장면과 대칭
을 이루는, 용서와 화해의 장면입니다. 왕자의 진심을 알게 된 왕
은, 자신이 왕권 찬탈과 관련된 모든 오명을 짊어지고 무덤으로 떠
날 테니 정당한 왕위 계승자로서 태평성대를 누리라고 기원해 주었

습니다.

> **왕** 이리 와서 내 침대 곁에 앉아라, 해리.
> 그리고 내 말을 잘 들어라. 내가 해줄
> 마지막 충고가 될 터이니. 아들아, 하느님도 아시다시피
> 나는 순리에 어긋나는 부정한 경로를 밟아
> 이 왕관을 차지했다. 그리고 내 자신이 잘 알고 있지만
> 이 왕관을 머리에 얹고 있는 동안 한시도 편치 않았다.
> 너에게는 이 왕관이 좀 더 평화롭고, 좀 더 민심을 얻으면서
> 좀 더 확고하게 양도되도록 하겠다.
> 이것을 얻었을 당시의 오점은
> 나와 함께 땅속으로 묻혀 갈 것이다.(2부 4.5.181-190)

이에 핼 왕자는 왕권을 보존하기 위해 혼신의 노력을 다하겠다고 약속합니다. 그러자 왕은 비로소 불안과 걱정의 연속이던 삶을 마치고 편안한 마음으로 임종을 맞이합니다. 이때 왕은 핼 왕자에게 "불안한 민심을 외국과의 전쟁으로 돌려 여념이 없도록 하여라. 그리하여 과거의 기억이 소멸되도록 말이다."(2부 4.5.213-215)라고 충고합니다. 민심을 돌리기 위해 고의적으로 전쟁을 일으키라는 대단히 마키아벨리적인 통치술을 언급한 이 대사는, 권력과 전쟁의 상관관계를 적나라하게 보여 줍니다.

성군이 된 헨리 5세

이제 핼 왕자는 헨리 5세°로 왕위에 등극합니다. 지금껏
이 극에는 사극과 희극이라는 두 개의 장르가 공존해 왔지
만, 이 순간부터 극은 진정한 사극의 세계로 돌입합니다.

많은 이들이 핼 왕자가 선왕을 이어 등극하는 모습을 우
려 속에 지켜보았습니다. 특히 과거에 공정한 판단으로 방
탕한 왕자를 벌하고 투옥시킨 대법원장의 앞날은 너무도
비관적으로 보였습니다. 그러나 모두의 예상과 달리 헨리
5세는 대법원장이 강직하게 정의를 수행하던 것을 치하하며 앞으
로도 법을 심판하는 직무를 수행해 줄 것을 요청합니다. 드디어 핼
왕자는 그동안의 가면을 벗고 자신의 진면목을 드러냈습니다.

한편 타락한 생활의 동반자이던 핼 왕자가 왕위에 등극했다는 소
식을 듣고 폴스태프는 "이제 영국의 법이 내 손아귀에 있다."(2부
5.4.109)라고 외치며 서둘러 그의 대관식 행렬을 보러 왔습니다. 앞
으로 자신이 누리게 될 권력을 기대하면서 그는 왕에게 다정히 인
사를 건넸습니다. 그러나 왕은 단호하게 그를 친구로 받아들이기를
거부하며, 살인과 연루되었다는 죄목으로 그들 일행(술집 창부와 여
주인)을 체포하게 합니다. 그는 폴스태프와 지낸 과거를 자기가 꾼
'악몽'이라고 하며, 폴스태프에게 자신은 새로 태어났으니 과거의
그로 생각하지 말라고 말합니다. 그리고 앞으로 근처 10마일 이내
에는 접근하지 말라고 경고합니다. 그러나 폴스태프에게 그동안의
악덕을 버리고 새로운 삶을 살되 개과천선하는 모습을 보이면 등용

● 헨리 5세(재위 1413~1422)
랭커스터 왕가 출신의 잉글랜
드 왕. 민심을 돌리고자 휴전
중이던 백년전쟁을 재개하여
아쟁쿠르 전투에서 프랑스에
대승리를 거두었다. 프랑스 왕
샤를 6세와, 그의 딸 카트린을
왕비로 맞아들이는 조건으로
프랑스 왕위 계승권을 인정하
는 트루아조약을 맺었다. 그러
나 프랑스의 귀족들이 이를 인
정하지 않고 반항하자 다시 전
쟁을 일으켰다. 결국 헨리 5세
는 뱅센이라는 남프랑스의 전
쟁터에서 병사하였다. 아서 해
커, 〈헨리 5세 역의 루이스 월
러〉, 워릭셔, 왕립 셰익스피어
극단 소장.

〈질책당하는 폴스태프〉
핼 왕자가 헨리 5세로 즉위하
는 대관식 행렬 중에 폴스태프
를 배척하는 장면이다. 로버트
스머크, 1795, 워싱턴, 폴저
셰익스피어 도서관 소장.

의 길을 열어 주겠노라고 약속합니다. 방탕한 과거
를 깨끗이 청산하고 성군의 모습으로 우뚝 선 그는,
국회를 소집하고, 훌륭한 인재를 등용하고, 프랑스
정벌을 준비하는 등 국왕으로서의 직무를 훌륭히
수행해 나갑니다.

이 극은 헨리 4세 치세 동안 일어난 여러 차례의
반란과 진압을 담아내느라 다소 산만한 느낌이 있
습니다. 그러나 핼 왕자의 방탕함과 핫스퍼 일당의
반란이 모두 무질서를 상징하는 행위로 대비되며,
핫스퍼 일당의 반란이라는 국가적 차원의 도둑질과
폴스태프 일당이 갯즈힐에서 벌인 개인적 차원의
도둑질이 대응되도록 구성되어 있습니다. 또한 1부
와 2부가 서로 대비와 대응의 극 구조로 짜여 있어 복잡한 역사적
사실들을 정교한 극적 구조로 구성하여 보여 줍니다.

셰익스피어는 이처럼 역사적 사실을 다루는 사극에 탕아에서 이
상적 군주로 발전하는 왕자라는 민담적 요소와 폴스태프를 중심으
로 한 민중적 요소를 첨가하여, 그만의 독특한 사극 세계를 창조해
냈습니다. 즉 즉흥 연기, 교리문답 등 민중적 요소를 담고 있는 폴
스태프라는 인물을 이용하여 셰익스피어는 역사의 진지함을 가볍
게 만들고 일정한 거리를 두면서 정치권력을 풍자합니다.

핼 왕자에게는 헨리 4세가 지닌 왕위 찬탈이라는 오명이 없습니
다. 셰익스피어는 그에게 왕위를 계승하는 바로 그 순간부터, 젊은
시절 함께 방탕한 생활을 일삼던 폴스태프와 그 일당을 물리치는

현실적 결단력과 외세(프랑스)를 물리치고 영토를 확장하는 '영웅적' 면모를 부여했습니다. 헨리 5세가 이상적 군주상으로 발전할 역량을 보여 주는 이 극은, 《헨리 5세》만큼은 아니더라도 대단히 애국적인 사관에서 쓰인 사극이라고 할 수 있습니다.

✥ 셰익스피어와 튜더 역사관

셰익스피어는 영국 사극에서 튜더 왕조의 역사관을 극화하고 있다고 평가받는다. 왕권신수설은 튜더 왕조의 역사관 가운데 하나이자, 절대왕정을 뒷받침하기 위한 통치 이데올로기였기 때문이다. 분명 셰익스피어는 튜더 왕조가 주창한 이런 역사관에서 자유로울 수 없었을 것이다. 하지만 셰익스피어가 튜더 사관을 맹목적으로 따른 것이 아니라는 의견도 많다. 그들은 셰익스피어의 극 세계는 튜더 왕조의 사관처럼 절대성과 확실성이 지배하지 않고, 상대성, 모호성, 아이러니가 지배하는 세계라고 주장한다. 그리고 정통 왕이라고 할지라도 군주가 무능하고 나약하거나 도덕적으로 문제가 있을 경우에는 국가를 통치할 자격이 없음을 《리처드 2세》를 통해 보여 준다. 따라서 셰익스피어의 사극은 튜더 왕조의 사관이 아니라 바람직한 군주상이라는 좀 더 보편적인 메시지를 담고 있다고 말하는 것이 옳다.

02 《리처드 3세》

_골육상쟁의 비극

〈리처드 3세 역의 개릭〉
유령들이 등장하자 리처드가
놀라는 모습을 그린 것이다.
윌리엄 호가스, 1745경, 리버
풀, 워커 미술관 소장.

● ● ● 《헨리 4세》가 무혈혁명으로 왕권을 차지한 헨리 4세의 죄책감과 양심의 가책을 다룬 극이라면, 《리처드 3세》는 왕권을 차지하기 위해 자신의 형제와 어린 조카들을 살해한 리처드의 냉혹한 악마성을 그린 극입니다. 역사적으로는 《헨리 4세》보다 훨씬 뒤의 역사를 다루고 있지만, 이 극은 셰익스피어 극 중 비교적 초기인 1592년부터 1593년 사이에 집필되었을 것으로 추정됩니다. 따라서 초기극의 한계를 지녀 《헨리 4세》보다 극적 구성력도 떨어지고 주인공의 성격도 단순합니다. 그래서 리처드 3세는 처음부터 끝까지 철저한 악인으로 등장하며, 그가 저지르는 온갖 만

행에 대한 심리적 갈등이나 고뇌 등은 찾아볼 수가
없습니다.

이 극은 홀린셰드의 《영국, 스코틀랜드, 아일랜드
의 연대기》와 에드워드 홀이 장미전쟁을 다룬 역사
서인 《고결하고 저명한 랭커스터 가와 요크 가의 결

• 보즈워스 전투

합 *The Union of the Two Noble and Illustre Families of Lancaster and
York*》, 그리고 토마스 모어의 《리처드 3세의 역사 *History of Richard Ⅲ*》를
원전으로 하여 쓴 것입니다. 에드워드 4세가 왕위에 등극하는 때부
터 요크 가문의 마지막 왕인 리처드 3세가 보즈워스 전투*에서 패
하는 장면까지를 다루고 있습니다.

시간 순서로 봤을 때 《헨리 6세》에 이어지는 이 극은 《헨리 6세》
와 더불어 장미전쟁을 다룬 극으로, 주인공 리처드 3세의 모습에
튜더 왕조의 시각이 다분히 투영되어 있습니다. 튜더 왕조는 리처
드 3세를 누르고 왕위에 오른 튜더 왕조의 시조 헨리 7세의 집권을
미화하기 위해 리처드 3세에 대단히 부정적인 이미지를 부여합니
다. 그들은 리처드 3세를 육체적으로뿐만 아니라 성격이나 도덕적
인 면에서도 기형적인 괴물로 만들었습니다. 셰익스피어가 창조한
'리처드 3세'의 모습에도 이러한 튜더 사관이 투영되어 있습니다.

셰익스피어는 《리처드 3세》를 통해 정치권력의 본질을 탐구하고
있습니다. 따라서 이 극은 정치권력의 위선적인 연극성과 마키아벨
리적 술수 등을 적나라하게 보여 줍니다. 셰익스피어는 리처드가
권력을 장악하고 그 권력을 유지하기 위해 내뿜는 사악함을 강조하
기 위해 리처드 3세와 관련된 많은 역사적 사실들을 왜곡하고 변형

보즈워스 필드 전투라고도 한
다. 장미전쟁 중에 요크 왕가
의 국왕 리처드 3세와 그에 대
항해 왕위를 다툰 랭커스터 가
문의 리치먼드 백작 헨리 튜더
(훗날 헨리 7세) 사이에 벌어
진 전투다. 리처드 3세가 전사
하면서 헨리에 의해 튜더 왕조
가 수립됨으로써 장미전쟁이
종결됐다.

했습니다. 그리고 십수 년에 걸친 역사적 사실들을 일련의 사건들로 압축하여 제시함으로써 독자 또는 관객으로 하여금 지칠 줄 모르고 계속되는 리처드의 음모와 계략에 몸서리치게 만듭니다. 끊임없이 계속되는 리처드의 잔혹한 살해 행위를 통해 셰익스피어는 '악은 악을 낳고 죄는 죄를 낳는다'라는 우화를 극화함과 동시에 피를 부르는 권력의 잔혹한 속성을 여실히 보여 줍니다.

리처드는 유혈을 통해 왕권을 찬탈하고 이어서 피의 숙청을 진행하는 면에서는 맥베스와 닮았으나, 그에게서 비극적 주인공 맥베스가 보여 주는 내적 갈등과 양심은 찾아볼 수 없습니다. 리처드는 표리부동하고 사악한 성격 면에서나 놀라운 달변과 권모술수 면에서, 오히려 《오셀로》에 등장하는 이아고나 《리어 왕》의 에드먼드에 더 근접한 인물입니다.

1597년에 이 극의 제1사절판이 출간된 이래 1622년까지 제6사절판이 출간된 것으로 미루어 볼 때, 《헨리 4세》만큼 인기가 많았던 듯합니다.

리처드의 야심

핼 왕자는 헨리 4세의 뒤를 이어 헨리 5세로 등극한 뒤 프랑스를 정벌하는 등 유능하고 강력한 군주가 됩니다. 하지만 그의 뒤를 이어 왕위에 오른 헨리 6세는 헨리 5세가 차지한 프랑스 영토를 대부분 잃습니다. 결국 나약한 왕 헨리 6세는 요크 가의 왕자들인 에드워드, 조지, 리처드에 의해 왕권을 찬탈당하고 살해당합니다. 그

● 《맥베스》와 《리처드 3세》는, 권력욕에 사로잡힌 주인공이 유혈에 의해 왕권을 찬탈하고 피의 숙청이 이어지며 희생된 유령들이 등장하고 주인공이 파멸하는 등 유사점이 매우 많은 작품이다. 그러나 리처드 3세는 맥베스가 보여 주는 내적 고뇌와 갈등을 지니지 못하고 심리적 복잡성과 깊이가 떨어지는 단순한 악한에 그침으로써 초기 극의 한계를 보여 주는 인물이다.

● 헨리 6세(재위 1421~1471) 헨리 5세와 프랑스 왕 샤를 6세의 딸 카트린 사이에서 태어난 헨리 6세는 백년전쟁 중 헨리 5세가 죽자 그의 뒤를 이어 왕위에 올랐다. 프랑스 왕 샤를 6세가 죽자, 트루아조약에 따라 프랑스 왕을 겸했다. 그러나 프랑스 영토 대부분을 잃고 추방되어 영국으로 돌아온 뒤에는 프랑스와의 평화정책에 반대하는 귀족들의 반란으로 장미전쟁이 일어나 살해되었다.

로 인해 30년 동안 지속되는, 요크 가와 랭커스터 가의 왕권 쟁탈전인 장미전쟁이 발발합니다.

이들은 헨리 6세와 함께 왕위 계승자인 에드워드 왕자(에드워드 4세와 동명이인)까지 살해합니다. 그리고 셋 중 가장 손위인 에드워드가 왕위에 등극해 에드워드 4세가 되고, 조지는 클래런스 공작이, 그리고 막내 리처드는 글로스터 공작이 되었습니다.

왕권을 찬탈한 공신 중 한 명인 막내 리처드는 곱사등이로 태어나 세상에 대한 분노와 복수심이 많았습니다. 권모술수에 뛰어나고 권력욕도 강한 리처드는 요크 가가 왕권을 차지하고 평화를 누리게 되자 자신이 왕권을 차지할 계획을 세웁니다. 막이 오르자마자 무대 위에 홀로 선 리처드가 하는 독백을 통해 셰익스피어는 그의 사악한 성격을 부각시킵니다.

〈리처드 3세 역의 데이비드 개릭〉
보즈워스 전투 속의 리처드 3세를 재현했다. 원전과 달리 신체를 불구로 재현하지 않았다. 너대니얼 댄스, 1771, 워릭셔, 스트랫퍼드 시청 소장.

리처드 나는 태어나면서부터 위선적인 자연에 의해
    용모를 사기당해 몸의 균형을 박탈당했다.
    그래서 불구의 모습으로, 미숙하게, 제대로 만들어지지도 않은 채
    때도 되기 전에 이 생명의 세계로 떠밀려 나왔다.
    ……나는 말을 번지르르 잘하는 시대를 즐길 만한
    바람둥이는 되지 못할 테니
    악당이나 되어 이 시대의 하릴없는 즐거움을
    증오하기로 결심했다.(1.1.18-31)

• 남아 있는 리처드 3세의 초상화에서 그가 곱사등이였다는 사실을 확인할 수는 없다. 하지만 튜더 왕조 시기에 쓰인 많은 역사서들이 그를 신체적 기형으로 그리고 있는데, 그중 토마스 모어의 《리처드 3세의 역사》에는 리처드를 키 작고 다리가 불균형이며 등이 굽고 왼쪽 어깨가 오른쪽보다 훨씬 높은 데다 얼굴이 못생겼다고 묘사하고 있다. 이를 통해 튜더 왕조의 역사가들이 의도적으로 그에게 부정적인 이미지를 부여하고 그가 곱사등이였다고 조작했을 가능성도 있다.

• 야누스
로마 신화에 나오는 두 얼굴을 가진 신. 성과 집의 문을 지키며, 전쟁과 평화를 상징한다. 사회적 의미로는 두 가지의 얼굴을 가진 사람을 가리킨다.

• 클래런스(1449~1478)
잉글랜드의 귀족. 장미전쟁을 촉발시킨 요크 공작 리처드의 작은 아들로, 형 에드워드 4세에 대항해 권력에 대한 야심으로 반란을 도모하다가 반란죄로 1478년에 처형당했다. 셰익스피어는 《리처드 3세》에서 리처드가 권력욕에 사로잡혀 무고한 형인 클래런스 공을 암살하는 것으로 설정하고 있는데, 이는 리처드 3세의 사악한 성격을 강조하기 위한 것이다.

그의 신체적 불구*는 그를 정신적 불구로까지 만들었습니다. 기형의 육체를 타고난 리처드는 열등감에 사로잡혀 세상에 악한 짓으로 복수할 의지를 밝힙니다. 세상에 대해 냉소적인 리처드는 극의 시작부터 끝까지 철저한 악인으로 묘사됩니다. 리처드는 대단한 연기력으로 여러 가면을 쓴 채 극 중 모든 인물들을 속이며 악을 행합니다. 그리고 그는 그것을 무척 즐깁니다. 또한 그의 대사를 통해 우리는, 그 스스로가 악당이라는 역할을 선택했으며 그가 왕권을 찬탈하고자 하는 것이 어떤 대의명분이나 정치적 목적을 위해서가 아니라 단순히 열등감에서 비롯된 것임을 알 수 있습니다.

마치 야누스*와 같이 거짓 가면 속에 자신의 악의를 감추고 겉으로는 환심을 사는 태도로 사람들을 속이는 그는, 이미 《헨리 6세》에서 '살인적인 마키아벨리'라고 스스로를 칭한 바 있습니다. 또 헨리 6세를 살해하고는 "떨어져라, 떨어져, 지옥으로. 그리고 내가 그리로 보냈다고 말하라. 동정도, 사랑도, 두려움도 없는 내가 말이다."(《헨리 6세》 3부 5.4.67~68)라고 말하기도 합니다.

리처드는 악을 추구함에 있어 대단히 정력적이며, 판단도 실천도 저돌적이고 단호합니다. 그는 권력을 장악하기 위해서라면 그야말로 수단과 방법을 가리지 않았습니다. 우선 그는 친형 클래런스*를 모함하여 에드워드 4세와 이간질시킵니다. 리처드는 교묘한 방법으로 'G'로 시작하는 이름을 가진 자가 왕위계승자를 죽일 것이라는 예언을 퍼뜨립니다. 바로 클래런스 공작의 이름이 '조지George'였기 때문입니다. 그리하여 에드워드 4세가 자신의 동생인 클래런스 공을 의심하여 런던탑에 투옥시키게 만듭니다.

리처드는 자신의 중상모략으로 인해 탑으로 끌려가는 클래런스 공과 마주치자 노련하고 음흉한 거짓 연기를 합니다. 그는 왕의 처사에 분노하는 척하며 형에게 걱정과 위로의 말을 건넵니다. 그러고는 자신이 반드시 그를 구해 내겠다고 맹세합니다. 하지만 그런 위로의 말을 하고 돌아서는 순간, 그는 "가라, 다시 돌아올 수 없는 황천길을 밟아라."(1.1.117)라고 혼잣말을 하며 자신의 검은 속셈을 드러냅니다. 그리고 클래런스 공을 투옥시킨 것은 엘리자베스 왕비 일당이 꾸민 음모라고 공공연하게 비난합니다.

이아고, 에드먼드, 맥베스 부인 같은 셰익스피어의 다른 이중인격자들처럼 리처드 또한 겉으로 드러난 자신의 행동과 다른 속마음을 끊임없이 독백을 통해 드러냅니다.

〈리처드 3세 역의 에드먼드 킨〉
리처드는 갖가지 가면을 쓰고 악을 행한다. 새뮤얼 드러먼드, 1814, 런던, 새들러스 웰스 컬렉션 소장.

> **리처드** 일은 내가 저질러 놓고 먼저 법석을 떠는 거야.
>   그렇게 해서 이 몸이 저지른 비밀스런 죄를
>   타인에게 유감스럽게 뒤집어씌우는 거지.
>   클래런스를 어둠 속에 처넣은 것은 나인데
>   순진한 녀석들 앞에서는 눈물을 흘려 보이는 거야.
>   (1.3.324-328)

리처드의 이러한 독백과 방백 들을 통해 셰익스피어는 끊임없이 그가 가면을 쓰고 역할놀이를 하고 있음을 보여 줍니다. 그러면서 그는 자신의 계획에 따라 움직이는 어리석은 인물들을 비웃습니다. 또한 리처드는 권모술수에 능할 뿐만 아니라,

〈글로스터 공작 리처드와 앤 부인〉
리처드가 헨리 6세의 장례식 행렬 중 미망인 앤 부인에게 구혼을 하고 있다. 에드윈 오스틴 애비, 1896, 뉴헤이번, 예일 대학교 미술관 소장.

놀라운 달변으로 사람들의 마음을 움직이는 악한이었습니다. 언변이 어느 정도였는지는 죽은 에드워드 왕자의 미망인 앤 부인을 설득하여 아내로 맞이한 데서 엿볼 수 있습니다. 리처드가 앤 부인에게 구애하는 장면은 소름이 끼칠 정도로 사악합니다. 앤 부인은 남편인 에드워드 왕자와 시아버지 헨리 6세를 죽인 자가 바로 리처드라는 사실을 잘 알고 있었습니다. 따라서 리처드가 헨리 6세의 장례식에 모습을 드러낸 것부터가 무례한 행동이었는데, 그는 그 자리에서 앤에게 구애를 하기까지 합니다. 이처럼 파렴치한 리처드의 행동에 분노한 앤 부인의 입에서는 온갖 독설과 저주가 쏟아져 나옵니다.

그러자 리처드는 앤에게 그 모든 살해의 원인이 모두 그녀를 향한 자신의 사랑 때문이었다고 말합니다.

리처드 당신의 아름다움이 원인이었습니다.
　　당신의 아름다움이 나의 잠을 설치게 만들고

당신의 달콤한 품에 안겨 한 시간만이라도 살 수 있다면

이 세상 모든 남자들을 죽여도 좋았습니다. (1.2.125-128)

완고할 정도로 그에 대한 증오와 혐오로 가득하던 앤은 결국 리처드의 세 치 혀에 넘어가서, 그의 손에 세상을 떠난 시아버지 헨리 6세의 장례식 중에 그의 마음을 받아들입니다. 앤 부인은 극이 끝나갈 무렵 리처드의 왕위 계승식에 참가하러 가면서 엘리자베스 왕비에게, 리처드의 화술에 넘어가고 만 자신의 비이성적인 행위에 대해 다음과 같이 말합니다.

앤 그때 나는 리처드의 얼굴을 쳐다보며

다음과 같이 소원을 말하고 있었습니다. "너는 저주를 받아라.

이토록 젊은 나를 이토록 늙은 과부로 만들었으니.

네가 결혼하면, 너의 잠자리는 슬픔으로 가득 차라.

너의 아내는, 그렇게 미친 여자가 있다면

남편의 죽음 때문에 고통받는 나 이상으로

당신이 살아 있음으로 더한 괴로움을 받아라."

그런데 이런 저주의 말을 두 번 되풀이하기도 전에,

그 짧은 시간에 나의 마음은

그의 달콤한 말에 포로가 되어

내 자신이 내 영혼의 저주의 먹이가 되어 버렸습니다.

그리하여 그때 이후로 내 눈은 편안한 잠을 잃었습니다. (4.1.70-81)

셰익스피어는 《리처드 3세》에 등장하는 어떤 인물이라도 리처드의 화술에 농락당할 수밖에 없게 함으로써, 언어의 놀라운 힘을 보여 주고 있습니다.

사악한 달변으로 수많은 사람들을 속이면서도 리처드는 사람들 앞에서 "나는 아첨할 줄도, 착하게 보일 줄도, 미소를 띠어 상냥하게 보이면서 상대를 속이지도 못한다."(1.3.47–48)라고 말하며, 마치 자신이 아첨도 거짓말도 할 줄 모르는 고지식한 존재인 양 행세합니다.

사자의 폭력과 여우 같은 간사함으로

● 시종장
임금을 곁에서 모시고 심부름하는 사람들의 우두머리.

리처드는 왕의 심복인 시종장● 헤이스팅스 경으로부터 왕이 중병에 걸렸다는 사실을 듣고 왕권을 장악하기 위해, 우선 자객을 보내 런던탑에 갇혀 있던 형 클래런스 공을 암살합니다. 결국 클래런스 공작은 왕권을 탐하는 동생의 음모에 의해 무고하게 죽습니다. 이렇게 사악한 짓을 저지르고도 리처드는 클래런스 공의 자녀들 앞에서 눈물을 보이고 그들의 아버지를 죽인 사람은 왕비라고 말합니다. 하지만 이들의 할머니이자 클래런스 공과 리처드의 어머니인 요크 부인은, 자기 아들의 위선을 꿰뚫어 보고 있었습니다.

요크 부인 아, 기만이 순한 양의 탈을 쓰고
　　고결한 모습으로 마음의 추악함을 감추고 있구나!
　　그도 나의 아들이니, 나의 치욕이로다.

하지만 이 기만은 나의 젖을 먹은 탓은 아니다.(2.2.27-30)

이처럼 셰익스피어는 리처드 자신의 독백을 통해서뿐만 아니라 많은 등장인물들의 입을 통해 리처드의 표리부동함과 사악함을 드러냅니다.

에드워드 왕이 병사하자 어린 웨일즈 공 에드워드 왕자에게 왕위가 계승되었습니다. 왕비의 측근들은 왕위를 계승하기 위해 왕자를 모시러 웨일즈로 떠났습니다. 그런데 리처드와 그의 심복 버킹엄이 왕자를 모시러 떠난 왕비의 측근들을 체포하고, 에드워드 왕자와 그의 동생 요크 공을 런던탑에 감금합니다. 그러면서도 리처드는 그것이 모두 마치 조카들의 안위를 위해서인 양 거짓말을 합니다. 아무것도 모르는 어린 왕자들은 삼촌의 말만 믿고 죽음의 소굴로 들어갑니다. 엘리자베스 왕비는 그 소식을 전해듣고 생명의 위협을 느껴 피신합니다. 런던탑으로 들어가던 중에 에드워드 왕자는 줄리어스 시저가 런던탑을 지었다던데 그에 관한 기록이 남아 있느냐고 물으면서, 대단히 의미심장한 말을 리처드에게 던집니다. "비록 기록에 남아 있지 않더라도 진실은 대대손손으로 전달되어 시대를 초월해 살아남을 것입니다. 최후의 심판 날까지요."(3.1.75-78)라고 말입니다.

왕자들을 런던탑에 유폐시킨 리처드는 숙적들에게 하나하나 올가미를 씌워 죽음으로 몰고 갔습니다. 우선 리처드가 왕이 되면 차

● 원래 역사적으로는 웨일즈 공 에드워드 왕자가 왕위를 계승하여 에드워드 5세로 등극하고 어린 조카를 대신하여 리처드가 섭정을 한다. 그 뒤 리처드는 정적들을 제거한 뒤 어린 두 조카(에드워드 왕자와 그의 동생 요크 공)를 런던탑에 유폐시키고 왕권을 찬탈한다.

《리처드 3세》 4막 3장
리처드와 어린 왕자들. 제임스 노스코트, 1791, 보이텔 셰익스피어 갤러리 소장.

〈런던탑에 갇힌 에드워드 왕자와 요크 공작〉
리처드 3세에 의해 에드워드 왕자와 그의 동생 요크 공이 런던탑에 갇힌다. 폴 들라로슈, 1831, 파리, 루브르 박물관 소장.

● 공중누각에 희망을 짓는 자 공중누각이란 아무런 근거나 토대가 없는 사물이나 생각을 비유적으로 이르는 말이다. 그 위에 희망을 지어 올린다고 표현하여 리처드처럼 가면을 쓴 사람의 외양만 믿다가 배신당하는 시종장 헤이스팅스를 비유적으로 말하고 있다.

라리 죽는 것이 낫겠다고 말한 에드워드 4세의 시종장 헤이스팅스를 처형합니다.

> **헤이스팅스** 아, 인간이 베푸는 순간의 은혜여.
> 우리는 신의 은총보다 그것을 더 좇지.
> 타인의 미소 진 얼굴이라는 공중누각에 희망을 짓는 자●는
> 돛대에 올라간 술 취한 선원의 삶과 같다.
> 돛이 흔들릴 때마다 심해 속으로
> 곤두박질친다.(3.5.96~101)

　헤이스팅스와 마찬가지로 에드워드 4세 치하에서 세력을 휘두르던 엘리자베스 왕비의 남자 형제와 전 남편의 자식 등도 차례로 숙청됐습니다. 에드워드 4세 당시 엘리자베스 왕비의 측근들은 많은 관직을 얻고 부를 축적했습니다. 그녀의 남자 형제들뿐만 아니라 전 남편과의 사이에서 낳은 아들들까지 관직에 올라 있었습니다.

　리처드 일당은 다음으로 사생활이 문란하던 에드워드 4세의 흠을 내세워 왕자들이 적통이 아니라 평민 출생의 서자들이라는 유언비어를 퍼뜨렸습니다. 그들의 교묘한 권모술수에 넘어간 런던 시장을 비롯한 무리들이, 리처드만이 합당한 왕위 계승자이니 왕권을 받아들여 달라고 소청합니다.

　리처드가 권력을 찬탈하는 데 일등 공신이 되는 버킹엄 공작과 리처드가 주고받는 다음 대사는 그들이 사람들 앞에서 얼마나 교묘하게 연기를 했는지를 잘 보여 줍니다.

리처드 이보게나. 자네, 몸을 떨고 안색을 바꾸고

한마디 하고는 숨을 죽이고

다시 말을 이었다가 또 중단하면서

마치 공포에 질려 이성을 잃은 사람처럼 할 수 있겠나?

버킹엄 쳇, 그런 비극 배우의 역할쯤은 식은 죽 먹기입니다.

말하면서 뒤를 쳐다보고, 이리저리 사방을 살피면서

지푸라기 하나가 움직여도 몸을 떨며 깜짝 놀라고

몹시 의심하는 시늉을 하는 거죠. 두려운 표정도

억지웃음 짓기와 마찬가지로 마음대로 할 수 있습니다.

작전상 필요하면 그 어떤 역할도

즉시 할 준비가 되어 있습니다.(3.5.1–11)

〈리처드 3세와 버킹엄의 대화〉
리처드 3세가 버킹엄에게 어린 두 왕자를 살해하라고 종용한다(1700).

이런 연기를 통해 왕권의 유일한 계승자로 지목받은 리처드는, 시장과 시민들이 그에게 왕위에 오르기를 청하러 왔을 때도 또 한 편의 연극을 합니다. 그는 두 신부를 대동하고 손에 기도서를 들고 등장했습니다. 그러고는 자신의 사악한 심성과 잔악한 음모를 감춘 채 마치 거룩한 명상과 엄숙한 기도에 빠져 경건한 생활을 영위하는 척 자신을 미화시킵니다. 이는 버킹엄의 다음 대사를 그대로 따른 것입니다.

버킹엄 시장이 곧 올 겁니다. 근심이 있는 척하십시오.

강력하게 요청하지 않으면 아무 말씀 하지 마시고

손에는 기도서를 들고, 양쪽에 신부를 거느리고

나타나십시오. 그에 맞게 거룩한 성가를 마련하겠습니다.

저희의 소청에 쉽사리 응하지 마시고

안 된다고 거부하면서도 받아들이는 처녀처럼

연기하시면 됩니다.(3.7.44-50)

거룩한 신앙인의 연기를 통해 자신이 왕권에 합당한 존재임을 과시하고자 한 이 역할놀이는, 왕권을 신이 내린 것이라고 주장한 튜더 왕조의 통치 이데올로기(왕권신수설)에 대한 희화화이자 조롱이라고 볼 수 있습니다. 결국 리처드의 연기에 속은 런던 시장을 비롯한 시민들이 그를 왕으로 추대합니다. 그러자 리처드는 마치 세속적인 권력욕 따위는 전혀 없다는 듯이 몇 차례 거절하는 뜻을 내비치다가 국민의 소망 때문에 마지못한 듯 왕권을 받아들입니다.

이 장면을 통해 권력을 획득하기 위한 전략으로 활용되는 연극성을 엿볼 수 있습니다. 리처드가 '성자처럼 보이면서 악마의 역할을 수행'(1.3.368)하기 위해 펼치는 끊임없는 연출과 연기는 연극성과 권력 간의 구조적 관계를 여실히 보여 줍니다. 이 점에 대해 비평가 레가트는 '장기적인 계략을 짜고, 정치적 상황들에 대처하는 리처드의 능력은 유별난 연극적 능력과 함께한다.'라고 언급했습니다. 이 외에도 많은 비평가들이 리처드 3세가 보여 주는 연극적 힘과 정치권력의 관계에 대해 이야기합니다. 그리고 리처드는 교활한 연기로 자신이 목적한 바를 이룬 뒤에는 그런 거짓이 통용되는 이 위선적인 세상에 대해 냉소적인 독설을 퍼붓곤 했습니다.

왕위에 오른 리처드 3세는 왕권 찬탈의 일등 공신 버킹엄에게 런

● 엘리자베스 여왕은 권력을 과시하기 위해 나라의 중요한 일로 행차할 때마다 장관을 연출했고, 성모 마리아나 디아나의 이미지를 빌려 처녀여왕으로서의 이미지를 구축하는가 하면, 전장에서는 갑옷을 입고 군인들의 사기를 돋우었으며, 외국 사절들 앞에서는 가슴이 패인 드레스를 입어 성적 매력을 풍기기도 했다고 한다. 이렇듯 여왕은 가부장제 사회에서 여성 군주로서, 정부인의 소생이 아닌 출신으로서 자신의 취약점을 보완하기 위해 겉모습을 다양하게 연출하여 권력 유지에 애썼다. 그리하여 셰익스피어가 리처드를 통해 여왕의 연극성을 풍자했다는 지적도 있다.

던탑에 가둬 둔 어린 두 왕자를 살해하라고 종용합니다. 그러나 버킹엄이 이미 왕위에 올랐는데 그렇게까지 할 필요가 있냐며 반대하자, 리처드는 그의 충심을 의심합니다. 게다가 버킹엄은 리처드에게 왕권을 찬탈한 뒤에 주기로 약속한 자신의 영토를 요구합니다. 그러자 이미 리처드의 눈 밖에 난 버킹엄은 자신이 세운 공을 보상받기는커녕 신변에 위협을 느끼는 신세가 됩니다. 그리하여 그는 리처드의 곁을 떠나 그의 적대 세력인 리치먼드 백작(후에 헨리 7세)의 군대에 합류했습니다. 이미 많은 고관대작들이 리처드의 폭정을 피해 리치먼드 군대에 합류한 터였습니다. 리처드

〈리처드 3세〉
니콜라이 아빌드가드, 1787, 오슬로, 노르웨이 국립 미술관 소장.

와 버킹엄의 연합이 이처럼 쉽사리 결렬되는 과정을 통해 셰익스피어는 앞에서 헤이스팅스가 말한 대로 권력 앞에서 인간적 유대가 얼마나 허망한 것인지를 보여 줍니다.

결국 리처드는 티렐이라는 악한에게 어린 조카들을 암살하는 임무를 맡깁니다. 리처드의 명령에 대해 티렐은 '영국에서 자행된 가장 포악한 학살'(4.3.2–3)이라고 평합니다.

두 왕자뿐 아니라, 앤 왕비도 리처드의 또 다른 정치적 목적을 위해 희생됩니다. 리처드가 왕권을 더욱 공고히 하기 위해 죽은 에드워드 4세의 딸이자 자신의 조카인 엘리자베스와 결혼하기로 마음먹기 때문입니다. 리처드는 이처럼 사악하기 이를 데 없는 계획들을 구상하면서 그런 생각들이 주는 흥분에 전율하기도 하고, 자신의 멈출 수 없는 악행에 회한을 느끼기도 합니다.

• 실제로 앤 왕비가 리처드에 의해 살해된 것인지는 밝혀지지 않았으나, 1485년에 그녀가 사망했을 때 리처드가 독살했다는 소문이 떠돌았다.

〈런던탑에 갇힌 왕자들의 살해〉
두 왕자가 서로 부둥켜안고 잠들어 있다. 왕자들을 순수하고 신성한 아기 천사들의 느낌으로 재현하고 있다. 제임스 노스코트, 1805, 개인 소장.

● 르네상스형 신분 창출자
르네상스 시기 영국 사회의 특징 가운데 하나는 개인들이 신분상의 변화를 추구하기 시작했다는 것이다. 봉건사회가 무너지고 상업자본주의 사회로 넘어가면서 기존 사회계급이나 질서에 큰 변화가 생긴다. 계급 구조가 확고하던 봉건주의 사회에서와 달리 신분 간 이동이 유동적으로 이루어지게 되면서, 개인들이 얼마나 노력하느냐에 따라 새로운 신분을 창출하는 인물들이 등장하게 되었다.

리처드 나는 형님의 딸과 결혼해야만 한다. 그렇지 않으면
　　　나의 왕국은 깨지기 쉬운 유리 위에 세운 것이 된다.
　　　그녀의 형제들을 죽이고 나서 그녀와 결혼하자.
　　　불안한 쟁취법이구나! 그러나 나는 이미 너무 많은 피를 흘려
　　　죄가 죄를 낳는구나.
　　　내 눈에는 눈물을 흘리는 연민 따위는 없다. (4.2.60~65)

　　리처드는 왕권에 대한 야심을 채우기 위해, 그리고 차지한 왕권을 공고히 하기 위해 형제와 어린 조카 그리고 아내까지 살해합니다. 그러면서도 그처럼 잔인한 혈육 살해를 마치 놀이하듯 아무런 양심의 가책도 없이 행합니다. 이러한 모습에서 '군주란 사자의 폭력과 여우의 간사함을 갖추어야' 하며 '목적을 위해서는 그 어떤 악랄한 수단도 정당화된다'라는, 다소 악의적으로 해석된 마키아벨리의 군주 이미지가 엿보입니다. 또한 리처드에게서 권모술수를 동원해서라도 지위와 권력을 얻으려 애쓰는 르네상스형 신분 창출자●의 면모도 엿보입니다. 이미 《리어 왕》의 에드먼드를 통해 제시된 괴물 같은 르네상스형 신분 창출자들은 지나친 욕망을 분출하는 것이 특징입니다. 그들은 자신의 욕망을 성취하기 위해 그 어떤 비도덕적이고 비양심적인 행동도 서슴지 않습니다.

　　리처드는 또다시 놀라운 궤변으로 엘리자베스 왕비를 설득하여, 왕비로 하여금 어린 자식과 형제 들을 죽인 리처드와 딸의 결혼을 주선하게 합니다. 이때 리처드와 엘리자베스 왕비가 나누는 격행대화●는 셰익스피어의 뛰어난 언어 구사력을 십분 발휘한 것으로서,

그 번쩍이는 기지에 감탄하게 합니다.

> **엘리자베스** 그 애에게 뭐라고 말해야 하지? 네 남편이 될 사람은
> 아버지의 동생이라고 해야 하나? 아니면 숙부라고 해야 하나?
> 그것도 아니면 동생들과 숙부를 죽인 사람이라고 해야 할까……
> **리처드** 이 결혼이 영국에 평화를 준다고 말하시오.
> **엘리자베스** 그 때문에 그녀는 영원한 전투를 계속해야 한다고.
> **리처드** 명령해야 하는 왕이 고개 숙여 간청한다고 하시오.
> **엘리자베스** 왕 중 왕인 하느님이 금하는 것을 해야 한다고.
>
> (4,4,336–346)

하지만 결국 리처드의 달변은, 이번에도 엘리자베스 여왕을 설득
하여 자신의 형제들과 자식들을 죽인 자의 손에 딸을 넘겨 달라는
그의 제안을 받아들이게 합니다.

보즈워스 전투에서의 패망

리처드가 이렇게 권력을 공고히 하고자 주위 인물들을 잔인하게
숙청해 나가는 동안, 랭커스터 가의 리치먼드 백작의 세력은 점점
커지고 있었습니다. 그뿐만 아니라 전국 곳곳에서 지방 토후 세력
들이 리처드에 대항하여 반군을 일으켰다는 보고들이 속속 들어옵
니다. 마치 맥베스가 패망할 당시 불길한 보고들이 줄을 잇고, 보고
를 받은 맥베스가 분노하던 것과 똑같은 장면이 이 극에서도 연출

● 격행대화
2명의 등장인물이 번갈아가며
각기 경구적인 시행을 번갈아
읊는 것으로, 흔히 상대방의
말에 반대의 입장을 표명하거
나 다른 뜻을 제시하거나 아니
면 상대의 말을 비꼴 때 사용
한다. 등장인물들이 격렬하게
논쟁하거나 감정을 고조시키는
수단으로 이용하기도 한다.

● 엘리자베스 공주는 실제로는
리처드가 파멸하고 리치먼드
백작이 왕위를 계승한 뒤 그와
결혼한다. 두 사람의 결합으로
오랫동안 왕권 분쟁을 치른 랭
커스터 가와 요크 가가 대화합
을 이뤘다.

● 토후 세력
토후국(영국의 지도와 감독 아
래에 있는 나라)을 지배하던
현지인 세력.

됩니다. 이때 리처드를 배신하고 리치먼드 세력으로 합류한 버킹엄 공작이 체포되어 리처드 앞에 끌려옵니다. 리처드와 함께 많은 무고한 자들을 도살한 버킹엄은 공교롭게도 귀신들의 영혼을 위로하는 날인 '만령절*'에 처형당합니다.

리처드 3세의 군대는 보즈워스 평야에 진을 쳤습니다. 개전을 앞둔 날 밤 리처드는 왠지 모를 우울함에 사로잡혀 있었습니다. 그런 그의 앞에 헨리 6세의 망령, 헨리 6세의 아들 에드워드 왕자의 망령, 클래런스의 망령, 헤이스팅스의 망령, 어린 두 조카의 망령, 그리고 앤 왕비의 망령, 버킹엄의 망령까지 그에 의해 살해된 자들의 망령들이 줄줄이 나타났습니다. 그리고 그들은 한결 같이 리처드가 곧 파멸할 것이라는 예언과 저주를 퍼부었습니다. 그 유령들은 리치먼드에게도 나타나 자신들이 도울 것이라며 격려하고 응원했습니다.

유령들에게 저주를 받는 악몽에서 깨어난 리처드는 두려움에 사로잡혔습니다. 이 순간 그는 자아분열을 일으킵니다.

리처드 겁쟁이 양심 같으니, 그렇게 나를 괴롭히다니!
촛불이 파랗게 타고 있다. 지금은 죽은 듯 고요한 한밤중.
떨리는 몸에 싸늘한 땀방울이 솟는구나.
무엇이 무서우냐? 내 자신인가? 옆에는 아무도 없다.
리처드는 리처드를 사랑하고, 나는 나다.
여기 살인자가 있는가? 없다. 아니 있다. 바로 나다!
그럼 도망쳐라. 뭐, 나로부터 도망쳐? 왜?

* 만령절All Souls' Day
위령의 날이라고도 하는 가톨릭 축일로, 11월 2일이다. 죽은 이를 위해 기도하는 날로, 살아 있는 자의 기도와 모든 성인聖人의 크나큰 공덕에 의해 사자가 연옥에서 빨리 나올 수 있다고 여겼다.

〈리처드 3세와 망령들〉
보즈워스 전투 전날 밤에 리처드 앞에 그에 의해 살해된 헨리 6세, 앤 왕비, 런던탑에서 살해된 어린 두 조카 등이 나타난다. 윌리엄 블레이크, 1806, 런던, 대영박물관 소장.

복수가 무섭기 때문이지. 내가 나에게 복수를 해?

하지만 아아, 나는 나를 사랑한다. 왜?

내가 나 자신에게 뭔가 좋은 일을 했기 때문에?

천만에, 나는 나 자신을 증오해.

나 자신이 숱한 죄를 지었기 때문에.

나는 악당이다. 거짓말 마. 나는 악당이 아니야.(5.3.180~192)

이런 리처드의 모습은, 결국 그가 마지막 순간에 비로소 양심의 가책을 받고 있음을 보여 줍니다. 그는 새삼 자신의 외로운 처지를 깨닫습니다. "나는 파멸할 것이다. 나를 사랑하는 자 아무도 없으니, 내가 죽더라도 동정할 자 하나 없을 것이다."(5.3.201~202)라고 절규합니다.

반면 유령들이 승리를 약속해 주는 꿈을 꾼 리치먼드는 의기양양한 기분으로 결전의 날을 맞았습니다. 마침내 리처드가 영국의 수호성인 성 조지˙의 깃발을 높이 들고 용기를 내어 말을 타고 진격합니다. 그러나 잠시 뒤에 리처드는 "말을 다오, 말을. 말을 주면 왕국을 주겠다."(5.5.7)라고 절규하며 다시 등장합니다. 수많은 사람의 목숨을 빼앗고 차지한 왕국을 말 한 필과 바꾸겠다는 그의 대사는 무한한 아이러니를 느끼게 합니다.

결국 리처드는 리치먼드와 일대일 결투를 하게 되고, 그 결투에서 리치먼드에게 목숨을 빼앗깁니다. 리치먼드 백작 헨리 튜더는 리처드 3세를 제거함으로써 오랫동안 영국을 광기 속에 몰아넣은 장미전쟁을 종식시키고, 플랜태저넷 왕조의 막을 내립니다. 내란

● 성 조지(?~303)
초기 기독교의 순교자이자, 14 성인 가운데 한 사람이다. 회화에서는 일반적으로 칼이나 창으로 용을 찌르는 백마를 탄 기사의 모습으로 그려진다. 이는 그가 리비아의 작은 나라 시레나 근처 호수에 살던 용을 물리치고 제물로 바쳐질 뻔한 공주를 구한 전설 때문이다. 그는 시레나 사람들에게 자신이 그리스도의 이름으로 용을 무찌를 것이니 개종하라고 말했다. 나중에 로마 황제 디오클레티아누스의 박해로 잔혹한 고문을 받고 결국 참수형을 당한다. 성 조지는 영국, 그루지야, 모스크바의 수호성인이다. 라틴어로는 '게오르기우스 Georgius'.

을 종결지은 그는 에드워드 4세의 딸인 요크 가의 엘리자베스와 결혼함으로써 대화합의 장을 엽니다. 그리고 헨리 7세로 왕위에 등극해 튜더 왕조를 열었습니다.

지금까지 살펴본 것처럼 셰익스피어는 리처드 3세를 실제 역사적 사실보다 더 비정상적이고 냉혈적인 악한으로 묘사하고 있습니다. 이를 통해 셰익스피어가, 왕조의 시조인 헨리 튜더가 리처드 3세를 축출하고 왕권을 찬탈한 사실을 합리화하고 정당화하는 튜더 신화를 수용할 뿐만 아니라 강화·확산하는 듯한 느낌을 줍니다. 그런 이유 때문인지 아니면 초기 극의 한계 때문인지 이 극은 셰익스피어 극 중 드물게 등장인물의 성격이 시종일관 발전이 없고 인물이 선인과 악인으로 명확히 나뉘는 극입니다. 물론 악은 리처드이고, 선은 의로운 징벌자 역을 맡은 리치먼드입니다.

하지만 그런 표면적인 메시지 이면에 리처드 3세라는 괴물을 통해 정치와 권력의 추악한 본성이라는 좀 더 보편적인 메시지도 내포하고 있습니다. 에드워드 4세와 리처드 형제의 어머니인 요크 공작 부인의 다음 대사는 권력의 잔인한 속성을 처절하게 토로합니다.

요크 부인 불안하고 저주받은 싸움의 나날을
나는 얼마나 오랫동안 지켜보았는가!
내 남편은 왕관을 손에 넣으려다 목숨을 잃었다.
자식들이 운명의 파도에 희롱당하여 흥하고 쇠할 때마다
나는 웃고 울고 몸부림쳤다.
이제 겨우 수습되어 내란의 소동이 끝난 순간에

승전의 용사끼리 물고 뜯는구나. 형제가 형제를 할퀴며,

피를 나눈 자들끼리 피를 흘리고

자신의 목에 스스로 칼을 겨누고 있다.

아, 말도 안 되는 광란의 분노여, 저주받은 화를 멈춰라.

아니면 나를 숨지게 하라. 죽음의 땅을 더는 보고 싶지 않다.

(2.4.57-65)

　골육상쟁*의 피비린내 나는 역사를 다룬 이 극에서 셰익스피어는 그 어떤 작품보다 권력의 잔인무도한 속성을 뚜렷이 드러내 보이고 있습니다.

* 골육상쟁骨肉相爭
가까운 혈족끼리의 싸움.

03 《줄리어스 시저》
_시저를 암살한 브루투스의 갈등

● ● ● 줄리어스 시저는 누구나 다 잘 알고 있는 로마 공화정 말기의 대장군이자 정치가입니다. '왔노라, 보았노라, 이겼노라'라든가 '주사위는 던져졌다' 같은 명언들을 남긴 것으로도 유명한 그는, 세계 역사에 가장 큰 영향을 끼친 사람 중 한 명입니다. 갈리아 전쟁[●]에서 대승을 거두어 로마의 영토를 엄청나게 확장했을 뿐만 아니라, 이집트 왕권을 둘러싼 알렉산드리아 전쟁(기원전 48~기원전 47)에도 관여하여 클레오파트라 7세를 왕위에 등극시킨 뒤 그녀와의 사이에 아들을 두기도 했습니다.

1599년에 쓰인 이 극은 시저가 자신의 정적인 폼페이우스[●]를 제거하고 정치가로서 권력의 정상에 올랐을 때 암살당하는 내용을 다룬 것입니다. 하지만 독특하게도 이 극은 《줄리어스 시저》라는 제

● 갈리아 전쟁(기원전 58~기원전 51)
로마의 장군 줄리어스 시저가 갈리아를 정복한 전쟁. 이곳에는 기원전 6세기부터 켈트족이 살고 있었는데, 고대 로마인들은 그들을 갈리아족이라고 불렀다.

● 폼페이우스
로마 공화정 말기의 장수이자 정치가로서 줄리어스 시저와 함께 제1차 삼두정치의 집정관 가운데 한 명이었다. 원래 시저와 친구였으나 나중에 정적이 되어 시저에 의해 제거되었다.

〈시저의 죽음〉
시저를 살해한 무리들이 환호
성를 지르며 의회당을 빠져나
가고 있다. 장 레옹 제롬,
1867, 볼티모어, 월터스 미술
관 소장.

목과 달리, 시저가 극의 전반부에서 암살되고 극의 주요 내용이 시
저 암살 사건을 전후로 브루투스가 갈등하고 파멸당하는 것에 초점
이 맞춰져 있습니다.

　이 극에서 셰익스피어는 시저를 비롯한 주요 인물들을 양가적 성
격의 소유자로 그리고 있습니다. 예를 들어 시저는 용맹스러운 전
쟁 영웅이면서, 동시에 간질을 앓고 왼쪽 귀가 들리지 않는 신체적
결함과 미신을 믿고 의존하는 정신적 병약함을 지닌 자입니다. 브
루투스는 고결한 인품과 곧은 강직성을 지닌 도덕적 영웅이나, 이
상주의로 가득 차서 현실 감각이 없는 자입니다. 그는 자신에게 정
당한 대의명분이 있다는 것만 믿고 변덕스러운 군중의 심리를 잘
파악하지 못해 파멸합니다. 또한 그는 자기 확신에만 가득 차 있어
현실감이 부족한 데다 완고하여 많은 전략에서 오판을 내리는 실수
를 범합니다.

　많은 비평가들이, 공화정 말기에서 제국으로 넘어가는 로마의 어
수선한 정국을 그린 이 극을 셰익스피어가 영국의 강력한 군주제의

* 극의 제목은 《줄리어스 시
저》이나, 시저는 중반에 암살
되고 말기 때문에 그를 암살
한 브루투스가 이 극의 주인
공이라는 것이 전반적인 견해
이다. 브루투스는 로마 공화정
말기의 정치가로 자신의 친우
인 시저 암살의 공모자가 된
다. 그러나 시저가 이 극의 주
인공이라고 주장하는 사람들
도 있는데, 그들은 그가 비록
3막에서 사망하지만, 그의 혼
령이 극의 끝까지 브루투스
세력과 대결하고 그들을 패전
과 자살로 몰아간다는 점을
근거로 든다.

〈줄리어스 시저〉
시저의 흉상. 빈 미술사 박물
관 소장.

필요성을 피력한 정치극이라고 파악합니다. 다시 말해 로마 제국으로 이행하는 것이 필연적이었듯이, 영국도 사회의 질서와 안정을 위해 봉건귀족 제도에서 중앙집권의 절대왕정으로 넘어가는 것이 필연적이었다는 정치적 메시지를, 셰익스피어가 로마의 역사를 통해 비유적으로 주장하고 있다는 것입니다.

하지만 극을 자세히 분석해 보면 그렇게만 단언할 수는 없습니다. 우선 강력한 군주로 등극할 가능성을 지닌 시저에게 부여된 부정적인 이미지들이 그런 해석에 걸림돌이 됩니다. 시저파를 지지하는 민중들에 부여된 부정적인 이미지도 마찬가지입니다. 또한 시저 암살 후 암살 음모자들과 대립하는 시저파의 새 권력자 안토니우스, 옥타비아누스, 레피두스가 모여 살생부를 작성하고 이득을 분배하는 과정도 곱지 않은 시선으로 그려 냅니다. 이런 점에서 볼 때 이 극에서도 셰익스피어는 다른 많은 작품들에서처럼 교묘하게 자신의 정치적 입장을 유보하고 있다고 할 수 있습니다. 단지 그는 양측의 정치적 입장과 정치관을 대사를 통해 드러낸 뒤, 그 판단은 독자들에게 맡긴 셈입니다.

이 극의 특징은 셰익스피어의 다른 비극이나 사극과 달리 희극적 요소나 사랑 이야기 등 곁 이야기가 전혀 없이 단일한 사건으로 구성되어 있다는 점입니다.

시저 암살을 놓고 갈등하는 브루투스

로마 제1차 삼두정치의 집정관 중 한 명인 줄리어스 시저가 강력한 라이벌이던 폼페이우스 장군을 물리치고 로마로 개선하는 장면°에서부터 극이 시작됩니다. 이 날은 마침 루페르칼리아° 축제날이었는데, 시저가 로마에 입성하자 로마 시민들은 열광했습니다. 그러나 이들의 대표라 할 수 있는 호민관° 플라비우스와 마룰루스는 개선하는 시저를 축하하려고 상점 문까지 닫고 나온 시민들을 호되게 꾸짖습니다. 그들은, 외적을 물리치고 개선하는 것이 아니라 함께 삼두정치의 집정관 중 한 명이었고 위대한 로마의 장수였던 폼페이우스 대장군과 그의 자식들을 물리치고 돌아오는 시저를 환영하는 시민들에게 몰인정하고 배은망덕하다고 호통을 칩니다.

그리고 시민들을 해산시킨 뒤 시저 동상을 장식한 것들을 걷어 냈습니다. 이 장면을 통해 로마가 정치적으로 양분되어 있음을 알 수 있습니다. 시민들은 사회를 안정시켜 줄 강력한 지도자를 원하고, 호민관들은 자유를 앗아갈 강력한 지도자의 등장을 막고 싶어 하는 것입니다.

또한 이 작품을 어떤 시각으로 해석하느냐에 따라 시민들의 환호도 달리 해석됩니다. 만약 셰익스피어가 시저 암살을 독재에 대항한 긍정적인 시도로 제시했다고 해석한다면, 셰익스피어가 군중을 대단히 어리석고 우매한 집단으로 묘사하고 있다고 보아야 할 것입니다. 셰익스피어는 그의 많은 작품에서 군중을 충동적이고 변덕스럽게 묘사함으로써 부정적으로 표현했습니다. 이 극에서도 첫 장면뿐만 아니라 시저의 장례식 장면에서도 군중들은 또다시 그러한 성향으로 그려집니다.

반면에 만약 셰익스피어가 사회의 안정과 질서를 위해 강력한 군

• 원전인 플루타르코스의 《영웅전》에는 이 장면이 다르게 묘사된다. 로마 시민들이, 시저가 동족인 폼페이우스와 그의 자손들을 죽인 것에 분노하여 시저의 동상에 모욕을 가했다.

• 루페르칼리아Lupercalia 고대 로마에서 해마다 2월 15일에 다산을 기원하던 축제이다. 이 축제는 제사장이 염소 여러 마리와 개 한 마리를 산 제물로 바치면서 시작된다. 제사장이 희생된 동물의 가죽으로 만든 가죽 끈으로 여자들을 치면, 그들이 임신하게 된다고 믿었다. 이 극의 내용 중에 시저가 안토니우스에게 경주 중에 불임인 아내 캘퍼니아를 건드려 달라고 부탁하는 장면이 나오기도 한다.

• 호민관 로마 공화정 시대의 관직. 평민들의 요구를 대변하고 그들의 권리를 옹호하는 역할을 했다. 오직 평민 계급에서만 선출될 수 있었고, 초기에는 2명이었으나 나중에는 10명까지 늘어났다. 집정관이나 다른 정무관의 결정이나 동료 호민관의 결정이 평민의 권익에 어긋날 때는 거부권을 행사하여 무효화하거나 중재할 권리를 가졌다.

주제가 필요함을 옹호하는 입장에서 이 극을 썼다면, 시민들이 시저를 환영하는 장면을 공화정 체제하의 무질서를 진압시켜 줄 강력한 군주에게 보내는 환호로 보아야 할 것입니다. 이 두 가지 견해는 지금까지도 비평가들 사이에서 팽팽히 맞서고 있습니다.

귀족들 중에도 시저의 권력을 시기하고 우려하는 세력들이 있었습니다. 그들은 세력을 규합하여 시저를 암살함으로써 그의 야심을 봉쇄하고자 했습니다. 하지만 시저의 야심에 대한 이들의 우려가 정치적 라이벌들의 음해라고만 볼 수는 없습니다. 폼페이우스가 시저에게 패했다는 것은, 로마의 공화정 권력 구조가 이미 붕괴되어 승리자인 시저에게 권력이 집중될 우려가 있음을 의미하기 때문입니다. 게다가 개선식에서 이미 안토니우스는 시저에게 왕관을 바치기도 합니다.

시저 암살 공모자들은 자신들이 도모하는 거사에 대의명분을 세우기 위해 공화정을 추구하며 로마 시민들로부터 대단히 존경받는 브루투스를 암살 음모에 끌어들이려 했습니다. 그들에게는 자신들의 행동을 미화시켜 줄 브루투스의 인품이 필요했던 것입니다.

한편 고결한 브루투스도 시저를 존경하고 사랑했으나, 사람들이 시저를 왕으로 추대하여 공화정을 무너뜨릴 것을 걱정했습니다.°시저를 암살할 음모를 꾸미고 있던 카시우스 일당은 브루투스가 이처럼 염려하는 바를 이용하여 역모에 끌어들이려 한 것입니다. 브루투스와 카시우스는 처남과 매부 사이로, 카시우스가 시저의 신체적 결함을 들먹이면서 그렇게 약한 자가 신처럼 여겨지는 것이 이상하다는 둥, 그가 왕위에 등극하도록 보고 있는 것은 자신들의 나

°공화정은 군주제에 상대되는 개념으로 군주가 없이 복수의 주권자가 통치하는 정치 체제이다. 브루투스는 바로 이러한 공화정을 추구하였으며, 이것을 무너뜨리고 권력의 중심에 서려는 시저의 야심을 경계하는 것이다.

약한 의지 때문이라는 둥의 말로 브루투스를 설득합니다. 카시우스와 이런 대화를 나누던 중 군중들의 함성이 들려오자 브루투스는 "혹시 저들이 시저를 제왕으로 추대한 것이 아닐까 두렵소."(1.2.78-79)라며 우려를 표명합니다.

잠시 후 암살 음모자 중 한 명인 카스카가 와서 루페르칼리아 축제에서 안토니우스가 시저에게 왕관을 세 번 바치자 시민들이 환호했고, 그에 대해 시저가 세 번 모두 거절하자 시민들이 더욱 환호했다는 말을 전합니다. 그리고 시저가 자신이 왕관을 거절하자 더 환호하는 시민들을 보고 불쾌해하더라는 말도 전합니다. 카스카의 전언을 통해 시저가 권력에 대해 탐욕과 허영심을 지니고 있음이 드러납니다. 카스카는 또한 그때 갑자기 시저가 간질 발작을 일으켜 사람들 앞에서 쓰러졌다는 말도 전합니다. 셰익스피어는 이처럼 플루타르코스의 원전과 달리 시저를 신체적 결함을 지닌 나약한 인간으로 그렸습니다.

유혹에 흔들려

브루투스는 시저에 대한 사랑과 로마에 대한 충성 사이에서 갈등을 겪습니다. 카시우스는 갈등하는 브루투스의 마음을 돌리기 위해 마치 시민들이 보낸 것처럼 위조 편지들을 만들어 브루투스의 창문에 던집니다. 그 편지들 가운데 하나에는 '브루투스여, 그대는 잠자고 있다. 깨어나라. 그리고 자신을 보라. 로마는 장차……. 외쳐라, 타도하라, 바로잡자!'(2.1.46-47)라고 쓰여 있었습니다. 이렇게

* 플루타르코스의 《영웅전》에서는 진짜 로마 시민들이 보낸 편지로 되어 있다. 셰익스피어는 이것을 카시우스가 날조한 편지들로 바꿈으로써 어리석을 정도로 순진한 브루투스의 성격과 책략가 카시우스의 면모를 동시에 보여 주며, 시저뿐만 아니라 브루투스에게도 양면적 요소를 부여하고 있다.

대단히 선동적인 편지들을 읽은 브루투스는 카시우스의 계략에 쉽게 넘어갔습니다. 거짓으로 만들어진 편지 내용을 로마 시민의 뜻으로 받아들인 것입니다. 그래서 "오, 로마여. 그대에게 맹세하마. 그렇게 해서 바로잡을 수만 있다면, 이 브루투스의 손으로 기어이 그대의 소원을 성취시켜 줄 것이다."(2.1.56~58)라고 맹세합니다. 결국 브루투스는 개인적인 친분보다 공익이 더 중요하다는 판단에 따라 시저를 암살하려는 음모에 합류합니다.

브루투스는 분명 고결한 자질과 고매한 인격을 소유한 인물이지만, 너무 순진하여 카시우스가 조작한 현실을 객관적 현실이라 생각하고 그대로 받아들입니다. 즉 브루투스는 현실 감각이 전혀 없는 이상주의자인 데다 완고하기까지 해서, 정치적 판단을 내려야 할 때마다 현실적인 상황에 근거하지 않고 이론적이고 추상적인 판단에 따릅니다. 그래서 치명적인 실수를 거듭하며 자신을 비극적인 상황으로 몰아갑니다. 게다가 "나는 죽음을 두려워하는 것보다 명예라는 이름을 더 사랑한다."(1.2.88)라는 대사를 통해서도 알 수 있듯이 명예에 지나치게 집착합니다. 앞서 《헨리 4세》의 핫스퍼를 통해서도 보았듯이 셰익스피어는 명예에 대한 집착을 바람직하게 여기지 않습니다.

시저가 암살되던 3월 15일의 전날 밤은 날씨가 대재앙을 예고하기라도 하는 듯 몹시 사나웠습니다. 그리고 개선식 때 한 점쟁이가 시저에게 3월 15일Ides of March을 조심하라고 예언까지 한 터였습니다. 시저의 아내 캘퍼니아도 꿈자리가 사나웠다는 이유로 그날만은 의사당에 나가지 말라고 만류했습니다. 그러자 시저는 다음과

● 점쟁이가 시저에게 '3월 15일을 조심하시오!Beware the ides of March!'라고 그의 암살 날짜를 예언한 것에서 유래하여, 이 표현은 흉사를 나타내는 영어 숙어가 되었다.

같이 대답합니다.

> **시저** 비겁자는 죽기까지 몇 번이든 되풀이해서 죽지만
> 용감한 자는 단 한 번 죽음을 맞이하는 법이오.(2.2.32~33)

시저는 겉으로는 이처럼 대범한 척하지만, 사실 아내가 잠을 자면서 "사람 살려요! 사람들이 시저를 죽여요."(2.2.3)라고 잠꼬대하자 하인을 점쟁이에게 보내 그날 운수를 알아보고 오게 했습니다. 잠시 후 하인이 불길한 점괘가 나왔으니 오늘은 외출하지 않는 것이 좋겠다고 전하자, 시저도 그 점괘를 받아들이기로 합니다. 앞서 개선식 때 군중들 앞에서 점쟁이가 "3월 15일을 조심하십시오."(1.2.18)라고 예언했을 때는 "저자는 몽상가다. 내버려두고 가자."(1.2.24)라고 일축하던 것과 달리, 시저는 본디 미신을 믿고 따르는 사람이었던 것입니다. 이런 시저의 이중적인 모습에서 개인으로서의 모습과 공인으로서의 모습이 극단적으로 다름이 역력히 드러납니다.

이를 꿰뚫어 본 카시우스는 교만하고 나약한 시저가 로마에 군림하는 데 대해 대단히 불만스럽게 생각했습니다. 실제로 시저는 암살 음모자들이 의사당에서 시저를 살해하기 전에 미텔러스 심버의 동생 퍼블리우스 심버의 귀양생활을 철회해 달래고 청원하자, "자네는 올림푸스 산을 쳐들 작정인가?"(3.1.74)라든가, "나는 북극성처럼 확고부동하다."(3.1.60)라고 하는 아주 교만한 태도로 그들의 청원을 거부합니다. 이런 그의 거만한 언행들이 암살 음모자들의

• 북극성이나 올림푸스 산은 별들 중 최고요, 산 중의 산으로 최고를 나타낼 때 흔히 비유하는 것이다.

우려에 정당성을 부여하고 그들에게 명분을 제공합니다.

　게다가 시저는 아첨하는 말에 상당히 약한 인물이기도 합니다. 그가 점괘에 따라 의사당에 나가지 않기로 결심하자, 암살 음모자 가운데 디시우스라는 자가 찾아옵니다. 디시우스는 다음 대사에서 볼 수 있듯이 아첨이 사람을 어떻게 움직이는지 잘 파악하고 있습니다.

디시우스　외뿔소를 속이려면 나무를 이용하고

　　곰은 거울로, 코끼리는 함정으로 속이고

　　사자는 올가미로, 인간은 아첨으로 속일 수 있는 법입니다.

　　(2.1.204−206)

　시저가 의사당에 나가지 않기로 한 것이 캘퍼니아의 사나운 꿈자리 때문이라는 말을 들은 디시우스는, 온갖 감언이설을 동원하여 캘퍼니아가 꿨다는 흉몽을 길몽으로 바꾸어 해석합니다. 그리고 원로원이 그날 시저에게 왕관을 바치기로 결의했다는 거짓 정보를 흘리자, 시저는 결국 집을 나서서 의사당으로 향합니다. 이처럼 시저가 디시우스의 감언이설에 설득당해 의사당에 나가기로 결심하는 모습과, 카시우스 일당들이 브루투스에게 고결함을 들먹이면서 로마 시민의 뜻을 운운하자 브루투스가 시저를 암살하는 음모에 가담하는 모습에서 유혹에 약한 인간의 본성을 보게 됩니다. 즉 "유혹을 물리칠 수 있는 강한 사람이 과연 있을까?"(1.2.309)라는 카시우스의 대사처럼 감언이설에 쉽게 넘어가는 인간의 나약한 속성에 대한 인식이 담겨 있습니다.

시저의 암살

의사당으로 가는 도중 아르테미도로스라는 자가 암살 음모자들의 이름을 하나씩 거론하며 그 자들을 조심하라고 경고하는 쪽지를 시저에게 건넵니다. 그리고 당장 읽어보라고 권유하였으나, 시저는 그 권유를 뿌리치고 맙니다. 또한 개선식 때 "3월 15일을 조심하라."라고 예언한 점쟁이가 아직 3월 15일이 끝나지 않았다고 거듭 경고하는데도, 시저는 그의 경고 역시 무시합니다.

〈시저 암살〉
시저는 폼페이우스의 동상 아래에서 암살 음모자들의 칼에 찔려 죽는다. 빈첸초 카무치니, 1798, 볼로냐 현대미술관 소장.

결국 시저는 의사당에 있는 폼페이우스의 동상 밑에서 암살자들에 둘러싸여 수없이 많은 칼에 찔립니다. 암살자 가운데서 자신이 그토록 총애하던 브루투스의 모습을 발견한 시저는, 그 순간 삶에 대한 의지를 버린 채 죽음을 받아들입니다. 이때 시저가 "브루투스, 그대마저?Et tu, Brute?"(3.1.77)라고 한 대사는 아주 유명한 글귀가 되었습니다. 안토니우스는 장례식 연설에서 브루투스의 배신˚이 시저에게 얼마나 충격적이었는지를 다음과 같이 묘사합니다.

안토니우스 오, 신들이시여. 시저가 그를 얼마나 사랑했던가!
    그의 이 칼자국이 가장 잔인한 것이었습니다.
    고결하신 시저께서는 그가 찌르는 것을 보고서는
    반역자들의 무기보다 훨씬 강력한 배신이라는 칼날에
    자신을 버리셨고 그 강한 심장이 터지셨습니다.(3.2.184-188)

˚ 브루투스의 배신
단테는 자신의 대서사시 《신곡》의 〈지옥편〉 제34곡에서 브루투스가 주군이자 친우인 시저를 배신한 죄로 지옥에서 괴물의 아가리에 떨어진 것으로 묘사하고 있다. 머리가 셋 달린 이 괴물은 각 아가리에 예수를 배반한 유다와 시저를 암살한 브루투스와 카시우스를 물고 있다.

마침내 시저는 쓰러졌습니다. 시저를 시해한 암살자들은 "자유다! 해방이다! 폭정이 무너졌다!"(3.1.78)라고 외쳤습니다. 결국 그는 자신의 피로 폼페이우스의 동상을 물들이고 맙니다. 이는 극 끝부분에 시저 암살자들이 시저를 찌른 칼로 자결하는 데서도 느껴지는 아이러니한 역사의 순환입니다.

시저를 암살하기 전 역모자들은 후환을 없애기 위해 시저의 최측근이던 안토니우스도 죽이자고 했습니다. 하지만 브루투스는, 너무 많은 피를 흘리는 것은 고결한 대의명분을 위한 거사를 불명예스럽게 할 수 있다며 그 의견에 반대했습니다. 순수하게 로마를 사랑하는 마음으로 시저를 암살한 브루투스는 자신의 행위에 대해 당당했습니다. 그리하여 시저의 장례식에서 자신의 대의명분을 자신 있게 밝혔으며, 안토니우스가 시저를 추모하는 연설을 하도록 허락하기까지 했습니다. 그만큼 그는 자신의 행위에 일말의 거리낌이 없었고, 이 세상을 정당한 명분이 통하는 곳으로 믿었던 것입니다.

하지만 이것은 치명적인 실수였습니다. 브루투스는, 안토니우스가 음악과 연극, 스포츠 등 대중적인 축제를 즐긴다는 이유로 그를 과소평가했습니다. 하지만 결과적으로 그는 카시우스의 주장처럼 '교활한 모사꾼'(2.1.158)이었음이 밝혀집니다.

이 극에서 브루투스는 이상주의적 기질 때문에 사람이나 상황을 제대로 읽지 못하는 면모를 여러 차례 드러냅니다. 그에 비해 카시우스는 상황이나 인물을 날카롭게 파악하고 분석하는 능력을 보여줍니다. 카시우스의 이런 자질에 대해서는 시저가 이미 경계한 바 있었습니다.

시저 살이 조금만 더 쪘더라면 좋았을걸! 그렇다고 그를

두려워하진 않아. 하지만 내가 꺼려야 할 인물이 있다면

그건 여윈 카시우스뿐일세. 그는 독서를 많이 하지.

관찰력도 예민한 편이고. 사람들의 행동을

꿰뚫어 보는 안목도 있고. 안토니우스 그대와는 달리

그는 연극도 좋아하지 않고, 음악도 듣지 않지.

거의 웃지도 않지…….

그런 사람들은 자기보다 위대한 사람을 보면

마음이 편치 않아.

그래서 그들이 아주 위험한 것이지.(1.2.195-207)

이러한 시저의 판단은 정확하여 카시우스가 안토니우스를 제대로 파악한 것임이 밝혀집니다. 결국 브루투스는 그의 순수한 본성이 현실을 인식하는 데 방해 요소로 작용하여 비극적인 결과를 초래하고 맙니다. 카시우스는 이와 반대로 대단히 마키아벨리적 정치가입니다. 그는 로마의 미래에 대한 걱정과 우려보다는 사적인 시기심으로 인해 시저를 암살하려는 음모를 꾸몄습니다. 따라서 비록 브루투스는 자신의 대의명분이 옳았다고 믿었지만, 그가 야비한 정치 술수에 조종당했다는 느낌을 지울 수가 없습니다.

시저가 암살당한 뒤 안토니우스는 상황이 자신에게 불리하자, 일단 암살 음모자들의 명분을 인정하는 태도를 취합니다. 그러고는 시저 장례식에서 연설할 기회를 얻어냅니다. 안토니우스의 모습은 꼿꼿한 브루투스의 모습과 대조적으로 기회주의자의 면모를 보여

주며, 장례식 연설에서 두 사람은 극명하게 대비를 이룹니다. 브루투스의 연설은 논리적이고 이성적인 데 비해, 안토니우스의 연설은 즉흥적이고 감정적입니다. 브루투스는 시저의 장례식에서, 먼저 군중들 앞에서 거사의 대의명분을 밝혔습니다.

> **브루투스** 만약 시저의 친구가, 왜 브루투스가 시저에 역모를 일으켰냐고 묻는다면, 저의 대답은 이렇습니다. 브루투스가 시저를 사랑하지 않은 것이 아니라 로마를 더 사랑한 것이라고. 여러분은 시저가 죽고 만인이 자유롭게 사는 것보다 시저가 살고 만인이 노예로 죽는 것을 원하십니까? 시저가 날 사랑했기에 그를 위해 울었고, 그가 영광스러웠기에 그를 위해 기뻐했고, 그가 용감했기에 그를 존경했습니다. 그러나 시저가 야심가였기에 전 그를 죽였습니다.
>
> (3.2.20-29)

브루투스의 연설은 압축적이고 격식을 갖춘 어조이며 대단히 수사적이고 논리적이었습니다. 자신의 행위가 사사로운 감정보다 나라를 위한 공적인 의무감에서 비롯된 것임을 강조한 브루투스의 연설에 감동한 시민들은 환호하며, "브루투스를 시저로 추대하라." (3.2.51)라고 외칩니다. 어떤 비평가는 군중 속에서 터져 나온 이 외침을 우매한 대중이 그의 연설을 이해하지 못했음을 보여 주는 것이며, 그래서 그의 연설은 실패한 연설이라고 평가합니다. 결국 이 시저라는 이름을 옥타비아누스가 사용하게 되고 그가 궁극적으로 로마 제국의 초대 황제로 등극한 것을 보면 역사는 흥미롭습니다.

• 시저가 암살당한 후 공개된 그의 유언장에는 후계자로 옥타비아누스가 지목되었다. 옥타비아누스의 어머니가 시저의 조카딸로 아버지가 죽자 시저의 보살핌을 받았다. 안토니우스, 레피두스와 함께 제2차 삼두정치를 열었고, 후에 레피두스를 탈락시키고, 악티움 해전에서 안토니우스를 격파한 후 로마의 초대 황제로 등극했다.

하지만 브루투스에 이어 연단에 오른 안토니우스는 로마 시민들의 감성에 호소하였습니다. 그는 우선 눈물을 흘려 군중들의 심금을 울린 뒤에 난자되어 피로 얼룩진 시저의 시신을 보여 주며, 시저가 로마 시민들에게 자신의 사유재산을 나눠 주라고 한 유서를 낭독했습니다. 유언장 낭독은 청중들의 현실적 관심에 호소하여 방금 전까지 독재자를 처단한 고결한 암살 행위로 보이던 것을 일순간 잔인한 반역 행위로 둔갑시킵니다. 단순한 로마 시민들은 안토니우스의 감성적인 연설을 듣고 순식간에 마음이 변해 자비로운 지도자의 죽음에 눈물을 흘리며 분노했습니다. 감정과 말초신경을 자극하는 감성적이고 선동적인 안토니우스의 웅변이 이성적이고 논리적인 브루투스의 연설보다 군중의 심리를 더 움직인 것입니다. 결국 브루투스의 자기 확신에 찬 이상주의가 현실의 벽에 부딪히고 말았습니다.

이 극에서는 '이성'과 '논리'를 대표하는 브루투스와 '감성'과 '활력'을 대변하는 안토니우스가 대비되고 있습니다. 브루투스는 온갖 절제 습관을 지닌 자이지만, 안토니우스는 '유흥'과 '운동' 등 온갖 삶의 활기를 누리는 사람입니다. 브루투스가 이성적이고 냉철한 사고력을 지녔다면, 안토니우스는 감성적이고 열정적이며 민첩한 신체를 지녔습니다. 브루투스가 원칙과 규율을 덕목으로 삼는 자라면, 안토니우스

• 고대 로마 사회에서 웅변은 중요한 정치 행위 중 하나였다. 그래서 수사학은 정치가에게 필수적인 학문이었다. 정치가가 연설을 하는 연단은 공적인 심판장이었고 시민들은 배심원 역할을 하였다. 이 극에서도 연설 장면이 극의 전환점이 된다.

〈시저의 죽음〉
안토니우스가 군중 앞에서 시저의 시신을 보여 주며, 잔인한 반역 행위에 대해 눈물로 호소하고 있다. 기욤 기용, 1881, 빅토리아 앨버트 미술관 소장.

는 자유분방하고 도덕적 규범 따위에서 벗어난 인물입니다. 물론 이들의 이런 성격은 플루타르코스의 《영웅전》에서 제시된 것과 같지만, 셰익스피어는 이런 대비를 강조하여 더 극적으로 재현하고 있습니다.

군중들의 심리는 처음에는 브루투스에게 기울더니, 바로 다음 순간 안토니우스 쪽으로 기울어 광란의 폭도들로 변했습니다. 이 장면에서도 셰익스피어가 군중을 변덕스럽고 우매한 무리로 묘사하고 있음을 알 수 있습니다. 이 군중들은 브루투스와 카시우스를 비롯한 시저 암살자들과 안토니우스를 비롯한 시저 지지자들 사이에서 이 편이 되었다, 저 편이 되었다 하며 변덕스럽게 움직입니다. 군중들은 시저를 암살한 자들을 색출하여 죽이는 장면에서 역모와 전혀 무관한 사람조차 죽이기까지 하는 광란의 모습을 보입니다. '신나'라는 시인은 단지 역모자 중 '신나'라는 자와 이름이 같다는 이유만으로 살해당합니다.

셰익스피어는 이 극에서 군중을 부화뇌동[*] 하고 비이성적인 폭도로 그림으로써 군중에 대해 곱지 않은 시선을 담아내고 있습니다. 그러면서도 동시에 권력 투쟁에서 승리를 거두려면 결국 민중에게 지지받아야 함을 보여 줍니다. 안토니우스 세력이 브루투스 세력의 거사를 실패로 만드는 데 가장 큰 작용을 한 것이 바로 이러한 민심이었습니다. 따라서 셰익스피어는 민중이 정치권력에 막강한 영향력을 행사하는 존재이기에 그들이 좀 더 이성적이고 분별력을 지녀야 함을 극을 통해 강조하고 있다고 볼 수 있습니다.

* 부화뇌동附和雷同
줏대 없이 남의 의견에 따라
움직임.

실패한 거사

공화정을 통한 평화를 기대한 암살 음모자들의 예상과 달리, 그들의 행동은 로마에 광란의 무질서와 내전만을 불러왔습니다. 군중들이 뜻밖의 반응을 보이자 신변에 위협을 느낀 암살자들은 도시 밖으로 도망을 갔습니다. 안토니우스는 시저의 양자인 옥타비아누스와 레피두스와 연합하여 브루투스 일당과 대치했습니다. 그런데 안토니우스 세력이 모여 가장 먼저 한 일이 살생부를 작성하고 시저의 유산을 분배하는 것이었습니다. 이때 그들은 서로의 친족들조차 살생부에 올림으로써 냉혹한 정치의 일면들을 보여 줍니다. 그리고 레피두스가 자리를 뜨자, 안토니우스는 그의 자격을 운운하며 그와 정권을 똑같이 나눠 갖는 데에 회의적인 의견을 표명합니다. 이기적인 진압 세력의 모습에서 공익을 위해 분연히 일어선 브루투스의 순수함 같은 것은 찾아볼 수가 없습니다. 오히려 지나치게 타산적이고 권력 지향적으로까지 보입니다. 이로써 셰익스피어는 우회적으로 브루투스의 숭고함을 부각시킵니다.

한편 거사를 마친 브루투스는 로마 시민들이 자신의 충심을 이해하지 못하고 등을 돌린 데다, 역모 가담자들이 사적인 이해관계에서 암살을 추진했음을 깨닫고 괴로워합니다.

브루투스 위대한 줄리어스의 피를 흘린 것은 정의 때문이 아니었소?

그의 몸에 손을 댄 사람 중에 정의를 위하지 않고,

그를 찌른 비열한 자가 있었소?

이 세계 최고의 인물을, 도둑들을 옹호했다고 해서
살해한 우리가 더러운 뇌물에 손을 더럽히고
우리 권한에 있는 높은 관직을
이 한 줌에 불과한 돈에 팔아야 되겠습니까?(4.3.19-26)

이 대사 속에 브루투스의 순수한 의도와 이상주의가 고스란히 담겨 있습니다. 그는 개인적 이익이 아니라 공공의 이익과 정의를 위해 일으킨 자신의 순수한 거사를 욕보인 동료들의 불순한 목적과 추잡한 행동에 절망했습니다. 하지만 바로 이 앞 장면에서 브루투스가 카시우스에게 군자금을 요청하는데, 이러한 모습에서 아이러니를 느끼게 합니다. 그조차도 병력을 움직이려면 그런 더러운 뇌물에 군자금을 청할 수밖에 없는 것이 현실인 것입니다. 브루투스의 고결한 이상이 냉정한 현실 앞에 얼마나 무력한지를 엿볼 수 있는 장면으로 그가 지닌 이상주의는 현실 정치세계에서 한계를 가질 수밖에 없습니다.

이상과 현실 사이의 괴리에서 절망에 빠져 있는 브루투스에게 남편의 거사가 실패하자 아내가 불을 삼켜 자살했다는 비참한 소식이 전해집니다.[•] 이때 브루투스의 태도는 맥베스가 부인이 죽었다는 소식을 듣고 보이는 태도와 흡사합니다. 그들은 둘 다 슬픔을 담담히 받아들였습니다. 브루투스는 "잘 가오, 포샤.(4.3.189)"라고 짧막한 작별 인사를 하는 것으로 조의를 마칩니다. 그러고는 "인간은 모두 언젠간 죽게 마련이오. 그녀도 언젠가 죽어야만 했다고 생각하면 그녀의 죽음을 참고 감내할 수 있소."(4.3.189-191)라고 말합니

〈시저의 유령〉
브루투스의 앞에 시저의 유령이 두 번이나 나타난다. 에드윈 오스틴 애비, 1905, 런던, 예일 대학교 아트 갤러리 소장.

• 이 극에는 시저의 아내 캘퍼니아와 브루투스의 아내 포샤가 대조적으로 제시된다. 시저는 아내의 의견에 귀를 기울이지 않거나 무시하는 반면, 브루투스는 아내를 매우 존경하고 굳게 믿는다. 이 극에서 브루투스와 포샤는 대단히 이상적인 부부상을 보여 준다. 이에 대해 비평가 도웬은 '그들은 영혼과 영혼의 결합이요, 분리할 수 없는 하나이며, 철저히 평등한 관계'라고 평했다.

다. 맥베스의 대사와 거의 흡사함을 느낄 수 있을 겁니다.

전투 전략을 짤 때 브루투스는 카시우스의 의견을 받아들이지 않고 악수惡手를 두고 맙니다. 결국 필리파이(마케도니아의 고대 도시)에서 벌어질 교전을 앞두고 전쟁이 불리한 상황으로 치닫자 암살 주도자들 대부분이 스스로 목숨을 끊습니다. 브루투스도 시저의 망령이 두 번이나 나타나자 자신의 최후가 임박했음을 예감합니다. 시저는 극 중반에 암살자들의 손에 살해되지만, 극이 끝나는 순간까지 암살자들은 그에게서 자유롭지 못합니다.

카시우스는 부하의 잘못된 보고로 브루투스 군대가 안토니우스에게 패배한 줄 알고 부하 핀다루스를 시켜 자신이 시저를 찌른 칼로 자신을 찌르게 합니다. 그러면서 "시저, 당신은 복수를 했소. 당신의 목숨을 뺏은 그 칼로."(5.3.45-46)라고 말하며 죽습니다. 잠시 뒤에 카시우스의 주검을 눈앞에 둔 동료 티티니우스는 카시우스의 칼로 다시 자신의 심장을 찔러 죽습니다. 나중에 이 끔찍한 장소에 도착한 브루투스가 하는 다음 대사에도 시저의 위력이 잘 드러납니다.

> **브루투스** 오, 줄리어스 시저여. 그대는 아직도 위력적이오!
>   그대의 혼령이 여기저기 돌아다니며 우리의 검이
>   우리 자신의 배를 찌르게 하고 있소.(5.3.94-96)

결국 역모자들 대부분이 시저를 찔렀던 칼로 자결하고 맙니다. 브루투스 또한 자신의 칼에 뛰어들어 자결합니다. 안토니우스는 브

셰익스피어 시대 사람들은 유령, 마녀, 요정 등 초자연적 존재들이 실재한다고 믿었다. 그래서 셰익스피어 작품에는 이런 초자연적 존재들이 많이 등장하는데, 그중에는 특히 암살당한 유령들이 많다. 동생에게 독살당한 햄릿 선왕, 맥베스에게 암살당한 뱅쿠오, 리처드 3세에게 암살당한 수많은 인물들, 그리고 시저까지 유령으로 나타난다. 그리하여 햄릿 선왕의 유령을 제외한 모든 유령들이 자신을 시해한 자 앞에 나타나 그들을 괴롭힌다.

〈브루투스의 죽음〉
역모자들이 시저를 찌른 칼로
자결을 하자, 브루투스도 자신
의 칼에 뛰어 들어 자결한다.
보이델 셰익스피어 갤러리 소
장.

● 아놀드 하우저
헝가리 출신의 미술사학자(1892~
1978). 주로 영국에서 활동하였
다. 20세기 유럽을 대표하는 지
식인으로 평가받는다. 저서로 《문
학과 예술의 사회사》가 있다.

루투스의 주검을 앞에 놓고 다른 이들은 모두 사리사욕에
사로잡혀 역모를 했으나 브루투스만큼은 진정 공명정대
한 정의감과 로마 시민들을 위해 거사를 하였노라고 말합
니다. 그리고 예를 갖춰 브루투스의 장례식을 거행했습니
다.

　미술사학자 아놀드 하우저는 도덕적 이상이 현실과 양
립할 수 없는 데서 셰익스피어의 비극이 비롯된다고 말했
습니다. 이 극은 비록 로마의 역사를 다룬 사극이기는 하
지만, 브루투스라는 인물이 가진 이상이 현실에 부딪혀 깨어지는
과정에서 느끼는 인간적 갈등과 고뇌에 더 초점이 맞추어져 있습니
다. 이 극에서 도덕적 의무감에 충실했던 브루투스의 삶은 현실적
인 정치 감각을 지닌 안토니우스와 옥타비아누스에게 패하고 맙니
다. 하지만 "패전의 이날에도 나는 옥타비아누스와 안토니우스가
악랄한 승리로 얻은 영광보다 더욱 빛나는 영광을 차지할 것이다."
(5.5.36-38)라는 브루투스의 마지막 대사는 결코 공허한 자만심이
아니었습니다. 그는 지금까지도 고매한 도덕적 영웅으로 빛나고 칭
송받고 있습니다.

　많은 비평가들이 이 극을 강력한 군주제의 필요성을 로마의 역사
에 빗대어 전달하는 정치극이라고 평가했습니다. 셰익스피어의 로
마 사극과 플루타르코스의 《영웅전》을 비교 분석한 매컬럼이라는
비평가는 '당시 보통 엘리자베스 시대 사람들의 마음속에는 강하
고 질서정연한 정부 하의 국가적 통일에 대한 열망이 있었다.'라고
주장했고, 셰익스피어 학자 홍유미도 《셰익스피어》라는 책에서 '셰

익스피어는 튜더 왕조의 시민으로서 로마의 역사적인 사건을 다루면서 강력한 절대군주를 바라는 자기 시대의 요청을 작품 속에서 구현하고 있다.'라고 주장합니다. 왕권을 둘러싼 피비린내 나는 내란(장미전쟁)을 경험한 영국인들에게 강력한 군주제에 대한 갈망은 어쩌면 당연한 것이었을지도 모릅니다. 하지만 정치 영웅과 도덕적 영웅들의 인간적 약점들을 제시하며 복잡한 인간상을 탐구하고 있는 이 극을 단순히 군주제를 옹호하는 정치극이라고 바라보는 해석은 이 극의 깊이를 너무 단순화시키는 감이 있습니다.

✣ 브루투스 대 햄릿

셰익스피어의 극에 등장하는 인물에 대한 분석으로 유명한 비평가 브래들리는 《셰익스피어 비극론Shakespearean Tragedy》에서 햄릿과 브루투스의 성격을 서로 비교한다. 그는 두 주인공이 모두 대단히 지성적이고 명상적이라고 평한다. 브래들리에 의하면 이 두 사람은 대단히 철학적이어서 위기를 맞이했을 때 올바르게 대응하기 위해 고뇌하지만, 그런 위기 상황에 성공적으로 대처하지 못하고 파멸된다. 그들의 파멸은 다른 주인공들처럼 격정에 의한 것이 아니라, 지성적인 성품 때문에 발생한다는 점에서 다른 인물들과 차이가 있다.

셰익스피어의 시집과 소네트집

셰익스피어는 희곡 작품 외에 두 권의 시집과 소네트집을 남겼습니다. 그중 그리스 로마 신화에서 소재를 빌려 온 이야기풍 시집인 《비너스와 아도니스》와 《루크리스의 겁탈》은, 각기 1592년과 1593년부터 1594년 사이에 페스트라는 전염병 때문에 런던에서 공연이 중단되었던 시기에 쓴 것입니다. 셰익스피어는 서문에 친필 서명을 넣은 유일한 두 책인 이 시집들을 그의 후원자로 알려진 사우샘프턴 백작(헨리 리즐리)에게 헌정하였습니다.

먼저 집필된 《비너스와 아도니스》는 고전 신화에 나오는 비너스와 아도니스 신화를 소재로 쓴 1,194행의 장시입니다. 그러나 셰익스피어는 신화의 내용을 자신만의 독특한 상상력으로 변용하여 미소년 아도니스가 비너스의 애달픈 사랑을 냉정하게 거부하는 것으로 바꾸어 놓았습니다. 솔직한 성애 표현들로 가득한 이 시는 독자들에게 대단히 인기가 있어서 초간부터 1640년까지 16판이나 출간되었습니다.

《루크리스의 겁탈》은 《비너스와 아도니스》보다 좀 더 진지하고 중후한 작품입니다. 이 시는 로마사의 한 장면을 소재로 한 것으로 루크리스는 로마의 장군 콜라티누스의 아내였는데, 로마 왕의 아들 타르퀸에게 능욕당하여 아버지와 남편에게 복수를 부탁하고 자결합니다. 그러자 민중이 들고일어나 타르퀸 일가를 로마에서 추방합니다. 그 결과 로마의 왕정이 끝나고 공화정이 성립되었습니다. 시의 내용은, 겁탈이 일어나기 전에는 겁탈자 타르퀸이 겪는 갈등이 주로 나타나고, 겁탈 후에는 슬픔에 젖은 루크리스의 한탄이 작품의 대부분을 차지합니다. 이 작품은 언어가 지나치게 수사적이고 주제가 너무 심각한 탓인지 《비너스와 아도니스》만큼 인기를 얻지는 못했습니다.

총 154편의 소네트가 수록된 《소네트집》은 1609년에 출간되었습니다. 하지만 이 시들의 창작 연도, 수록된 시의 배열 순서 등에 대해 많은 논란이 있어 왔습니다. 또한 이 시집에 담긴 이야기들이 시인 자신의 자전적 성격을 띤 것이냐, 아니냐에 대해서도 논란이 많습니다. 이 때문에 셰익스피어의 사생활에 관한 실마리를 찾고자 많은 학자들이 이 시집을 연구해 왔습니다. 특히 셰익스피어의 동성애적 기질과 관련된 연구를 하는 데는 필독서로 여겨집니다. 이는 이 시집에 수록된 시들 중 120여 편이 젊은 남성을 향한 흠모와 찬미의 내용을 담고 있기 때문입니다. 이 시집은 시인, 젊은 귀족 남성, '흑발의 여인dark lady'이라 불리는 미모의 여성, 이 세 사람 사이의 우정과 사랑, 그리고 결혼에 관한 이야기입니다.

그리고 그 가운데 시간과 죽음, 짧은 인생에 대한 명상도 이루어집니다. 여기에서 셰익스피어는 찰나적 인생을 극복할 수 있는 방법으로 사랑을 통해 후손을 얻는 것을 권하고, 더불어 삶의 찰나성에 맞서는 시의 영원성을 강조합니다.

대리석도, 군주를 위하여 세운

황금 기념비도, 이 시보다 오래 남지 못하리.

오랜 세월에 더럽혀지고 때 묻은 비석보다

그대는 이 시 속에서 더욱 빛나리.

파괴적인 전쟁이 조각들을 무너뜨리고,

소요가 석공들의 작품을 뽑을 때에도

군신의 칼도, 전쟁의 화급한 포화도,

그대를 기념하는 이 생생한 기록을 없애지 못하리.

죽음과 모든 것을 잊게 하는 적을 물리치고

그대는 전진하리라, 그대의 예찬은

말세까지 이 지상에 영속할

자자손손의 눈 속에 남으리라.

그렇게 그대가 재생할 심판 날까지

그대는 내 시 속에, 그리고 연인들의 눈 속에 살리라.(소네트 55번)

다시 시작되는
셰익스피어로의 여행

지난 해 초여름에 시작된 작업이 한 겨울을 지나, 새 봄을 맞이하는 문턱에서 마무리되었습니다. 예상과 달리 끝도 없이 이어지는 작업량과 글의 깊이에 지금은 완전히 소진된 느낌입니다. 한 꼭지를 쓰기 위해 셰익스피어 작품과 그와 관련된 수많은 저서와 논문 들을 읽는 작업들이 선행되었습니다.

그런 과정 때문이었을까요? 이 책의 출간이 눈물겹도록 반갑습니다. 하지만 단지 그 이유 때문만은 아닐 것입니다. 우리나라의 경우 흔히 한 권에 요약된 '셰익스피어 4대 비극'과 '셰익스피어 5대 희극' 등을 읽는 것으로 셰익스피어의 작품을 다 읽었다고 생각하는 독자들이 참 많습니다. 하지만 앞서 이야기했듯이 셰익스피어 극의 플롯은 그만의 창작물이기보다 빌려 온 이야기들의 짜깁기입니다. 그렇다면 플롯만 제시해 주는 요약본은 셰익스피어 작품이라고 말할 수 없을는지도 모릅니다.

셰익스피어의 진정한 가치는 그런 플롯 속 등장인물들이 겪는 끝없는 마음속 갈등과 고뇌, 그런 감정들을 하나하나 풀어내는 보석 같은 대사들, 다양한 이야기들의 유기적인 짜임새에 있습니다. 그런데 안타깝게도 이것들은 요약본을 통해서는 경험할 수 없는 것들입니다. 이 책에서 공들여 드러내고자 한 것이 바로 그러한 셰익스피어의 극의 요소들입니다. 하지만 이 책의 궁극적인 목적은 독자로 하여금 셰익스피어의 작품을 직접 읽도록 유도하는 역할을 하는 것입니다. 햄릿의 슬픈 사연과 로미오와 줄리엣의 애달픈 사랑, 수전노 악한으로만 알려진 샤일록이 당한 서글픈 인종 차별에 대해 독자들이 직접 읽어 보길 권하고 싶었습니다. 그래서 이 책의 발간이 가슴 설레도록 반갑습니다.

그러면서도 한편으로 이 책이 혹여 지루하고 딱딱하여 독자들을 오히려 셰익스피어로부터 멀어지게 만들지는 않을까, 투박한 나의 언어가 셰익스피어의 대사들이 지닌 아름다움을 감하지는 않았을까, 셰익스피어에 대한 나의 해석이 한쪽으로 편향되지는 않았을까 하는 우려도 없지 않았습니다. 따라서 셰익스피어 작품을 바라보는 여러 시대의 다양한 시각을 제시하려고 노력했습니다. 또한 그의 작품이 지니고 있는 가치와 의의뿐만 아니라 결점과 약점까지 설명하고자 했습니다.

이 책에 인용한 셰익스피어의 대사들은 독자들을 유혹하는 일종의 미끼입니다. 셰익스피어 작품 속에는 이 책에 실린 것보다 더 철학적이고, 더 아름답고, 더 기지에 찬 대사들이 무궁무진합니다. 부디 여러분들이 셰익스피어 극 세계로 들어가 제가 미처 발견하지 못한 보석 같은 언어들을 음미하시길 바랍니다. 그리고 셰익스피어 등장인물들의 다양한 삶의 궤적이 여러분의 인생행로에 현명한 나침반이 되길 바랍니다. 이 책을 덮는 순간, 여러분들의 진정한 셰익스피어 여행이 시작되길 간절히 바랍니다.

- **1558년**

  엘리자베스 1세 등극.

- **1564년**

  존 셰익스피어의 셋째 아이이자, 장자로 윌리엄 셰익스피어 출생. 4월 26일에 세례를 받음. 동료 작가 크리스토퍼 말로도 같은 해에 출생.

- **1573년**

  셰익스피어의 후원자인 헨리 리즐리(사우샘프턴 백작) 출생.

- **1576년**

  영국 최초의 공공극장인 씨어터 극장The Theatre 건립.

- **1582년**

  셰익스피어, 8세 연상인 앤 해서웨이와 결혼.

- **1583년**

  장녀 수잔나 탄생.

- **1585년**

  셰익스피어의 쌍둥이 자녀 햄닛과 주디스 출생.

- **1586년**

  이때부터 1592년까지 행방이 묘연함.

- **1587년**

  영국으로 망명 와 있던 스코틀랜드의 메리 여왕이 반란 혐의로 처형됨.

- **1588년**

  영국, 스페인의 무적함대인 아르마다 호를 무찌름.

- **1589년**

  《헨리 6세》 1부 집필.

- **1590~1591년**

  《헨리 6세》 2부와 3부 집필.

- **1592년**

  대학 출신 극작가 로버트 그린이 〈엄청난 후회로 사들인 서푼 짜리 지혜〉라는 팸플릿에서 셰익스피어의 유명세를 비난함. 런던에 흑사병이 창궐. 7월부터 1594년 6월까지 극장 폐쇄. 극단들은 지방 순회공연을 다님. 《리처드 3세》, 시집 《비너스와 아도니스》, 《실수 희극》 집필.

- **1593년**

  후원자인 사우샘프턴 백작에게 헌정한 《비너스와 아도니스》 출간. 《티투스 안드로니쿠스》, 《말괄량이 길들이기》 집필.

- **1594년**

  역시 사우샘프턴 백작에게 헌정한 시집 《루크리스의 겁탈》 출간. 《베로나의 두 신사》, 《사랑의 헛수고》, 《존 왕》 집필. 여왕의 전의인 로페즈가 여왕 독살 혐의로 처형됨. '궁내부대신 극단' 창설.

- **1595년**

  《리처드 2세》, 《로미오와 줄리엣》, 《한여름 밤의 꿈》 집필.

- 1596년

  아버지 존 셰익스피어가 문장을 허락받아 '신사'로 서명할 수 있게 됨. 아들 햄닛의 사망. 《베니스의 상인》, 《헨리 4세》 1부 집필.

- 1597년

  스트랫퍼드의 대저택 뉴플레이스 매입. 《윈저의 즐거운 아낙네들》 집필. 글로브 극장 설립.

- 1598년

  《헨리 4세》 2부, 《헛소동》 집필.

- 1599년

  《헨리 5세》, 《줄리어스 시저》, 《좋으실 대로》 집필. 에섹스 백작이 아일랜드 평정에 나섰다가 실패한 뒤 여왕의 명에 반하여 귀국했다가 연금됨. 풍자물 출판 금지령 선포.

- 1600년

  《햄릿》 집필.

- 1601년

  1600년에 석방된 에섹스 백작이 쿠데타를 일으키기 전날 밤, 셰익스피어 극단에게 요청하여 《리처드 2세》 공연. 에섹스 백작이 반란죄로 처형되고 셰익스피어의 후원자인 사우샘턴 백작도 이 반란에 연루되어 수감됨. 《십이야》, 《트로일러스와 크레시다》 집필.

- 1602년

  《끝이 좋으면 다 좋아》 집필.

- 1603년

  엘리자베스 여왕 사망. 스코틀랜드의 제임스 6세가 제임스 1세로 등극하여 스튜
  어트 왕조 시작. '궁내부대신 극단'이 '왕의 극단'이 됨.

- 1604년

  《자에는 자로》, 《오셀로》 집필.

- 1605년

  《리어 왕》 집필. 제임스 1세의 종교 탄압에 반발하여 화약 음모 사건 터짐.

- 1606년

  화약 음모 사건의 주동자인 폭스와 예수회 가네트 신부 처형됨. 《맥베스》, 《안토
  니와 클레오파트라》 집필.

- 1607년

  《코리올레이너스》, 《아테네의 타이먼》, 《페리클레스》 집필.

- 1609년

  《심벌린》 집필.

- 1610년

  《겨울이야기》 집필.

- 1611년

  《태풍》 집필.

- **1612년**

  존 플레처와 함께 《헨리 8세》 집필.

- **1613년**

  존 플레처와 함께 《고결한 두 친척》 집필. 《헨리 8세》 공연 중 글로브 극장에 화재가 나서 소실됨.

- **1614년**

  글로브 극장 재개관.

- **1616년**

  셰익스피어 4월 23일에 사망.

- **1623년**

  셰익스피어의 아내 앤 해서웨이 사망. 동료 존 헤밍과 헨리 콘델에 의해 36개의 극이 수록된 최초의 극 전집인 제1이절판 출간.

참고문헌

• 단행본

권오숙, 《셰익스피어, 그림으로 읽기》, 예경, 2008.

_____, 《셰익스피어와 후기 구조주의》, 동인, 2007.

김종환, 《셰익스피어와 타자》, 동인, 2006.

노드롭 프라이, 황계정 역, 《구원의 신화: 셰익스피어의 문제 희극에 관한 고찰》, 국학자
료원, 1995.

박우수, 《셰익스피어와 인간의 확장》, 동인, 2006.

박지향, 《영국사》, 까치, 1998.

서윤교, 《셰익스피어 4대 비극의 이해》, 신아사, 2008.

아놀드 하우저, 염무웅 · 반송완 역, 《문학과 예술의 사회사》, 창비, 2005.

앙리 베르그송, 정연복 역, 《웃음: 희극의 의미에 관한 시론》, 세계사, 2000.

윤정은, 《셰익스피어의 인간 이해》, 이화여대 출판부, 1993.

이경식, 《셰익스피어 비평사》, 서울대 출판부, 2002.

_____, 《셰익스피어 4대 비극》, 서울대 출판부, 1996.

_____, 《셰익스피어 연구》, 서울대 출판부, 2005.

이대석, 《셰익스피어 극의 이해: 사극과 로마극》, 한양대 출판부, 2003.

이정호, 《포스트모던 시대에서의 영미문학의 이해》, 서울대 출판부, 1991.

자크 바전, 이희재 역, 《새벽에서 황혼까지 1500~2000: 서양문화사 500년 I》, 민음사,
2006.

잭 A. 본, 홍기영 역, 《셰익스피어 희극론》, 만남, 2000.

한국 셰익스피어 학회, 《셰익스피어 작품 해설 I》, 범한서적, 2000.

한국 셰익스피어 학회, 《셰익스피어 작품 해설 II》, 범한서적, 2002.

한영림, 《셰익스피어 공연 무대사: 글로브 극장에서 글로벌 극장으로》, 동인, 2007.

홍유미, 《셰익스피어》, 평민사, 1999.

Bakhtin, Mikhail, Trans. Helene Isowolsky, *Rablais and His World*, Bloomington: Indiana
UP, 1984.

Barker, Deborah E. & Kamps, Ivo, eds., *Shakespeare and Gender*, London & New York:
Verso, 1995.

Bradley, A.C., *Shakespearean Tragedy*, London: Macmillan, 1985.

Chambers, E. K., ed., *The Elizabethan Stage*, Oxford: Clarendon Press, 1923.

Charlton, H. B., *Shakespeare's Jew*, Manchester, England: The Manchester UP, 1970.

Coleridge, Samuel Taylor, ed., Arthur Symons, *Lectures on Shakespeare*, London: Dent, 1907.

Dollimore, Jonathan & Sinfield, Alan, eds., *Political Shakespeare: New Essays in Cultural Materialism*, Manchester: Manchester UP, 1985.

Dusinberre, Juliet, *Shakespeare and the Nature of Women*, London: Macmillan, 1975.

Eagleton, Terry, *Rereading Literature: William Shakespeare*, Oxford: Blackwell, 1995.

Frye, N., The *Anatomy of Criticism: Four Essays*, New Jersey: Princeton UP, 1973.

Goldsmith, Robert Hillis, *Wise Fools in Shakespeare*, Liverpool: Liverpool UP, 1958.

Greenblatt, Stephen, *Shakespearean Negotiations: The Circulation of Social Energy* in *Renaissance Englad*, Berkeley: U of California P, 1988.

_____, *Renaissance Self-Fashioning: From More to Shakespeare*, Chicago: U of Chicago P, 2005.

Gurr, Andrew, *The Shakespearean Stage, 1574-1642*, Cambridge: Cambridge UP, 1992.

Harbage, Alfred, *Shakespeare's Audience*, New York & London: Columbia UP, 1969.

Johnson, Samuel, ed., Arthur Sherbo, *Johnson on Shakespeare*, vol. 2, New Haven: Yale UP, 1968.

Kott, Jan, *Shakespeare our Contemporary*, London: Methuen, 1965.

Knowles, Ronald, ed., *Shakespeare and Carnival: after Bakhtin*, Hampshire: Palgrave Macmillan, 1998.

Leggatt, Alexander, *Shakespeare's Political Drama: The History Plays and the Roman Plays*, London: Routledge, 1988.

Loomba, Ania, *Gender, Race, Renaissance Drama*, New York: Oxford UP, 1992.

MacCallum, Mungo William, *Shakespeare's Roman Plays and Their Background*, London: Macmillan, 1910.

Spencer, Theodore, *Shakespeare and the Nature of Man*, New York: Macmilan, 1961.

Tennenhouse, Leonard, *Power on Display: The Politics of Shakespeare's Genres*, London: Metheun, 1986.

Tillyard, E. M. W., *The Elizabethan World Picture*, London: Chatto and Windus, 1943.

_____, *Shakespeare's History Plays*, London: Chatto & Windus, 1980.

Weimann, Robert, *Shakespeare and the Popular Tradition in the Theater*, Baltimore: Johns

Hopkins UP, 1978.

Wilson, Edwin, ed., *Shaw on Shakespeare*, London: Cassell, 1962.

• 논문

김은애, 〈젊은 괴테에게 미친 셰익스피어의 영향: 괴테의 연설문 "셰익스피어 기념일에 부쳐"와 작품 《괴츠 폰 베를린힝엔》의 분석을 중심으로〉, 《비교문학》 29호: 2002, pp 5-25

Culwell, Lori M. "The Role of the Clown in Shakespeare's Theatre", http:..asgard. humn.arts.ualberta.ca/emis/itemls/Shakesper/files/Role%20.

Delany, Paul, "King Lear and Decline of Feudalism", *Materialist Shakespeare*, A History, ed., Ivo Kamps, London & New York: Verso, 1995, pp 20-38.

Lacan, Jacques, "Desire and the Interpretation in Hamlet", *Literature and Psychoanalysis, the Question of Reading*, Ed. &Trans., James Hulbert, 1977, pp 11-52.

McLuskie, Kathleen, "The Patriarchal bard: Feminist Criticism and Shakespeare: *King Lear* and *Measure for Measure*", *Political Shakespeare: New Essays in Cultural Materialism*, Eds. Jonathan Dollimore and Alan Sinfield. Ithaca & London: Cornell UP, 1985.

Skura, Meredith Anne, "Discourse and the Individual: The Case of Colonialism in The *Tempest*", Shakespeare Quarterly, 40, 1989, pp 42-69.

Traub, Valerie, "Jewel, Statues, and Corpses: Containment of Female Erotic Power in Shakespeare's Plays", *Shakespeare and Gender*, eds., Deborah E. Barker & Ivo Kamps, London & New York: Verso, 1995, pp 47-62.

찾아보기

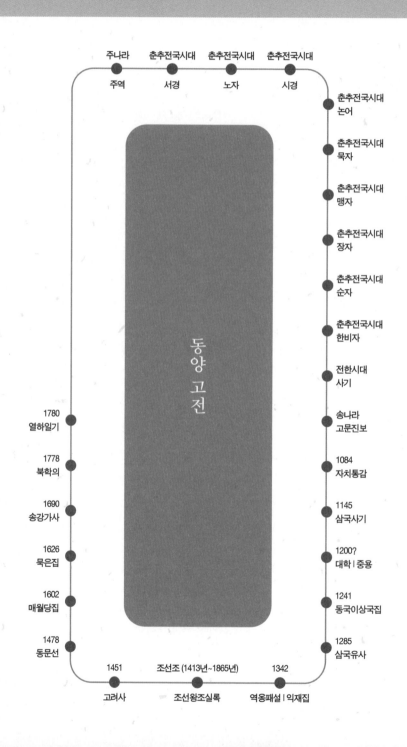

주나라
주역

춘추전국시대
서경

춘추전국시대
노자

춘추전국시대
시경

춘추전국시대
논어

춘추전국시대
묵자

춘추전국시대
맹자

춘추전국시대
장자

춘추전국시대
순자

춘추전국시대
한비자

전한시대
사기

송나라
고문진보

1084
자치통감

1145
삼국사기

1200?
대학 | 중용

1241
동국이상국집

1285
삼국유사

동양고전

1780
열하일기

1778
북학의

1690
송강가사

1626
목은집

1602
매월당집

1478
동문선

1451
고려사

조선조 (1413년~1865년)
조선왕조실록

1342
역옹패설 | 익재집

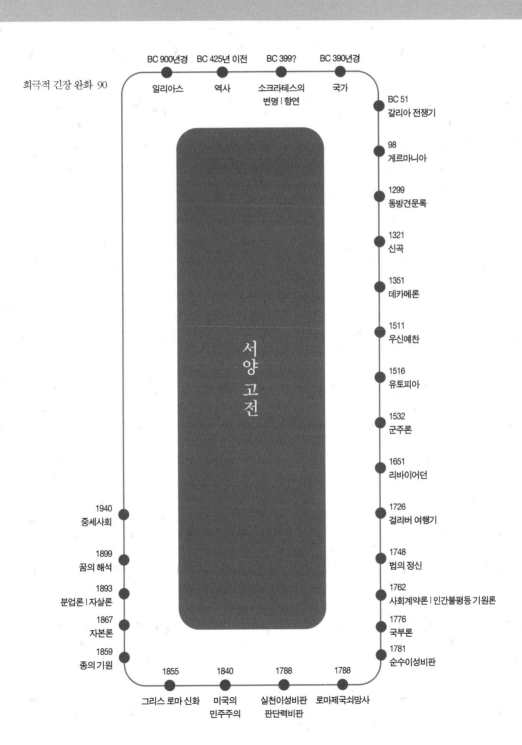

희극적 긴장 완화 90

서양고전

BC 900년경
일리아스

BC 425년 이전
역사

BC 399?
소크라테스의
변명 | 향연

BC 390년경
국가

BC 51
갈리아 전쟁기

98
게르마니아

1299
동방견문록

1321
신곡

1351
데카메론

1511
우신예찬

1516
유토피아

1532
군주론

1651
리바이어던

1726
걸리버 여행기

1748
법의 정신

1762
사회계약론 | 인간불평등 기원론

1776
국부론

1781
순수이성비판

1788
로마제국쇠망사

1788
실천이성비판
판단력비판

1840
미국의
민주주의

1855
그리스 로마 신화

1859
종의 기원

1867
자본론

1893
분업론 | 자살론

1899
꿈의 해석

1940
중세사회